Chemins de poussière rouge

Du même auteur
aux Éditions J'ai lu

BEIJING COMA
N° 8971

NOUILLES CHINOISES
N° 8972

Ma
JIAN

Chemins de poussière rouge

Traduit de l'anglais
par Jean-Jacques Bretou

J'ai lu

Les extraits du recueil de poèmes de Walt Whitman, *Feuilles d'herbe*, correspondent à la traduction de Jacques Darras, Éditions Gallimard, 2002.

L'extrait du poème d'Allan Ginsberg, *Howl*, correspond à la traduction de Robert Cordier et Jean-Jacques Lebel, Éditions Christian Bourgois, 1977.

Cette traduction a été entièrement révisée par les Éditions J'ai lu.

Titre original :
RED DUST
A PATH THROUGH CHINA

Éditeur original :
Chatto & Windus, 2001

Notes sur les noms des personnages

En chinois, le nom de famille précède le prénom. Les noms de famille contiennent une syllabe ; les prénoms, une ou deux. Chaque syllabe est la transcription d'un caractère chinois, et chaque caractère a à la fois une signification et un son.

Les personnages de ce roman sont tous réels, mais leurs noms ont été changés ; seul le prénom de la fille de l'auteur a été maintenu.

Parmi les personnages principaux :

Les femmes

- Guoping : épouse de Ma Jian ; danseuse
- Nannan : fille de Ma Jian
- Xi Ping : comptable ; rêve de devenir actrice de cinéma
- Lu Ping : danseuse étoile
- Wang Ping : journaliste au *Quotidien de Hangzhou* ; auteur de nouvelles
- Chen Hong : poétesse et médecin ; petite amie de Fan Cheng
- Lingling : éditrice de poésie aux Presses de Guangzhou
- Yang Ming : éditrice de la revue *Étoile* de Chengdu ; poétesse ; petite amie de Hu Sha

– Chun Mei : petite amie de Da Xian
– Ai Xin : jeune poétesse

Les hommes
– Li Zhi : poète dissident
– Li Tao : poète ; employé de banque
– Hu Sha : poète activiste ; enseignant à l'université
– Fan Cheng : auteur de nouvelles ; fonctionnaire des impôts
– Da Xian : peintre abstrait ; coureur de jupons
– Liu Yu : explorateur
– Wu Jian : mari de Yang Ming

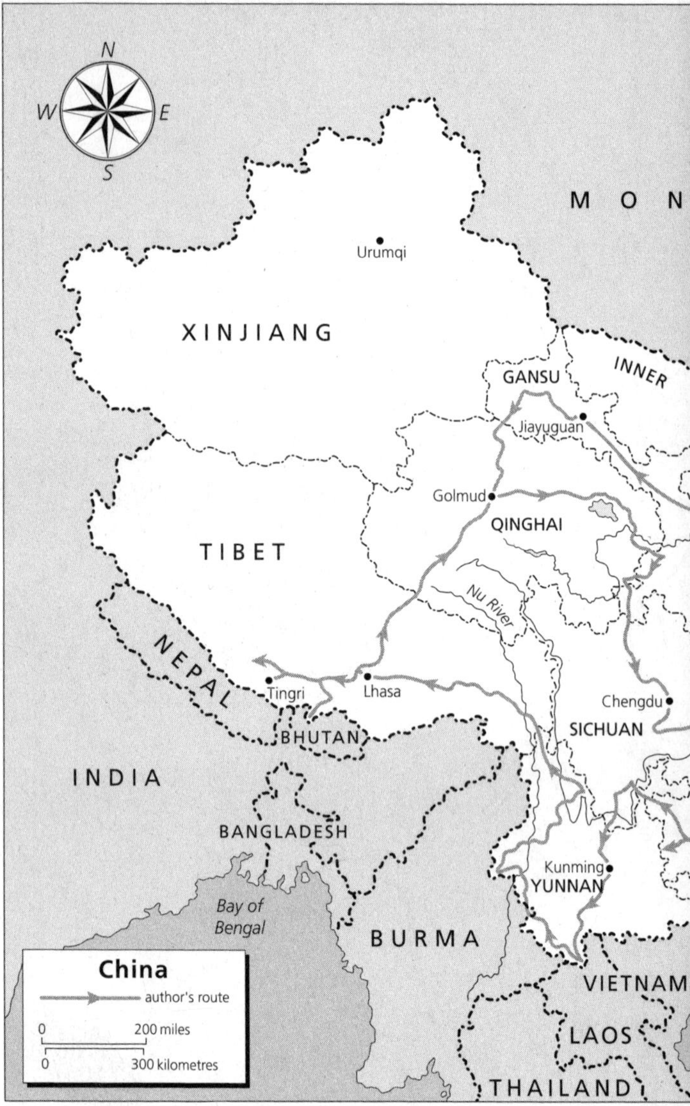
N
W
E
S
M O N
Urumqi
XINJIANG
INNER
GANSU
Jiayuguan
Golmud
QINGHAI
TIBET
Nu River
NEPAL
Tingri
Lhasa
Chengdu
SICHUAN
BHUTAN
INDIA
BANGLADESH
Kunming
YUNNAN
Bay of Bengal
BURMA
VIETNAM
LAOS
THAILAND
China
author's route
0
200 miles
0
300 kilometres

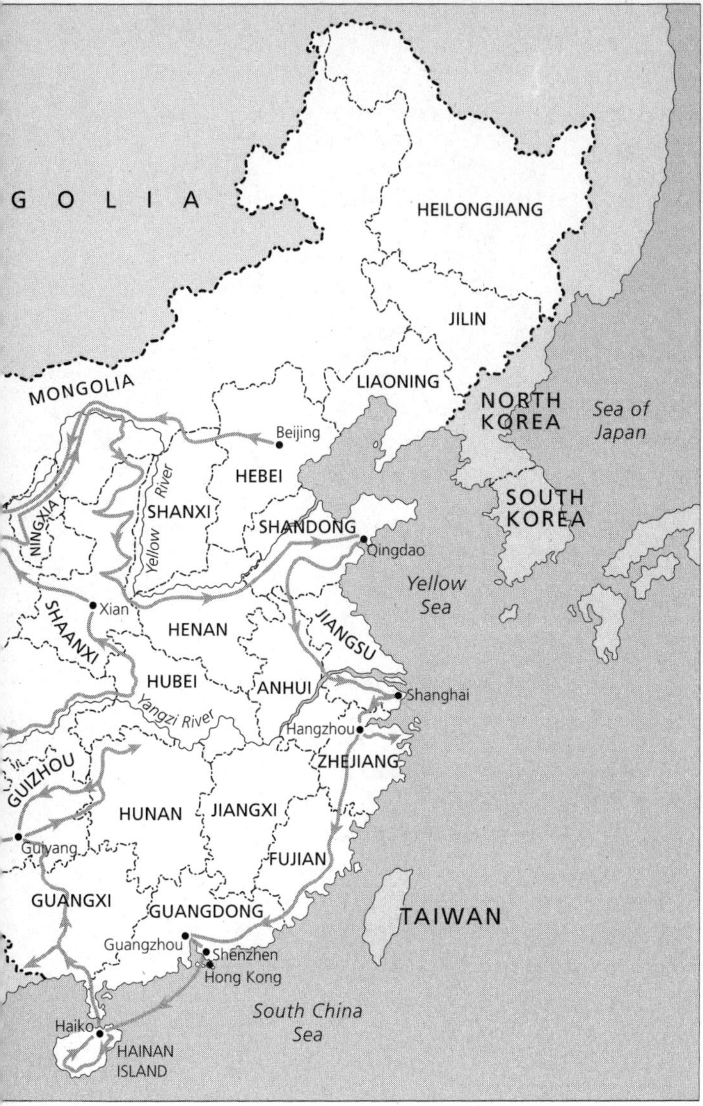
G O L I A
HEILONGJIANG
JILIN
LIAONING
MONGOLIA
NORTH KOREA
Sea of Japan
Beijing
HEBEI
SOUTH KOREA
NINGXIA
SHANXI
Yellow River
SHANDONG
Qingdao
Yellow Sea
Xian
SHAANXI
HENAN
JIANGSU
HUBEI
ANHUI
Shanghai
Yangzi River
Hangzhou
ZHEJIANG
GUIZHOU
HUNAN
JIANGXI
Guiyang
FUJIAN
GUANGXI
GUANGDONG
TAIWAN
Guangzhou
Shenzhen
Hong Kong
South China Sea
Haiko
HAINAN ISLAND

1

MURS ROUGES

53, passage Nanxiao

L'année dernière, au cours du printemps 1981, j'ai quitté, sur décision de mon unité de travail, le bâtiment-dortoir réservé au personnel pour emménager dans une petite maison près du passage Nanxiao, au numéro 53. Elle est coincée entre la onzième et la douzième rue de Dongsi, dans le quartier est de Beijing, à une centaine de mètres de l'ancienne résidence de Liang Qichao, l'un des membres du mouvement réformiste de 1898, dont les appels à la modernisation mirent l'impératrice Cixi dans une telle rage qu'il dut s'enfuir du pays et passer quatorze ans en exil. Près de sa porte, un vieux caroubier a poussé en vrille dans un minuscule espace entre un mur et un poteau télégraphique. Le passage Nanxiao s'étend sur une vingtaine de mètres depuis ma maison jusqu'à une impasse étroite et est juste assez large pour permettre à deux bus de se croiser sans se toucher. À huit heures du matin et quatre heures de l'après-midi, le passage est noir de monde. Plus personne n'avance.

De mon canapé, j'entends les bus s'arrêter. Une receveuse cogne contre une vitre et crie :

« Attendez le prochain si vous pouvez pas entrer ! Hé, toi avec la montre en or ! Oui, toi ! Ton ticket ? C'est ça, sale prétentieux ! Prends un taxi si t'as le bras si long. Salaud !... »

La maison est entourée sur trois côtés d'immeubles de brique rouge. Si les fenêtres des cuisines sont ouvertes, coquilles d'œufs, feuilles de chou et sacs en plastique tombent sur mon toit avant de rouler dans la cour. Une fois, j'ai même eu droit à une assiette de rognons frits. Quelqu'un, là-haut, avait dû sentir qu'ils n'étaient plus frais et vouloir que je m'en charge. Quand je suspends mes vêtements pour les faire sécher, les pigeons du troisième étage les éclaboussent de fiente.

La cour fait à peine deux mètres carrés. À l'automne, les branches et les brindilles du caroubier s'y amassent. En été, les écorces de pastèques et les boîtes de glace vides, jetées des étages supérieurs, attirent des nuées de mouches et de moustiques. Je préfère alors rester à l'intérieur. L'hiver est ma saison préférée car mes voisins vivent les fenêtres fermées. Quand la neige tombe, je retrouve dans ma misérable petite maison les charmes du vieux Beijing.

Je peins, j'écris, je dors dans cette maison. Ma femme et ma fille vivent toujours dans mon ancien appartement du complexe pétrochimique de Yanshan, à deux heures de bus de là. J'ai été pendant quatre ans le photographe publicitaire de l'usine et ma femme dansait dans la troupe officielle. Puis, il y a trois ans, j'ai remporté un concours national de photographie et j'ai été muté à Beijing pour travailler au Département de la propagande étrangère de la fédération des syndicats de toute la Chine. Je suis tellement pris par mon travail que j'ai rarement l'occasion de retourner à Yanshan.

La maison ressemble peut-être à une vieille baraque croulante, mais grâce à l'arrivée d'eau dans la cour et à l'entrée privée, j'ai gagné une indépendance et une liberté que je n'aurais jamais eues dans les dortoirs. Une bande d'écrivains, de peintres, de poètes, de dissidents et de squatters l'utilise comme lieu de rencontre. On parle jusqu'à tard dans la nuit d'art et de politique. On discute du nouveau « système forfaitaire familial » et du « socialisme à la chinoise ». On écoute des cassettes de la chanteuse taïwanaise Deng Lijun et on distribue des copies ronéotypées de poésie underground. Il nous arrive même, parfois, de dissimuler un journaliste étranger sous un passe-montagne et un bleu de travail et de le faire entrer furtivement dans la maison, pour lui faire découvrir nos œuvres et l'écouter parler. Bon nombre de projets invraisemblables ont été échafaudés entre ces quatre murs.

La pièce est envahie par mes peintures, l'une d'elle me sert même de tapis. Quand j'expose ici, de nombreux tableaux disparaissent. Mais une fois, un employé de l'ambassade des États-Unis m'en a acheté un quarante dollars.

Les regards indiscrets de mes voisins sont forcément braqués sur ma maison. La musique et les visites incessantes ont également éveillé les soupçons de la police. Tous mes amis ont une clé de la porte d'entrée. Ils essayent d'arriver à la tombée du jour pour ne pas attirer l'attention. Mais au moment de partir, au milieu de la nuit, personne n'est en sécurité. Ils peuvent choisir de rester dormir, ou de s'en aller séparément à cinq minutes d'intervalle.

Un soir, j'ai invité une collègue à la maison – une fille nommée Xi Ping qui travaille à la comptabilité. Après le dîner, nous avons discuté un moment puis je lui ai proposé de la raccompagner chez elle. Nous avions à peine fait deux cents mètres que la police nous a arrêtés. Heureusement, j'avais ma carte d'identité sur moi. Je leur ai expliqué que j'habitais tout près, que nous avions bavardé et que nous n'avions pas vu le temps passer, je me suis confondu en excuses et, finalement, ils m'ont laissé partir. Ils ont aussi laissé s'en aller Xi Ping, qui a dû traverser seule de longs passages noyés dans l'obscurité pour rentrer jusqu'aux dortoirs.

Un autre soir, mes amis et moi nous sommes effondrés comme des masses dans la cour après avoir beaucoup trop bu. Cinq minutes plus tard un fourgon de police s'est arrêté devant ma porte en crissant des pneus. Quatre officiers nous ont entassés dans la pièce et ont demandé à voir nos papiers. Li Tao et sa femme Mimi se caressaient derrière le rideau de lit. Un officier a écarté le rideau, Li Tao l'a tiré vers lui, l'officier l'a écarté de nouveau. Et ainsi de suite, jusqu'à ce que Li Tao ouvre enfin les yeux et aperçoive les cinq étoiles d'or sur la casquette du policier. Tao et Mimi ont été interrogés bien sûr, et comme ni l'un ni l'autre ne pouvait produire de certificat de mariage, ils ont été embarqués.

Six années ont passé depuis la mort de Mao Zedong et la fin de la Révolution culturelle. Deng Xiaoping est de retour au pouvoir, appelant aux

Quatre Modernisations, à l'entreprise privée et à l'investissement étranger. Il a libéralisé l'économie mais continue à réprimer toute forme de dissidence. Le jour où l'activiste Wei Jingsheng a dit que les Quatre Modernisations étaient un non-sens sans la cinquième – la démocratie – il a été immédiatement arrêté, jugé et condamné à quinze ans de prison.

Pourtant une brèche s'est ouverte vers l'extérieur, et les gens se sont mis à réfléchir par eux-mêmes. En 1979, le groupe Anonyme – la première association artistique indépendante de Chine –, a tenu une exposition inaugurale dans le parc Beihai. Le collectif Les Étoiles lui a emboîté le pas, défilant dans les rues de Beijing, réclamant le droit d'organiser des expositions privées. Une équipe de photographes de Beijing a formé l'association Avril, se donnant pour mission révolutionnaire de photographier le pays tel qu'il était vraiment.

Les choses commencent à changer. La Chine est comme une vieille boîte de haricots que l'on aurait tenue conservée dans l'obscurité pendant quarante ans, prête à éclater.

Le ciel bleu gelé

Un après-midi de l'hiver 1982, ma fille rentre de l'école. La sangle de son sac est si longue qu'il lui arrive presque aux genoux.

Guoping et moi avons divorcé, mais elle a autorisé Nannan à rester avec moi ce trimestre. Samedi, elle viendra de Yanshan et l'emmènera pour le week-end, mais aujourd'hui, nous ne sommes que mardi. Nannan ne sourit plus beaucoup. Je ne suis pas heureux non plus. Mon mariage est foutu, Xi Ping, ma petite amie, m'a trompé deux fois cet été, et mon unité de travail menace de me recadrer.

Nannan se glisse tout près de moi. « Jianjian ! Lili a un esprit de la montagne pour l'aider dans ses devoirs. Elle est très jolie.

— Où vit-elle ? demandé-je en me détournant du chevalet, les mains couvertes de peinture.

— Dans sa boîte à crayons. Je l'ai vue ! » Son regard est grave. « Papa – je veux dire, Jianjian – tu as déjà vu un esprit, non ?

— Viens ici, Nannan. Je vais t'en dessiner un, dis-je en posant mon pinceau et en allant jusqu'à la cuvette, derrière la porte, me laver les mains.

— Tu as un esprit, je sais que tu en as un ! » s'exclame-t-elle en se penchant par-dessus le bureau, les lèvres pincées.

J'ouvre le tiroir et en sors un galet ramassé sur une plage. Je caresse les cheveux soyeux de Nannan et allume la lampe. « Regarde, Nannan, c'est ici que mon esprit habite. Là c'est son visage, là sa jupe rouge et ici, ses longs cheveux noirs. »

Elle place la pierre translucide sous la lumière et, pendant une minute, l'étudie attentivement. Elle finit par me dire qu'elle ne voit rien, qu'elle l'a seulement entendue chuchoter quelque chose : « L'esprit attend que tu finisses tes devoirs. »

J'observe Nannan déposer avec soin la pierre dans sa boîte à crayons. « Quand tu auras terminé, elle sortira et te fera voler à travers la pièce. »

Les immeubles que je vois de ma fenêtre semblent ne former qu'un grand mur noir. Dans l'obscurité, les quelques fenêtres éclairées scintillent comme les yeux d'un loup. Le gouvernement a lancé une nouvelle campagne contre la « Libéralisation bourgeoise » et mon nom a été cité. Mes chefs du Département de la propagande étrangère m'ont collé l'étiquette de « jeune à la conduite suspecte ».

J'entends le vent au-dehors et les gens marcher. Hommes et femmes. Le pas des femmes est plus léger, mais quand leurs semelles écrasent le sable, j'ai l'impression que des aiguilles me transpercent la chair.

Cet après-midi, en allant chercher le dîner à la cafétéria du bureau, j'ai rencontré Zhao Lan, une collègue qui fait partie de mon groupe de discussion sur l'art. Elle m'a confié que le Département de la sécurité l'avait convoquée hier, ils voulaient savoir pourquoi elle était venue chez moi et qui elle y avait vu.

Trouvant refuge derrière un tas de choux, je lui ai murmuré : « Ne parle pas du spectacle de danse où nous sommes allés et, quoi qu'il arrive, ne parle pas des séances de dessin d'après modèle vivant chez Da Xian. » Le mois dernier, avec un groupe d'amis, nous nous sommes cotisés pour payer un modèle deux yuans de l'heure. J'avais laissé mon chevalet à la maison, ne prenant qu'un carnet à dessin. Le modèle avait la peau fine, de grands yeux et les cuisses aussi lisses que du verre. Elle s'est assise au milieu de la pièce le regard fixé sur les hommes qui l'entouraient, cassant entre ses dents des graines de tournesol. De temps en temps, une petite épluchure tombait de sa bouche pour atterrir sur les poils noirs de son sexe.

Je fais réchauffer les boulettes de viande ramenées de la cafétéria et les sers à Nannan. La pièce sent le porc et la coriandre. Je jette un œil à la peinture que je n'ai pas terminée : de pâles branches verticales recouvrent la moitié de la toile, au fond un nuage traverse le ciel noir. Le tableau de Nannan est accroché à côté.

Le mois dernier, nous sommes descendus dans le passage pour peindre un arbre qui baignait dans la lumière. Nannan avait dessiné sur sa toile des feuilles vertes éparpillées et illuminées de taches blanches. Sa peinture était petite mais beaucoup plus vivante que la mienne. Cela ne lui avait pris que quelques minutes et, chaque fois que les gens s'arrêtaient pour jeter un coup d'œil à son travail, elle disait : « Ne me regardez pas, regardez mon père. C'est lui le peintre ! » Nous avons travaillé jusqu'au soir puis nous nous sommes traînés jusqu'à un restaurant bon marché où nous avons commandé de grands bols de soupe aux œufs.

En revenant des toilettes, j'entends Nannan chuchoter quelque chose à la pierre. Il ne reste que quelques feuilles de coriandre dans son bol.

« Où sont passées les boulettes ? lui demandé-je.

— Je les ai mangées », me répond-elle effrontément.

Quelques minutes plus tôt, il y avait encore deux boulettes dans son bol. La pièce sent le porc. Elle doit les avoir cachées quelque part. Je hume l'air alentour et l'odeur me guide jusqu'à sa source, la table de nuit. Alors que je tire le meuble vers moi, deux boulettes écrasées tombent en un « ploc » sur le sol en ciment. Nannan ouvre la bouche et me regarde, terrorisée. Je lui dis de jeter les boulettes à la poubelle, elle se met alors à courir à travers la pièce comme un poulet effrayé.

Elle est si petite et si fragile, je me sens désemparé. Je suis sûr que sa mère sait comment la nourrir, elle.

« Nannan, elle te donne quoi à manger, ta mère ? »

Elle lève les yeux et me regarde à travers sa longue frange emmêlée. « Des pousses de soja sautées et du tofu.

— Ce n'est pas avec ça que tu vas grossir ! Viens, mets ton manteau, je t'emmène manger un ragoût de mouton. » Je vérifie ce que j'ai dans mes poches et me lève.

Environ une heure plus tard, j'éteins le plafonnier et mets ma fille au lit. La lampe de mon bureau éclaire un tas de manuscrits inachevés, des planches contact et quelques timbres que je rassemble pour Wang Ping, une amie qui écrit pour *Le Quotidien de Hangzhou*. L'abat-jour que j'ai fabriqué avec de la pellicule de film sent la colle brûlée. Au-dessous, se trouvent la lettre que j'ai écrite aux studios de cinéma du Guangxi et, ouvert à la page dix, un recueil de textes du temple de Jushilin : « Les êtres sensibles, perdus dans la poussière rouge du monde, rejoindront le paradis de l'Ouest d'Amitabha, de Bouddha et de la Lumière infinie... » Cela fait un moment déjà que j'assiste aux cérémonies hebdomadaires du temple. Je passe des heures à mémoriser les soutras mais quand arrive le moment de les réciter, aucun mot ne me vient. Néanmoins, entre les murs silencieux du temple, je m'oublie. Je regarde la fumée d'encens s'élever vers le ciel, je la suis à travers les nuages blancs et vois qu'au-delà, partout, le ciel est bleu. Je suis les disciples lorsqu'ils tournent autour de l'autel, psalmodiant des soutras tout en battant le *mu yu*. Je m'imagine prononcer les vœux bouddhistes et parcourir le pays en moine mendiant. Mais, un peu plus tard, quand je quitte le temple et que je retrouve la foule dans la rue, mon estomac se soulève.

« Papa, est-ce que maman vient ce week-end ? demande Nannan, sortant la tête de l'édredon.

— Appelle-moi Jianjian. Papa, c'est ridicule.

— Mais tous mes amis disent papa et maman. Pourquoi pas moi ?

— Parce que je ne suis pas un père digne de ce nom. Ma vie est un tel gâchis.

— Papa, je veux dire Jianjian, quand est-ce que maman vient me chercher ?

— Samedi, comme d'habitude. Tu veux ta maman, c'est ça ? Tu n'as plus envie d'être avec papa ? »

Je pense au visage de Guoping avec sa nouvelle coiffure. Ses boucles serrées font paraître son menton plus fort. Parfois elle vient à moto avec son nouveau petit ami. La nuit avant notre divorce, j'étais retourné la voir à Yanshan. Je m'étais allongé à ses côtés, respirant l'odeur chaude de ses cheveux. Au cours des trois années qui avaient suivi mon déménagement à Beijing, nous nous étions peu à peu éloignés l'un de l'autre. Je savais qu'elle avait un ami nommé

He Nong et elle était au courant de mon amitié avec Xi Ping. La passion n'était plus là, mais je ne pouvais m'empêcher d'être triste en pensant que le lendemain, elle ne serait plus ma femme.

« J'ai besoin de vous deux. Elle vient quand Xi Ping ?

— Elle ne viendra plus. »

Xi Ping ne reviendra plus jamais ici. Je la sens pourtant toujours en moi, comme une arête qui pourrit, plantée au fond de ma gorge. Comment en est-on arrivés là ? Même si je n'osais plus croire à l'amour après l'échec de mon mariage, elle était la seule femme à laquelle j'étais attaché. Sa voix avait le pouvoir de faire sortir mon cœur de la torpeur dans laquelle il se trouvait plongé. J'aimais la douceur de ses traits et son front tranquille.

Je l'avais remarquée pour la première fois à la cafétéria, l'année précédente. Elle faisait la queue devant moi. Je lui avais demandé dans quel Département elle travaillait. Elle m'avait répondu : « Comptabilité. Tu devrais le savoir. Je t'ai aidé deux fois pour tes frais. » Quand nous avons commencé à sortir ensemble, c'est comme si ma vie prenait un nouveau tournant. Il m'arrivait de la haïr mais cette haine venait du plus profond de moi, c'était un furoncle qui se nourrissait de mon désespoir. Xi Ping me comprenait. Le jour où je lui avais confié que j'envisageais de quitter mon travail pour parcourir le pays, elle m'avait embrassé l'oreille en murmurant : « Où que tu ailles, je serai toujours là. Mon corps est ton coucher de soleil. »

Je la vois encore, assise sur le canapé orange, occupée à lire, puis se pencher vers moi pour me pincer avec ses satanées petites mains. Je détestais ça. Les femmes devraient être aussi douces que l'eau chaude. Souvent, lorsque nous nous embrassions, elle attendait que je sois complètement détendu puis plantait ses dents dans ma langue, aussi soudainement que se rabat une souricière, et serrait de plus en plus fort. Elle trouvait cela amusant. Quand elle en avait fini, elle se mettait à glousser et séchait mes larmes de ses lèvres.

Je tolérais le fait qu'elle me pince et me morde. Après tout, quel genre de filles peut-on espérer trouver dans ce foutu pays ? Les filles intelligentes sont bien trop occupées à ouvrir des restaurants pour tenter de se faire de l'argent. Les diplômées attendent de leurs hommes qu'ils ressemblent à ces héros de romans à l'eau de rose qui explorent les contrées sauvages du Tibet. Les gentilles filles vivent toutes à la campagne et quand elles viennent s'installer en ville, elles passent leur temps à courir les rayons cosmétiques et n'ont pas une minute à vous accorder. Xi Ping était différente. Elle aimait la musique, les arts, et sa connaissance du chinois classique était meilleure que la mienne. Nous aimions tous les deux le marron et partagions le même rêve récurrent, celui d'être poursuivis par un énorme rocher et de rester cloués au sol. Et ni elle ni moi n'aimions nous laver – nous ne fréquentions les douches publiques qu'une fois par mois.

Je pouvais emmener Xi Ping n'importe où, elle ne se plaignait jamais. Comme ce jour où nous nous sommes retrouvés bloqués par la nuit sur une colline et où nous avons décidé de nous allonger par terre et d'attendre l'aube.

Si elle me voyait baisser mon pinceau, le regard distrait, fixé dans le vide, elle m'écrivait des messages sur sa main : « J'existe, moi, tu sais. » « Hemingway a fini par se foutre en l'air. » Ou encore : « Quand on veut, on peut. » Et si ça ne suffisait pas, elle versait une tasse de thé sur ma toile.

Au mois de juillet, elle a été choisie pour jouer le rôle d'une infirmière dans un film sur la Huitième armée de route qui devait être tourné dans les collines du Guangxi. Une semaine avant son départ, j'ai découvert qu'elle avait couché avec Qiuzi et lui ai dit que je ne voulais plus la voir. Elle était bouleversée, et je ne supportais pas de souffrir, alors nous nous sommes réconciliés dans les larmes. Je noyais ma colère dans l'amour.

La nuit avant qu'elle ne parte pour Beijing, j'ai sorti une lime et lui ai demandé d'ouvrir la bouche.

« Si tu veux me tuer, utilise au moins quelque chose de plus aiguisé. » À quoi pensait-elle en me regardant ainsi droit dans les yeux ? Je ne le saurai jamais.

« Approche-toi », ai-je dit. Elle s'est agenouillée entre mes jambes. J'ai levé l'abat-jour pour que la lumière éclaire son visage. Elle avait le nez parsemé de taches de rousseur. J'ai approché ma main de sa bouche. Son souffle était chaud et humide.

« Je vais juste t'arranger les dents de devant ! »

Elle a enfoncé ses dents dans ma main, puis a levé les yeux vers moi. Le bord de ses paupières inférieures formait deux stries rouges. « Tu sens comme mes dents sont solides ? »

J'ai retiré ma main tout en la secouant pour en chasser la douleur. « Cette incisive est plus longue que les autres, cela va se voir à la caméra si tu souris.

— L'infirmière ne sourit jamais. C'est un rôle tragique. Elle finit sous les balles d'un peloton d'exécution japonais.

— Mais ils auront besoin de filmer ta bouche quand tu hurleras de douleur... Mmm, tu as vraiment de la force dans la mâchoire. » J'ai attaqué l'émail, lentement et, cette fois, elle n'a pas bronché.

« Et Lu Ping ? Quand est-ce qu'elle vient ? demande Nannan, les yeux collés au plafond.

— Lu Ping ne viendra pas avant un moment. »

La semaine dernière, deux officiers ont rendu visite à Lu Ping au Ballet central pour l'interroger jusque tard dans la nuit. Elle est venue ici me le raconter le lendemain matin : « Ils voulaient en savoir plus sur les photos que tu as prises de moi. Ils voulaient savoir si tu m'avais embrassée. Ils m'ont demandé de ne plus jamais poser pour toi. » Puis elle a éclaté en sanglots. Ses yeux étaient cernés de fatigue.

Nannan a fermé les yeux.

Je me souviens d'avoir accompagné Xi Ping à la gare le jour où elle est partie tourner dans le Guangxi. Nous nous tenions debout, dans le tramway bondé, nos visages se touchaient presque. Elle m'a dit : « Qiuzi voulait mon adresse dans le Guangxi, mais j'ai refusé de la lui donner. » Elle devait sentir que j'étais toujours en colère à cause de la liaison qu'elle avait eue avec lui.

« Tu veux dire que tu l'as vu cette semaine ? Tu m'avais promis de ne plus jamais le revoir ! » Je la regardais, incrédule.

« Je ne t'ai pas quitté une seule fois en sept jours, sauf pour rendre visite à ma tante dans le Tongxian. Je t'ai dit que je regrettais. Tu m'as dit que tu me pardonnais. J'ai l'impression que tu n'as toujours pas confiance en moi. » Elle s'est mise à fixer un point à travers la fenêtre tandis que je contemplais un slogan bombé sur la vitre : « ALLER AU TRAVAIL EN SÉCURITÉ, RENTRER HEUREUX CHEZ SOI ! »

« J'irai le voir après ton départ et je saurai la vérité ! » Ma vue s'est voilée, j'avais la gorge nouée.

Xi Ping a levé les yeux vers moi. J'ai alors vu ce qu'ils dissimulaient, deux globes mystérieux capables de passer en un instant de la lumière à l'obscurité morbide des eaux d'un puits. C'était toujours le visage de Xi Ping mais je ne la reconnaissais plus. Ses sourcils épilés semblaient factices. Jamais je ne l'avais regardée de façon si détaillée. Jusqu'ici, lorsque nos regards se croisaient, je voyais la vie en rose, et lorsque la commissure de ses lèvres se mettait à trembler, j'avais toujours une folle envie de l'embrasser. Mais à présent, le rêve était brisé. Le visage de Xi Ping était blême, ses traits semblaient figés. Ses joues sèches et gercées.

Puis j'ai regardé sa bouche et paniqué en songeant à tout l'amour que j'y avais déversé.

« J'ai mal au ventre », a-t-elle dit en descendant du tramway. Nous nous sommes frayé un chemin dans la foule en nous donnant la main.

« Une fois dans le train, demande au chef un calmant, ai-je dit en inspirant profondément.

— Ne crois rien de ce que Qiuzi te dira. C'est un voyou, il va te mentir. » À mesure qu'elle se faufilait à travers la foule, son visage perdait de sa beauté. Nos doigts étaient encore entrelacés.

« J'espère seulement que tu me dis la vérité maintenant », ai-je dit en traînant une valise que je lui aurais volontiers jetée à la tête.

Je ne l'ai plus vue sourire après cela, pas même lorsque, depuis le quai, j'ai agité la main en guise d'au revoir. Et, tandis que le train s'éloignait, j'ai senti mon cœur se serrer.

Je me suis directement rendu au restaurant de Mimi. Je savais que Qiuzi était un habitué – sa moto était toujours garée devant la porte.

Quand Xi Ping avait démissionné de son travail et commencé à donner un coup de main pour la comptabilité du restaurant, Li Tao avait laissé entendre qu'il se passait quelque chose. Je n'avais pas voulu l'écouter – j'étais amoureux et je ne pouvais pas croire que Xi Ping partirait avec un autre homme juste parce qu'il avait une moto. En plus, elle était avec moi presque tous les jours. Quand j'ai découvert qu'elle avait couché avec Qiuzi, je l'ai giflée et lui ai demandé de s'en aller. Mais, le soir même, je l'ai revue chez Mimi. Elle pleurait à chaudes larmes, la radio résonnait des accords de Tchaïkovski, la pièce était sombre, nous sommes donc tombés dans les bras l'un de l'autre.

Parler à Qiuzi était la dernière chose dont j'avais envie.

Il est arrivé vers cinq heures de l'après-midi. Il était petit, une cicatrice lui barrait le visage et il portait un blouson en cuir clouté. Il avait passé douze ans en prison pour banditisme et vendait des bons d'essence au marché noir. Il avait acheté des bas noirs à Xi Ping et l'avait emmenée en moto chez un ami, pour la baiser. Quand il était allé pisser, son ami s'était jeté sur elle. Elle avait appelé à l'aide mais Qiuzi avait hurlé : « Tu peux bien lui rendre ce service, il sort juste de prison ! »

Qiuzi s'est avancé vers moi, sa démarche rythmée par les clés qu'il portait à la ceinture.

« Hé, Ma Jian ! Comment va la vie ? »

Il y avait quatre tables dans le restaurant et, au fond, un lit à une place. Le restaurant était vide.

J'ai écarté le rideau et crié : « Entre, Qiuzi ! »

Il a rangé ses lunettes de soleil dans sa poche et s'est dirigé vers le lit. Son blouson arborait une énorme moto dans le dos. Les bourrelets de son cou retombaient sur l'encolure.

« Plutôt finir enfermé que te rater ! » J'avais un couteau à la main et un autre sous le matelas. Il a tenté d'esquiver mais je l'ai plaqué au sol. « Si tu bouges, je te plante ! » Je pointais mon couteau droit sur son œil.

Mimi a fait le tour du comptoir en hurlant : « Ma Jian ! Arrête !

— T'approche pas Mimi ! ai-je crié, sans lâcher Qiuzi.

— Écoute, ça sert à rien tout ça. Je vais tout te dire. » Qiuzi avait le visage de la même couleur que le poulet congelé qui gisait sur le sol.

« C'est pas arrivé souvent avec Xi Ping. Une fois, dans la maison de mon pote. Trois fois chez moi – ma femme travaille la journée...

— Je sais tout ça. Dis-moi juste ce qui s'est passé cette semaine.

— Elle m'a dit qu'elle devait partir. Je l'ai accompagnée au marché de Beitaipingzhuang, je lui ai acheté deux paires de collants. Après, on est allés dans les bois, elle a baissé son pantalon... Dimanche, je l'ai emmenée à Tongxian pour voir sa tante, on l'a fait deux fois. Je l'ai déposée devant une gare en dehors de Beijing, elle a pris le train que pour une station. Tu devais l'attendre au terminus... Hier, je lui ai filé de l'argent pour le voyage. On n'est pas allés jusqu'au bout : elle m'a sucé un peu mais ses dents lui faisaient mal. Elle a dit que tu les lui avais limées... Écoute, je suis désolé, je la reverrai plus. Te vexe pas, les femmes, elles sont toutes pareilles. Je t'arrange un rendez-vous avec une autre cette nuit si tu veux... »

J'ai quitté le restaurant et erré dans les rues pendant des heures. J'ai marché de la rue Yuetan à la place Tiananmen, et de l'avenue Jianguomen au parc Ritan, puis je suis retourné sur la place pour passer devant le mausolée de Mao et le musée de la Révolution chinoise. Quand j'ai de nouveau levé les yeux, j'étais sur le point de tourner dans le passage Nanxiao. Mais j'étais incapable de rentrer chez moi – les pantoufles de Xi Ping se trouvaient toujours devant la porte, son chapeau de paille noir était dans la penderie et ses bouteilles de yogourt vides s'entassaient sur le rebord de la fenêtre. Elle en buvait deux à trois par jour.

Alors j'ai continué à marcher. Le mur qui se dressait sur ma droite m'accompagnait dans mon avancée, puis il s'est rapproché et a fini par se fondre avec ceux de la Cité interdite. Je me suis retrouvé une fois de plus sur la place. J'ai grimpé sur le podium réservé aux spectateurs et je me suis allongé sur le ciment sous le portrait de Mao Zedong. Mais j'avais toujours l'image de Xi Ping en tête. Le jour où elle était allée chez sa tante, je lui avais acheté de la gelée d'aubépine et j'avais placé dans son lecteur de cassettes un enregistrement de sa chanson favorite : *Toujours la même rengaine*. Ce soir-là, je l'avais attendue sur le quai de la gare. Elle était descendue du train de Tongxian et s'était plainte de la fatigue de son voyage. Une fois à la maison, je lui avais retiré ses chaussures, j'avais posé ma tête sur son ventre, respiré son odeur âcre et je l'avais poussée sur le lit…

« Lève-toi, sale chien ! Qu'est-ce que tu fais ? D'où tu viens ? » Trois policiers se tenaient là. Leurs pieds près de mon visage.

« J'ai raté le dernier train. J'ai mal à la tête. » Ma voix me dégoûtait.

« Conneries ! Fous le camp d'ici ! » Au moins, ils ne m'ont pas frappé.

Mon regard flotte à travers la pièce. Les affaires de Xi Ping sont toujours entassées dans un sac en plastique derrière la porte. Je le fixe. J'ai l'impression qu'il respire.

« Dors maintenant, Nannan. Tu dois être debout à sept heures demain matin.

— Je dors. » Une touffe de cheveux noirs dépasse de l'édredon.

« Comment peux-tu parler si tu es endormie ?

— Je parle en dormant », dit-elle en se pelotonnant comme un petit lapin.

Je sors la lettre que je destine au studio de Guangxi, et la relis une nouvelle fois : « Je vous écris au sujet de ma petite amie, Xi Ping. J'ai découvert récemment qu'elle avait entretenu une relation illicite avec un voyou de Beijing. Elle a été choisie pour jouer le rôle de l'héroïne du film, une infirmière dévouée à la cause du Parti. Je pense que vous devriez en informer le réalisateur dans les plus brefs délais et lui faire savoir que Xi Ping ne correspond pas du tout au rôle de... »

J'emporte la lettre au lit. Nannan, à moitié endormie, grimpe sur mon torse. C'est de sa mère qu'elle a besoin, pas de moi. Je ne sais ni comment la câliner, ni comment lui brosser les cheveux.

J'éteins la lumière. Le ciel s'est éclairci. Les étoiles sont toujours plus brillantes lorsque le vent souffle à travers la nuit. Je posterai la lettre demain.

Ne plus jamais faire confiance à une femme. Si j'accepte ses excuses et la reprends, la prochaine fois, je n'aurai à m'en prendre qu'à moi. Pourtant je lui avais dit que je ne croyais pas en l'amour, alors pourquoi cela me bouleverse-t-il à ce point ?

Une bande de crapules m'attend au travail. S'ils tentent encore de me recadrer, je tue quelqu'un. J'emmerde le Parti communiste ! J'emmerde ses putains d'ancêtres jusqu'à la huitième génération !

Je ferme les yeux et me vois allongé sur un sol en ciment. Cette fois, j'ai fait une chute mortelle. Ma tête baigne dans une mare de sang. Amitabha, bouddha de la Lumière infinie. Amitabha, Amitabha…

Un homme de trente ans

Aujourd'hui, nous sommes le 18 août 1983, jour de mon trentième anniversaire. Je ne suis pas encore levé qu'on cogne déjà à ma porte. « Ma Jian, dépêche ! Téléphone pour toi ! » Je grogne, enfile mes tongs et me lève. Les pas s'éloignent. Une radio hurle de l'immeuble d'à côté. Je vérifie le contenu de mes poches avant de sortir, retourne chercher mon portefeuille et, tant que j'y suis, ramasse mon carnet.

Un bus vient sans doute de passer : le sol est encore chaud sous mes pieds. Le côté gauche du passage baigne dans un soleil éblouissant, quelques personnes se sont installées à l'ombre, de l'autre côté. Le propriétaire de la boutique de vêtements mortuaires est assis sur le seuil de sa porte. Il s'appuie d'une main sur le cadre en bois et, de l'autre, caresse son ventre dénudé. « Hé ! Monsieur l'écrivain ! Tu es bien matinal aujourd'hui ! » Je grommelle quelque chose et détourne la tête. Je déteste le son de sa voix. Depuis que je l'ai interrogé sur les habits et les objets funéraires, il n'arrête pas de me demander si j'ai terminé mon livre. « Tu as bien fait d'écrire sur les morts, dit-il, ils sont bien plus sympas que les vivants. » Le téléphone public est posé sur le rebord de la fenêtre d'un petit restaurant. À côté, une femme en jupe attend de pouvoir passer son coup de fil.

La voix de Li Tao résonne dans l'écouteur : « C'est ton anniversaire aujourd'hui, je passerai chez toi ce soir.

— Te dérange pas, je n'ai rien à fêter !

— Dis pas de bêtises ! Tu fais une fête, que ça te plaise ou non. Téléphone à des amis et dis-leur de passer, j'apporte à manger. À ce soir ! »

Je jette un coup d'œil à mon portefeuille et remarque que la femme agite ses mollets d'impatience. Ses jambes sont parcourues d'un réseau de veines bleues qui disparaît sous le cuir de ses souliers noirs.

« Je paierai ce coup de fil plus tard, grand-mère, dis-je à la vieille femme assise près du téléphone. J'en ai encore quelques-uns à passer. Je vais laisser cette dame téléphoner d'abord. »

Le propriétaire de l'épicerie voisine sort avec un plateau chargé de quartiers de pastèque. Un gamin en maillot blanc chipe l'un des morceaux en passant et disparaît, en courant, dans la première rue à droite.

« D'accord. Je t'enverrai les documents... À la fin du mois... Bien sûr qu'ils sont importés, j'ai les reçus !... Ils sont arrivés de Guangzhou le mois dernier... Très bien !... N'oublie pas d'apporter les papiers !... »

La femme est toujours au téléphone.

De retour chez moi, je cherche la sacoche de photographe en agneau que j'ai reçue comme récompense pour une exposition photographique au palais du Travail. Elle est trop belle pour être utilisée alors je la conserve dans une boîte en carton, sous mon lit. Je l'ouvre et en sors une coupure de journal. Elle est datée du 1er mai 1982, le mois qui a précédé mon divorce. Je l'ai conservée parce que la photographie qui m'a valu le prix, « Coucher de soleil sur l'Installation pétrochimique de Yanshan », est imprimée d'un côté, et que de l'autre se trouve un article sur la danse coréenne pour laquelle Guoping a remporté une récompense : « Joie lors des grandes moissons du Système contractuel agricole ».

Je l'ai vue exécuter cette danse au cours d'un spectacle de propagande dans le parc du temple du Ciel. Après sa performance, je suis allé la retrouver dans les vestiaires. Elle discutait avec Hong Ye, riant et balançant des hanches. Son visage s'est figé à ma vue.

« J'ai pris dix photos de toi, elles devraient être réussies, ai-je dit.

— J'espère qu'elles seront meilleures que les dernières !

— Arrêtez de vous chamailler tous les deux ! a dit Hong Ye. Allez, Ma Jian, prends quelques photos de nous tant que nous sommes encore maquillées. » Hong Ye a quelques années de moins que Guoping.

Cinq filles se sont élancées sur la pelouse pour une figure de danse. Guoping a levé les bras et dansé en cercle. Au soleil, sa jupe coréenne était aussi bleue que le ciel.

Une soprano bien en chair s'est avancée sur scène pour entonner une chanson : « Des manières civilisées et une bonne conduite sont très importantes dans la vie… » Sa voix résonnait entre les quatre murs du parc.

« Tu n'es pas obligé de rester, Ma Jian. Rentre chez toi. » Le visage de Guoping était luisant de sueur. La poudre de riz rose formait des plis aux coins de sa bouche et masquait son expression. La peau de ses oreilles et de son cou, non maquillée, me rappelait la nudité de ses cuisses.

Au fond de l'étui de l'appareil photo, je retrouve une savonnette venant de l'étranger, toujours enveloppée dans son papier d'origine. C'est Wang Ping, la journaliste du *Quotidien de Hangzhou*, qui me l'a rapportée de Norvège. Notre unité de travail y avait envoyé une délégation et elle avait été choisie comme traductrice. Wang Ping et moi nous sommes rencontrés pendant qu'elle suivait une formation sur la propagande étrangère dans mon Département. La photographie d'une femme aux longs cheveux blonds est imprimée des deux côtés de l'emballage. Mes pensées se tournent toujours vers les femmes quand je tiens ce savon entre mes mains.

Le prêteur sur gages m'en donne dix-huit yuans : seize pour l'étui, deux pour la savonnette. J'achète un jin de choux au vinaigre et deux jins de gâteaux aux graines de sésame, et claque le reste de l'argent en bières. Je fabrique ensuite une table de fortune avec une vieille toile, une caisse en bois, et la recouvre avec une feuille de papier journal. Le temps de disposer la nourriture et les verres sur la table, il fait déjà presque nuit.

Je m'affale sur mon canapé et regarde le seau rempli de bières. En fait, Li Tao n'est pas le seul à s'être souvenu de mon anniversaire. La semaine dernière, j'ai reçu une carte de Lingling, une éditrice de poésie des Presses de Guangzhou. C'était une image du Christ. D'une écriture minuscule, elle avait inscrit en bas : « Ton expression me rappelle la sienne. »

Mon esprit dérive vers mes précédents anniversaires.

Vingt-neuf ans. Nous nous sommes rendus à une dizaine au réservoir de Miyun. J'ai nagé jusqu'à l'île avec cet estropié de Lu Desheng sur le dos. On a failli se noyer. Le grand Yang Ke, un poète, était là. Il est fils unique. Après que sa mère a été battue à mort pendant la Révolution culturelle, il a pris sa place comme gardien à l'hôpital des Travailleurs de Beijing. Il est venu avec sa nouvelle petite amie, Weiwei. Je me suis senti triste à sa vue : c'était le portrait craché de Xi Ping.

À la tombée de la nuit, nous avons tous dansé sur la plage. Du lecteur de cassettes s'élevait la voix du chanteur taïwanais Su Rei : « Parle-moi de ta voix douce et raconte-moi la vie… »

Notre torche éclairait les rides à la surface. Je me suis enfoncé dans l'eau, la lumière s'est éteinte et, un instant, j'ai eu comme l'impression de flotter dans l'espace.

À un moment de la soirée, nous nous sommes installés dans une grotte, sur des couvertures, pour discuter. Hu Sha s'est frotté les yeux et nous a récité son nouveau poème : « Pardonne-moi/Si je cherche mon idéal vers les cieux/Sur terre, je suis condamné à marcher… » Le jour,

Hu Sha enseigne l'histoire à l'Université des aciéries de Beijing. Yang Ming, la plantureuse éditrice de la revue *Étoile*, de Chengdu, nous a lu un vers qu'elle venait de composer sur le dos de sa main.

Bien après que la plupart d'entre nous nous fûmes endormis, Lu Desheng, resté éveillé, récitait encore un de ses poèmes d'avant-garde à la lueur d'une bougie, tout en jetant un coup d'œil aux corps étendus autour de lui.

« Hu Sha, arrête tes conneries ! Je vois bien ce que tu fabriques », a-t-il crié. J'entendais à ma droite la respiration haletante d'une fille que l'on caresse.

Sur le chemin du retour, je me suis tourné vers Weiwei : « C'était mon anniversaire hier ! »

Vingt-huit ans. Ai bu un verre avec Li Tao et Hu Sha au restaurant de Mimi.

Vingt-sept ans. Ai confectionné des boulettes fourrées aux haricots rouges chez Zhou Zhen, dans le Yanshan. Après dîner, nous avons poussé le canapé et dansé. Guoping la rumba avec He Nong et moi, une valse avec l'épouse de Zhou Zhen sur l'air du *Beau Danube bleu*. Elle rentrait à peine du travail et sentait encore l'hôpital. Je lui ai dit : « Je t'ai vue l'été dernier, tu faisais la queue devant le cinéma. Tu portais un foulard noir. »

Deux ans plus tôt, notre unité de travail nous avait informés que le premier ministre Deng Xiaoping avait décidé, par décret, que toute personne surprise à écouter les chansons de la chanteuse taïwanaise Deng Lijun écoperait de cinq ans de prison. Guoping et moi en avions discuté avec Zhou Zhen, puisque c'est chez lui que nous l'avions écoutée. Il nous avait alors conseillé de nous tenir éloignés de lui jusqu'à ce que cette campagne prenne fin.

Comme nous n'étions pas coutumiers de l'érotisme des chansons d'amour, nous n'avions pas saisi que nous avions mal compris les paroles que Deng Lijun chantait. Elle ne disait pas : « Chaque jour je me lave pour tu puisses étreindre mon cœur si seul », comme nous le pensions, mais : « Chaque jour je me lève pour que tu étreignes mon cœur si seul. » C'est ainsi que, de retour de notre douche, nous foncions droit sous les couvertures. Ce n'est que l'année dernière, lorsqu'un ami de Guangzhou m'a envoyé une copie de la cassette que j'ai compris notre erreur.

Cette fête devait à la fois célébrer mon anniversaire et la fin de la campagne contre Deng Lijun.

Mais aujourd'hui, j'ai trente ans. J'ouvre mon carnet et m'adresse un message : « Confucius dit qu'à l'âge de trente ans un homme doit prendre position dans la vie, mais toi, tu ne sais toujours pas qui tu es. Ton épouse et ta petite amie t'ont quitté l'an dernier et, aujourd'hui, tu es sur le point de perdre ton travail. Il te reste environ vingt mille jours à vivre. Pourquoi gâches-tu ta vie ? Concentre-toi et fais quelque chose. »

Toc, toc ! La porte s'ouvre, Li Tao et Mimi entrent. Mimi arbore toujours un grand sourire.

« Fais pas cette tête ! lance-t-elle. Regarde ce qu'on t'a apporté ! »

Li Tao jette un œil à son recueil de poèmes sur l'étagère et met la *Symphonie du Nouveau Monde* de Dvořák. Il sort sans doute tout juste du boulot, il porte encore sa chemisette blanche réglementaire. La banque où il travaille comme employé est à environ vingt minutes à pied d'ici. « C'est une nouvelle peinture ? » dit-il en se laissant tomber sur le canapé.

Mimi porte une longue robe crème, un collier en or et un anneau en or au doigt qu'elle pointe vers ma toile. « Ce sont des branches ou des pierres ? demande-t-elle.

— Là, ce sont des branches, et ici des pierres.

— Pourquoi est-ce que le tronc se tord en cercle ? »

Je n'ai pas la force de répondre.

« As-tu terminé ton poème ? me demande alors Li Tao.

— Pas encore. Je suis à court d'inspiration. Je devrais peut-être vraiment partir en voyage. J'aimerais parcourir les prairies dont parle Fan Cheng dans ses textes.

— Tu as mis toute ta poésie dans ta peinture. Tu es vidé. »

Li Tao est mon ami le plus proche, il me comprend mieux que quiconque.

Mimi tape dans ses mains. « Assez bavardé. À table ! Tu ne peux pas peindre l'estomac vide. Ouah ! Visez-moi ce seau de bière ! Combien de personne as-tu invitées, Ma Jian ? Maintenant dis-moi où tu ranges ta bouilloire. Je vais faire du thé. » Elle tourbillonne, puis traverse la pièce à grandes enjambées, faisant crisser ses sandales de cuir à chaque pas.

« À l'époque où le président Nixon s'est rendu en Chine, le président Mao était incontinent. Au cours du banquet officiel, il a chié sur son siège et l'étron a roulé sur le parquet. "Qu'est-ce que c'est ?" a demandé Nixon. Zhou Enlai lui a répondu de but en blanc : "C'est un mets chinois très délicat – le préféré du Président. Mademoiselle ! S'il vous plaît, ramassez le cornichon au vinaigre qui est tombé !"

— Elle date de l'année dernière ta blague. Je parie que vous n'avez jamais entendu celle-ci... »

Je suis allongé sur le lit, à moitié soûl. Da Xian est affalé à côté de moi. Son haleine empeste l'alcool. La semaine passée, il a tellement bu qu'il a vomi sur sa toile à moitié terminée. Il a attendu qu'elle sèche puis l'a accrochée au mur en expliquant qu'il s'agissait là d'un chef-d'œuvre abstrait. Six ou sept hommes sont assis par terre. Le bout rouge de leur cigarette tremblote dans l'obscurité, au-dessus de chaque visage.

« Un jour, le président Mao et sa femme, Jiang Qing, se sont violemment disputés. Elle s'était simplement acheté un soutien-gorge, mais Mao affirmait que c'était un symbole de la vanité bourgeoise et refusait qu'elle le porte. Il le lui a arraché des mains et l'a jeté par la fenêtre. Le soutien-gorge a atterri sur la tête de Deng Xiaoping qui, dehors, était en train de les écouter. Quand Mao s'est aperçu que Deng était là, il a failli sortir de ses gonds, mais Zhou Enlai est entré et s'est exclamé : "Regardez, Président ! Le camarade Deng s'entraîne pour devenir pilote de chasse !"

— Je ne comprends pas. Pourquoi un pilote porterait-il un soutien-gorge ?

— Imbécile. Tu n'as jamais vu les grosses lunettes que portent les pilotes ?

— Cette blague est nulle. Écoutez plutôt celle-ci. Un enfant demande à son père : "Pourquoi est-ce qu'on doit avoir un portrait du président Mao mais aucun du Parti communiste ?" Et son père répond : "Parce que le Parti communiste n'est pas humain, idiot !"

— Le Parti communiste n'est pas humain ! Là, tu as carrément raison, carrément raison. »

Fan Cheng et Hu Sha chuchotent sur le canapé. Ils ont lancé récemment une revue littéraire underground appelée *La Nouvelle Ère*. Fan Cheng travaille à la direction des impôts où il a accès à une machine à ronéotyper, il peut ainsi imprimer en cachette. « Chen Hong a écrit un poème sur l'avortement. Je pense que nous pourrions le faire paraître dans le prochain numéro... Ce journaliste américain a dit que l'enregistrement secret du procès de Wei Jingsheng serait bien diffusé aux États-Unis...

— Hé, Hu Sha ! J'ai entendu dire que les frères Wang avaient levé une bande de partisans au Anhui.

— N'importe quoi ! Y a longtemps qu'on les a pris sur la voie ferrée, à l'extérieur de Beijing, et tués à coups de gourdin.

— Vous avez tous les deux tort. Mon voisin travaille pour la Sécurité intérieure. Les frères sont toujours en cavale et ils ne sont pas aussi dangereux qu'on le prétend.

— Ces bandits ne sont pas pires que les communistes. Le secrétaire du Parti de notre usine ne sait toujours pas lire. Il fait venir son assistant pour réciter les directives de Deng Xiaoping pendant les séances d'étude, puis il fout ses pieds nus sur le bureau et se les cure avec un canif. C'est dégueulasse.

— Tu as entendu la dernière sur le type à lunettes que j'ai vu l'autre jour dans ta chambre ? Il s'est trouvé une étudiante étrangère de l'Institut des langues et il part en Amérique avec elle.

— Notre service financier peut envoyer deux personnes au Danemark cette année. Tout le monde se bat pour y aller. Mais seuls les membres du Parti ont une chance d'être choisis, évidemment.

— Wang Chong s'est fait plaquer. Sa copine se serait enfuie avec ce type, un Suédois, apparemment. Il a l'âge d'être son grand-père, nom d'un chien !

— C'est tranquille pour les filles. Elles n'ont qu'à se coller à un étranger et la fois d'après tu apprends qu'elles se sont mariées et qu'elles vivent en Amérique.

— Ma Jian ! Arrête de faire semblant de dormir. C'est ton anniversaire. Prends un autre verre !

— J'écoute mais j'ai mal à la tête, ça me lance. Baisse la musique, Fan Cheng, la patrouille de nuit va nous entendre. »

Je sais que les gens ont besoin de se blottir les uns contre les autres pour survivre seulement, parfois, je rêve de m'enfuir et de me replier sur moi-même. Je déteste travailler pour le Parti mais de quoi vivrais-je sans cela ? Je me demande ce que Xi Ping a fait aujourd'hui. Elle a l'intention de me dénoncer à la police, semble-t-il. Son père l'aide à rédiger un rapport sur moi. C'est ça qu'elle appelle l'amour éternel. Hier, Guoping a récupéré Nannan pour les grandes vacances. Elle trouve que ma situation est trop précaire et insiste pour que Nannan reste avec elle à Yanshan l'année prochaine.

« Ma Jian, c'est pas toi qui criais le mois dernier au réservoir : "Où sont les femmes ?" Ben, à ce que j'ai vu ce soir, tu as pas mal le choix, veinard !

— Ce ne sont que des amies. Allons dormir maintenant, c'est presque le matin. »

J'essaie de me souvenir des visages de ce soir. Mimi dansait joue contre joue avec Da Xian, puis elle est restée seule dans son coin. Li Tao semblait contrarié. Chen Hong est arrivée tard, coiffée d'un chapeau de soleil blanc, le visage très maquillé. Fan Cheng lui a lancé un regard désapprobateur. Je le soupçonne de vouloir rompre. Chen Hong s'est arrêtée dans l'encadrement de la porte et a lancé : « Je ne me sens pas à ma place ici », pour ensuite aller se démaquiller aux toilettes. Après le dîner, Mimi a annoncé son intention de s'installer dans la zone économique spéciale de Shenzhen. Hua l'a accusée de faire le jeu du capitalisme. Puis Lu Ping s'est levée et s'est exclamée : « Je propose de porter un toast à notre ami Ma Jian ! »

J'ai l'impression que l'on me tape sur la tête avec un pilon. Le foie de porc de Li Tao et les ailes de poulet épicées étaient bons, mais avec le poisson et l'alcool, je commence à me sentir nauséeux. Je suis content que Lu Ping soit venue. Elle est première ballerine au Ballet central de Chine. Je la photographiais régulièrement pour des calendriers ou des catalogues jusqu'à ce que la police l'interroge l'année dernière et lui interdise de travailler avec moi. Elle était plus jolie que jamais ce soir, mais à présent, suite à mes expériences malheureuses avec Guoping et Xi Ping, les femmes très courtisées m'effraient. « Qui a raccompagné Lu Ping ce soir ? souffle une voix après un bref silence.

— Pourquoi est-ce qu'il y a autant de ces satanés moustiques ici ?

— J'en ai tué deux, il y a une minute.

— Je t'ai vu lui donner ton numéro de téléphone en douce.

— Ses bras sont si fins. Je pense qu'elle pourrait danser Lin Daiyu dans *Un rêve dans le pavillon rouge*.

— Elle l'a déjà jouée. Elle a donné trois représentations le 26 août au théâtre de Tianqiao. Je les ai toutes vues.

— Pourquoi portait-elle ce jean rouge moulant ce soir ? Elle ressemblait à une immigrée chinoise.

— Elle n'a pas de seins.

— Hé, Ma Jian ! Pourquoi tu ne la dragues pas ? Elle est beaucoup plus jolie que Guoping ou Xi Ping.

— Vous perdez votre temps. Lu Ping a un petit ami. »

Tandis que les hommes parlent d'elle, l'image de Lu Ping souriante m'apparaît à travers la noirceur du plafond. J'imagine que les autres la contemplent aussi.

Je me souviens l'avoir vue danser *Un rêve dans le pavillon rouge* l'an passé, assis dans l'obscurité du théâtre. Le deuxième acte se terminait. Elle tournoyait désespérément parmi les fleurs tombant des arbres après avoir appris que Bao Yu, son amant, s'était fiancé à sa cousine, alors que Bao Yu, dupé par sa famille, pensait être fiancé à Lin Daiyu. Découvrant la véritable identité de sa jeune épouse après la cérémonie du mariage, Bao Yu quittait horrifié son pavillon rouge pour courir retrouver son amour. Mais il était trop tard, Lin Daiyu était morte de chagrin au moment même où les futurs époux échangeaient leurs vœux. Soudain, Bao Yu levait le voile de la poussière rouge de l'illusion. Il se libérait de ses attaches terrestres et se mettait en quête de l'illumination. Lu Ping est l'actrice idéale pour jouer le rôle de Lin Daiyu. C'est une jeune femme frêle à la beauté mélancolique.

« Tu prêtes serment au soleil/Laisse voler les oies sauvages vers l'horizon et crier ta chasteté/Je te crois maintenant/Si fort que la passion me tire des larmes/Cela ne me surprend pas/Mais j'ai failli mourir de rire quand tu as prononcé le mot : toujours… »

C'est Hu Sha. Il lui arrive souvent d'interrompre la conversation pour citer quelques vers.

« Personne ne t'applaudit, Hu Sha. Tu nous les as déjà récités la semaine dernière chez Yang Ke !

— Eh bien, si tu es si malin, dis-moi qui les a écrits !

— Comme si je ne savais pas qu'il s'agissait de Wen Yiduo ! Teste-moi plutôt sur les poètes Tang, si tu l'oses.

— Ils sont dépassés. Voyons plutôt comment tu te débrouilles avec les contemporains.

— Taisez-vous. Il fait presque jour dehors. Vous n'entendez pas la benne à ordures descendre l'avenue ? »

Plus personne ne fume, je ne distingue plus les visages. Maintenant les hommes se sont tus, une chaude odeur de renfermé monte et envahit la pièce. Hu Sha commence à ronfler. Il ronfle toujours, même dans le bus. Il peut s'endormir n'importe où. Pendant la Révolution culturelle son père a été si sévèrement corrigé qu'il en a perdu l'esprit. Il passait toutes ses nuits à déambuler dans leur logement, griffant les murs de slogans antirévolutionnaires avec des ustensiles ménagers, hurlant : « Salauds, putains de communistes ! » C'est ainsi que Hu Sha a appris à dormir debout. Son père s'est éteint l'an dernier. Le jour qui a suivi sa mort, Hu Sha arborait un brassard noir au bras gauche et quelques rides supplémentaires sur son visage.

Je commence à m'endormir. Dans le brouillard de mon épuisement, la maison se transforme en une grande boîte de carton vide, légère comme une plume, se balançant au-dessous des grands immeubles rouges. N'était-ce pas cela que Saul Bellow écrivait dans *Le Don de Humboldt ?* Des femmes bien en chair à forte poitrine. Non – jolis seins, gros tétons. Idiot, ça ne peut pas être ça ! Gros tétons... grosses poitrines...

L'écriture de mon autocritique

Au début du mois de septembre, j'arrive pour une nouvelle journée de travail, sous le regard pesant de la foule de mes collègues. Au moment où je pénètre dans mon bureau, le secrétaire entre et me dit : « Ma Jian, le directeur Qian souhaiterait s'entretenir avec toi. Tu dois l'attendre dans la salle de conférences. »

Le courrier s'amoncelle sur mon bureau. Je suis en train de compiler des photos pour un livre intitulé *Le Temps libre des travailleurs chinois*. J'ai écrit aux syndicats des quatre coins du pays pour qu'ils soumettent ce projet à leurs membres. Ce livre sera offert aux délégations étrangères comme souvenir de leur voyage en Chine. J'ai reçu des milliers de photos mais aucune n'est suffisamment bonne pour être publiée. J'ai toutes sortes de clichés : de la mère baignant son enfant jusqu'à un rassemblement de quarante personnes autour d'un poste de télévision, en passant par une famille prenant une photo de groupe au parc, ou encore un homme construisant un poulailler dans son arrière-cour. Aucune de ces activités ne recevra l'approbation de la direction, sans compter que la plupart de ces photos sont floues, ou sous-exposées.

Cela irait plus vite de définir clairement ce que veut la direction pour ensuite prendre les photos moi-même. Je sais comment ça marche maintenant. Je l'ai appris à mes dépens. Après avoir rejoint le Département de la propagande étrangère, j'ai fait deux voyages aux aciéries de Wuhan pour ne ramener qu'un seul cliché. La première fois, les photos étaient trop sombres et les vêtements des ouvriers déchirés. Le directeur Zhang, le chef du Département, n'était pas content. Lors de ma seconde visite, j'ai demandé aux ouvriers de mettre des tenues propres et de piquer leurs tisonniers dans le fourneau en flamme, un sourire rayonnant sur leur visage. Le président de l'usine s'est approché de moi et m'a glissé à l'oreille : « S'ils font ça plus longtemps, les tisonniers vont fondre.

— Tais-toi ! » J'ai appuyé sur le déclencheur : « C'est une mission politique ! »

J'étais encore fâché qu'il m'ait interdit de photographier l'ouvrier que j'avais vu entretenir le fourneau en entrant. J'avais demandé à l'homme de poser pour moi et le président m'avait chuchoté : « Tu ne peux pas le prendre en photo, il n'est pas membre du Parti et il a demandé un arrêt maladie le mois dernier. » Il m'a alors présenté à sa place trois ouvriers modèles. Quand j'en ai eu fini avec eux, leurs visages étaient parsemés de cloques dues à la brûlure des étincelles qui s'étaient échappées de l'acier en fusion. Lorsque vous travaillez pour le Parti, vous devez apprendre à maquiller la réalité.

J'entre dans la salle de conférences où je suis suivi de près par le président Liu, directeur général, et le directeur adjoint Qian, chef de la division. Le directeur Zhang, le chef du Département, arrive en tenant des copies d'*Ouvriers de Chine* et de *Syndicats chinois : questions et réponses* alors que nous nous asseyons. À la place qu'il choisit, je comprends que c'est sérieux. La dernière fois qu'il s'est assis à cet endroit, il m'a accusé d'être « dangereusement irresponsable ». J'avais photographié le grand pont de Nanjing et je n'avais pas remarqué qu'il y avait une plaque de peinture écaillée au premier plan. Avant d'y retourner, j'ai demandé aux dirigeants du pont de recouvrir d'une couche de peinture fraîche toutes les parties qui devaient apparaître sur la photo.

Le directeur Zhang, originaire du Henan, est un homme retors. Il a une face d'hippopotame et le col de ses chemises est toujours trop serré. La seule fois où j'ai vu son col déboutonné, c'est le soir où il est venu me prévenir que mon arrestation était imminente. Il avait regardé mon verre et m'avait demandé : « Qu'est-ce que tu bois ? J'en boirais bien un peu si ça ne t'embête pas. » Je lui avais répondu que c'était de l'*erguotou*, et il n'en avait fait qu'une gorgée, les mains tremblantes. N'importe qui aurait pensé que la police était à ses trousses plutôt qu'aux miennes.

Il s'adresse à moi : « Jeune Ma, nous t'avons convoqué aujourd'hui pour une raison très importante. Comme tu le sais, le directeur Qian suit notre travail d'un œil attentif. Le travail de propagande que nous réalisons à l'attention des pays étrangers a un très grand impact sur l'image qu'ils se font de la Chine socialiste... » Notant une marque d'impatience dans le regard du directeur Qian, je demande : « Quel est le problème, directeur Zhang ? »

Le directeur Qian tousse bruyamment. On croit toujours qu'il va falloir le réanimer d'urgence. Il s'éclaircit la gorge et dit : « Tu es au Département de la propagande depuis longtemps maintenant, et nous n'avons pas encore eu de discussion sérieuse. Tu es peintre – nous comprenons cela –, nous avons donc fermé les yeux sur ta tenue négligée et tenté de nous concentrer sur tes résultats. Mais, s'il te plaît, quand tu participes à des manifestations où sont impliqués des étrangers, tu es prié de te raser, te laver les cheveux et porter un costume propre. Tu représentes ton pays, après tout. Aujourd'hui, nous t'avons fait venir pour discuter de ton travail. C'est sans doute ma faute si je n'ai pas remarqué avant... »

Le président Liu l'interrompt : « Le directeur Qian est un homme très occupé. Il rencontre des étrangers tous les jours. Il a rendez-vous ce matin à dix heures, avec une délégation syndicale française.

— Peut-être pouvons-nous demander au directeur Zhang de nous parler de cette affaire ? dit le directeur Qian, en toussant de nouveau.

— Le directeur Qian a attiré mon attention sur certains problèmes, il y a quelque temps déjà. Des problèmes concernant la façon de penser du jeune Ma. Jusqu'ici, j'avais toujours considéré que nous devions faire une différence entre l'attitude relâchée qu'il adoptait pendant son temps libre et son comportement au travail. Mais maintenant, il semble que cela ne soit plus si simple, vraiment plus si simple...

— Dites-moi juste ce qui vous déplaît dans mon travail, dis-je en fixant le visage blêmissant du directeur Zhang.

— Tu as un certain talent, sinon les autorités ne t'auraient pas transféré à Beijing. Mais tu dois faire une distinction entre ton travail personnel de création et tes obligations politiques concernant la propagande du Parti. Nous t'avons toujours laissé exposer tes peintures et tes photographies, nous t'avons même autorisé à participer aux cérémonies bouddhistes au temple de Jushilin. Comme les plus hautes autorités l'ont dit : Ce ne sont pas nos affaires. Mais cela ne doit en rien affecter ton travail. » Les yeux du directeur Zhang rougissent alors qu'il parle.

« Directeur Zhang, laisse le jeune Ma résoudre lui-même ce problème », intervient le directeur Qian.

Un secrétaire ouvre la porte et jette un coup d'œil furtif. « Je pense que c'est le vieux Wu, directeur Qian. Puis-je lui dire de vous attendre dans le bureau du personnel ? »

Les maquettes des magazines et les couvertures de livres que j'ai conçues sont étalées sur la grande table. Je dois me pencher en avant pour les regarder.

« C'est une photographie des canalisations d'eau à l'usine automobile numéro deux de Beijing, expliqué-je. La décision de les photographier a été prise lors d'une conférence de rédaction. Les autorités centrales nous avaient dit que le travail de propagande devait mettre l'accent sur l'industrie lourde.

— Jeune Ma, tu travailles désormais à la propagande. Il est donc surprenant que tu n'aies pas assisté à la réunion du mois dernier au cours de laquelle nous avons transmis les dernières directives des autorités centrales. » Les nombreux mentons du président Liu roulent dans son encolure. Il porte des lunettes à monture d'écaille brune. À travers la fenêtre, le ciel forme deux carrés de lumière dansant sur son visage.

« J'étais parti à Changzhou interroger un travailleur modèle en science et technologie.

— Jeune Ma, la photographie, en soi, n'est pas un problème trop grave. Au pire, c'est un signe de paresse intellectuelle, d'un esprit peu enclin à faire l'effort nécessaire pour suivre les nouvelles orientations. Il y a ici des camarades plus anciens et plus sérieux qui peuvent t'aider à corriger cela. Je dois cependant t'informer que, pour le second semestre, notre propagande doit mettre l'accent sur l'industrie légère et non sur l'industrie lourde. Si tu n'étudies pas les documents et ne lis pas les journaux, comment espères-tu être un bon journaliste ? » Le directeur Qian se tourne alors vers le directeur Zhang et demande : « Est-il trop tard pour changer la photographie ?

— J'ai parlé aux imprimeurs. Nous pouvons changer la couleur du titre uniquement, répond-il en se levant.

— Jeune Ma, regarde une nouvelle fois la couleur que tu as choisie, demande le directeur Qian, toujours assis. Qu'est-ce que cette couleur est censée vouloir signifier ?

— C'est du jaune. Je l'ai choisi pour éclairer l'ensemble.

— Ne vois-tu pas le problème ? » Ses petits yeux brillants vont et viennent rapidement de haut en bas comme ceux d'une souris. Il se lève alors. Le président Liu se tient debout derrière lui.

Quatre paires d'yeux fixent la couverture. Un téléphone sonne dans le bureau d'à côté, ou plus loin peut-être.

« Je ne vois pas le problème.

— Si tu ne vois pas le problème, alors c'est un plus grand problème encore ! »

Le directeur Qian frappe la table du plat de la main. « Une tache jaune de cette taille ! Tu insinues que nous sommes une fédération de syndicats pornographiques, c'est ça ? »

Le silence envahit la pièce. La table devant moi semble peser très lourd. Je demande calmement : « Qu'est-ce qu'un syndicat pornographique ?

— C'est un syndicat bourgeois, jeune camarade Ma. Tu as commis une erreur fondamentale, fondamentale ! » Les lèvres du directeur tremblent.

« Dites-moi alors, directeur Qian, si j'avais imprimé le titre en blanc sur fond noir, m'aurait-on accusé de vouloir blanchir le noir ? »

Le président pointe le doigt vers un exemple de couverture pour *Syndicats chinois : questions et réponses*. « Et qu'as-tu peint ici ?

— Un point d'interrogation, ou le contour d'une oreille. » Ma gorge se serre.

Ils échangent des regards entendus. Je ne sais plus qui regarder.

« Pourquoi as-tu mis un point d'interrogation sur la couverture ? » Je m'aperçois que le directeur Zhang n'a pas parlé depuis un petit moment.

« Cela s'accorde avec le titre du livre. Ces lignes représentent les ondes sonores entrant dans l'oreille. Qu'est-ce qui ne va pas ?

— Si tout allait bien, pourquoi t'aurions-nous fait venir ici ?

— Si vous me posiez une vraie question, j'essaierais de vous répondre.

— Tu mets un énorme point d'interrogation sur la couverture et tu dis qu'il n'y a rien à redire à cela ! Nous savons tous ce que tu veux faire. Tu essaies de sous-entendre que le socialisme ne sait pas où il va !

— Ne me faites pas dire ce que je n'ai pas dit, directeur Qian. Qui suis-je pour savoir où va le socialisme ? Où qu'il décide d'aller, ce n'est pas sur la couverture de mon livre qu'il va chercher sa direction !

— Jeune Ma, tu t'engages sur une pente dangereuse si tu continues comme cela. » Le directeur Qian s'avance vers la porte et crie : « Tu as un mois pour écrire ton autocritique. »

En retournant à mon bureau, j'ai soudain du mal à respirer. Le couloir est désert. Mes collègues se sont probablement réfugiés dans leur bureau en entendant les cris. Des taches de lumière aux contours bien nets se dessinent devant chaque porte. On a tellement frotté le sol en ciment qu'il luit comme s'il était recouvert d'une fine pellicule d'eau. Il me vient soudain à l'esprit que je n'ai pas vu le dattier que j'ai planté à l'extérieur de mon appartement à Yanshan depuis que Guoping et moi avons divorcé. On m'a dit qu'il avait bien grandi et portait déjà des fruits.

Un mélange de sang et d'urine

Je me redresse, le dos appuyé contre le mur, fais deux pas puis trébuche et tombe. Le sol est froid. Je suis à l'entrée des latrines à l'angle du passage Nanxiao. La plaque d'égout est disjointe – je bute toujours dessus en rentrant chez moi. J'ai l'impression que le sol est humide. Je me demande où sont passés les hommes qui m'ont arraché les yeux. Je baisse la tête pour regarder ma montre mais ne la vois pas. Mes mains rencontrent un mur noir. Je le griffe et hurle : « Laissez-moi passer ! », je m'aperçois alors que le mur n'est pas devant moi, je suis à l'intérieur, parmi les briques. Mon corps se raidit. J'essaie de bouger la tête, mais elle se pétrifie lentement dans l'obscurité. Je me souviens de ma gorge et hurle à nouveau : « Laissez-moi passer, laissez-moi passer ! » Mon rêve se fige. Je me réveille en sueur et repousse la couverture.

Je déteste les matins. Ils m'arrachent à mes rêves et me forcent à regarder les objets qui m'entourent. Chacun est chargé de souvenirs qui m'assaillent dès que j'ouvre les yeux et me rappellent que j'habite toujours cette vieille baraque croulante. Au-dessus de moi, le plafond, recouvert de feuilles de journaux, est le même qu'hier. La tache brune dessinée par l'humidité ressemble à une carte de la Chine. Les contours de la frontière sino-russe dépassent et dessinent un gant de laine. Le mois dernier, cette tache ressemblait à une femme aux longs cheveux, mais si vous la preniez à l'envers, elle se transformait en berger allemand. Parfois mes yeux errent vers l'intérieur jusque Hubei, où deux chevaliers vêtus de pyjamas de soie se livrent un combat mortel. Le fil de fer maintenant les journaux en place leur fait des sabres étincelants. Chaque fois que mon regard me porte en Mongolie intérieure, je me souviens du chemin de terre que je devais emprunter, à quatorze ans, pour aller rendre visite à mon frère qu'on avait envoyé travailler dans les fermes. Ce chemin réapparaît, encore et toujours, dans un grand nombre de mes peintures. Il y a quelques jours, avec la pluie, le plafond a changé de couleur et, soudain, le visage d'Einstein est apparu. Quand je le regarde, je pense au complexe pétrochimique de Yanshan et à la colline derrière, où la vapeur des canalisations de chauffage central affluait vers le soleil. Au pied de la colline, se trouvait une gare où aucun train à grande vitesse ne s'arrêtait. Le guichet pour acheter les tickets n'ouvrait que quelques minutes avant l'arrivée des trains locaux.

J'ai repeint trois fois le mur derrière mon bureau, mais la peinture continue de s'écailler. Une photographie encadrée de Nannan mâchant l'extrémité de son foulard repose contre le pied de ma lampe. Mon chevalet est dans le coin. Je l'ai repoussé là, hier soir, lorsque Li Tao et Fan Cheng sont passés me voir. Nous nous sommes installés sur le canapé et avons parlé de *En attendant Godot*. Puis Fan Cheng nous a raconté les années qu'il a passées à élever des chevaux dans la prairie. Il nous a confié son rêve d'abandonner son emploi au bureau des contributions pour créer une communauté d'artistes dans une ferme d'élevage de bétail quelque part, loin de tout. Je leur ai dit combien j'étais fatigué de travailler à mon autocritique, que j'allais me débrouiller pour obtenir un congé maladie et partir pour la province de Hubei trouver un endroit où je me sente bien. Li Tao s'est extasié sur le fait d'être sur la route. Selon lui, le nomadisme est la façon de vivre la plus pure. Nous avons ouvert une bouteille de bière et Li Tao a récité la *Chanson de la piste ouverte* de Whitman.

Le rayon de soleil qui passe entre mes rideaux est si lumineux qu'il coupe quasiment le canapé orange en deux. Je n'ai pas eu à payer ce tissu.

L'unité de travail de ma sœur le lui a donné lors du dernier Festival de printemps et elle en a fait une housse pour mon canapé. Assez divagué. Debout !

Mes oreilles commencent à bourdonner. Je m'assieds sur la chaise, écarte mon manuscrit et note mon emploi du temps pour la journée. Matin : aller à l'hôpital des Travailleurs de Beijing. Après-midi : acheter des clous pour réparer le verrou de la porte. Soir : récupérer mes peintures chez Zhang Wen et terminer *Le Portrait de l'artiste en jeune homme.*

Je froisse l'emploi du temps, le jette à la poubelle et me gratte les jambes avec mon crayon. Je bois une gorgée d'eau dans ma tasse et m'éclabousse le visage avec le reste. Puis je regarde le mégot de cigarette par terre, exactement à la même place qu'hier et le jour d'avant. Assez ! Je n'en peux plus. Il faut que je parte pour de bon. Mais où aller ? Où puis-je aller ? Où ai-je envie d'aller ? Une chose est sûre : je ne peux pas rester ici. De quoi ai-je peur ? Personne ne garde ma porte. Je peux sortir, quitter les murs de cette ville et me rendre dans un lieu où personne ne me connaît, prendre des chemins peu fréquentés, dormir à la belle étoile.

Bon, voyons déjà si je peux faire ce voyage à Hubei.

Je tiens ma tasse devant moi et pisse – trop. J'en jette une partie par la fenêtre et emporte le reste dans le coin cuisine. Je casse un œuf dans un bol, verse un peu d'urine dans un pot à confiture vide et ajoute le blanc d'œuf. Je me pique le doigt avec une aiguille, presse une goutte de sang dans le pot et visse le couvercle. Une traînée rouge serpente dans le liquide jaune. Je secoue le tout vivement et le mélange devient ocre foncé – trop foncé ! Quelques gouttes d'urine supplémentaires, et l'opération est enfin terminée.

Yang Ke est en train de lire un journal dans sa loge à l'entrée de l'hôpital. Sur le bureau devant lui, se trouvent un tas de courrier, un pot de thé vert, les fiches d'entrée attachées à un morceau de carton, un Rubik's cube sale et un grand trousseau de clés.

« Hé, Ma Jian ! Ça faisait longtemps que je ne t'avais pas vu. » Il baisse son *Standard de Beijing*. La mèche de cheveux blancs qui pend sur son visage brille d'un éclat plus vif que celui de ses yeux.

« Mieux vaut que personne d'autre ne me voie ici, dis-je.

— Ben, tu aurais mieux fait de ne pas venir, alors », réplique-t-il, avec un sourire forcé. Ses amis passent leur temps à le harceler pour qu'il leur rende un service, il doit en avoir assez. « De combien de jours as-tu besoin ? me demande-t-il en allant droit au but.

— J'aimerais avoir une semaine entière.

— Tu as eu trois mois d'arrêt pendant la Campagne contre la libéralisation bourgeoise. Cela ne t'a pas suffi ?

— J'ai besoin de partir quelques jours. Je n'arrive ni à écrire, ni à peindre. Toi, tu as de la chance, tu as Weiwei pour t'encourager. J'ai entendu dire que tu avais publié un nouveau recueil de poèmes le mois dernier.

— Oh, je les ai écrits comme ça. Ça passe le temps, hein ? Et ton roman, ça avance ?

— Je travaille sur des nouvelles en ce moment.

— À la librairie *Vent nouveau*, ils ont *Cent ans de solitude* et *Le Bruit et la Fureur*. Il paraît que c'est très bien.

— Je les ai achetés, ainsi qu'une nouvelle édition de *Pour qui sonne le glas*. Mais ils ont de moins en moins de choses : j'ai dû acheter le *Manuel de réparation électrique domestique* de l'année dernière avant qu'ils ne me vendent les romans.

— On organise une lecture de poésie, au vieux palais d'Été, la semaine prochaine. Tu veux venir ? Il y aura quelques étudiants étrangers de l'Institut des langues, Hasi le sinologue grec, et sans doute aussi quelques hommes de la police secrète. » Yang Ke se balance d'avant en arrière sur sa chaise. Un rayon de lumière luit dans ses yeux.

« La police a interrompu la lecture de Hu Sha, la semaine dernière. Tu en as entendu parler ? Ils ont arrêté Li Zhi, le poète du Guizhou. Il paraît qu'il va être condamné. Est-ce que le docteur Huang que j'ai vu la fois précédente est encore ici ?

— Il est de l'équipe de l'après-midi. Mais tu peux essayer le docteur Sun, c'est l'un de mes amis. Il est très bien. »

Nous entrons dans le hall de l'hôpital. Yang Ke tend le bras à travers la foule en direction du guichet de la réception et frappe sur l'encadrement de bois. Une paire d'yeux regarde par l'ouverture minuscule. « Hé, sœur Zhou, dit-il, sois gentille, donne à cet homme un rendez-vous en médecine interne, d'accord ? » Il m'appuie sur l'épaule pour que je me penche et que la paire d'yeux voie mon visage. Je me baisse au milieu d'une mer de mains et glisse avec difficulté mon argent par l'étroite ouverture du guichet. Une fois que les billets m'ont été pris des mains et remplacés par une mince feuille de papier, Yang Ke me rend ma liberté. « Je dois te laisser, me dit-il, les journaux de l'après-midi vont arriver. »

Tout se passe comme d'habitude. J'explique au docteur que je me sens fiévreux et nauséeux. Il me tend un flacon, je l'emmène aux toilettes et le remplis avec le mélange que j'ai préparé chez moi. Puis je le remets au labo, et attends.

En arrivant avec les résultats, le docteur Sun s'exclame : « Vous devriez être hospitalisé !

— Pas besoin. J'ai déjà eu une hépatite. Une semaine au lit, à la maison, et ça ira mieux. »

Il me tend un arrêt de maladie d'une semaine. Je l'apporte à mon unité de travail et m'empresse de la remettre au directeur Zhang.

« Rentre chez toi et repose-toi, dit-il. Dans quelques jours, le directeur Qian et moi-même viendrons voir comment tu te portes. Il te reste dix jours pour rendre ton autocritique. Maintenant, prends soin de toi. »

Va au diable, directeur Zhang ! je marmonne en marchant dans la rue. Comme dit le proverbe : « Quand le renard se met à prêcher, prends garde à ta poule. » Les gens et les bus circulent plus vite que d'habitude. Allez ! Un pas après l'autre. J'avance de plus en plus rapidement.

Zhang Wen est le président de notre groupe de discussion sur l'art. Il habite passage Meiguang. Pour s'y rendre, on peut descendre à l'arrêt de la tour de la Cloche ou à celui du parc Beihai, la distance est à peu près la même. Mais je descends toujours à la tour de la Cloche pour éviter de passer devant l'ancienne résidence de Guo Muoruo. À la mort de ce géant de la littérature maoïste, le Parti a fait placer des gardes pour protéger l'enceinte de la terre sanctifiée. Autour des épais murs rouges qui entourent la maison, une telle atmosphère de terreur se répand que personne, en passant, n'ose ni parler ni rire. Même les enfants se taisent. En fait, ce ne sont pas les murs qui sont terrifiants, ce sont les soldats et les fusils qu'il y a derrière. On trouve de nombreuses constructions comme celle-ci à Beijing. Ces magnifiques bâtisses appartenaient en général à de riches marchands ou à des aristocrates. Quand les communistes ont pris le pouvoir, ils ont massacré les propriétaires et y ont installé leurs amis.

La maison de Zhang Wen est bien plus petite que la mienne. Son lit une place occupe la moitié de la pièce et ses peintures le reste. Il n'y a pas de chaises, si bien que les visiteurs sont obligés de se jucher sur le lit tandis qu'il se tient près de la porte. Parfois, il faufile son long corps mince dans la pièce et sert le thé, surveillant des yeux le moindre mouvement de ses hôtes, terrifié à l'idée qu'ils puissent toucher une toile. « Attention ! crie-t-il, celle-ci n'est pas encore sèche. » Ou encore : « Attention ! Ce cadre se défait ! »

Yang Yu est dans le coin, à l'extrémité du lit. Il est fort et trapu et porte un T-shirt rouge, il ne ressemble en rien à sa peinture, délicate et fragile. Le jour, il travaille à l'usine de machines de l'Étoile rouge.

Ke Lu est perché devant. La lumière qui miroite sur les verres épais de ses lunettes fait paraître ses lèvres encore plus épaisses. La nuit, il vend des brochettes d'agneau et des tripes bouillies dans le restaurant musulman de Dongsi. Chaque fois que je viens lui acheter des gâteaux aux graines de sésame, il m'en donne un tout chaud à peine sorti du four.

Le mince Chen Wen, un soudeur de la fabrique d'allumettes de Tiananmen, est assis à sa gauche. Il ne regarde que les objets, pas les gens, et encore moins dans les yeux. Yu Lei, le dessinateur du groupe, assis près de lui, est en train de me croquer. De temps en temps, il relève la tête, l'air très concentré.

Zhao Lan entre dans la pièce, ramène ses cheveux en arrière et se serre à côté de Yu Lei. Elle peint de grandes aquarelles de luxuriantes et mystérieuses forêts tropicales. Au cours de la Révolution culturelle, elle a passé cinq ans à défricher les jungles du Yunnan.

Je m'assieds sur un tabouret près de la porte. Je sens le ventre de Zhang Wen dans mon dos lorsqu'il respire. Il me pose une main sur l'épaule et annonce : « Aujourd'hui, Ma Jian va nous parler de sa peinture et nous montrer ses œuvres, puis chacun pourra intervenir. » Il se penche et passe à Zhao Lan une tasse de thé. Son bras tremble. « Attention, Zhao Lan, c'est chaud !

— Qu'entends-tu par "intervenir" ? grommelle Yang Yu. Ce n'est pas une réunion du Parti, nom d'un chien ! Si tu veux dire quelque chose, tu le dis. Si tu préfères glander, tu glandes !

— Écoute, nous avons tous décidé que nous avions besoin de quelqu'un pour présider. J'ai dit intervenir – pas critiquer. Souviens-toi, lorsque Yu Lei a parlé de Toulouse-Lautrec ! C'était très informel, chacun disait ce qu'il avait envie de dire. »

Les peintures de Zhang Wen sont subtiles et très élaborées. Au cours de la Révolution culturelle, lorsque la peinture paysagère était considérée comme un crime contre-révolutionnaire, il enveloppait sa boîte de peinture dans un sac de papier brun et sortait furtivement de l'enceinte de la ville pour aller peindre les champs, les rivières et les lacs. Il a peint le petit tableau qui se trouve maintenant à côté de l'ampoule électrique pendant un concert dirigé par Seiji Ozawa, au Concert Hall. L'orchestre ressemblait à un rocher battu par les flots d'une mer en furie. À côté de cette peinture, se trouve un portrait de sa mère malade, la tête couronnée d'un nuage de cheveux d'une blancheur sépulcrale.

« J'ai apporté sept toiles, commencé-je. Celle-ci représente l'hiver – une maison en ciment derrière un mur en ciment. Même les fenêtres semblent faites de ciment. La seule trace d'une présence humaine est le slogan rouge et jaune dessiné sur le mur.

— Fais attention ! Mets-la ici. Non, là !

— Ma jambe la retient, ne t'inquiète pas.

— Je ne la vois pas, lève-la un peu.

— Tu la tiens à l'envers. »

La toile fait le tour de la pièce, puis est posée à plat à l'extrémité du lit.

« Ça, c'est une branche dans la neige – un coup de pinceau noir porté en travers d'une surface blanche. Je voulais essayer de rendre le bruit qui accompagne le silence... J'ai peint celle-ci dans les rues de Wuhan. Il faisait chaud, un tas de gens se tenait dans l'encadrement d'une porte, en mangeant des nouilles. On aurait dit une mise en scène, j'ai donc peint le store comme s'il s'agissait d'un rideau de théâtre... Celle-là, je l'ai peinte directement sur un panneau dur, après avoir rêvé qu'on me dévorait vivant. Au milieu, c'est un portrait de famille. Dans la foule, quelques visages me sont familiers, d'autres non. L'homme qui me mange le pied au premier plan est mon voisin. Il tient une boutique de vêtements funéraires à la sortie du centre de médecine chinoise et me raconte tout le temps que les morts sont plus sympathiques que les vivants. Le visage à gauche est le mien.

— Les tons sont très intéressants... Attention ! Regarde derrière toi ! » s'écrie Zhang Wen, en sursautant. Zhao Lan, en approchant la main de sa frange humide, a heurté la tasse de thé qui se trouve perchée sur le bois de lit, derrière elle. Elle baisse la main juste à temps, avance la mâchoire et chasse ses cheveux mouillés en soufflant.

Avec autant de personnes réunies dans une même pièce, il fera bientôt très chaud. L'ampoule nue qui se balance devant mes yeux assombrit les visages. La mère de Zhang Wen est demeurée alitée des années durant, dans la remise, de l'autre côté de la cour. La porte est toujours restée fermée. L'an dernier, Zhang Wen a quitté son emploi au bureau de poste pour s'occuper d'elle. Il passait son temps à faire des allées et venues pour vider ses bassins et changer ses coussins souillés. Lorsque Nannan vivait avec moi, j'avais pris l'habitude de l'emmener à nos rencontres. Parfois, elle s'endormait dans mes bras et Zhang Wen la portait jusqu'à la remise pour l'allonger à côté de sa mère.

« J'aime cette tache de bleu. Les nuits d'hiver, le ciel semble gelé comme cela.

— Le style est très simple. Il rend très bien le quotidien de la vie pékinoise. Trop d'artistes ignorent le monde qui les entoure.

— Comme si on avait besoin de réalisme ! Si vous voulez du réalisme, mieux vaut prendre une photo. L'art doit exprimer notre subjectivité.

— Qu'est-ce qu'il y a à exprimer dans une société pourrie ? Ton nationalisme ? Ton amour pour le prolétariat ? Quelle connerie ! »

Zhang Wen se penche sur moi et dit : « Yang Yu, tes peintures sont très expressionnistes. Ce vase chinois que tu as représenté exprime ta crainte de l'anéantissement, ta peur de voir le bien combattu avec force par le mal.

— Les hommes n'ont pas de monde intérieur, ce ne sont que des amas de chair. Dans cette scène de cauchemar, j'aime que Ma Jian ait utilisé des couleurs douces pour peindre une scène terrifiante… j'ai souvent rêvé que l'on m'étranglait ou que j'étais poursuivi par des loups et, quoique terrifié, je ressentais toujours une étrange chaleur, un peu comme si je me trouvais dans les bras d'une femme !

— Ma Jian, ces toiles sont très différentes de tes précédentes productions. Pourquoi es-tu devenu si froid, si négatif dans ta manière de t'exprimer ?

— Je n'ai pas encore trouvé mon style. J'ai l'impression qu'aucun de mes coups de pinceau ne m'appartient.

— Qu'est-ce que le collectif Les Étoiles a fait dernièrement ? demande-t-on soudain à Zhao Lan.

— Ils ont recherché des étrangers susceptibles d'acheter leurs peintures. Ils ont monté une exposition à l'ambassade des États-Unis. Mais aucune de mes œuvres n'a été choisie.

— J'ai entendu dire, l'autre jour, que tu aurais vendu une peinture pour deux cents dollars à l'ambassadeur de Hollande.

— N'importe quoi ! Je jure sur le président Mao que je n'ai jamais vendu une seule de mes toiles ! Je parie que c'est ce connard de Da Xian qui a encore répandu cette rumeur.

— Ce vaurien échange des timbres au marché noir, maintenant. Il a réussi à accrocher quelques étrangers. Il doit déjà avoir six jeans !

— Tenons-nous-en à la peinture. Notre prochaine rencontre... »

Il fait aussi chaud que dans un bus bondé dans cette pièce. Je crie : « Que quelqu'un ouvre la fenêtre !

— Non, n'ouvrez pas. Si la vieille femme qui patrouille de nuit nous entend, elle va appeler la police. » Zhang Wen est maintenant assis sur un tabouret en travers de la porte, les jambes écartées. Il appuie sa tête sur le chambranle, l'air calme et résigné. « Ma Jian, dit-il, tu te cherches encore. Mais tu ne te donnes qu'à moitié. Si tu te consacrais totalement à la peinture, tu ne penserais plus aux coups de pinceau. Tu n'aurais plus besoin de pinceau – tu appliquerais la peinture avec tes mains. »

Les nuits de septembre, une brise automnale souffle à travers les rues de Beijing. À l'arrêt du bus, tout le monde regarde droit devant soi, sauf une vieille dame, assise sur une valise, qui a les yeux rivés sur le paquet de toiles que j'ai sous le bras. Les lumières rouges et blanches de la lampe tournante du salon de coiffure derrière nous clignotent sur le dos de la foule qui attend. En Chine, où la politique est l'unique religion, les gens ne peuvent trouver ce qu'il est convenu d'appeler un style de vie que le long de chemins étroits et imposés. L'art me permet de fuir cela, il me soulage de l'ennui et rend ma vie plus légère, plus supportable, enfin en apparence. Traîner mes toiles à travers la ville en espérant une quelconque reconnaissance, quelle blague ! L'inspiration m'a quitté cette semaine, chacun de mes coups de pinceau me paraît raide. Mes amis peintres pensent que je suis ultraconservateur, mes amis écrivains que je suis un homme aux mœurs relâchées. Au temple de Jushilin je suis un disciple tranquille, au Département de la propagande je suis un jeune homme décadent. Les femmes me prennent pour un artiste cynique, et la police pour un voyou. Qu'ils pensent ce qu'ils veulent. Je n'ai plus que vingt mille jours à vivre. Pourquoi m'ennuyer avec eux ? Je me sens pris au piège dès qu'ils me parlent, entraîné sur un terrain où mes réflexions se vident de leur sens. Pour répondre à leurs questions ennuyeuses, je m'efforce d'entrer dans leurs têtes, de m'y installer, et de boire poliment leur thé à petites gorgées. Quelle perte de temps.

Lancement de la campagne contre la Pollution spirituelle

Chaque fois que je descends du bus et me dirige vers le bureau, en longeant les arbres qui frémissent au vent, j'ai un regard pour le bras de ciel qui se dessine entre les branches et le haut des toits. En octobre, il est si bleu et si clair qu'il fait penser à la mer. La salle de conférences est remplie. Les fumeurs se sont entassés près de la fenêtre. Le vieux Song rit, laissant apparaître ses dents jaunes. Liu Xiaofang lit l'autocritique publiée dans *Le Quotidien des travailleurs* du jour. « Zhang Haidi raconte qu'elle a perdu ses jambes mais pas sa volonté de vivre. Et que plus elle avance sur la route de la vie, plus celle-ci lui semble douce. Pourquoi en serait-il autrement depuis sa chaise roulante, n'est-ce pas ? Le mois dernier, elle disait que l'écrivain Pan Xiao avait peut-être des jambes mais qu'elles l'avaient conduit dans une impasse. Maintenant, elle s'excuse, elle dit qu'elle n'aurait pas dû parler ainsi... C'est d'un ennui, cette histoire ! »

Le vieux Bao et la mère Wang, assis près de la porte, tricotent des couvre-télévisions. Ils me regardent du coin de l'œil. Ce matin, le directeur Wang m'a annoncé que la réunion d'aujourd'hui serait centrée sur mon autocritique. « Il peut y aller de ton avenir politique tout entier », m'a-t-il dit, le regard vide.

Le directeur Zhang entre et prend les choses en main : « Cette réunion plénière rassemble les camarades adhérents au Parti et les non-adhérents. Nous allons commencer par lire le discours sur la lutte idéologique contre la Pollution spirituelle que le camarade Deng Xiaoping a prononcé lors du vingtième Congrès national du Peuple. Aurais-tu l'obligeance de le lire pour nous, président Liu ? »

La salle se tait. Le président Liu se lève et commence à prononcer le discours. « La Pollution spirituelle n'est pas qu'un problème de moralité. Si la culture pornographique infiltre notre nation, si les livres érotiques et les images obscènes empoisonnent l'esprit de notre jeunesse et pourrissent l'atmosphère socialiste de notre pays, alors la Pollution spirituelle n'est pas qu'un problème de moralité, elle est la destructrice même de toute moralité et une violation de nos lois pénales… »

Je jette un coup d'œil aux visages autour de moi. Wang Hai'ou, le traducteur de l'italien, lit un magazine. La semaine passée, après le banquet offert en l'honneur de la délégation syndicale italienne, je l'ai suivi jusqu'au minibus et il m'a donné une cartouche de cigarettes *Triple Cinq*. « Considérons que c'est notre pourboire pour la nuit. Je l'ai noté dans les dépenses. » Je lui ai également demandé quelques bouteilles de bière mais il m'a répondu : « Désolé, mon vieux, ces caisses sont pour le chauffeur. La prochaine fois, d'accord ? »

« Certaines agences étrangères récemment créées ont suggéré que notre lutte contre la Pollution spirituelle était une campagne politique. Ce n'est pas vrai. Lorsque quelque chose est si clairement nuisible – malfaisant même – et que des étrangers insistent pour que nous l'accueillions dans notre pays, à bras ouverts, alors je suis désolé mais... »

Yao Chunjun a le front appuyé contre le mur, les yeux fermés. Il s'est porté volontaire pour travailler de nuit afin que son fils ait plus de chances d'être admis dans une école maternelle. Nannan rentre aujourd'hui dans sa nouvelle école, à Yanshan. Guoping et He Nong se sont mariés et on leur a attribué un appartement avec deux chambres. La semaine dernière, quand je suis allé voir Nannan, Guoping m'a fait savoir que mes visites perturbaient l'équilibre de sa nouvelle famille et m'a demandé de partir.

« ... et épurer les organes du Parti. Le Parti doit être redressé des organes centraux jusqu'à la base... »

Lin Zhenyu se tient face à moi. Il porte une perruque. Sa femme travaille au Département du logement. Elle est vêtue d'une robe violette avec une bordure imprimée de chrysanthèmes jaunes. Elle a le cou et le haut des bras flasques. Un jour, elle est venue au bureau avec son fils. « Mon fils a un sens artistique très développé, avait-elle déclaré. Il a vu un panda à la télévision ce matin et en a immédiatement fait un dessin. » Le petit garçon au cache-col rouge avait levé les yeux de son travail, il ressemblait comme deux gouttes d'eau à son père.

« Nous devons étendre la portée de notre critique et de notre autocritique. Nous devons faire une distinction claire entre le bien et le mal et corriger nos erreurs. Les autorités centrales ont souligné… »

Guo Xiaomei est à ma gauche. Il y a deux ans, elle était présidente de l'union des étudiants à l'Institut des langues étrangères de Nanjing. Son petit ami n'a pas réussi dans le Parti alors, après son diplôme, il a été renvoyé dans sa ville natale. Wang Jiayang, l'homme qui se tient près d'elle, est celui qui connaît le mieux le chinois classique au Département de la rédaction. À la mort de son père, il m'a demandé de faire un tirage de lui à partir d'une vieille photo de famille où il figurait. Dans la chambre noire, j'ai agrandi la tête du défunt qui avait la taille d'un pois jusqu'à ce qu'elle atteigne celle d'une orange.

« La Pollution spirituelle encourage la passivité, le laxisme, la désunion, corrompt l'esprit et diminue la volonté. Elle conduit à se méfier du socialisme, du communisme et de la direction du Parti communiste. Nous devons redresser le Parti, et en faire le noyau solide d'un socialisme moderne… Maintenant, tournons-nous vers Ma Jian. Tout le monde sait que Ma Jian est habituellement très consciencieux dans son travail. Mais il demeure de sérieuses inquiétudes quant à ses prétendues activités extraprofessionnelles, et la manière dont elles semblent affecter son travail. Sa façon de vivre laxiste, désinvolte, qui porte tous les signes de la Pollution spirituelle dont les autorités centrales nous ont entretenus, est particulièrement visée. Aujourd'hui, le Parti lui donne une chance de s'expliquer. » À la fin du discours du président, tous les yeux dans la salle sont rivés sur moi.

Je commence : « Je suis très heureux que les dirigeants m'aient autorisé à vous faire part de ma façon de penser et de mon travail. J'ai passé cinq ans au Département de la propagande étrangère à rédiger des articles et à faire des reportages pour *Travailleurs de Chine*. En ce moment, je collabore aussi avec le vieux Wu du *Quotidien des travailleurs* à la rédaction d'un livre sur les loisirs des travailleurs chinois. J'admets avoir une nature plutôt désinvolte mais je refuse que vous pensiez que cela ait pu affecter mon travail. Bien au contraire, j'ai toujours travaillé avec assiduité. Je prends des photos, conduis des interviews, écris des articles et surveille la mise en page et l'impression. On peut dire que je fais le travail de quatre ou cinq personnes. Cette année, j'ai renoncé aux vacances du Festival de printemps pour écrire sur la célébration du nouvel an chinois par les travailleurs. Je suis souvent resté tard pour imprimer des photos commémoratives à l'intention de nos délégations étrangères. J'ai visité de nombreuses universités, d'innombrables usines pour parler d'art, de photographie et de l'éthique socialiste. La gloire que j'ai pu acquérir en participant à des expositions au cours de mon temps libre a rejailli sur mon unité de travail. En fait, si je devais choisir quelqu'un pour le titre de travailleur modèle numéro un de Beijing, j'inscrirais mon propre nom en haut de la liste ! »

Silence.

Le président Liu explose : « Tu sais parfaitement pourquoi tu es là, Ma Jian ! Avec ton insouciance, tu as dépassé les limites de ce que l'on est en droit d'attendre d'un jeune socialiste à l'esprit sain ! Pense à ces dessins de couverture et à ces photographies – sans l'examen minutieux et les avis de la direction, imagine quelles auraient été les conséquences ! Tu ne comprends pas à quel point tu as été perverti par la Pollution spirituelle bourgeoise ! »

Le directeur Zhang a les yeux rouges de fureur. « Et tes amis sournois, avec leurs cheveux longs, leurs jeans et leurs lunettes noires de crapules, qui t'ont rendu visite pendant tes heures de travail pour t'apporter un bidon d'essence. Le bureau de la Sécurité sait tout sur ce sujet.

— Nous sommes allés au réservoir ce dimanche. L'un d'entre nous devait préparer une soupe avec des boulettes, un autre emprunter une voiture et un troisième acheter l'essence. Il n'y a rien d'alarmant là-dedans.

— Le bidon était placé au sous-sol.

— Es-tu en train d'insinuer que nous avions l'intention de faire exploser le bâtiment ?

— Tu sais parfaitement quelles étaient tes intentions.

— Bien sûr que je le sais. Si j'avais emmené le bidon chez moi, vous m'auriez accusé de vouloir me faire sauter moi-même ! »

Lin Zhenyu attire soudain l'attention du président Liu. « J'aimerais dire quelques mots, président. J'ai vu la chambre du jeune Ma quand il habitait le dortoir. Il y avait des peintures un peu partout. Le jeune Ma est certainement un passionné d'art, mais à mon avis, aucune de ses peintures ne reflète la joie et l'enthousiasme que les Quatre Modernisations ont soulevés. Je lui ai demandé pourquoi l'un des visages sur l'une de ses toiles ressemblait à celui d'un cadavre. Il a ri et dit que chacun de nous portait un masque, mais qu'au-dessous, nos âmes étaient des choses laides et honteuses. Il a dit que nous étions nés dans un étourdissement et que nous mourrions dans un rêve. Ces pensées décadentes l'ont coupé des réalités sociales. Il a une vision très noire de la vie. Je pense qu'il devrait affronter cet état psychologique trouble. »

Guo Xiaomei lève la main : « Je voudrais également dire quelque chose. Le jeune Ma travaille très dur. Je l'ai souvent accompagné voir les imprimeurs pour vérifier des épreuves. Mais puisque nous sommes ici aujourd'hui pour donner notre avis, je pense qu'il est parfois trop arrogant. Il n'aime pas recevoir d'ordres. Par exemple, ces photographies qu'il a prises au Festival de printemps : celles sur la fabrication des boulettes de pâte étaient excellentes, mais les clichés extérieurs de travailleurs retirant de l'argent à la banque ou se promenant dans le parc étaient de bien piètre qualité. Il a insisté pour les utiliser malgré tout et, une semaine plus tard, notre Département a reçu une plainte écrite du directeur Qian. »

Un autre collègue prend la parole : « Ma Jian nous a dit combien il était compétent, aussi pensera-t-il, sans doute, que mon conseil est superflu. Je ne comprends pas la façon dont il passe son temps libre, néanmoins j'ai l'impression qu'il devrait être attentif à faire la différence entre l'importance de ses obligations envers le Parti et la Patrie et ses propres occupations. Le jeune Ma lit souvent des romans contemporains. Une fois, je l'ai surpris en train de lire *L'Attrape-cœurs* alors que nous voyagions en minibus avec un groupe de délégués étrangers. Je lui ai dit que nous devions observer le protocole concernant les affaires étrangères, mais il m'a répondu : "Nous sommes dans un bus, les étrangers ronflent, alors de quoi as-tu peur ?" Parfois il me parle de littérature contemporaine. Il me dit que le socialisme a aliéné les idées du peuple. Bien sûr, comme nous travaillons dans deux Départements différents, je ne le connais pas non plus très bien. »

Une abondante fumée de tabac réchauffe lentement l'air. Personne n'ose me regarder en face cependant je sens leurs yeux sonder chaque centimètre de ma chair.

« Écoute-moi, Ma Jian. Tu es la seule personne de la fédération entière à avoir été convoquée au bureau de la Sécurité publique. Le président Liu s'est beaucoup battu pour te donner cette chance aujourd'hui. Nous savons que tu es doué pour le travail de propagande, mais les toiles que tu as chez toi sont d'un goût vraiment douteux. Elles ont affecté ton travail. Nous essayons encore de te sauver de l'arrestation, néanmoins... »

Soudain, la rage me submerge. Je serre les poings et crie : « Si tu ne la fermes pas, directeur Zhang, je te jette par la fenêtre ! » Je m'interromps et tente de me ressaisir. « Excusez-moi, s'il vous plaît, je dois partir maintenant. Il faut que j'aille chercher ma mère à la gare. Vous pouvez me noter absent pour aujourd'hui. »

Lentement mon univers s'écroule. Quand je fais la queue à la cafétéria pour le déjeuner, on détourne les yeux. Il y a un millier d'employés dans ce bâtiment. Je les entends raconter des blagues dans le couloir, déposer leurs enfants à la crèche, récupérer leur courrier, mais aucun d'eux ne daigne me parler. Une fois seulement, alors que j'attends l'ascenseur, une voix me chuchote : « Tu avais raison. » Je me retourne mais l'homme regarde ailleurs. C'est le diplômé de l'université de Beijing qui a récemment rejoint notre section anglaise.

Un matin, vers la fin décembre, je sors dans le couloir et punaise une affichette sur le mur : « Lettre ouverte au Département de la propagande. La direction ne soutient pas mon travail. Elle veut me museler. » Le bureau de la Sécurité retire mon affiche et me convoque immédiatement. Ils m'informent qu'à partir de maintenant je dois arriver à l'heure et que je n'ai plus le droit de prendre de congés maladie.

Après déjeuner, alors que je lis mon courrier assis à mon bureau, le directeur Zhang entre et me dit : « On te demande au bureau de la Sécurité. » Je regarde autour de moi, deux policiers se tiennent dans l'encadrement de la porte.

C'est à l'aube, trois jours plus tard, que le bureau de la Sécurité publique du quartier ouest me relâche enfin. L'officier qui me conduit jusqu'à la porte me dit : « Fais pas le malin. Si on veut, on peut te faire disparaître. »

Il fait encore sombre. Un tombereau à ordures tiré par des chevaux descend la rue, une puanteur immonde se répand dans l'air froid. De petits nuages de vapeur s'échappent de la bouche des cyclistes en route pour le travail. Une balayeuse mécanique fouette de ses brosses le sol gelé. L'écho résonne entre les hauts murs et les grandes constructions noires derrière. Les bus du matin sont encore au dépôt. J'attends un moment à l'arrêt, puis je me mets à marcher.

Il y a un bout de chemin jusque chez moi. Je dois traverser la ville entière. Je sens mes jambes faiblir. Un frisson glacé me parcourt la colonne vertébrale. Je marche vers un camion garé dans une ruelle à côté. Il n'y a personne à l'intérieur. Je saisis une pince à l'arrière, force la porte de la cabine et m'allonge sur les sièges.

Des scènes de la nuit précédente me reviennent en mémoire. L'interrogateur avait les jambes posées sur la table et caressait sa tasse de thé. Il portait des lunettes à monture noire. Devant lui étaient étalés les rapports de mes voisins, mon autocritique, mes clés, le contenu de mes poches, ma ceinture et les boutons arrachés à mon pantalon pour m'empêcher de prendre la fuite. Il ne cessait de répéter : « Réfléchis bien. Pourquoi tu serais ici si tu n'avais rien fait de mal ? Avoue maintenant et on sera indulgent. Mais arrête de faire l'idiot.

— Je n'ai rien à avouer.

— Tu as embrassé Lu Ping, oui ou non ?

— Non, elle est juste venue chez moi pour faire des photos.

— Et pourquoi est-ce qu'elle a enlevé ses vêtements ?

— Je vous l'ai dit : l'année dernière, mon ancienne unité de travail m'a chargé de prendre les photos pour un catalogue. C'était en tout bien tout honneur. De toute façon, on ne voyait pas son corps, seuls ses bras et la bougie étaient nets.

— Mais on n'a pas besoin de femmes nues pour faire de la publicité pour des bougies. Que s'est-il passé après que tu as pris les photos ?

— Elle a remis ses vêtements et elle a dit : “Ça a été rapide.”

— Et qu'est-ce que tu as fait ?

— Rien.

— Arrête de prendre cet air supérieur, enfoiré ! Tu crois que tu vaux mieux que les autres avec tes cheveux longs et ton jean ? Ben ça ne marche pas ici ! Si tu es un citoyen si honnête, comment ça se fait qu'on ait reçu autant de rapports sur toi ? Tiens, regarde ce que j'ai ici : “Un homme à cheveux longs d'environ quarante ans lui a rendu deux fois visite à son travail... Une femme a été vue allant et venant tranquillement chez lui toute la journée.” Tu peux me dire pourquoi les gens auraient choisi de s'en prendre à toi en particulier ?

— C'est de ma sœur qu'ils parlent. Elle loge souvent chez moi. Les voisins ont dû la voir se servir du robinet dans la cour.

— Relève-toi ! Tiens-toi droit ! Je vais pas passer la nuit avec un voyou comme toi. Donne-moi le nom de tous les fainéants qui ont franchi ta porte. Dis-moi qui ils sont et où tu les as rencontrés.

— Mon carnet d'adresses est devant toi – tu peux dresser la liste des noms toi-même, dis-je en agrippant toujours fermement mon pantalon. Pourquoi ne m'as-tu rien demandé sur l'affiche que j'ai placardée au travail ? Je n'ai rien à cacher.

— N'essaie pas de jouer les politiques, jeune homme. Nous ne sommes pas à ton unité de travail, ici, on s'occupe des criminels ! »

Ils ne m'avaient rien donné à boire ou à manger alors, dès que l'interrogateur s'est dirigé vers la salle du fond, je me suis jeté sur son pot à thé pour en boire rapidement une gorgée. Qu'est-ce que j'ai haï ce pot. À chaque fois que l'interrogateur le vidait, il s'en allait pisser et m'obligeait à me tenir debout, mains en l'air, près du mur. La seule fois où j'ai reposé mes mains sur le mur, il m'a balancé un coup de pied au cul en passant.

Il fait très froid dans l'habitacle du camion, mais les sièges sont plus confortables que le sol en ciment sur lequel j'ai dormi au cours des trois dernières nuits. La cellule dans laquelle ils m'ont enfermé avait une double porte en acier et une petite fenêtre qui laissait passer un filet de lumière durant le jour et une légère brise la nuit. Il y avait un seau taché d'urine dans un coin, au-dessus le mur était recouvert de merde. À la lumière du jour, on pouvait y lire, barbouillé avec du sang : « Va te faire foutre, Lili !... Le Parti m'a forgé un cœur d'acier... Excuse-moi, maman... Les gens de la police tuent le peuple... Que la Révolution continue ! »

La lucarne de la première porte s'est entrouverte et deux visages ont scruté l'intérieur de la cellule. Comme il faisait trop sombre pour qu'ils me voient, ils ont crié : « Debout, Ma Jian ! » J'ai saisi les barreaux de métal et leur ai soufflé au visage, ils se sont vite reculés. « Tu ne t'en tireras pas à si bon compte, cette fois. Ton nom est sur la liste. Mais on n'a rien à voir là-dedans, on est juste venus te dire bonjour. J'avouerais si j'étais toi – ils t'attraperont tôt ou tard. »

Ils ont refermé la lucarne, mais un petit carré de lumière a continué de briller devant mes yeux. J'avais reconnu les deux policiers qui m'avaient arrêté il y a deux ans. Le plus petit, l'officier Wu, aimait fumer et frapper les gens. J'avais avoué avoir participé à une fête et dansé chez un ami. Le jour suivant, il m'avait poussé dans un fourgon et fait faire le tour de Beijing en me demandant de le mener chez les autres invités. Comme je regrettais ma confession initiale et que j'étais décidé à ne pas refaire la même erreur, j'avais prétexté avoir oublié les adresses. L'officier Wu m'avait alors lancé un coup de pied en hurlant : « Tu veux jouer, c'est ça ? Sale petit emmerdeur ! »

J'entends passer de plus en plus de bicyclettes. Le jour doit se lever. Je me redresse, descends du camion et reprends le chemin de mon domicile.

Je marche le plus lentement possible, craignant, si j'arrive trop tôt, de réveiller ma mère. Dès qu'elle a entendu dire que j'avais des ennuis au travail, elle a fait ses bagages et pris le premier train pour Beijing. Elle veille sur moi depuis près de deux mois maintenant. Je m'en veux de lui causer autant de tracas.

Les chaînes des vélos grincent et les freins des bus crissent. Devant la réserve d'une épicerie, deux hommes vocifèrent en déchargeant des caisses de bière et de soda à l'orange de l'arrière d'un tricycle : « Leur lait de soja a encore augmenté, je ne l'achèterai plus chez eux. » L'homme qui pousse du pied les caisses sur le trottoir a une voix perçante, celui qui se penche pour ouvrir la porte parle plus doucement : « Peu importe l'endroit où tu l'achètes, il a le même goût partout. Ils le fabriquent à partir de poudre. Dans le temps, on restait debout toute la nuit à écraser les haricots pour le matin. » Venant de quelques rues plus loin, le rugissement d'un marteau-piqueur résonne à travers la suie en suspension dans l'air.

Prisonnier entre les murs d'une longue et étroite ruelle, le ciel devant moi commence à rougeoyer. À travers les branchages entrecroisés et les fils téléphoniques, il ressemble à une vitre brisée. À gauche, la tour de l'horloge est encore sombre. En m'approchant, je remarque l'épaisse couche de poussière qui couvre son avant-toit. Les corneilles passent de long en large entre la cime des arbres et le toit.

Arrivé devant ma porte, je m'arrête et retourne aux latrines.

Les hommes, accroupis au-dessus des trous, soufflent dans l'air de la vapeur comme celle qui s'échappe d'une théière chaude. Mon voisin, le vieux Liu, secoue sa queue pour la sécher. « Déjà, mangé ? dit-il. – Oui, merci. » Chaque fois que je croise son visage, je pense aux longues dents de sa fille.

Je me tiens au-dessus de l'urinoir. Le graffiti qui était gribouillé sur le mur, il y a quelques jours : « Enfourche le morceau de chair, serre-le entre tes cuisses, va et viens, c'est comme au paradis ! » est maintenant recouvert d'une couche de badigeon. Par la fenêtre grillagée, on aperçoit un tas de madriers posé contre un mur. Des femmes poussent des cris dans les toilettes d'à côté. J'entends d'ici le cliquetis de leurs ceintures et de leurs boutons de métal. D'un endroit proche de la rue, quelqu'un beugle une chanson : « Tibétains, cessez de boire du vin d'orge, de battre le thé au beurre, et pleurez des larmes de joie à la vue de l'Armée de Libération du Peuple… »

Je passe le seuil de ma maison. La cour est recouverte de feuilles mortes et de fientes de pigeons. J'ouvre la porte d'entrée et vois ma mère assise dans son lit, en train de fumer. Elle me fusille du regard.

« Alors, ils t'ont laissé sortir ? » Elle fronce les sourcils et aplatit la couverture de la main.

« Pour le moment. »

Je m'assieds. Le contenu de mes tiroirs a été vidé sur mon bureau : lettres, journaux, albums photo, négatifs, carnets. Les tableaux ont été arrachés des murs et jetés au sol. La petite aquarelle que j'ai donnée à ma mère est sur le dessus de la pile.

« Je vais commencer à trier tout ça. » Ma mère s'est détournée pour nettoyer ses lunettes. Je remarque qu'elle essuie une larme. « C'est ce qui arrive lorsque l'on répond avec insolence à ses chefs. Je t'avais dit que cela finirait mal. Ils t'ont frappé ?

— Non. Et ne fume pas autant. Ça n'est pas bon pour toi. »

Elle attise le feu. Une bouilloire est posée sur la cuisinière ainsi que quelques gâteaux au sésame qu'elle a rapportés de Qingdao. Elle est plus voûtée que jamais. « Que veux-tu manger ? Il y a un peu de gelée de porc, si cela te dit.

— Je n'ai pas faim. Je vais juste prendre un peu de thé. »

Mon plafond en papier est troué, on voit les poutres à travers. Les souris en ont fait leur terrain de jeux. J'imagine un instant l'une d'elle courir le long d'une solive et tomber dans un trou, le regard pétrifié.

« Pourquoi ont-ils déchiré le plafond ?

— Aucune idée. Ils ont vidé les tiroirs. Ils sont venus à quatre au cours de la nuit. Il y avait une femme, très aimable, elle disait te connaître. Elle m'a dit : "Ne vous inquiétez pas, madame, nous sommes juste venus vérifier certaines choses. Je fais partie de l'unité de travail de Ma Jian. S'il n'a rien fait de mal, il sera dehors en un rien de temps." »

Je me rappelle le policier prenant dans ma poche les clés de ma porte.

« Qu'ont-ils emporté ?

— Je ne sais pas. Des documents, je pense.

— Et l'enveloppe que je t'ai donnée ?

— Je l'ai toujours dans ma poche. Tu la veux ?

— Non.

— Qu'est-ce que c'est ?

— Ne pose pas de question. Je t'ai dit que tu ne devais l'ouvrir que si je mourais.

— Ça doit être un testament alors.

— Est-ce que Li Tao est passé ?

— Non, mais ces lettres sont arrivées pour toi. Je les ai cachées. »

Elle sort les lettres de sa veste matelassée.

À l'école, mon professeur d'art m'a dit que la peinture pouvait être dangereuse, particulièrement celle qui met en scène des personnages. Il m'a conseillé de passer aux paysages. Toutefois, ceux-là aussi attirent des ennuis. Je peins selon mon humeur, c'est une libération émotionnelle. Mais dans cette société, les humeurs et les images vous compromettent tout autant. L'écriture est beaucoup moins risquée pour moi. Je peux me cacher dans un labyrinthe de mots et dans l'intimité des gens.

L'enveloppe que j'ai confiée à ma mère ne contient pas mes dernières volontés. Il s'agit simplement d'un message que j'ai écrit à Nannan lorsqu'elle me manquait. La première lettre est de Lu Ping. Elle dit que, ces deux derniers mois, elle a été entraînée dans une avalanche de répétitions et qu'elle n'a pas eu le temps de me rendre visite. La seconde lettre est de ma sœur. Elle me dit de faire attention à moi. « Si le poisson mord à l'appât, ils meurent tous les deux. S'il s'en va nager ailleurs, ils seront tous les deux saufs...

— Tu es resté ici assez longtemps, maman. Ne t'inquiète pas, il ne se passera rien de plus... Tu dois rentrer à Qingdao.

— Tu es ma chair et mon sang, je ne peux pas m'empêcher d'être inquiète. » Ma mère est presque courbée en deux.

Samedi dernier, comme je n'arrêtais pas de tourner dans mon lit, incapable de dormir, je me suis levé pour aller faire un tour. Ma mère a mis son manteau et m'a suivi dehors. Elle s'est traînée derrière moi tout le long du chemin : de l'avenue Chaowai au lac Tuanjie, et de l'usine de produits en plastique du Drapeau rouge jusqu'à la tour Hujia. Je marchais de plus en plus vite. Ma mère m'a finalement rattrapé pour me dire : « On est en plein milieu de la nuit, rentrons. » Nous avons rebroussé chemin en passant par une étroite ruelle. Les murs noirs étaient si rapprochés qu'il était difficile de respirer, j'avais l'impression de m'enfoncer dans une grotte. À l'angle du passage Nanxiao, la lampe d'un réverbère rayonnait à travers les feuilles d'un arbre. Je me suis arrêté et j'ai levé les yeux. Les feuilles étaient transparentes dans la lumière et les branches tendues comme dans un rêve silencieux. De retour chez moi, j'ai commencé à peindre cette vision que j'ai terminée juste au moment où ma mère s'endormait. Je l'ai tirée de son lit pour lui demander de jeter un œil sur mon travail. « C'est l'arbre sous lequel nous étions, à l'instant », m'a-t-elle dit. C'est ainsi que je lui ai donné l'aquarelle. Mais maintenant, quand je la regarde, posée au-dessus de la pile, les verts me semblent trop lumineux.

Les rayons du soleil passent à travers la fenêtre en diagonale, découpant la pièce en morceaux. Des ouvertures étroites de la cuisinière s'échappent de petites bouffées de poussière de charbon. Ma mère ouvre la porte, sort dans la cour chercher quelques briquettes de charbon, près de l'entrée. À travers la fenêtre, je regarde ses cheveux blancs se déployer dans la lumière du soleil. Derrière elle, un pigeon perché sur le toit agite ses ailes et prend son envol.

« “Un vent d'automne souffle dans un poirier rouge/Et fait sécher la rosée sur ta peau/Tu te réveilles, traînant la nuit derrière toi (une mèche de cheveux collée sur ta poitrine)/La prairie est vide : le poirier est parti/La lumière du soleil tremble sur l'herbe et chuchote : Es-tu heureux ? Es-tu heureux ?” C'est assez pour le moment, tu peux lire le reste, seule. »

Nous étions le premier dimanche d'octobre, la veille du jour où je devais rendre mon autocritique. J'ai tendu le brouillon de mon travail à Lu Ping et servi une autre bière. La lumière de ma lampe de bureau se reflétait sur ses longues mèches et faisait briller ses genoux lisses. Je voyais ses cuisses se toucher sous sa jupe étroite et rouge.

Elle a feuilleté les pages, puis les a posées et dit : « Mangeons ce poisson avant qu'il ne refroidisse.

— Le poisson, oui ! » J'ai souri et tourné la tête. J'avais peur de la regarder dans les yeux.

Lu Ping venait me voir tous les dimanches depuis mon trentième anniversaire. Parfois, elle restait plus longtemps. Jamais je ne l'ai touchée cependant, peut-être parce qu'elle avait un petit ami, ou parce que je n'avais pas encore complètement oublié Xi Ping, ou encore parce que la grâce de ses mouvements me rappelait Guoping.

Plus tard, cette nuit-là, elle s'est endormie sur mon lit. Je suis resté étendu à côté d'elle. Dans l'obscurité, j'ai observé la rondeur de sa poitrine, son ventre, et ses doigts reposant sur sa cuisse. Progressivement, à mesure que mes yeux s'habituaient, j'ai aperçu son pied qui pointait dans le noir. La vue de ses doigts de pied immobiles a ranimé en moi le souvenir de chaussons de danse tournoyant sur la scène. Je suis resté assis des heures durant sur le lit, brûlant de la toucher et de l'embrasser, mais terrifié à l'idée de rompre ce charme.

Le lendemain matin, Lu Ping s'est penchée sur le canapé et m'a secoué.

« Réveille-toi, Ma Jian ! On aurait pu m'assassiner cette nuit, tu n'aurais rien entendu ! »

Je me suis retourné, j'ai regardé ses yeux, son cou, les boutons de son chemisier. Une mèche de cheveux avait glissé sur sa poitrine. J'ai avancé la main pour l'écarter.

Après le petit-déjeuner, elle s'est assise à côté de moi et m'a dit : « Si tu décides de quitter ton travail pour partir en voyage, préviens-moi. Quand la police t'aura rattrapé, je t'apporterai des boulettes faites maison en prison. » Ensuite elle m'a dit au revoir et s'en est allée. Je me suis levé du canapé, j'ai regardé par la fenêtre et je me suis installé à mon bureau. Soudain, Lu Ping est réapparue et a jeté ses bras autour de mon cou, frottant ses lèvres sur mon visage. Puis elle s'est enfuie, pour ne jamais revenir.

Elle m'a manqué pendant un temps, mais j'ai essayé de la chasser de mon esprit. Puis, deux mois après ma libération du bureau de la Sécurité publique, ma vie a pris un nouveau tournant. J'ai prononcé mes vœux laïques bouddhistes au temple de Jushilin et trouvé un réconfort spirituel et une nouvelle façon de voir les choses. Les désirs et les craintes qui compliquaient habituellement mon existence semblaient me quitter peu à peu. Le fait de croire que d'autres mondes au-delà de l'enfer existaient me donnait la force de continuer. Guoping m'accusait d'être un dangereux criminel politique et refusait de me laisser revoir Nannan. Elle exigeait que je laisse sa famille en paix et que je rompe tout contact avec mon enfant. Je n'avais rien à perdre et personne à qui me raccrocher. J'ai commencé à courir tous les jours à travers Beijing en suivant un parcours, pour me préparer vaguement au voyage que j'avais envie d'entreprendre. Et puis, la semaine dernière, j'ai rassemblé mon courage pour démissionner de mon travail. J'ai pris un ticket pour Urumqi, j'étais prêt à partir à l'aventure. J'avais prévu de quitter Beijing sans le dire à Lu Ping. C'est trop facile de se faire avoir. Mais lorsque j'ai téléphoné à Chen Hong ce matin-là pour lui dire au revoir, elle m'a annoncé que Lu Ping avait été poignardée dans le dos la semaine précédente et qu'elle était hospitalisée.

Je décide d'acheter des fleurs et de lui rendre visite.

Je parcours toutes les boutiques et tous les magasins d'art et d'artisanat du quartier mais aucun ne vend de fleurs. J'ai lu un article dans le journal sur un fleuriste qui a ouvert à Beijing, malheureusement je ne me souviens plus de son adresse. À l'hôtel Jianguomen, il y a un marchand de fleurs pour les clients étrangers, mais au moment où je pénètre dans le hall d'entrée, les agents de la sécurité me remarquent et me jettent dehors.

Je ratisse les boutiques qui se trouvent autour de l'hôpital de l'Amitié dans l'espoir de pouvoir y trouver quelques fruits, puis je me souviens brusquement qu'elle ne doit pas manger d'aliment solide.

Un homme a défoncé sa porte et l'a poignardée dans le dos, la lame a glissé entre le cœur et le foie, elle était inconsciente avant son arrivée aux urgences. Elle est sortie du coma hier, sa vie ne tient toujours qu'à un fil. Je ne veux pas qu'elle meure. Au moins, elle n'a pas perdu la vue. Je dois lui apporter des fleurs.

À l'entrée nord du Temple du Ciel, je trouve une petite pépinière remplie de rangées entières de chrysanthèmes en pot. J'achète deux pots. À peine sorti, je casse net les tiges des fleurs, achète une feuille de papier cadeau dans une papeterie de l'autre côté de la rue et repars en courant vers l'hôpital.

Lu Ping a déjà subi deux opérations et se trouve toujours aux soins intensifs. « Son corps baignait dans une telle mare de sang quand elle est arrivée que nous n'arrivions pas à la prendre. Vous avez deux minutes, pas plus. La police sera bientôt ici, ils l'attendent pour l'interroger », me dit l'infirmière en pointant l'horloge du doigt.

Lu Ping est couverte de bandages des épaules jusqu'aux pieds et son corps est suspendu dans une cage remplie d'appareils. En la voyant, je pense à un modèle réduit d'avion. Son visage, pâle comme la mort, est immobilisé par le tuyau d'oxygène fixé à son nez et le clamp de métal qui lui entoure la tête. J'agite les chrysanthèmes blancs devant ses yeux, elle remue ses lèvres craquelées.

« Je ne les ai trouvés que ce matin. La chance est de ton côté, tu seras bientôt sur pied. Je vais partir pendant quelque temps. À mon retour, on mangera de nouveau du poisson ensemble. » Elle cligne des yeux, le regard vide. Je me souviens de l'expression de son visage lorsque je lui ai récité mon poème. Je lui avais avoué qu'elle m'avait inspiré, elle avait souri et dit : « Tu m'en donneras une copie quand tu auras fini. » Qui aurait pu dire que ce visage pâle et émacié appartenait à la même fille ?

« Tu dois retrouver des forces, Pingping. Je veux te voir danser de nouveau. La police enquête sur l'affaire. Je suis sûr qu'ils retrouveront ton agresseur. C'est un miracle que tu aies survécu. L'infirmière dit que la lame du couteau, en passant, a effleuré la moelle épinière, un millimètre de plus à gauche et tu étais invalide pour le reste de tes jours ! »

Une infirmière grassouillette entre. Je lui demande si elle peut m'aider à trouver un vase pour les fleurs.

« Regardez dans les bacs à ordures dans l'arrière-cour. » Elle décroche la poche de sang vide, qu'elle remplace par une autre, pleine.

Je fouille dans les poubelles avec un long bâton. Elles sont pleines d'épluchures de fruits pourries, de vieux pansements, de flacons de pilules, de tubes de néon cassés. Je trouve enfin un bocal de fruits vide, mais le couvercle résiste. J'emprunte une paire de pinces au cordonnier qui se trouve de l'autre côté de la rue et fais sauter le couvercle.

Je mets les fleurs dans le bocal et le place sur la table de chevet, mais de là, Lu Ping ne peut pas les voir. Alors j'en prends une par la tige et la place en équilibre sur la bouteille à oxygène. Lentement, ses yeux rougissent. J'observe son regard à travers les fils et les machines. Il y a cinq mois, elle me demandait, en me fixant de la même manière : « Es-tu heureux ? Es-tu heureux ? »

Que pouvais-je répondre ? J'aurais voulu dire : « Non, je ne suis pas heureux, je suis fatigué de la vie. » J'aurais voulu dire : « Je ne sais pas si je suis heureux ou non. » J'aurais voulu dire : « Lu Ping, viens t'asseoir ici, sur mon canapé, toi, la façon dont tu parles, la façon dont tu bouges – tu es le bonheur, un bonheur que je peux atteindre et toucher. Mais je ne crois pas en l'amour, je ne crois pas en moi-même. Je ne peux te toucher que dans mes poèmes, de loin. »

Je quitte l'hôpital et m'élance dans la grande rue bruyante. Je cours de la rue Yongan au Temple du Ciel. Je tourne à gauche boulevard Chongwai et cours jusqu'au magasin de boissons qui se trouve sous le pont routier de Jianguomen. La route de ciment, au-dessus, vibre sous le poids des camions qui défilent. Un lecteur de cassettes reposant sur une boîte de biscuits braille : « Ai-je changé le monde ou le monde m'a-t-il changé ? C'est toujours la même rengaine, la même rengaine... »

Lu Ping est née dans le Sud, elle a grandi à l'école de danse de Beijing, puis est devenue danseuse étoile au Ballet central de Chine. Il y a toujours eu une foule de jeunes admirateurs pour attendre son passage à l'entrée des artistes. Elle est trop belle pour ce monde, c'est pourquoi quelqu'un l'a poignardée. Et même si elle en réchappe, elle ne dansera plus jamais. Je pose la bouteille de soda à l'orange et me dirige vers le boulevard Chaoyangmen. Le sol semble moins dur sous mes pieds, les lignes de bus et les piétons commencent à se raréfier. Je cours jusqu'à l'angle de la dixième rue de Dongsi, m'arrête au croisement puis reprends ma course à toute vitesse vers le passage Nanxiao. De la poussière de charbon plane dans l'air du soir, elle se colle à ma gorge à chaque respiration. D'habitude, je porte un masque de coton pour faire mon jogging matinal. L'air n'est pur que dans un seul endroit : le quartier des ambassades de Sanlitun.

Je ne sais pas si j'aime Lu Ping ou ce que je pourrais faire pour elle. Je vois le couteau se planter dans son dos. Je vois son visage fragile, son air désemparé. Puis je me vois, moi, me tenant à côté d'elle, vidé, sous le choc.

Je tourne et cours en direction du stade des Travailleurs. Devant moi le ciel de cette fin de journée est emprisonné entre deux murs rouges. La route s'étire vers lui. Demain, à cette heure, j'aurai laissé cette ville derrière moi.

2

TEMPÊTE DE POUSSIÈRE

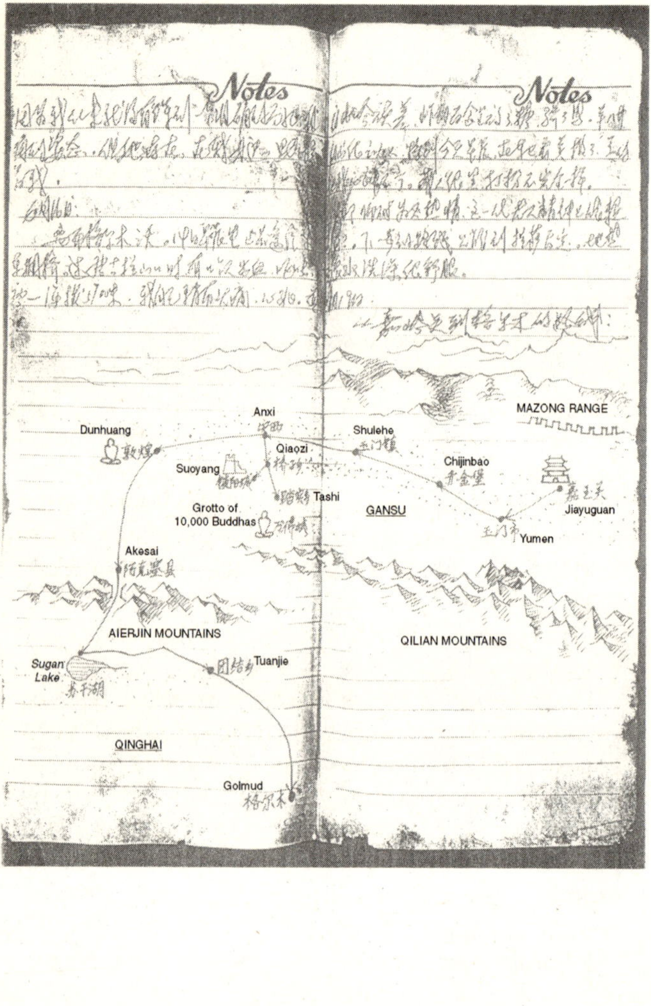
Notes
Notes
MAZONG RANGE
Anxi
Dunhuang
Shulehe
Qiaozi
Suoyang
Chijinbao
Tashi
Grotto of
10,000 Buddhas
GANSU
Jiayuguan
Yumen
Akesai
AIERJIN MOUNTAINS
QILIAN MOUNTAINS
Tuanjie
Sugan
Lake
QINGHAI
Golmud

Sortie de la porte de l'Enfer

Je monte dans le train à vapeur pour Urumqi et regarde les murs rouges de Beijing s'éloigner. Cette fois, je ne voyage pas en tant que journaliste du Parti dépêché en reportage dans les provinces. J'ai quitté mon travail et mis dans un sac des vêtements de rechange, un carnet, deux morceaux de savon, une gourde, une lampe électrique, une boussole, deux cents yuans, une liasse de bons de riz, mon appareil photo et les *Feuilles d'herbe* de Walt Whitman. Je laisse au loin mon ancienne vie et mon cœur s'emballe au moment où le train s'ébranle vers les provinces de l'ouest.

La carte de la Chine dépliée sur mes genoux ressemble à un poulet, la tête pointant vers l'ouest et les pattes vers le sud. Le train traversera six mille kilomètres du cou jusqu'à la queue. Je veux aller aussi loin que possible, jusqu'à la frontière occidentale. À travers la fenêtre, les champs bien ordonnés défilent comme les pages d'un livre.

L'homme en face de moi me tend une cigarette. « Tu fumes, camarade ?

— Non, merci. » Je n'ai pas envie de lui parler. Je ne supporte pas cette manière qu'il a de tapoter sans cesse de sa main gauche le couvercle du cendrier contre la cloison. Ses dents sont aussi grises que le col de sa chemise. La petite fille assise à côté de lui fendille des graines de tournesol entre ses dents, le regard perdu à travers la vitre. Je jette un coup d'œil aussi. Les champs de blé semblent plus verts de son côté. Les poteaux télégraphiques longeant la voie ferrée passent à un rythme régulier. L'homme qui porte des lunettes à ma droite s'est endormi. Je suis assis avec une centaine d'inconnus dans un wagon aux banquettes dures, ballotté par les mouvements d'un train qui avance avec fracas. Ça va mieux. Je commence à me détendre. Je n'ai ni envie de lire, ni de parler, ni de bouger, ni de penser... Vis ta propre vie... Ciel par-delà le ciel... Vide, tout est vide...

Trois jours durant, le train traverse les plaines du Shanxi et de la Mongolie intérieure, puis dévie le long du Fleuve Jaune et entre par la voie du Hexi dans le corridor du Gansu : une longue bande de terre bordée par les monts Qilian au sud, et les franges du désert de Gobi au nord. Il y a deux mille ans, c'était la route principale pour sortir de Chine vers l'ouest.

À l'aube du quatrième jour, j'ouvre les yeux pour m'apercevoir que les champs verts ont laissé place à une friche aride. Les rayons du soleil matinal viennent frapper les monts Qilian qui s'étendent le long du couloir pierreux comme une bête énorme, étalée de tout son long. Les rayons brûlants chauffent les vitres du train et font scintiller comme de la neige la poussière qui recouvre le sol. Tout baigne dans la lumière : la bannière rouge et or, frappée de l'inscription « AIME LE PEUPLE » qui pend au-dessus de la porte, les couvertures matelassées, repliées à l'extrémité de chaque banquette, et même les boîtes en carton sur le porte-bagages. C'est le soleil du haut plateau qui dessèche la terre et ne laisse nul endroit où se protéger et se cacher. Au loin, des couronnes brillantes de neige sont suspendues dans le ciel et attirent mon regard. Je décide de faire une pause dans mon voyage et descends au prochain arrêt.

Une heure plus tard, le train s'arrête à Jiayuguan. La gare est immense car la ville se trouve à la limite de la Grande Muraille qui est le vestige culturel de Chine le plus visité. Il y a quatre ans, lorsque Deng Xiaoping a rouvert la Chine aux touristes étrangers, Jiayuguan fut l'une des vingt-huit villes dont il a autorisé la visite.

C'est ainsi que, le nez encore chargé de l'odeur de tabac, de thé au jasmin, des chaussettes de nylon sales et du vomi de mes compagnons de voyage, je descends du train et inspire profondément l'air du mois de mars. Après un dernier coup d'œil au wagon poussiéreux, je balance mon sac sur mon dos et me dirige vers la sortie.

Un minibus japonais flambant neuf attend devant la gare. Enfants et adultes se sont amassés autour. Quelques-uns essaient de déchiffrer les caractères étrangers imprimés sur la porte, d'autres n'ont d'yeux que pour les sièges en cuir. Le chauffeur fume, le regard rivé sur la sortie. Il me regarde approcher.

« Excuse-moi, camarade, sais-tu s'il y a un hôtel dans les environs ? lui demandé-je, en avalant une goulée d'air froid.

— Tu peux essayer la pension gérée par le comité révolutionnaire de la ville. Tu vas tout droit puis tu prends la première sur ta gauche », me dit-il en m'indiquant le chemin de sa cigarette.

Un car s'arrête devant moi. Deux paysans grimpent sur le toit pour attacher un mouton sur la galerie. Alors qu'ils essaient de le coincer, l'animal se débat, le regard perdu dans le vide. Un gamin, la goutte au nez, me voit passer et hurle : « Gros Américain ! Gros Américain ! »

J'avance dans une grande rue déserte jusqu'au centre-ville. À l'exception de l'édifice en béton de circonstance, la plupart des maisons sont construites en adobe clair et sont collées les unes aux autres, de tailles différentes, sans aucun souci d'harmonie. La lumière du soleil se réfléchit sur une affiche de propagande placardée sur un mur blanchi à la chaux. On y voit une petite fille en jupe rouge se tenant entre un homme et une femme. Au-dessous, le slogan dit : « SUIVEZ LES DIRECTIVES DU PLANNING FAMILIAL. CONTRIBUEZ AUX QUATRE MODERNISATIONS. » Le ciel de l'image est aussi bleu que celui que l'on voit au-dessus des toits.

Il flotte dans l'air une odeur de charbon de bois et de mouton grillé. À droite, se trouve une maison en construction. Des tas de blocs de ciment, de briques et de sable empiètent sur la chaussée. Des planches de bois, que l'on a disposées pour permettre le passage des piétons, trempent dans un ruisseau d'eau de chaux. Les carrioles tirées par des chevaux, tracteurs, bicyclettes et caddies se heurtent en essayant de se frayer un chemin.

Enfin, j'atteins la pension du comité. Tandis que je pose mon sac au sol, la moitié du visage d'une jeune femme apparaît au-dessus du comptoir : « On est complet ! » Son regard s'attarde un instant sur moi puis retourne au pull-over qu'elle est en train de tricoter.

« Je suis journaliste. Va dire à ton chef de me trouver une chambre. » Sur quoi, je me souviens soudain que la fausse lettre d'introduction que j'ai faite mentionne que je parcours le Xinjiang. « Attends, ne te dérange pas, je suis pressé. Dis-moi, il n'y a pas un autre hôtel près d'ici ?

— Si, il y a la pension du *Fort majestueux*, rue Jianshe. » La jeune femme est grassouillette avec de grosses joues roses. Elle porte une veste matelassée jaune à laquelle est fixé un col rouge.

Sur le chemin de la pension, je sors ma lettre d'introduction et remplace « Xinjiang » par « Gansu ». Un frisson glacé me parcourt l'échine. Si la police découvre que j'ai contrefait la signature du directeur Zhang et que je voyage sous de faux prétextes, elle me renverra à Beijing. La semaine dernière, j'ai été convoqué par un officier après que j'aie fait transférer mon dossier de mon unité de travail au bureau local de la Sécurité publique. Il m'a dit : « Le quartier ouest nous a envoyé ton dossier personnel. Je l'ai lu en diagonale et, de mon point de vue, tu n'es pas si mauvais. Mais on n'en n'a pas fini avec toi. On peut te convoquer pour un nouvel interrogatoire n'importe quand. Et ne pense pas à t'enfuir, on te retrouverait en moins d'une semaine. »

Il n'y a pas de comptoir au *Fort majestueux*, juste un guichet où est inscrit le mot « RÉCEPTION ». Je frappe deux fois. Une jeune femme sort de la pièce du fond. Je n'en crois pas mes yeux. Elle ressemble, trait pour trait, à la grosse fille que je viens de voir à la pension du comité, à la différence près qu'elle tient une tasse de thé.

« Tu ressembles vraiment à la fille de la pension du comité.

— Quelle fille ?

— Je ne connais pas son nom.

— Oh, tu veux dire Wang Shuyun. » Elle rougit. Je tends ma lettre d'introduction. Elle se plonge immédiatement dans les formalités d'inscription. Je la vois, à travers la fenêtre du guichet, recopier soigneusement mon adresse et mon numéro d'employé. Elle a oublié de mettre une feuille de papier carbone, ce qui l'oblige à recopier le second formulaire à la main. La pièce vient d'être balayée. Une odeur de poussière et de suie flotte jusqu'au guichet. Les diplômes de mérite et les affiches du président Mao collés sur le mur ont été décolorés par le soleil.

« J'imagine qu'il n'y a pas beaucoup de touristes à Jiayuguan.

— On reçoit des touristes tous les jours, ici, tu ne savais pas ? Même des étrangers. » La jeune femme parle un dialecte local un peu difficile à comprendre.

« Je n'ai pas le temps d'aller jusqu'à ma chambre, peux-tu surveiller mon sac ? J'aimerais voir le fort avant la nuit.

— Il y a une caution de deux yuans, dit-elle, en posant un thermos et un grand porte-clés.

— Une caution pour quoi ?

— La chambre est louée avec des housses d'oreiller, des tasses à thé et un thermos.

— Je n'ai jamais eu à verser de caution jusqu'ici !

— On a un système de contrat maintenant. Si un hôte vole dans les chambres, c'est déduit de nos salaires.

— Et s'il ne vole pas ? » Je lui souris, mais le visage de la jeune femme reste impassible.

« C'est que deux yuans, tu les récupéreras. Ce que vous êtes radins, les gens de la ville ! » Elle a l'air vexée.

En sortant, je lis sur la plaque de la maison : « Pension du *Fort majestueux*. Entrepreneurs : Compagnie de tourisme international, Sous-division du Département des Transports de Jiayuguan. »

Le fort est déjà fermé quand j'arrive. Il s'élève sur une plaine pierreuse, au niveau du col, entre les monts Qilian et les monts Mazong. Dans les derniers rayons de soleil, les remparts jaune pâle semblent tout juste sortis de terre. Je regarde à l'est ; les briques sèches de la Grande Muraille serpentent le long d'une vallée dépouillée, puis disparaissent au-delà des collines, presque invisibles, à l'horizon. De là, elle continuera sur cinq mille kilomètres jusque Beijing, pour finalement plonger dans la mer Jaune à Shanhaiguan, isolant la Chine du reste du monde.

Un jour, mon ami l'explorateur Liu Yu a entendu dire qu'un groupe d'étrangers projetait de suivre la Muraille d'une extrémité à l'autre et s'est mis en tête de les devancer. « Nous ne devons pas laisser les étrangers être les premiers à parcourir la Grande Muraille. Ce serait un déshonneur pour la race chinoise entière », m'a-t-il écrit dans une lettre en provenance de Xinjiang. Si bien que, l'an dernier, quand l'équipe d'étrangers chargée de la préparation de l'expédition a atterri à Beijing, Liu Yu s'est mis en route à partir de ce fort, déterminé à marcher jusqu'à Shanhaiguan, pour la plus grande gloire du peuple chinois. De temps en temps, je lis dans les journaux des articles relatant sa progression.

Ma maison se situe dans cette direction. Je me retourne et regarde de l'autre côté.

Le fort marque une ancienne limite de l'empire chinois. Tout ce qui se trouvait à l'ouest, au-delà du fort, était appelé *Guanwai*. Les marchands qui prenaient la Route de la soie et partaient de la cour impériale de Xian, devaient traverser ce désert menaçant pour se rendre en Perse ou à Rome. Encore aujourd'hui, l'Ouest est un lieu d'exil, peuplé de prisonniers politiques, de descendants d'émigrés turcs et de fantômes de villes ensevelies. Alors que je passe à l'ouest, par la porte de l'Enfer du fort, le poème d'un exilé de la dynastie Tang me vient à l'esprit :

« Je quitte le fort de Jiayuguan, des larmes perlent de mes yeux

Le désert de pierre devant, la porte de l'Enfer derrière. »

Contrairement au poète, je ne me sens pas triste ici. En fait, je me sens étrangement en paix. Peut-être est-ce parce que le fort est austère et usé par les intempéries ou parce qu'il se trouve sur une plaine déserte, mais ses murs ne m'oppressent pas autant que ceux qui m'entouraient à Beijing. Ici, au contraire, ils me semblent légers et rassurants.

Je grimpe au sommet d'un tertre dépouillé, le désert de pierre s'étend vers l'ouest à perte de vue. À ma droite, la Grande Muraille s'effrite jusqu'à disparaître dans les collines du mont Mazong. À ma gauche, les cimes d'argent du mont Qilian sont toujours accrochées au ciel bleu. Lorsque le soleil s'y reflète, de petits points de lumière s'éparpillent dans le désert comme les notes d'une partition céleste. Un marécage s'étend au sud, l'eau et les roseaux ondoient dans le vent. Je m'allonge sur le dos. Un vent frais pousse un nuage blanc, laissant apparaître une étroite bande de lune. J'enfonce un doigt dans la terre froide et murmure : « Je suis ici, enfin, et tout est beau. »

Une fois que le ciel a viré au rouge, je me lève et regarde ma montre. Il est neuf heures du soir. Les portes de l'auberge ferment à onze heures. Un aigle pousse un cri en passant devant le soleil couchant. Dos au fort, un couple âgé, aux cheveux blancs, est en train de peindre le ciel. La barbe du vieil homme est agitée par le vent. Je sors mon appareil pour photographier les nuages roses. Venant du mur du Cri de l'hirondelle, une fille marche vers moi. Elle tient aussi un appareil photo à la main.

« Es-tu photographe ? demande-t-elle.

— Oui.

— Oh, intéressant ! Je m'appelle Su Jin. Là, c'est un couple de peintres. Ils viennent du Japon. » Je regarde le vieillard avec sa barbe blanche et la peinture sur le chevalet devant lui : le fort d'un côté, les aigles de l'autre, un coucher de soleil rouge sang entre les deux.

« Es-tu leur guide ?

— Oui, comment as-tu deviné ?

— Tu as l'air d'un guide, c'est tout. » J'hésite entre continuer la conversation et partir, puis je pense à la longueur du chemin pour rentrer à la pension.

« Vous êtes venus en voiture, je suppose ?

— Oui, elle sera là dans une minute. Nous pourrons te déposer si tu veux. »

Nous retournons au mur du Cri de l'hirondelle. Je tends la main et caresse la surface rugueuse. C'est dur et sec comme l'écorce d'un arbre.

« Donne-lui une tape. Vas-y, frappe-le, frappe-le ! crie-t-elle, en claquant la pierre. Tu ne trouves pas que ça résonne comme le cri aigu d'une hirondelle ? »

Je lève les yeux, le mur devient noir, comme dans la légende lorsque le père hirondelle vient s'écraser dessus en rentrant chez lui. L'histoire raconte que la mère hirondelle l'a attendu jour et nuit dans le nid en criant, espérant son retour, jusqu'au jour où le souffle lui a manqué et qu'elle est morte.

« Non, mais toi oui.

— Tu as vraiment le sens de l'humour, on dirait. » Elle sourit, je la regarde d'un peu plus près.

Les hommes sont comme les hirondelles, quand l'automne arrive ils veulent s'envoler. La vie suit le même rythme que le ciel et la terre. Elle fait comme le soleil qui laisse place à la lune, et le jour à la nuit. S'ils me disaient de rentrer à Beijing maintenant, je foncerais droit sur les remparts. Je préfère me fracasser le crâne et mourir plutôt que retourner moisir dans cette ville humide.

Un minibus japonais s'arrête dans un nuage de poussière jaune. Un chant de résistance des années 1930 résonne à la radio : « Les yeux de la haine, dans la fureur de la mitraille, des rivières de sang chaud. L'envahisseur malin périt dans la boue tandis que nos morts, nos martyrs brillent comme des étoiles d'or... »

Le chauffeur saute du véhicule. C'est l'homme à qui j'ai parlé cet après-midi devant la gare.

« Alors, Su Jin, qu'est-ce qui se passe ? crie-t-il. Il fait déjà nuit. Ces foutus Japonais n'ont pas encore fini ? »

Premiers pas

J'écris rarement dans mon carnet, de crainte que la police ne le lise. Mais la nuit, allongé sur un lit, dans une auberge où il n'y a rien à faire, je ne peux résister à prendre quelques notes.

> 5 mars. J'ai quitté Jiayuguan il y a trois jours et j'ai déjà parcouru près de 100 kilomètres à pied. Cette nuit, je suis installé à l'auberge du Paysan, du Travailleur et du Soldat dans la ville de Yumen. Il y a de l'eau chaude dans la salle de bains et une télévision dans la salle de conférences, en bas. J'y suis descendu il y a une minute, mais il y avait tant de monde que je n'ai pas pu me faire une place.

Ce soir, j'ai réussi à acheter quelques biscuits avant la fermeture des boutiques. La lumière des réverbères était très vive, mais dirigée vers le ciel. Les rues étaient plongées dans l'obscurité. Tous les cyclistes portaient des masques pour se protéger de la pollution. Il y a tellement d'usines ici que la ville est enveloppée de suie. Au loin, les sommets enneigés des monts Qilian paraissaient purs et d'un autre monde. Je dois marcher plus vite demain.

8 mars. C'est la troisième nuit que je passe à l'auberge Guangming à Chijinbao. Il n'y a pas de chauffage central. L'eau dans la cuvette d'émail a gelé. Le sol est couvert de mégots de cigarettes et d'os de poulet. Pour me réchauffer, je suis allé dans le dortoir du personnel. Deux jeunes hommes buvaient de la bière en jouant au poker. L'un d'eux portait une veste en nylon dont on apercevait le tissu déchiré à hauteur de l'aisselle chaque fois qu'il levait le bras.

J'ai feuilleté *Feuilles d'herbe* ce matin. J'aime ce passage :

« Camerado, voici ma main !
Plus précieux que l'argent je vous offre mon amour,
Mieux que sermons ou droit, tenez, je m'offre moi-même,
Et vous, vous offrez-vous à moi ? Allez-vous voyager avec moi ?
Resterons-nous ensemble toute notre vie ? »

J'ai essayé d'atteindre les montagnes cet après-midi, mais j'en suis encore loin. J'ai à peine marché dix kilomètres. À un moment, j'ai vu sortir d'une carrière, située dans les avant-monts, un défilé ininterrompu de camions. Les nuages de poussière qui s'élevaient derrière eux ressemblaient à des voiles jaunes gonflées par l'air du large. J'ai ramassé quelques pierres contenant les fossiles délicats d'insectes primitifs. Je me suis assis près d'un marais et j'ai pensé à Xi Ping. Je ne sais pas pourquoi. Peut-être parce qu'elle m'est apparue en rêve la nuit dernière. J'ai perdu mes lunettes de soleil. Peu importe – je peux vivre sans, j'imagine.

Sur le chemin du retour, un gamin m'a pris sur son tracteur. Entre le moment où je suis monté et celui où je suis descendu, il ne m'a pas adressé un regard.

L'homme qui dort dans le lit à côté du mien ronfle bruyamment. Il va finir par me rendre fou. Il est chauffeur routier. Comme il a peur que quelqu'un ne lui vole son essence la nuit, il a roulé les barils jusque dans le dortoir. Les vapeurs sont asphyxiantes. Je pars demain au réveil.

9 mars. J'ai parcouru 30 kilomètres aujourd'hui. Ça fait du bien de s'allonger. Marcher sur des cailloux est pénible pour les chevilles. J'ai mal aux pieds, ils sont couverts d'ampoules.

La plaine rocailleuse s'étend à perte de vue, il n'y a aucun arbre à l'horizon. Les seules taches de couleur sont les montagnes vertes du Sud.

À midi, j'ai traversé un marché de village. On inaugurait un nouveau restaurant. Des pétards ont explosé lorsqu'ils ont accroché l'enseigne, c'était une grande fête. Je suis entré et j'ai commandé un bol de nouilles au mouton. Le plat était vraiment copieux mais je n'arrêtais pas de penser à la tête du mouton que j'avais vue barboter dans la marmite. J'avais l'impression qu'elle me souriait.

J'ai atteint Shulehe avant le coucher du soleil. Les gâteaux de lune ne coûtent que 8 maos le jin ici, ils sont beaucoup moins chers qu'à Beijing. Mais ils sont très durs. Ce sont peut-être des restes de l'an passé.

C'est seulement lorsque l'on prend sa vie en main que l'on se sent vraiment vivre.

Aujourd'hui, quelqu'un a balancé une bouteille par la fenêtre d'un camion *Fleuve Jaune*, elle a atterri sur mon épaule. Salaud.

Le désert s'étend à droite et à gauche. Je poursuis vers l'ouest sur une route noire et pénible qui rejoint le ciel à l'horizon. Au moment de me mettre en route le matin, les monts Qilian ne renvoient qu'un rai de lumière oblique vert pâle. À midi, c'est un rayon de couleur émeraude. L'après-midi, le vert se dissipe et tout prend alors la couleur du ciel. Sur ma gauche, les pics blancs semblent me suivre. Parfois, j'ai l'impression de faire du surplace. Mais c'est une illusion, car il y a un nouveau poteau télégraphique tous les trois kilomètres et un nouveau chiffre sur le panneau indicateur tous les deux mille pas.

La route n'en finit pas. De temps à autre, des tracteurs me dépassent et laissent derrière eux des traînées de gaz d'échappement qui restent en suspension dans l'air pendant des heures. Au passage des autocars, les enfants se penchent par les fenêtres ouvertes et me fixent, bouche bée, aussi longtemps qu'ils pourront garder le cou tendu. Lorsqu'un camion me croise, j'entends l'autoradio et sens l'odeur du tabac.

J'ai pris l'habitude d'avoir mon sac sur le dos. Ces vingt jins : c'est ma nouvelle maison. Je porte un chapeau de paille, souvenir de Jiayuguan. Le vers d'un poème du président Mao est imprimé sur le bord : « Un passage sinistre, dur comme le fer. » Peu importe. Au moins, là où il est, je ne le vois pas.

La nuit dernière, à Shulehe, j'ai rencontré le directeur d'une fabrique de feux d'artifice qui se rend régulièrement à Shenzhen. Il a dit que Deng Xiaoping avait décidé, en 1980, de faire de Shenzhen une zone économique spéciale à cause de sa proximité avec Guangzhou. À l'époque, Shenzhen était une petite ville de pêcheurs endormie mais, en quatre ans, elle avait dépassé en taille ses voisines les plus prospères et détenait aujourd'hui le record de taux de croissance. Des milliers de compagnies étrangères s'y sont établies, attirées par une fiscalité intéressante et une bureaucratie plus souple. Les tours sortent de terre en l'espace de dix jours et on peut obtenir une licence du jour au lendemain. On appelle les directeurs d'usine des *managers*, et les employés portent costumes et cravates pour aller travailler. En plus, ils sont nourris gratuitement. Il m'a donné sa carte : « Prends-en soin, elles me coûtent un mao chacune. C'est du papier japonais. L'encre résiste à l'eau. »

Un tracteur est arrêté sur le bas-côté de la route. Deux paysans essaient de glisser une planche sous une roue. À l'arrière, une centaine de poulets sont entassés dans des cages. Ils passent la tête à travers le grillage et me regardent. L'odeur de paille et de fiente me rappelle Jaune, le jeune coq que j'avais élevé, enfant. Chaque jour, après l'école, je courais les rues pour lui trouver des restes de nourriture. Il gagnait tous ses combats de coq. Je le tenais dans mes bras et il mettait la tête pour boire ma salive quand j'ouvrais la bouche. Puis, une année, la veille de la fête de la Famille, mon père lui a tranché la tête. Le lendemain, en sentant mijoter la soupe de poulet dans la cuisine, j'ai éclaté en sanglots.

« Pas de chance, camarades », dis-je, en passant aussi vite que mes jambes le permettent. Quatre yeux humains et deux cents yeux de poulets se fondent en un seul regard fixe.

La route s'étire. De temps en temps, j'aperçois une cabane de cantonnier ou, au bout d'un chemin de terre, un petit village sous une rangée d'arbres, là où la plaine rocailleuse rencontre les dunes de sable. Sur la carte, je remarque que la route fait ensuite une boucle vers le nord. Je décide de prendre un raccourci à travers le désert et de me diriger droit sur Anxi. Je veux y arriver le plus tôt possible et visiter la Gorge aux dix mille bouddhas dans le désert voisin.

Je quitte la route goudronnée et prends un sentier poussiéreux à gauche qui me conduit à travers les collines de sable onduleuses. Quelques heures plus tard, le soleil commence à se coucher et je réalise que je n'atteindrai jamais Anxi avant la nuit. Un château d'eau et les contours imprécis de toitures m'apparaissent à l'horizon. Les camions se déplacent comme des bateaux au milieu de la brume de chaleur. Alors que le jour continue de décliner, tout rayonne d'une lumière dorée. Je laisse tomber mon sac et m'allonge sur le dos, dans le sable. Pas étonnant que les chevaux se roulent par terre lorsqu'ils sont fatigués. Je me sens mieux les sabots en l'air. J'enlève mes chaussures d'un coup sec et laisse mes doigts de pied fumants respirer au vent. Je sors alors ma gourde, bois un peu d'eau et m'asperge le visage. Mon esprit vacille, mes oreilles bourdonnent : peut-être est-ce l'effet du soleil ou celui du vent du désert soufflant à travers les fils télégraphiques. L'eau que j'avale me passe dans les veines. Mon corps est fait de quatre-vingts pour cent d'eau. C'est une mer dans laquelle mes cellules flottent. Je flotte aussi mais mon océan est plus grand que le leur. J'ai le ciel. J'ai la liberté.

Je me relève d'un bond, examine ma boussole et poursuis à l'ouest en scandant une strophe de *Feuilles d'herbe* :

« Allons ! vers ce qui est sans fin
et n'eut pas d'origine,
Vers toutes les épreuves, jours de marche,
nuits de sommeil,
Visant à les confondre en l'unique voyage
où elles tendent, l'ensemble des journées
Et des nuits où elles tendent,
Pour les confondre enfin en l'aube
de voyages supérieurs... »
Allons, Ma Jian, allons !

Vivre la nuit

Le soleil couchant jette une faible lueur rouge à l'horizon, puis le ciel s'assombrit d'un coup. Je continue à marcher un moment mais bientôt le chemin disparaît dans la nuit. J'allume ma lampe et continue à progresser, j'ai du mal à distinguer la piste parmi les pierres du désert. Des traces de toutes sortes – capsules de bouteille, suie, crottin de cheval – me permettent de garder le cap. Un vent cinglant se met à souffler. Il faisait si chaud à midi que je m'étais mis en maillot de corps, mais alors que j'enfile ma veste matelassée, son col me glace le cou. Si je me perds cette nuit, je peux mourir de froid. De temps en temps, j'entends un camion passer au loin, le ciel s'illumine alors un instant puis tout est de nouveau plongé dans le noir quand il s'éloigne. Je me souviens du château d'eau et du contour imprécis des toitures que j'ai aperçus au coucher du soleil. Ils ne doivent pas être à plus de quatre kilomètres d'ici. Tandis que je commence à me détendre, je perçois le bruit de sabots trottant dans ma direction. Le bruit s'amplifie et je croise bientôt dans le faisceau de ma torche une charrette tirée par des chevaux, chargée d'épis de maïs. Le cocher porte une calotte blanche et un lourd manteau sur les épaules. Une lueur de panique passe dans son regard et celui de son cheval. Alors qu'il s'approche, je crie : « Est-ce le chemin pour Anxi, l'ami ? » Ma lampe ne l'éclaire plus, je ne vois pas l'expression de son visage. Il passe sans s'arrêter.

« T'as perdu ta putain de langue ou quoi ? » murmuré-je en le perdant de vue.

Je pense aux voyageurs de la Route de la soie qui passaient par ici il y a un millier d'années. Des moines chinois, à dos de chameau, en partance pour les villes saintes de l'Inde. Des

Romains, des Perses, des Turcs chevauchant vers la capitale impériale, chargés de marchandises et d'idées. J'accélère la cadence alors que le bruit des sabots disparaît. Comment les animaux font-ils pour se diriger si facilement dans le noir ?

Un peu plus tard, j'entends le ronflement d'un tracteur derrière moi. Le bruit est de plus en plus fort et le sol commence à trembler. Dans la journée, je déteste qu'un véhicule me dépasse et me couvre de poussière, mais c'est agréable de l'entendre se rapprocher la nuit. Au fur et à mesure que le chemin s'éclaire, le désert s'ouvre de nouveau et mon ombre s'allonge devant moi. Je reste immobile et agite la main en direction des phares. Le tracteur s'arrête. À travers la poussière et le rugissement du moteur, on crie : « Où vas-tu ?

— À Anxi, grand-père !

— Nous sommes à Anxi ! »

Je me dirige vers la voix en tâtonnant, empoigne une barre de métal et grimpe à côté de lui. « Nous sommes à Anxi », répète-t-il, alors que nous démarrons. Je cherche des pieds mon équilibre. Le vent froid me cingle le visage. « Je veux aller en ville.

— Nous y serons dans une minute. » Son haleine pue le tabac. Les phares éclairent le chemin et de petites lumières brillent au loin. Elles se précisent. Je discerne des fenêtres maintenant et le contour des maisons.

« Nous y sommes. » Il arrête le tracteur, je descends. En jetant un coup d'œil derrière moi, je m'aperçois que l'homme est bien plus jeune que je ne le pensais. « Merci pour la promenade, mon frère ! »

Il n'y a pas de réverbère, seulement des pans de mur éclairés par la lumière provenant de fenêtres aux rideaux à demi tirés ou de portes à moitié fermées ou peut-être de bougies brûlant dans une cour. Je repense à Su Jin, la guide que j'ai rencontrée à Jiayuguan. Sur le chemin nous ramenant à la ville, dans le minibus japonais, je lui avais fait part de mon projet de visiter la Gorge aux dix mille bouddhas, elle m'avait dit : « Tu dois aller voir mon ami Zhang Shengli quand tu seras à Anxi, dans ce cas. Nous étions à l'université ensemble. Il travaille pour le centre culturel maintenant. Tu auras besoin qu'il te fasse une lettre d'introduction si tu veux visiter la grotte. »

Je promène ma lampe le long d'une rangée de maisons et trouve une fenêtre éclairée. Je frappe à la porte. Un homme d'âge moyen ouvre et demande : « Que veux-tu ? »

Une femme au front lisse et brillant s'approche derrière lui et me lance un regard. Je baisse ma lampe et réponds : « Je ne sais pas si tu pourras m'aider, camarade. Je cherche Zhang Shengli. Il travaille au centre culturel.

— Va à la maison du comité alors.

— Comment je fais pour y aller ? »

Il pointe le menton dans le noir et dit : « C'est le grand bâtiment au prochain carrefour, à côté du bureau de poste. »

Alors qu'il ferme la porte, je le remercie et m'enfonce dans la nuit. Mon sac me semble de plus en plus lourd.

J'arrive enfin devant une grande porte. L'écriteau fixé sur le pilier de béton indique : « Maison du comité de la Révolution du chef-lieu de Anxi,

Province du Gansu. » Je braque ma torche sur la maison à un étage dans la cour, puis secoue la porte cadenassée dans l'espoir de réveiller le gardien. La loge s'éclaire. Je crie. Un homme sort et dirige sur mon visage une lampe dix fois plus puissante que la mienne. Je baisse la tête et lui sa torche. « Qui es-tu ? demande-t-il.

— Je suis un journaliste de Beijing. Je suis venu pour écrire un article. » Je ne suis pas habillé comme un cadre du Parti, mais je ne sais pas quoi dire d'autre.

« Où est ta voiture dans ce cas ? » À chacun de mes voyages précédents, il y avait toujours une voiture officielle qui m'attendait à la gare.

« J'ai été envoyé ici à la dernière minute. Nous n'avons pas eu le temps d'envoyer un télégramme. »

Il éclaire de nouveau mon visage avec sa lampe. J'essaie de sourire, mais je sais que j'ai la peau sale et gercée et que ma bouche est pleine d'aphtes. Il fait un pas en avant et me demande : « Où est ta lettre d'introduction ?

— Laisse-moi voir Zhang Shengli. Je réglerai les formalités demain. Peux-tu me montrer où il loge ?

— J'ai besoin de voir ta lettre d'introduction d'abord... » Au son de sa voix, je devine qu'il doit être âgé de plus de cinquante ans. Il semble avoir la gorge encombrée.

Je pose mon sac, sors ma fausse lettre d'introduction et la lui passe à travers les barreaux de la porte. Il regarde ce qui est écrit et retourne avec dans le bâtiment. Je suis tenté de lui dire de revenir mais ne le fais pas.

Un moment plus tard, une lumière apparaît et il sort en faisant cliqueter un trousseau de clés. Il met le cadenas et la chaîne autour de la porte et me demande : « Comment se fait-il que tu sois venu ici tout seul ?

— Les collègues qui devaient venir avec moi ont été rappelés à Beijing pour une réunion importante. Je ne voulais pas continuer seul mais je n'avais pas le choix. ». Je suis l'homme à l'intérieur du quartier du personnel. Dans chaque chambre, lumière et radio sont allumées. Il m'emmène jusqu'à la chambre la plus éloignée et frappe à la porte. Un homme portant un pull en laine ouvre. Le col de sa chemise est remonté sur son cou.

« Il y a quelqu'un ici qui te cherche. » Les verres de lunettes du gardien sont épais et il est beaucoup plus vieux que je le pensais.

« Je te montrerai mes papiers demain, grand-père. » J'aimerais qu'il parte. « Bonsoir, tu dois être Zhang Shengli. Je suis un ami de Su Jin. Elle m'a conseillé de te rendre visite.

— Retourne au lit, papy. Je m'occuperai des documents dans la matinée.

— Qu'est-ce que je fais au sujet des formalités ?

— D'accord, j'arrive pour signer ça dans une minute », dit Zhang Shengli. Je pousse un soupir de soulagement.

Il ferme la porte. Je pose mon sac par terre, me laisse tomber dans un fauteuil et balaie la pièce du regard. Livres, photographies, tubes de négatifs vides s'entassent sur son bureau. La table près de la porte est recouverte d'une pile de bols, de baguettes, d'un demi-chou sur une planche en bois, d'une cuillère en bois, de bouteilles d'huile d'arachide, de sauce soja et de vinaigre, d'un bol de nouilles et de quelques sacs en papier.

« D'où viens-tu ? Tu as l'air d'un nomade. La plupart des amis de Su Jin sont du genre artiste. Veux-tu un peu de thé ?

— Beijing... je suis juste de passage... je veux bien, merci. »

Pendant qu'il fait réchauffer les nouilles, je lui dis que je suis venu pour visiter la Gorge des dix mille bouddhas.

« Il n'y a pas de route pour y aller désolé. Juste des chemins de terre tracés par des camions de livraison se rendant à la centrale électrique, tout près.

— C'est à quelle distance ?

— Un peu plus de soixante-dix kilomètres. J'y suis allé plusieurs fois mais avec la voiture du comité.

— Puis-je m'y rendre en deux jours, à pied ?

— C'est un désert de pierre sur tout le chemin. Si on s'éloigne de la piste, on se perd facilement.

— J'ai une boussole et un filtre à eau. » Je lui tends une cigarette.

« Essaie une des miennes, c'est une marque du Gansu. Si tu tiens vraiment à y aller, je te prête ma bicyclette.

— Comment se fait-il que le documentaire japonais sur la Route de la soie sorti l'an passé n'ait jamais mentionné la Gorge ? J'ai découvert son existence par hasard en feuilletant un livre sur les grottes de Mogao à Dunhuang. Il y a moins de temples dans les grottes de la Gorge qu'à Dunhuang mais d'après les photographies, les fresques ont l'air beaucoup plus intéressantes.

— Les Japonais visitent seulement les lieux célèbres et ils ne vont jamais là où leurs voitures ne peuvent aller.

— Sun Jin disait que tu avais pris de nombreuses photos de la Gorge.

— Je suis né à Anxi. J'ai photographié tous les sites locaux.

— Quel appareil utilises-tu ?

— Un Minolta et un reflex Shanghai, rien de bien spécial. Une fois, j'ai demandé un Nikon mais le bureau culturel de la province a refusé. À la place, ils en ont attribué un à la section chargée des reliques culturelles.

— Non merci, je n'en peux plus. » J'ai avalé plusieurs gousses d'ail et j'ai le visage et l'estomac en feu. « Est-ce que je peux passer la nuit ici ? Je dormirai sur le sol. J'ai un imperméable.

— Bien sûr. Nous pouvons partager mon lit. »

Nous nous installons en travers de son lit, nos pieds reposant sur des chaises. Il me raconte qu'il est allé à Beijing, une fois, lorsqu'il était étudiant. Que son ambition est de posséder un Nikon et trois objectifs. Que la Gorge des dix mille bouddhas est bien plus importante que Dunhuang. Qu'il aimerait organiser une exposition sur le site de la Gorge au musée de la province. Il pense qu'en l'espace de cinq ans ce lieu attirerait plus de touristes que l'Armée de terre cuite de Xian. Il me demande où j'ai rencontré Su Jin. Il me raconte qu'à l'université, elle avait l'habitude de filer en douce dans les bois avec son petit ami et qu'elle écoutait des cassettes de Deng Lijun. Il continue à parler mais je ferme les yeux et revois la photographie qu'il m'a montrée. Celle d'un maître bouddhiste mort dans la position du lotus : la chair de son visage partait en lambeaux et sa robe rouge tombait en poussière. Je revois le gardien avec ses formalités, l'épouse au front brillant, puis c'est le noir complet et je sombre dans le sommeil.

Au réveil, le lendemain matin, la pièce sent les œufs frits et le pétrole. Il enlève les nouilles du réchaud et commence à faire frire des cacahuètes.

« Ne te donne pas tant de mal. Vraiment, je ne mange pas tant que ça. » Alors que je cherche son nom, j'aperçois sa carte d'identité posée sur la table : Zhang Shengli, sexe masculin, 27 ans, membre du Parti, célibataire, cadre.

« Shengli, le gardien a toujours ma lettre d'introduction. J'en aurai besoin pour le reste de mon séjour au Gansu.

— Ne t'inquiète pas, j'irai te la chercher dans une minute. »

Il est accroupi, remuant les cacahuètes d'une main, tenant une cigarette de l'autre. « Une lettre de notre centre t'ouvrirait plus de portes. Les gens préfèrent toujours une recommandation locale. »

Il fait du bruit en mangeant ses nouilles et sort de son tiroir une lettre d'introduction vierge. « Je la signerai. Avec, tu devrais arriver jusqu'à la Gorge. Pas besoin de demander sa permission au chef du centre, il te ferait passer par le Département de la propagande du district. Mais, tu dois me promettre de ne pas prendre de photos. Si elles étaient publiées un jour, les autorités remonteraient jusqu'à moi. Le gardien de la Gorge s'appelle Wang Zhenglin. C'est un très bon ami. Je lui écrirai. Excuse-moi, peux-tu me rappeler ton nom ? »

Le chercheur d'or

Je quitte la ville sur la bicyclette de Shengli par une route qui traverse une succession de petits villages. Les jeunes peupliers plantés de chaque côté commencent juste à bourgeonner. Les paysans se déplacent sur des chariots tirés par des chevaux. Les hommes portent la calotte musulmane, les femmes des foulards qui cachent le bas du visage. Lorsque je sors du dernier village, le désert s'ouvre à nouveau. À l'exception des sommets enneigés des monts Qilian au loin, tout est plat et gris.

Pendant trois heures, tantôt je roule sur mon vélo, tantôt je suis obligé de le pousser. Les chemins sont trop doux et sablonneux pour permettre aux roues d'adhérer. J'essaie de contourner les pierres par le côté mais c'est trop cahoteux et je déteste devoir garder le regard fixé sur le sol. Ma gorge est irritée. Il me vient à l'idée que les femmes de la région nouent peut-être leur foulard autour de leur bouche pour pouvoir conserver l'humidité de leur souffle. Je relève mon masque protecteur et ma bouche est moins sèche en un rien de temps. Je regrette d'avoir pris la bicyclette, il aurait été plus simple de marcher.

Le soleil est à son point culminant et le désert ressemble à une feuille d'acier chauffée à blanc.

J'ôte ma veste et bois la moitié de ma gourde. Je n'ose pas boire plus. Je ne suis pas un chameau après tout. Un jour sans eau et je suis mort.

Au bord du lit d'une rivière asséchée, le chemin bifurque. Il n'est pas facile de s'orienter. Je jette un œil au plan que Zhang Shengli m'a dessiné, mais rien n'indique le lit de cette rivière.

Je décide de me débarrasser de la bicyclette et de finir le reste du chemin à pied. J'avance le long de la rivière en cherchant un endroit où la cacher et remarque soudain une charrette en bois au sommet d'une dune. Sous cet angle, elle a l'air d'une épave de navire couchée sur le flanc. Je l'examine à travers le zoom de mon appareil photo mais ne comprends toujours pas ce qu'elle fait ici. Puis j'aperçois quelqu'un assis à l'ombre, en dessous. Il me regarde. J'avance vers lui.

Un vieil homme avec une barbe blanche se tient assis sous la charrette. Il a mis des planches sur les côtés pour se faire un nid protégé du soleil du désert. Je fais un pas en avant. Il a un fusil sur les genoux qu'il est en train de frotter. Je laisse tomber ma bicyclette et lance : « Tu me sembles fatigué, mon ami. »

Il tourne la tête, le visage vide d'expression. Je n'ai qu'une envie, m'asseoir sous son chariot. Ce doit être le seul coin d'ombre dans le désert tout entier. Je m'approche un peu plus.

« Cela te dérange si je me repose ici, vieil homme ? Je vais à la Gorge des dix mille bouddhas et j'ai l'impression de m'être égaré. » Je m'accroupis et passe la tête sous la charrette. C'est comme plonger la tête dans l'eau froide.

Le vieil homme est toujours silencieux mais observe chacun de mes mouvements.

De toute évidence, il dort là. Il y a une peau de mouton sur le sol et un chapeau en cuir sur un tas de couvertures matelassées, à l'arrière. Je me tourne et remarque la hache à ses pieds. Sa main ne frotte plus le fusil. Je reste immobile un moment puis lentement j'allonge le cou dans le froid, derrière son dos.

Il doit avoir plus de soixante ans. Il a les cheveux coupés ras et, à en juger par sa taille alors qu'il est assis, il ne doit pas être plus grand que moi. Si nous venions aux mains, je pourrais m'en sortir. Un éclair passe dans son regard. Peut-être pratique-t-il les arts martiaux. Il fait penser à un ancien escrimeur. Je navigue à vue et garde un œil sur le fusil.

Au bout d'un moment, il bouge un peu comme pour me faire de la place. Puis il se tourne, me regarde fixement et me dit : « Tu n'arriveras pas là-bas aujourd'hui. »

Je glisse à côté de lui, lève les jambes et regarde fixement la lumière du soleil qui cogne sur le lit de la rivière asséchée. Je me demande quand une rivière a bien pu couler entre ces rives pour la dernière fois. Le lit pierreux coupe le désert comme une plaie ouverte.

Je lui offre de boire un peu de l'eau de ma gourde pour le remercier de son hospitalité.

Ma température retombe. J'essaie d'avaler ma salive et puis *pan !* les pneus de la bicyclette explosent.

« J'ai été bête de la laisser au soleil », dis-je. J'imagine mon corps explosant avec le vélo, mes entrailles répandues sur le sable chaud.

« Tu vas marcher jusqu'à la Gorge tout seul ?

— Oui, je veux voir à quoi elle ressemble. Et vous, où allez-vous ?

— Il n'y a rien que des ruines là-bas. Tout ce qu'il y avait de précieux a été pillé. » Le vieil homme tord un morceau de fil de fer autour de sa main.

« J'ai entendu dire que lorsque les temples de la Gorge ont été abandonnés, il y a cinq siècles, un sage est allé méditer dans une grotte et est mort dans la position du lotus. » J'imagine l'esprit du sage flottant dans la brise fraîche du nirvana. Le désert de pierre est d'un blanc aveuglant, maintenant. Il tremble sous l'effet des ondes de chaleur. « Si tu n'avais pas été là, je me serais complètement desséché.

— Tu devrais traverser le désert en marchant le matin ou le soir, et dormir au milieu de la journée. Si tu étais à cheval dans le désert, à l'heure qu'il est, ses sabots seraient complètement carbonisés. Tu n'as pas l'air d'être du coin.

— Je viens de Beijing. C'est la première fois que je vois le désert. Es-tu originaire du Gansu ? » Je glisse les doigts sous les graviers brûlants.

« Je vais y retourner dans quelques jours.

— Où ? » Ma question me paraît inappropriée, alors j'ajoute : « Ça doit être dur de vivre ici.

— Tu es un buveur de pisse ou un mangeur de merde ? me demande-t-il, le regard sévère.

— Moi, je n'ai jamais bu de pisse ou… »

Il me tape la jambe avec le fil de fer tordu. « Tu n'es pas l'un des nôtres, on dirait ! » Je regarde fixement les rides qui se dessinent au coin de ses yeux, essayant de deviner ce qu'il veut dire.

« Tu ne ressembles pas à un chercheur d'or. Tu n'as pas d'outil.

— Alors toi, tu es chercheur d'or ?

— Oui, et je pensais que tu en étais un aussi, au début. Il y a beaucoup de voleurs qui rôdent par ici. Ils posent des questions, essaient de savoir où tu as trouvé ton or.

— Ne t'inquiète pas, vieil homme, je ne suis pas intéressé par ton or.

— Je rencontre parfois d'autres chercheurs. Ils s'arrêtent pour discuter, comme si de rien n'était. Mais ils n'attendent qu'une chose, que je leur tourne le dos pour me tirer dessus et me voler.

— Tu te méfiais de moi, alors ?

— On ne peut faire confiance à personne ici. Quand tu auras vu de l'or, tu comprendras. » Le vieil homme détourne les yeux et regarde au loin. « Je suis tombé sur un petit filon mais il n'y a pas assez d'eau. J'attendrai l'hiver et la neige, et je reviendrai avec mon fils.

— Alors, il y a vraiment de l'or ici ?

— Assez de questions, jeune homme. Moins tu en sauras, mieux cela vaudra. Tu devrais partir maintenant. Prends à l'est et passe la nuit à Qiaozi. Tu continueras ton voyage demain. »

Je réalise que je n'atteindrai pas la Gorge ce soir, je suis donc son conseil et marche vers l'est. Alors que le soleil se couche, l'air fraîchit et des rafales de vent glacé me soufflent du sable au visage. J'arrive au village avant la nuit.

Qiaozi se compose de maisons faites de briques de boue, entourées de champs de légumes verts. À mesure que je m'approche, me parvient l'air d'une chanson de propagande amplifié par le haut-parleur du village : « Que chaque village, chaque hameau batte le tambour et frappe les gongs ! La splendeur du président Mao brille dans le pays entier. Les montagnes sourient, les rivières sourient, tout le monde sourit : le socialisme est bon… » « Le vieux Mao est mort depuis huit ans maintenant et ils sourient encore », je murmure, en longeant le câble du haut-parleur jusqu'à une petite maison d'adobe.

Je frappe à la porte mais personne ne répond. Une foule d'enfants s'attroupe derrière moi. Au moment où je me retourne pour les regarder, ils s'enfuient, sauf le plus petit qui vient de tomber par terre et se met à pleurer. Avant que j'aie le temps de le relever, une femme apparaît sur le pas de la porte. À ses cheveux noirs bien soignés, je devine que c'est un cadre.

Je lui demande : « Es-tu l'annonceur du village ? » Elle me répond que oui. Je sors alors la lettre d'introduction de Zhang Shengli.

« Journaliste de Beijing… faisant un reportage sur les sites culturels du Gansu… Le dirigeant du village se serait bien occupé de toi, camarade Ma, mais je regrette, il n'est pas là aujourd'hui. » Elle replie la lettre. Ses mains sentent le savon – elle a dû se les laver juste avant.

« Nous travaillons tous deux dans la propagande. Je suis sûr que les autorités seraient ravies que tu organises mon séjour dans le village à sa place. J'aimerais me laver le visage. As-tu de l'eau chez toi ? » J'aperçois un lavabo derrière la porte et un thermos d'eau chaude par terre.

Elle me fait entrer, allume la lumière et crie aux enfants : « Rentrez chez vous maintenant, c'est l'heure de souper ! »

Je lui raconte que je me rends à la Gorge des dix mille bouddhas et que j'aimerais trouver un lit pour la nuit.

« Il n'y a pas d'auberge dans le village. Cependant le bureau de la milice dispose de quelques lits. J'en toucherai deux mots à leur chef. » Elle remplit la cuvette du lavabo d'eau chaude et me tend un gant de toilette, puis va me verser une tasse de thé. Au mur, dans un cadre, est accroché un diplôme où l'on peut lire : « Prix annuel pour les travailleurs supérieurs décerné à la camarade Li Anmei, annonceur public au village de Qiaozi. »

Quelques minutes plus tard, son mari, Tang Weiguo, rentre des champs. Lorsqu'il apprend que je suis un journaliste de Beijing, il me serre la main et me propose de rester dîner. Li Anmei nous sert des bols de soupe aux nouilles, saupoudrée de ciboule hachée, et pose sur la table un plat de cacahuètes frites avec une sauce aux gousses d'ail.

Tang Weiguo a terminé ses études au lycée d'Anxi il y a trois ans. Li Anmei était sa camarade de classe. Sa famille vit dans un petit hameau à deux cents kilomètres. Elle est venue s'installer ici l'année dernière après son mariage avec Tang Weiguo.

Leur maison est meublée simplement. Les murs d'adobe ont été fraîchement badigeonnés à la chaux. On sent encore l'odeur de la poudre. Le plafond a été soigneusement encollé de feuilles de papier journal. Un petit rideau rose est suspendu devant l'unique fenêtre. Une bicyclette reluisante est appuyée contre la porte. L'unique ampoule accrochée au plafond brille à peine plus que la bougie posée sur le bureau. Sur la table de nuit sont empilés les douze volumes des *Cent mille pourquoi*, une nouvelle édition des *Œuvres complètes* de Deng Xiaoping et quelques vieux magazines militaires. Les fleurs en plastique dans le vase rouge n'ont pas trop pris la poussière.

Après le dîner, une jeune femme, nommée Mili, nous rejoint et s'assied à côté de Tang Weiguo. Elle habite à côté avec son oncle et leur rend apparemment visite tous les soirs. Sa mère est Kazakh et son père est Han. Ils habitent à une centaine de kilomètres de là dans la préfecture autonome kazakh.

Mili se sert une tasse de thé puis sort un sac de graines de courge et commence à les mettre l'une après l'autre dans sa bouche.

La scène me ramène à mon enfance à Qingdao. Notre voisine, tante Liu, avait l'habitude de venir chez nous, chaque soir, pour bavarder, affalée sur le lit de mes parents. Son mari était cuisinier dans les chemins de fer. Il voyageait à travers tout le pays et voyait beaucoup de choses étranges. Mes parents étaient avides de ce genre d'histoires. Parfois, tante Liu apportait une tasse de thé ou un journal. D'autres fois, elle fouillait dans sa poche et en sortait des bonbons exotiques pour ma sœur et moi. Ce sont ceux dont les papiers portaient les noms des fabriques de bonbons de Beijing, Shanghai, Nanjing ou Dalian qui avaient le plus de valeur à mes yeux.

Je ne sais plus de quoi les grandes personnes parlaient exactement mais la plus grande partie de ce que j'ai appris sur le monde provient de bribes de ces conversations :

— Les femmes de Shanghai portent des chaussures à talons hauts au travail et se peignent les lèvres en rouge. Leurs bouches ressemblent à des crevettes géantes ;

— Il faut trois jours et trois nuits pour aller à Guangzhou en train. L'hiver, on monte à bord avec une veste en cuir et on en descend avec un T-shirt. Les wagons sont équipés de toilettes et de lits ;

— Les enfants ne doivent pas parler quand les grandes personnes discutent ;

— La fille de Xia Wanping est hôtesse de l'air. À la fin de chaque vol, elle rentre chez elle avec un sac plein de restes de gâteaux ;

— Dans le Hunan, les gens mangent un pot de purée de piment à chaque repas ;

— Deux étrangers ont voulu être pris en photo avec oncle Liu qui était en tenue de travail. Heureusement le chef surveillant rôdait dans le coin et a pu s'y opposer, sinon il aurait pu avoir de sérieux problèmes. Les étrangers auraient publié la photo dans leur journal pour humilier le peuple chinois.

J'écoutais leurs conversations en faisant semblant de comprendre, sans jamais poser de question. Nous n'avions à l'époque ni radio, ni journaux. Les seules choses à regarder étaient les affiches du nouvel an accrochées au mur et la ruelle vide. Je n'ai pas vu de carte de la Chine avant mon premier jour à l'école primaire. Le professeur pointait sa baguette en bois sur Beijing et autour des frontières. Mais à peine avais-je commencé à déchiffrer le nom de ces endroits que la leçon se terminait déjà. Je savais néanmoins que les populations et les lieux dont tante Liu nous parlait étaient cachés quelque part sur cette carte et sur la carte du monde que j'ai vue quelques années plus tard dans la librairie de Qingdao.

De plus en plus de villageois entrent, impatients d'écouter le « journaliste de Beijing ». Ils se tiennent à la porte pendant un moment puis avancent jusqu'au fond de la pièce, s'assoient et fument. Je ne vois leurs visages que quand ils se penchent pour se servir une autre tasse du thé de Anmei.

Je repense à la chanson que j'ai entendue à l'entrée du village et leur dit : « Le président Mao est mort depuis des années. Ce n'est plus la peine de passer cette chanson. »

Anmei fronce les sourcils. « Je sais que ces cassettes sont très vieilles mais nous n'avons pas les moyens d'en avoir de nouvelles. J'ai entendu dire qu'à Beijing vous pouviez acheter des enregistrements de l'émission TV réalisée l'année dernière pour le Festival de printemps.

— Ce n'est pas tout. On trouve aussi des cassettes venant de Taïwan et de Hong Kong, les chansons de Deng Lijun et Su Rei et même de la chanteuse grecque Nana Mouskouri. À Beijing, les cinémas sont ouverts tous les jours. Le samedi soir, les jeunes gens organisent des soirées chez eux. Ils écoutent de la musique disco et dansent joue contre joue. » La sombre existence menée par ces gens m'attristait et je ne pouvais m'empêcher de leur parler en prenant un air supérieur. Seuls les yeux de Mili rehaussaient le niveau dans cette pièce.

Je continue : « Certains de mes amis sont partis en Amérique. Ils ont leur propre voiture et leur propre téléphone maintenant. Depuis le mois de septembre, le gouvernement autorise les citoyens chinois à se marier avec des étrangers. Ce pays est en train de s'ouvrir, de changer. Vous ne pouvez pas rester ici comme des légumes. Vous devriez voyager, vous ouvrir l'esprit. Vous avez entendu parler de la zone économique de Shenzhen ? C'est comme un pays étranger. Les employés sont nourris gratuitement et peuvent manger autant qu'ils veulent... »

Les hommes assis autour de moi ne lèvent pas les yeux mais restent très attentifs à ce que je dis. Tout le monde est silencieux, même Mili qui arrête de mâchouiller ses graines de courge. J'essaie de continuer à parler mais ma voix faiblit. Je déteste quand cela m'arrive. Quand on me rend visite à la maison, je mets toujours de la musique en fond sonore pour pouvoir faire semblant de l'écouter si jamais il y a un blanc dans la conversation.

Au bout d'un moment, je demande à Tang Weiguo quels livres il aime lire.

« Je ne lis plus beaucoup depuis que j'ai quitté l'école.

— Et toi, Anmei ? As-tu lu *Le Désert de l'amour* de Mauriac ? » Je choisis délibérément un titre obscur.

« Hmm, je lis ce que je trouve dans le coin. Je suis abonnée à *Jeunesse de Chine*.

— Et toi, Mili ? Qu'est-ce que tu aimes lire ? » Elle est sur le point de cracher une petite épluchure de graine, mais comme je la regarde, la laisse tomber dans sa main.

« Parle-nous de Beijing, demande Anmei en ajoutant un peu d'eau chaude dans la théière. Les journaux disent que les parents doivent faire la queue pour envoyer leur enfant à la maternelle. Je ne comprends pas. » Elle va jusqu'au placard et revient avec une bouteille. « Goûte un peu cela.

— Merci, le thé suffit.

— C'est du jus d'orange, il en reste une demi-bouteille. Je l'ai achetée en ville. »

J'en bois une gorgée. C'est du soda éventé à l'orange.

« Allons, encore un peu. » Je ne veux pas la vexer et feins d'en boire une autre gorgée avant de passer la bouteille à Mili.

J'explique alors : « Le planning familial est strict en ville. Les couples ne sont autorisés à avoir qu'un seul enfant et ils veulent donc tous leur donner la meilleure éducation. Il y a des pianos dans les bonnes maternelles, des cours d'anglais et du chocolat à la pause dans les meilleures.

— Combien est-ce que cela coûte ?

— Dans les meilleures écoles, quarante yuans le trimestre. Mais ils distribuent des pommes et des bonbons le matin, plus un repas l'après-midi. Si l'enfant est en pension, c'est le double. » J'avale un peu de thé. La conversation devient ennuyeuse. « Il y a des endroits intéressants dans la région ?

— La cité perdue de Suoyang. Il y a un article dessus dans *Le Quotidien du Gansu.* »

Tang Weiguo me tend le journal. Un garçon derrière moi allume sa lampe et éclaire la page.

Je lis à haute voix : « La province du Gansu a une longue et glorieuse histoire. Une région de montagnes et de déserts accidentés, parsemée d'oasis qui servaient autrefois de haltes aux caravanes qui parcouraient la légendaire Route de la soie… Bien que la majorité de la population soit constituée de Chinois Han, la province abrite aussi un certain nombre de minorités musulmanes incluant les Hui parlant chinois et les semi-nomades Kazakh… Les grottes de Mogao à Dunhuang renferment les témoignages de l'art bouddhiste les plus spectaculaires de Chine… les collines du Sable chantant de réputation mondiale et le célèbre lac du Croissant de lune… l'imposant fort de Jiayuguan… Je ne vois Suoyang mentionnée nulle part. »

Six visages m'entourent et six lampes éclairent la page. Tang Weiguo lit : « La cité de Suoyang était à l'origine appelée Kuyu. La légende raconte qu'à l'époque de la dynastie Tang, le général Xue Rengui conduisit son armée à l'ouest pour repousser les hordes nomades des steppes de l'Asie centrale. Mais, lorsque les soldats atteignirent Kuyu, les troupes ennemies les entourèrent. Le général Xue et ses hommes se barricadèrent dans l'enceinte de la cité en attendant que les renforts arrivent de la capitale impériale. Les mois passèrent, les provisions s'épuisèrent, et les soldats durent creuser le sol pour trouver de la nourriture. Les racines de suoyang qu'ils découvrirent leur sauvèrent la vie et la ville fut rebaptisée en son honneur. L'expression "coincé dans Suoyang" est entrée dans notre vocabulaire. Après la découverte de la voie maritime vers l'Inde, au quatorzième siècle, le négoce le long de cette route déclina et, comme beaucoup d'autres caravansérails, Suoyang fut abandonnée au désert de sable. Les murs de la cité font dix mètres de haut... »

« J'irai là-bas demain. Peut-être que moi aussi je trouverai un peu de suoyang ! » Les hommes rient et les femmes froncent les sourcils. Je leur dis que je suis prêt à aller me coucher. Tang Weiguo prend un thermos et me conduit au bureau de la milice.

Au clair de lune, les maisons de pisé paraissent froides et grises. Un sentier de gravier conduit tout droit au désert rocailleux. J'ai du mal à croire qu'il y a encore quelques heures je marchais à travers des sables d'or.

Il est déjà tard quand je me réveille. Je sens la chaleur du soleil, telle la caresse d'une femme, descendre sur mon visage et sur la couverture. Un groupe de paysans est venu s'asseoir au bout de mon lit de brique. Ils fument et discutent d'un villageois voisin qui a fait fortune en élevant des lapins angoras. « Il s'est fait dix mille yuans dans l'année avec ces animaux. »

Une mule brait dans la cour. Je me cache sous la couverture matelassée. Elle sent les pieds mais elle est toujours plus propre que les couvertures des auberges où j'ai séjourné. Cela fait déjà un mois que je voyage. Je pense aux raisons pour lesquelles j'ai quitté Beijing et me demande si j'y retournerai jamais, m'imaginant me laisser porter de lieu en lieu pour le restant de mes jours.

Je m'assieds, dis bonjour et sors du lit. Peut-être que ces hommes étaient chez Li Anmei hier soir.

À quatre heures, je range le poème sur lequel j'étais en train de travailler, bois une gorgée de thé et me mets en route pour Suoyang avec Mili, qui s'est proposée de me guider cet après-midi.

Les ruines sont seulement à huit kilomètres. Le ciel est bleu.

Nous marchons bientôt à travers le désert. Les pics des monts Qilian au loin me rappellent la nouvelle d'Hemingway *Les collines sont comme des éléphants blancs*. C'est l'histoire d'un homme qui accompagne une jeune femme jusqu'à une ville lointaine où elle doit subir un avortement.

Mili n'est ni grosse ni mince et a d'épaisses lèvres rouges. En les regardant, je me souviens de la façon dont elles bougeaient, la nuit dernière, quand elle mâchait des graines de courge. Ses cheveux sont ramenés en arrière en une étroite queue-de-cheval et une frange droite s'agite sur son front. Elle marche à côté de moi, tête baissée.

Je lui demande combien coûte le suoyang sur le marché. Utilisées dans la médecine chinoise, ces racines ont la réputation de soigner l'impuissance masculine.

« Chaque été, les gens du coin vont déterrer des racines. Ils les mettent à sécher chez eux et les vendent deux yuans le jin.

— Les habitants du Gansu ne parlent pas beaucoup, non ? Les hommes qui étaient là hier soir n'ont pas dit un mot de toute la soirée, et toi non plus. »

Elle lève les yeux et sourit au lointain. « Tu vois ce que je vois ? »

Je vois un mur croulant bordés de touffes de mauvaises herbes vertes.

« C'est magnifique ! On dirait un dinosaure fossilisé ! » Je me tourne alors vers elle et lui dis : « J'aimerais dormir ici cette nuit. Tu restes avec moi ? » Traverser un désert aussi sec que celui-ci avec une fille à la peau moite à mes côtés m'a forcément donné envie de la serrer dans mes bras une fois la nuit tombée.

Elle panique et répond : « Je dois être de retour ce soir. »

Nous accélérons le pas, martelant l'air immobile.

Quand nous arrivons à Suoyang, le soleil est encore visible à l'ouest.

J'escalade les remparts et observe le désert de pierre au sud, les dunes de sable à l'est et cinq ou six pagodes à l'ouest. Du haut du mur d'enceinte de briques érodées qui entourait la cité, j'aperçois, à l'intérieur, les constructions ensevelies sous des mètres de sable ou envahies par des groupes d'arbustes et d'acacias.

Je descends, bois un peu d'eau et en donne ensuite à Mili.

Vers l'angle le plus éloigné du mur, sur une inclinaison, j'aperçois un saule. Son tronc desséché laisse retomber ses branches vertes comme un long soupir.

« C'est là que devait se trouver le puits, dis-je.

— Oui. Cent mille soldats y ont bu pendant cinq ans sans jamais manquer d'eau. »

Je ramasse un des fragments de poteries Tang et Song éparpillés dans le sable et en examine le motif compliqué.

J'imagine les guerriers impériaux debout sur ces murs, jetant avec violence lances et pierres aux hordes ennemies. Les femmes accroupies près du saule remplissant leurs jarres de l'eau du puits puis se précipitant chez elles, têtes baissées... En dehors du bruit de nos respirations, tout est silencieux ici.

Je crie. Le son va se perdre dans la roche tendre des murs. Je demande à Mili de faire de même. Elle s'exécute et sa voix se disperse dans le silence fragile. Nous grimpons sur la portion la plus haute du mur et nous asseyons. J'ouvre un paquet de biscuits et contemple le soleil.

« Ces pagodes sont belles, dis-je, en les observant à travers l'objectif de mon appareil photo.

— Tu vois le creux devant ? C'est un ancien lieu de sépulture. Il y a des os humains partout. »

Je pose mon appareil et regarde le soleil prendre une teinte rouge foncé.

Au moment où il disparaît à l'horizon, nous sommes envahis par une nuée de moustiques. Nous les chassons en agitant les bras et courons face au vent, mais nous avons déjà les bras et le cou gonflés par les piqûres. L'idée de passer la nuit ici ne me semble plus si agréable. Je regarde Mili, qui me demande de la ramener chez elle.

Juste avant d'atteindre le village, j'aperçois un porc-épic en bas d'une dune. Je le poursuis, puis réalise que je ne peux pas le ramasser. Je le repousse alors vers l'endroit où il était.

Li Anmei et Tang Weiguo m'attendent à l'entrée du village : « Le chef du village vient de rentrer. Il est très honoré qu'un journaliste de Beijing soit venu écrire quelque chose sur Suoyang et nous invite à dîner tous les trois chez lui ce soir. »

Repos par grand vent

Pour éviter de marcher dans le désert en pleine journée, je me rends chez Li Anmei le lendemain matin et commence l'écriture d'une nouvelle. Mili m'invite à déjeuner chez son oncle puis passe au cours de l'après-midi pour repriser un accroc que j'ai fait à mon pantalon. Je quitte enfin Qiaozi quand le soleil bascule à l'ouest et atteins Tashi, le dernier village sur le chemin qui mène à la Gorge aux dix mille bouddhas, avant la tombée de la nuit. Kang Ben, du centre culturel de la ville, lit en diagonale la lettre d'introduction de Zhang Shengli et me demande combien de jours j'ai l'intention de rester. Je lui réponds que je partirai à l'aube.

Au réveil, le lendemain matin, j'ai le nez et la gorge obstrués par la poussière. Je me retourne et scrute l'extérieur à travers la fenêtre. Le ciel est noir. Des rafales de sable s'engouffrent dans les peupliers et font ondoyer la bâche goudronnée de la porcherie. Le vent gronde comme un millier de chevaux au galop, projette branches et pierres contre les murs et déchire le ciel. Des grains de sable passent à travers les trous du cadre de la fenêtre et s'amassent sur les oreillers et la table de nuit. Je suis content de ne pas être en plein désert.

Je contemple la tempête un moment, avant d'enfiler mes vêtements et de me risquer à l'extérieur. L'air y est si chargé de sable que je ne distingue pas la cabane des toilettes. Je pisse alors rapidement contre le mur et rentre en courant à l'intérieur. Mon visage et mon cou sont couverts de sable. J'avais entendu dire que cette région était réputée pour ses tempêtes, mais jamais je n'aurais imaginé qu'un vent, charriant une telle poussière, puisse frapper avec autant de force qu'une averse de grêle.

Je décide de passer la journée cloîtré malgré l'odeur d'ail et de vieilles chaussettes, qui reste préférable à la tempête sévissant dehors. Je me remets au lit, allume une cigarette, remonte la couverture matelassée jusqu'au menton et reprends le passage que j'ai écrit hier :

> Nous nous étreignons, appuyés contre l'arbre. Je l'embrasse et me remémore le jour où, allongée à mes côtés, près du réservoir, elle a caressé mon menton avec son pied. Au soleil, ses doigts de pied étaient aussi translucides qu'une tranche de citron.
>
> « Je ne suis pas si exceptionnelle », grogne-t-elle, alors que je me recule pour la regarder. Soudain, les sentiments que j'éprouve pour elle me paraissent ridicules. Je me retourne et observe les arbres alignés. Je les fixe l'un après l'autre jusqu'à me perdre dans mes pensées…

Bon sang ! Ce passage ne fonctionne pas. Je sais que j'écris sur Xi Ping pour l'oublier mais il faut que je m'en détache et que je remette la douleur dans son contexte. Pourquoi suis-je toujours prisonnier du passé ?

Quatre jours plus tard, le vent ne semble toujours pas vouloir tomber. Je fais un petit somme et rêve de Mili. Je caresse son front et passe ma cuisse entre ses jambes. Je me réveille au lever du soleil, son visage en tête. Le jour où j'ai quitté Qiaozi, je lui ai offert un marque-page de Hong Kong où étaient imprimés les mots TAKE CARE. Elle était si heureuse qu'elle en a rougi. Je dois arrêter de penser aux femmes. Les liens affectifs ne conduisent qu'à la souffrance.

La chambre allouée par Kang Ben est décorée de deux cornes de chèvre poussiéreuses et d'un poster de Zhou Enlai. Il me tend une pile de journaux et me confie qu'il aimerait un jour écrire dans *Le Quotidien du Gansu*. Je lui dis qu'un certain nombre de mes nouvelles ont été publiées dans des magazines littéraires et il se met à me harceler de questions. Je lui conseille de rédiger des articles brefs et concis, d'éviter de trop exprimer son opinion. Il me montre un article qu'il a écrit sur la visite du secrétaire du district à la campagne. À l'exception d'un bref passage sur le sourire affable du secrétaire, l'essentiel du texte n'est qu'une retranscription ennuyeuse des conférences données aux paysans sur les nouvelles réformes agricoles. Je lui fais remarquer qu'il n'est pas utile de donner à la visite du secrétaire la même résonance qu'au voyage de Deng Xiaoping dans le Sichuan. J'ai fumé un paquet entier de cigarettes. Le soir, j'ai mal à la tête.

Le lendemain, je suis réveillé par le grondement de la tempête. Je suis ici depuis une semaine à présent. Selon Kang Ben cette région compte cent jours par an des vents de force sept.

Les gens du coin prétendent que c'est le même vent qui souffle du printemps jusqu'à l'hiver. J'ai bouché les trous du cadre de la fenêtre avec des boulettes de papier mais j'ai toujours du sable entre les dents.

Le courant est coupé dans la soirée et ma lampe me lâche. Je range mon carnet et m'allonge sur le lit. La pièce sombre me fait penser à une grande coquille qui renfermerait mon cœur battant. Mon corps semble m'avoir quitté. Si je ne pars pas bientôt, j'ai peur de ne jamais pouvoir m'échapper. Je dois oublier la Gorge. Elle ne se trouve qu'à vingt kilomètres mais il me faudrait marcher en plein désert pour y arriver et avec ce vent je ne trouverais jamais mon chemin. Apparemment les dix mille bouddhas préfèrent rester seuls. La route pavée menant à Dunhuang sera mon point de départ demain, que le vent soit tombé ou non. Je prendrai la route qui s'ouvrira à moi, peu importe où elle mène, tant que je peux avancer.

Je ne dois pas oublier de rapporter la bicyclette à Zhang Shengli.

Kang Ben sort un melon et m'en coupe un morceau. Il est délicieux. L'air est si sec ici qu'ils peuvent les conserver sous leurs lits pendant six mois.

Les vivants et les morts

Je suis de retour à Anxi le 7 avril et y prends le bus pour Dunhuang. La ville se situe dans une oasis au bout du corridor du Hexi. En sortant de la gare routière, je tombe sur une rangée de maisons de brique grise et un carrefour comme celui de Jiayuguan. Une fine couche de poussière s'est déposée sur un taillis de jeunes peupliers devant un site en construction. Dans la rue, les devantures des boutiques sont remplies de rouleaux de calligraphie, de bouddhas de laiton, de figurines en porcelaine de Guanyin, la déesse de la miséricorde, et de posters des peintures murales de Mogao. Des enseignes aux couleurs criardes, peintes sur les murs gris, indiquent : *Hôtel de la Route de la soie, Réparateur de montres, Studio photo de l'apsara volante, Centre médical dentaire du lac de la Lune, Restaurant du Sable chantant*. Seuls les alentours du carrefour sont animés. De temps en temps, un étranger, de grande taille, et vêtu de couleurs vives, passe à travers la mer bleue des paysans. Des siècles plus tôt, cette ville était un important poste frontière sur l'ancienne Route de la soie. Ses rues étaient pleines d'ambassadeurs du Moyen-Orient et de missionnaires bouddhistes venant d'Inde.

Je m'assieds à l'étal d'une petite échoppe au coin de la rue. Sur la table recouverte d'un plastique sont disposés des bols blancs, du vinaigre et un poulet rôti graisseux qui a encore du duvet à l'arrière-train. Après des semaines de nouilles, je prendrais bien un peu de viande.

Je demande : « Elle est fraîche ta volaille ?

— Elle a été tuée hier. »

Je m'approche et la sens. Pas mauvais. Elle a la même odeur que les poulets vendus sur le quai des gares. Je paie trois yuans au marchand et arrache une cuisse. Je me sens revivre dès la première bouchée. Je commande également une grande ciboule.

Il y a du sable dans l'air mais le ciel est toujours bleu. Au milieu du carrefour, sur un îlot, s'élève une statue d'apsara jouant du luth. Elle tournoie, un sourire béat aux lèvres et une jambe levée, pendant que des charrettes tirées par des chevaux, des bicyclettes et des bus circulent tout autour. Les apsaras sont des nymphes bouddhistes qui flottent dans les airs, traînant derrière elles des guirlandes de soie diaphane. À la différence des anges chrétiens, elles n'ont pas besoin d'ailes pour voler. Sur la bannière aux couleurs vives suspendue entre deux poteaux télégraphiques derrière elle, on peut lire : « PREMIER ENFANT : STÉRILET. DEUXIÈME ENFANT : AVORTEMENT. TROISIÈME ENFANT : HYSTÉRECTOMIE. » Les caractères rouge sang me donnent envie de vomir.

Le lendemain matin, j'ai tellement mal à la gorge que je ne peux presque pas parler. Je ne suis pas d'humeur à discuter de toute façon. Mon camarade de chambre se tient droit sur son lit et attend que j'ouvre les yeux. À travers son masque protecteur, il me dit dans un mauvais chinois qu'il a vu des fantômes la nuit dernière.

« Des apsaras volantes ? je demande, d'une voix rauque.

— Non, des guerriers impériaux, là-bas, dans la cour. Des centaines qui tapaient sur des tambours et marchaient en cercle. On aurait dit qu'ils se préparaient pour le combat. »

Je regarde par la fenêtre et observe deux poules courir au soleil. Des chemises, des pantalons et des couches sont suspendus sur le fil tendu entre le poteau de basket-ball et un bâtiment en brique. Une femme en jupe rouge est penchée au-dessus d'un baquet de lessive. Son derrière me semble énorme.

« C'est une cour ordinaire, dis-je.

— Mais elle était pleine de soldats la nuit dernière. » Il baisse son masque protecteur. Son visage efféminé et innocent est déformé par la peur.

« Tu as peut-être rêvé ? Ou lu trop de récits d'aventures. » Je me souviens de la légende des collines du Sable chantant. Une armée de guerriers impériaux qui campait une nuit dans le désert s'était soudain retrouvée enterrée vivante par une tempête de sable. On raconte que si le vent souffle dans la bonne direction, on entend les fantômes des soldats hurler à l'intérieur des dunes.

« Je ne rêve jamais et je ne crois pas aux fantômes. Quand j'ai entendu ce bruit dans la nuit, je me suis dit que l'on tournait un film. » Il me regarde, les yeux emplis de terreur.

« Combien coûtent les tickets pour les grottes de Mogao ?

— Dix yuans pour les étrangers, un yuan pour les Chinois. »

J'enfile mes chaussures et me dirige vers la porte. Il continue à me fixer. Je le rassure alors : « Ne t'inquiète pas, les fantômes c'est comme les bouddhas, ils n'existent que si l'on y croit. »

J'ai beau avoir prononcé mes vœux bouddhistes laïques, je me pose toujours des questions. Je me demande souvent si Bouddha existe, où se trouve la Terre pure, et si je cherche la foi ou simplement un sentiment de sécurité. Maintenant que je suis un vagabond déraciné, Bouddha guide peut-être mon chemin. C'est sans doute lui qui m'a dit de quitter ma famille, mes amis, mes désirs, mes ambitions, de m'abandonner au destin. Où aurais-je trouvé le courage autrement ? Dunhuang est un lieu important de pèlerinage. C'est par là que le bouddhisme est entré en Chine. Je suis arrivé. Peut-être aurai-je une révélation.

Je me trouve face au versant à pic des collines du Sable chantant qui sont reliées aux célèbres grottes de Mogao par de nombreux dédales. Du quatrième au dixième siècle, des communautés de moines bouddhistes ont taillé ces châsses dans la falaise et les ont décorées de peintures murales et de statues colorées. Je les ai vues tellement de fois dans des livres d'histoire de l'art que je sais que sur ces murs sont peints de gracieuses apsaras, des scènes de la vie du premier Bouddha, Sakyamuni, et des portraits de marchands de la Route de la soie qui ont participé financièrement à la construction des grottes pour s'assurer un voyage en toute sécurité à travers le désert. Une statue de trente-trois mètres de haut d'Amitabha, le disciple de Sakyamuni dont la sagesse rayonnante transformait les désirs ardents en lumière infinie, se trouve dans l'une de ces grottes. J'ai vu une photographie de l'immense bouddha allongé, qui attend la mort avec le sourire. Son expression tranquille m'a bien plus touché que le regard torturé que j'avais pu observer sur des images du Christ. Le bouddhisme nous apprend à transcender le monde matériel et à considérer la vie et la mort comme sans importance. Le christianisme pousse l'homme à chérir la vie et à craindre la mort.

J'achète un billet d'entrée et prends la file de droite. Les étrangers prennent celle de gauche. Je suis le flot de touristes et prends soin de cocher sur ma liste chaque grotte où nous passons. La plupart des grottes sont fermées et il est interdit de jeter ne serait-ce qu'un œil à travers les grilles. Les gens autour de moi discutent et mangent. Quelques-uns écoutent des hymnes révolutionnaires sur leurs radiocassettes ou règlent la radio sur un programme de la Rivière Jaune lorsque les piles sont à plat. Les quatre grottes ouvertes au public ne sont pas éclairées, je ne peux donc pas admirer les fresques. Au cours des siècles, les temples troglodytes ont été érodés par le vent et salis par la fumée des feux de bois allumés par des générations de squatters. Tout ce que l'on voit, ce sont les murs écroulés et la statue de Vajrapani en colère qui jette des regards noirs mais dont les lèvres cassées lui donnent un air ridicule. Difficile de ressentir la sainteté des lieux. C'est dans la grotte haute de neuf étages où se trouve une statue d'Amitabha assis que la foule converge. Les hommes et les femmes du groupe de touristes japonais portent des chapeaux blancs et tiennent des drapeaux rouges. Les blonds Américains, avec leurs appareils photo suspendus à leurs épaules, encerclent le bouddha et le scrutent la bouche ouverte.

Je regarde Amitabha moi aussi. Je me sens minuscule, insignifiant face à ses sourcils délicats, ses yeux en amande, et son air de suprême compassion. Quand je psalmodiais son nom au temple de Jushilin, je sentais parfois mon esprit sortir de mon corps et s'élever vers un autre monde. La sensation de calme et de vide me libérait.

Je suis bouddhiste. Je dois m'asseoir et profiter de ce lieu. J'ai lu les Écritures, je comprends le concept de réincarnation et la loi du juste châtiment. Je suis venu ici pour apaiser mon cœur, me débarrasser des préoccupations de ce monde. Je jette un regard à la peinture représentant le paradis de l'ouest d'Amitabha, mais les scènes de vêtements poussant sur les arbres, de pommes volant jusqu'à la bouche des gens ne me donnent pas envie de renaître ici. Les touristes se comportent comme des singes en grimpant les marches, ils regardent d'un air bête le bouddha, assis, immobile et oublieux. En voyant à nouveau son visage, je lui trouve des airs de Mao Zedong. J'ai dessiné le portrait du Président des centaines de fois, de l'école primaire jusqu'au collège, et plus j'observe Amitabha, plus je trouve qu'il ressemble au vieux Mao.

Je sors de là confus. C'était le plus grand bouddha que j'ai jamais vu mais cela ne m'a rien apporté. Je suis plus troublé qu'avant cette visite. Je devrais peut-être acheter un billet pour étranger et y retourner. Les étrangers passent par les plus belles grottes. Mais pas aujourd'hui. Je laisse les grottes derrière moi et marche vers les dunes désertes, en pensant au regard ahuri du garçon de Hong Kong.

Tôt le lendemain matin, j'emballe mes affaires et attache mes chaussettes humides aux sangles de mon sac, avant de prendre la route qui mène du Nord au Sud, du Xinjiang aux étendues désertes du Qinghai.

Des camions défilent encore et encore. Les gaz d'échappement se mêlent à la brise chaude – c'est un peu l'haleine du monde moderne. Mon argent s'est évaporé. Je me fiche un peu de la direction à prendre. J'espère juste trouver quelqu'un pour m'emmener jusqu'à la prochaine province.

Après avoir agité en l'air, pendant une heure, un billet d'un yuan, un camion s'arrête enfin. Je monte et le chauffeur grommelle qu'il pensait que c'était un billet de dix dollars. Je lui dis que c'est tout ce que j'ai.

Le camion s'arrête six ou sept heures plus tard à Akesai, la capitale de la préfecture autonome kazakh, près de la frontière Gansu-Qinghai. Je descends et admire les sommets glacés des monts Aierjin. Les pics déchiquetés semblent avoir été tailladés par un tueur sanguinaire. Les versants paraissent nus.

L'auberge du comité est le plus haut bâtiment de la ville. Elle ressemble à une grande boîte d'allumettes isolée avec ses trois étages surplombant les basses maisons de pierre. Il n'y a aucun arbre le long des rues. Un vent venu de la montagne soulève des volutes de poussière et les fait tourbillonner à travers la ville. Les visages des Kazakhs coiffés de calottes blanches et de foulards blancs font échos à la couleur des montagnes.

Je me rappelle Mili me disant que sa mère était née dans cette ville.

Je regrette maintenant de ne pas être allé vers le nord. Le Xinjiang est la province la plus étendue et la plus déserte de Chine et elle est semée d'anciens sites bouddhistes. J'ai toujours dans ma poche mon billet de train à moitié utilisé pour Urumqi, la capitale, mais il n'est plus valable depuis une semaine. Je n'ai plus qu'à traverser les monts Aierjin et à me diriger vers Qinghai. Je verrai, au moins, le bassin de Chaidam une fois passé le col de Dangjin. J'ai entendu dire que c'était une vaste dépression saline parsemée de lacs bleu clair.

Quelqu'un me prend en stop dans la matinée et j'atteins le col à midi. Une crevasse s'ouvre dans la montagne. La route y pénètre, serpente jusque l'autre côté et se poursuit dans les terres sinistres de Chaidam.

Je demande au chauffeur de s'arrêter. Je saute du véhicule, quitte la route et grimpe le long d'un haut éboulis. À mi-pente, j'ai l'impression de flotter dans l'air. À l'ouest, la vue est barrée par une haute montagne, tandis qu'à l'est, une ligne de cimes blanches se dessine au loin. Il y a mille ans, quand les troupes du royaume de Jin sont passées par ici pour attaquer les plaines du centre, une tempête a éclaté et les soldats ont été ensevelis dans la neige. Depuis ce jour, le col est connu sous le nom de « Dangjin » – « bouclier contre l'avance de Jin ». Il semblerait que les fantômes des morts hantent toujours les lieux. Personne n'ose franchir le passage de nuit.

Au-dessous de moi, le bassin de graviers s'étend sous le soleil de midi. Un lac bleu miroite au loin, accroché au désert comme un bijou au cou d'une femme. Ce doit être Sugan, le lac qui a inspiré tant de chansons folkloriques dans la région.

« C'est beau, beau ! » Je serre les poings.

Je sors mon appareil photo et regarde à travers l'objectif. Le lac n'est plus qu'une tache dans le paysage, un minuscule saphir que personne ne remarquerait au doigt d'une jolie femme. Aucune photographie ne pourrait saisir tant de beauté. Je range mon appareil, termine les nouilles instantanées que j'ai achetées hier, bois un peu d'eau et me dirige vers le lac.

Après une descente d'une heure, j'atteins le désert. La sueur coule le long de mon corps et s'évapore en quelques secondes. Ma gourde est presque vide et le lac a disparu de ma vue. Je dois compter sur ma boussole à partir de maintenant.

Le soleil est toujours là, au-dessus de ma tête. L'air chaud que je respire rend ma bouche aussi sèche que le sol sur lequel je marche. La boussole est aussi brûlante que le gravier sous mes pieds. J'ai l'impression que les nouilles sèches que j'ai avalées absorbent le peu d'eau présente dans mon organisme. J'ai hâte d'atteindre le bord du lac et de plonger la tête dans l'eau froide. De temps à autre, sur la droite, je discerne des villages, des camions ou une étendue marécageuse réfractés par les ondes de chaleur. Si je n'avais pas de boussole, je pourrais être tenté de marcher droit sur le mirage.

Quatre ou cinq heures passent. Enfin, quelques touffes de mauvaises herbes font leur apparition sur le gravier. Le sol commence à s'incliner. Je vérifie mon orientation. Sugan devrait être droit devant moi, mais je ne vois toujours qu'une vaste plaine pierreuse.

Je réalise tout à coup que les distances peuvent être trompeuses dans l'atmosphère transparente du désert. Le lac qui semblait si près du col était peut-être une centaine de kilomètres plus loin. En fin de compte, ce qui m'apparaissait comme une minuscule tache bleue était peut-être, en réalité, un lac immense. Mais il est trop tard pour faire demi-tour désormais, et ma gourde est vide. Je n'ai pas le choix, je dois continuer à marcher en direction de l'eau. Là où il y a de l'eau, il y a des gens, et là où il y a des gens, il y a de la vie. C'est la seule solution.

Alors que le soleil s'enfonce à l'ouest, le lac réapparaît enfin. Ce n'est pas exactement un lac mais plutôt une ligne grise légèrement plus brillante que les pierres du désert, comme un liseré immobile au bord du ciel, que les ondes de chaleur n'altèrent pas cette fois. Je suis le cap que je me suis fixé, mais je tiens à peine sur mes jambes. Je passe à côté d'un acacia, la terre est désormais recouverte d'une épaisse croûte saline. Le soleil continue de descendre lentement à l'horizon, puis rougit et disparaît.

Il fait déjà presque nuit quand j'atteins l'herbe humide autour du lac. J'avance, étourdi. Le sol est de plus en plus trempé. J'entrevois devant moi, à travers les herbes vertes, une froide étendue d'eau. Je jette mon baluchon et me précipite vers le lac à travers le marécage. Je suis enfin arrivé. Laisse-moi plonger dans tes eaux ! Je foule la rive du pied, me jette sur le sol et lape l'eau. Elle est infecte et saumâtre. Elle me brûle les entrailles, mon estomac va exploser. Je me roule par terre, secoué par des haut-le-cœur, puis m'évanouis.

Je reprends conscience plus tard, tremblant de froid. Instinctivement, je m'éloigne du lac. Un goût de saumure me remonte de l'estomac et se mêle aux restes de vomi que j'ai sur la langue. Je ne rêve que de boire une petite gorgée d'eau pure pour me rincer la bouche et la gorge. Je suis à bout, mais si je ne m'éloigne pas maintenant, je vais mourir ici, sur la rive. J'essaie de ramper, mes mains me trahissent. Je retombe et m'enfonce dans la boue.

À mon départ de Beijing, je pensais que la destination m'importait peu car je pouvais creuser ma tombe n'importe où dans la terre jaune de Chine. Maintenant que ma vie ne tient plus qu'à un fil, je n'ai qu'une idée, survivre. Je me force à ouvrir les yeux et essaie de voir ce qu'il y a devant moi. Une lumière douce me caresse le front. Je me traîne hors du marais, la pleine lune brille à l'horizon, claire et ronde. Je peux presque la toucher. Je veux marcher vers elle mais je m'arrête. Sa beauté est aussi séduisante que celle du lac et sera sans doute aussi meurtrière.

J'arrive péniblement jusqu'à mon paquetage, le vide, et fouille dans ce désordre. Je déchire les sacs, jette les choses en vrac. Je trouve enfin un sachet de café en poudre. Je mets le tout dans ma bouche et mâche à travers l'aluminium et le plastique. Les granulés sont durs et secs. J'en avale un peu et crache le reste.

Mon esprit commence à s'éclaircir. Il faut que je pisse. Je tends la gourde et attends. Quelques gouttes coulent au fond. Je les bois et me sens revigoré.

Au clair de lune, je trie mes affaires et me débarrasse de ce qui n'est pas nécessaire – livres, magazines, vêtements, chaussettes. Puis je mets mon sac sur mon dos et me lève avec difficulté.

Je regarde ma boussole et décide de marcher à dix degrés au nord. Je devrais retrouver la route du Qinghai. Li Anmei, l'annonceur de Qiaozi, m'a dit que ses parents habitaient le village de Tuanjie, sur la route entre le Gansu et le Qinghai.

À l'exception de l'écho de mes pas traînants, le désert est silencieux. La pleine lune s'élève dans la nuit. Après quelques heures d'une marche lente, j'entrevois une lumière au loin. Je me demande d'abord si ce n'est pas une illusion. J'avance un moment, les yeux fermés et, quand je les rouvre, la lumière est toujours là. Je marche dans sa direction. Elle brille de plus en plus. On dirait une lampe. Je m'arrête, me repose, le regard toujours fixé sur cette lumière, de peur que le moindre battement de paupière ne la fasse disparaître. Maintenant que j'ai un but, je sens mon corps se tendre vers lui.

Je m'aperçois bientôt qu'il s'agit d'un camion. Une lampe est suspendue au-dessus du coffre. J'entends des bruits. Je suis tout excité, je ne contrôle plus mes jambes.

En m'approchant, je vois un homme frapper contre une roue. Le bruit retentit à travers l'air de la nuit et me réconforte. Je ne crie pas pour ne pas l'effrayer.

J'aperçois le couvercle d'un thermos posé sur le chemin. Je bondis sur la timbale et avale l'eau d'un coup. Je sens mon corps tremblant renaître. J'en ai les larmes aux yeux.

Je m'accroupis et regarde le chauffeur. Il se tient à dix mètres de là et me fixe, assis devant son camion, regardant droit devant lui.

« Merci, frère », dis-je en reposant le couvercle.

Il a placé la timbale aussi loin que possible. Ma présence le rend nerveux, c'est évident. Il me prend sans doute pour un prisonnier en cavale. Pour quelle autre raison traverserais-je tout seul le désert, sinon ? Quoi qu'il en soit, son eau m'a sauvé la vie.

« Je vais à Tuanjie chez la famille Li. J'ai l'impression que je me suis perdu. »

Il bouge les mains. « Suis les traces de roue jusqu'à la route. Un camion passera à l'aube. »

Je contourne son camion. Une fois hors de vue, je m'arrête et m'effondre.

J'éclaire ma montre. Il est quatre heures du matin. Deux heures encore avant l'aube. Je m'allonge pour dormir mais je suis vite réveillé par le vent.

Au clair de lune, le désert semble froid et vide. Je ne perçois que le bourdonnement dans mes oreilles. Un instant, j'ai l'impression d'être dans un rêve. Je rêve parfois que je galope sur un cerf, sous la lune, mon corps aussi léger qu'une plume. Mais à présent je me sens comme cloué au sol, aussi lourd que du plomb. Mes lèvres et ma gorge sont douloureusement sèches. Je n'ose pas allumer ma lampe de peur d'attirer les loups. Tant que je reste immobile, je me mêle à la nuit. Le froid devient insupportable, je me lève alors d'un bond et tape des pieds. C'est à cet instant que je vois la lumière du matin séparer le ciel de la terre. Alors je m'allonge et m'assoupis.

Je suis à nouveau réveillé par le léger ronflement d'un camion. Je me retourne, m'assois, regarde à l'ouest d'où vient le bruit. Depuis mon expérience d'hier, je sais que le camion peut être à une centaine de kilomètres au loin. Il fait jour à présent. La ligne d'horizon est basse, ce qui me fait me sentir très grand. Les monts Aierjin paraissent moins austères qu'ils ne l'étaient hier d'Akesai. Leurs lignes sont plus douces, leurs versants baignés d'une lumière bleu-vert, leurs pics ont pris la couleur de l'or.

Je me plante au milieu de la piste. L'air du petit matin est humide mais ma gorge est toujours sèche. Il n'y a aucune trace du chauffeur ou du camion que j'ai vus la nuit dernière.

Un rideau de poussière jaune se lève à l'horizon tandis que le ronflement se rapproche. Une heure plus tard, le nuage de poussière a grossi. Comme s'il était poussé vers l'avant par une énorme vague, dans une mer démontée. Je me lève, observe la piste et m'aperçois qu'elle est assez large pour que le camion me dépasse et file tout droit. Je ne peux qu'espérer que tout se passe pour le mieux.

J'agite les bras en l'air. Le camion me double. Je ferme les yeux.

Puis il s'arrête et j'entends hurler : « Connard ! Tu veux te faire tuer ou quoi ? »

Je lève les yeux, il y a du sable partout. Je cherche mon chemin à tâtons jusqu'à la cabine et j'implore : « Mon frère, aide-moi s'il te plaît ! Je dois aller à Tuanjie. Merci, merci. » Je grimpe à l'arrière et m'assois sur un tas de sacs de ciment.

Il appuie sur l'accélérateur, nous partons. Je regarde le désert trembler et la chaîne de montagnes s'éloigner et, exactement comme hier, lorsque j'ai vu Sugan pour la première fois, je sens l'émotion m'envahir.

3

À LA DÉRIVE
À TRAVERS L'OUEST

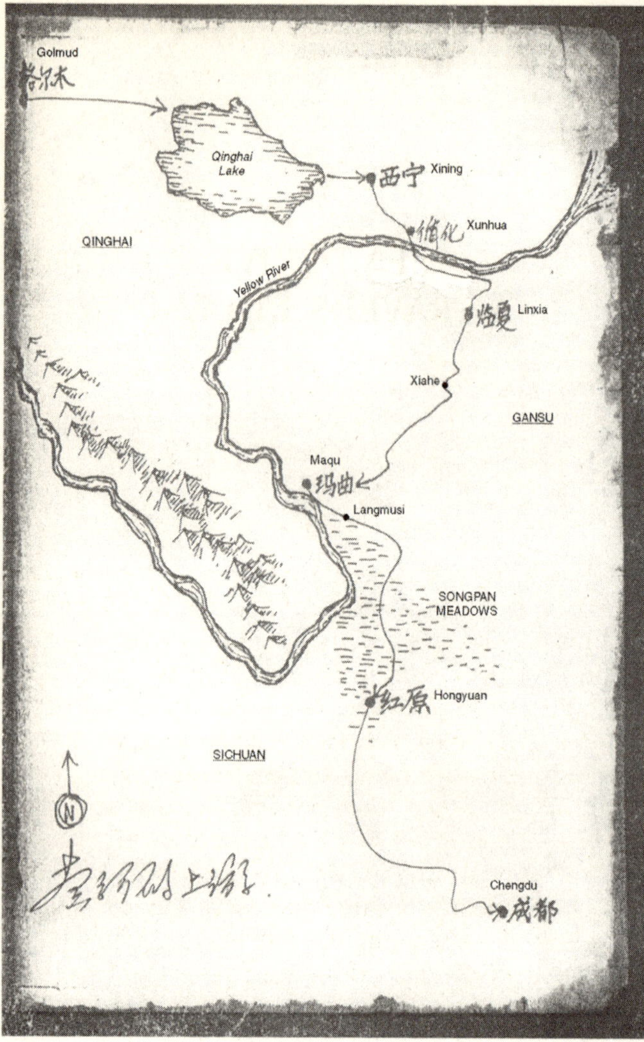
Golmud
格尔木
Qinghai Lake
西宁
Xining
循化
Xunhua
QINGHAI
Yellow River
临夏
Linxia
Xiahe
GANSU
Maqu
玛曲
Langmusi
SONGPAN MEADOWS
红原
Hongyuan
SICHUAN
N
Chengdu
成都

Coiffeur à Golmud

« Montagnes éclatées, lieux toujours vierges
Se traîne, veines asséchées.
Phosphorescence de l'été approche de sa fin
Tandis qu'un autre cœur éclôt
Né du même simple frai.
Un frisson remonte l'épine dorsale du voyageur… »

Je relis mon poème. Il est très long et a encore besoin d'être travaillé. Je l'ai écrit à Tuanjie après avoir dormi deux jours d'affilée. C'était comme arracher un chiffon sale resté coincé au fond de ma gorge. Mais je ne peux plus me permettre de le modifier. Je l'enverrai tel quel et on verra si je peux en tirer un peu d'argent. Sur mon lit s'accumule du courrier prêt à être posté. Il y a une longue lettre pour Nannan que sa mère gardera sans doute en sa possession. J'ai mis quelques grains de sable du désert dans celle qui est destinée à Lingling des Presses de Guangzhou et des fleurs séchées des pâturages kazakhs dans celle pour Wang Ping. J'ai envoyé à Yang Ming, l'éditrice de la revue *Étoile* de Chengdu, une lettre et une nouvelle intitulée « Escarpement ».

J'ai écrit cinq pages à Li Tao dans lesquelles je lui dis que je n'ai presque plus d'argent. Je lui demande de trouver un éditeur pour mon poème. « Envoie-moi l'argent chez Yang Ming. Il est possible que je passe à Chengdu dans quelques mois. Mais je veux d'abord aller au Tibet, me ressourcer à l'air pur des montagnes et subir les privations d'un pèlerinage spirituel. »

Je rassemble mes pensées après avoir quitté le désert. « Marcher dans ces contrées sauvages m'a libéré de mes soucis et de mes peurs, mais ce n'est pas une véritable liberté. On a besoin d'argent pour être libre. » J'écris ensuite :

> « Golmud est une ville grise et poussiéreuse, construite sur le plateau du Qinghai. C'est une ville relais sur le chemin du Tibet et le terminus du chemin de fer venant de Xining. Les travailleurs émigrés se déversent des trains pour errer dans les rues, le regard désespéré, comme les chercheurs d'or des westerns américains. Des camions s'alignent dans les rues. Dès que l'un d'eux arrive de Lhassa, on décharge les peaux de yack et la viande congelée pour les remplacer par des tapis chinois et des légumes en conserve. Les Tibétains se déplacent à grandes enjambées dans la circulation, leurs couteaux pendant à leurs ceintures comme s'ils vagabondaient dans de vastes plaines.
>
> À la gare routière, les passagers s'entassent dans l'autocar du matin et attendent le départ pour le Tibet. Quelques-uns se penchent par la fenêtre pour acheter des boulettes et des œufs durs. D'autres descendent pour chercher le chauffeur, pisser, ou trouver un morceau de ficelle qui

leur permettra d'attacher leurs sacs déchirés. Les derniers arrivés se frayent un chemin à travers la cour bondée, évitant les pickpockets, les voitures à chevaux et les flaques d'urine. J'ai travaillé toute la semaine dernière dans cette gare, à suffoquer dans l'odeur nauséabonde de crottin mêlé d'essence, à traîner des sacs pour seulement un yuan par jour. »

J'ai aussi écrit à Li Anmei pour la remercier de l'hospitalité de ses parents. J'ai passé un mois avec eux à Tuanjie à me reposer, à écrire et à faire des excursions dans les pâturages alentour. Je lui dis :

« Une famille de nomades kazakhs m'a hébergé quelques jours dans sa tente. J'ai mangé du yoghourt frais et appris à monter à cru. La femme passait la journée à faire la cuisine pendant que son mari, assis, gardait ses moutons. J'ai perdu toute notion du temps. Ils m'ont raconté que le gouvernement voulait qu'ils abandonnent leur vie nomade pour déménager en ville dans une maison en béton. »

C'est agréable de passer une journée à écrire des lettres, c'est comme voyager à travers l'espace.

Nous sommes au mois de juin. Je suis assis sur mon lit dans le dortoir d'une ferme-auberge aux abords miteux de Golmud. Des odeurs d'huile, de gazole et d'urine de cheval remontent par la fenêtre ouverte. Le vent fait claquer la porte trouée du dortoir par laquelle deux poules passent la tête. Je me lève pour aller chercher un peu d'eau chaude et aperçois mon reflet dans le miroir accroché au-dessus du lavabo. Je suis hideux, pire que le jour où je suis arrivé à Tuanjie. J'ai la peau qui pèle et la nouvelle couche, en dessous, est encore pâle et à vif. Mes cheveux et ma barbe sont extrêmement longs. Une coupe de cheveux ne me ferait pas de mal. Après un moment à examiner cette horreur, j'en viens à oublier que c'est moi que je regarde dans le miroir. Ce visage renfrogné ne ressemble pas du tout au mien. Je me suis clairement laissé aller. Hier soir, cela ne m'a pas dérangé de m'épouiller devant le négociant en peaux de tigre de Tianjin. Je me suis habitué à sa façon de cracher par terre les petites écorces de graines de tournesol. Je m'accroupis désormais aux coins des rues pour mâchonner des tomates crues et je me balade en ville avec le bas de mon pantalon retroussé, exactement comme le font les paysans errant à travers la Chine pour trouver du travail.

Avant qu'il ne fasse nuit, je flâne jusqu'au stand de brochettes d'agneaux qui se trouve à côté du cercle des travailleurs, dans le centre-ville. Les jeunes musulmans avec leurs calottes blanches s'interpellent les uns les autres à travers les nuages de fumée de charbon de bois. Dans un coin, derrière eux, un homme se fait couper les cheveux. Je m'approche et lui demande son prix. Il me répond : « Deux maos et demi, sans shampooing. » Je lui demande d'où il vient. « De Kaifeng dans le Henan », me répond-il. Je me souviens avoir lu quelque chose sur les juifs qui se sont installés ici, il y a trois générations, et le regarde avec plus d'intérêt. Je lui demande combien il se fait par jour, il me répond : « En moyenne, entre neuf et dix yuans. » Je pourrais faire cela, moi aussi. Je cours dans un grand magasin acheter une tondeuse, des ciseaux, un peigne et un mètre de tissu blanc. Je me place ensuite près d'une lampe devant un cinéma et crie : « Coupe de cheveux, deux maos la coupe ! »

À l'intérieur, on projette un film d'action de Hong Kong intitulé *Plus fort que le temps*. Les hommes et les enfants qui n'ont pas les moyens d'acheter un billet sont rassemblés sous les haut-parleurs, près de la porte, et écoutent les cris et les coups. J'aperçois un homme aux cheveux longs jusqu'aux épaules et lui propose une coupe.

« Combien ? me demande-t-il, en ramenant en arrière sa frange.

— Deux maos, sans shampooing.

— Je peux regarder le film, à ce prix-là !

— Un et demi, alors, dis-je en le tirant sous la lampe et en lui recouvrant les épaules du linge blanc.

— Tu n'as même pas de tabouret ! » Son haleine empeste le tabac et son cou paraît encore plus sale une fois au contact du tissu blanc.

Je me fais neuf maos dans la nuit. C'est un travail beaucoup plus facile que celui de porter des sacs sur son dos à la gare routière.

Le jour suivant, je sors en cachette par la fenêtre du dortoir, après avoir emprunté un tabouret et un miroir, et installe mon affaire dans une des rues animées du marché. Je fais des « brosses » à six paysans du Gansu et à dix chauffeurs routiers. Après déjeuner, je coupe les cheveux de deux garçons de Jilin qui viennent d'être diplômés en littérature chinoise et qui partent pour Lhassa où ils doivent commencer au service éditorial des Presses du Tibet. Ils disent qu'ils veulent faire l'expérience de la « vie des frontières » et recueillir de la matière pour leurs romans. Ils me proposent de passer les voir lorsque je serai à Lhassa.

L'après-midi du troisième jour, je peux à peine tenir mes ciseaux. Je décide alors de m'arrêter et trouve un restaurant où je commande des nouilles au bœuf, du porc sauté et deux petites tasses d'alcool de riz. Après avoir réglé l'addition, j'allume une cigarette et compte ce qu'il me reste : six yuans. C'est assez pour une nouvelle paire de tennis. Encore quelques semaines comme celle-ci et j'aurai réuni assez d'argent pour mon voyage au Tibet. Je commande une bière et sens rapidement l'alcool me descendre dans les jambes. Le jeune homme assis à la table voisine semble malheureux. Je lui souris et le salue.

« Une cigarette ? Ce n'est pas drôle d'être assis seul dans son coin. Viens, approche-toi, lui dis-je, en versant un peu de bière dans une tasse vide.

— Non, merci. Ça va, vraiment. » Ses yeux sont injectés de sang. Il a l'air d'avoir besoin d'une bonne nuit de sommeil et d'une coupe de cheveux, aussi.

« Où travailles-tu ? lui demandé-je, en lui tendant une cigarette.

— À la Commission des bâtiments d'État. » Il tire une bouffée et étudie la table.

« Quel Département ? » J'imagine qu'il travaille à Beijing.

« Au Département d'ingénierie du Sichuan, répond le jeune homme, en regardant toujours la table.

— Le Département d'ingénierie ? Tu dois être diplômé de l'université dans ce cas. » Il vit sans doute à Chengdu.

« Je travaille dans la section construction. » Il baisse la tête. Tout ce que je vois, c'est sa casquette de l'armée.

« Tu n'es pas ici depuis longtemps, hein ? » Maintenant, je me dis qu'il est ouvrier.

« Je suis entré dans l'équipe il y a deux ans. » Il regarde par terre.

« Quelle équipe ?

— L'équipe des maçons de la Brigade de construction numéro deux de Luding », marmonne-t-il, le visage rouge écarlate. Je ne peux m'empêcher de sourire. « Ne t'inquiète pas, nous devons tous mentir un peu quand nous sommes loin de chez nous. Tu es venu ici pour chercher du travail, c'est ça ? Écoute, viens demain au marché et je te ferai une coupe de cheveux gratuite. » Je bois une gorgée de bière, tout en regardant les fesses de la serveuse qui passe entre les tables.

« Je suis à la recherche de quelqu'un, dit-il, en tirant sur sa cigarette.

— Qui ?

— Ma sœur. Elle a été enlevée à notre village il y a six mois et amenée ici pour être vendue à un fiancé. »

Je me souviens du directeur Zhang lisant à haute voix un article intitulé « Combattre fermement l'enlèvement des femmes et des enfants ». Me regardant de manière entendue comme si tout était ma faute quand il disait : « À cause d'un haut niveau de Pollution spirituelle, les cas de trafic de femmes ont dramatiquement augmenté ces dernières années. » Mais l'augmentation du trafic de femmes n'a rien à voir avec la Pollution spirituelle. Dans les campagnes reculées, les avantages des réformes économiques de Deng Xiaoping n'ont pas fait leurs preuves et les paysans ont des difficultés croissantes à trouver des épouses. Aujourd'hui, il est souvent moins cher d'acheter une femme à un marchand que de payer la dot réclamée par certaines familles pour un mariage avant même qu'elles aient consenti à condamner leurs filles à une existence pauvre et rurale.

« J'ai reçu une lettre d'elle la semaine dernière. La police locale dit que le village est trop loin. Qu'ils n'ont pas les moyens d'acheter une voiture. Ils m'ont dit de régler moi-même le problème.

— Tu ne peux pas la délivrer tout seul. » Je regarde son visage pâle et ses longues dents blanches, j'imagine à quoi sa sœur peut ressembler.

« C'est mon unique sœur. Elle me dit que l'homme l'enchaîne à la porte de la chambre, pour l'empêcher de s'enfuir lorsqu'il va aux champs. Il la traite pire qu'un chien. »

Je me souviens également qu'un journaliste du *Journal du fermier* m'a raconté qu'un jour, il avait accompagné une patrouille de police en mission pour sauver une étudiante qui avait été enlevée dans une gare et vendue à un fermier dans les montagnes. À son arrivée dans le village, la police a essayé de l'arracher des mains de l'époux, mais tout le monde s'est attaqué à eux avec des gourdins. Ils étaient heureux d'en être sortis vivants.

« Si j'étais toi, je viendrais avec un officier de Sichuan pour parler à la police de Qinghai. C'est la seule façon de les mettre de ton côté. Mais il te faudra graisser des pattes. » Les larmes lui montent aux yeux, je lève alors mon verre à sa santé et nous vidons nos tasses d'une traite.

Il fait de plus en plus noir à mesure que j'avance sur le chemin qui me ramène à l'auberge. J'ai lu récemment un article dans un magazine qui disait que, sur les dix mille femmes enlevées l'année dernière, seule une centaine avait été délivrée. Il y a peu d'espoir que l'on sauve sa sœur. La plupart des femmes font un enfant pour amadouer leur mari, avant de faire leurs bagages et de s'échapper.

À l'angle d'une rue, deux jeunes hommes me barrent le passage et m'ordonnent d'ouvrir mon sac. Ils ne trouvent pas d'argent mais s'emparent de mon appareil photo. Je leur cours après dans l'espoir de le récupérer. Ça m'apprendra à loger en dehors de la ville. Tôt ou tard, ça devait m'arriver.

Le plus grand se retourne et me frappe au visage. Je tombe.

« Dégage avant qu'on te coupe la gorge ! »

Comme il a un accent du Nord, je me relève et les suis.

« Hé, mes frères ! dis-je. Je suis du Nord, moi aussi, j'essaie de m'en tirer. J'ai piqué cet appareil photo cet après-midi. Gardez-le si vous voulez. Plus j'ai d'amis, mieux c'est. Venez, je vous paie un verre. On pourrait faire équipe, non ? On partagerait le fric entre nous. » Je pose la main sur mon oreille blessée, je suis sonné. Je dois avoir dit quelque chose qui les intéresse, puisque tous deux s'arrêtent.

« T'es sorti quand ? » demande le plus petit. Je ne vois pas son visage.

« Deux mois. J'étais dans un camp de travail du Xinjiang » J'essaie d'articuler chaque syllabe mais j'ai les lèvres engourdies par la douleur.

« Tu fais quoi ? » Son ton s'est adouci. Au moins, il n'a pas l'intention de me frapper à nouveau.

« Je fracture les serrures. On pourrait faire une bonne équipe. Je respecte toujours un homme qui sait se battre. »

Ils m'emmènent dans un petit restaurant. En m'asseyant, je me souviens qu'il ne me reste plus que six yuans.

« Commandez ce que vous voulez, dis-je. C'est pour moi. On est frères maintenant. Je vous lâcherai pas. »

Je vois clairement leurs visages maintenant. Le plus grand porte un blouson en jean et un T-shirt rouge avec cinq étoiles d'or dessus. Il a une face ronde de Mongol et un regard froid. Ses grandes mains repliées sont posées sur la table. Le plus petit a des cheveux noirs et est plus grand que moi. Il ne ferme les yeux que quand il tire sur sa cigarette. Leurs visages me sont familiers. Je les ai peut-être déjà vus à la gare routière ou dans la rue.

« Tu ressembles à un peintre avec ta barbe, dit le plus petit, en crachant son mégot par terre.

— J'ai peint un peu quand j'étais jeune. » Je leur verse de la bière.

« T'as quel âge ? me demandent-t-ils.

— Vingt-six.

— Tu viens d'où ?

— D'un endroit appelé Baodian, dans la province de Hebei.

— Tu es à Golmud depuis longtemps ?

— Une semaine, seulement.

— Ils te connaissent les flics ?

— Non, je n'ai pas encore fait grand-chose, à part l'appareil photo. Je l'ai volé à un client à l'hôtel du comité. À l'heure qu'il est, il doit être à mi-chemin du Tibet... »

Ils me racontent tout, leurs vies à l'usine de machines agricoles de Yingkou, le sac en cuir qu'ils ont volé la semaine dernière à un homme d'affaires de Guangzhou. Ils y ont trouvé une carte postale de femme : « Si tu la regardes de biais, tu peux voir son cul. » Nous avons vidé deux bouteilles de vin de riz. Mais, discrètement, j'ai laissé l'alcool dégouliner dans ma barbe. Mon T-shirt est trempé. J'appelle le serveur pour qu'il nous amène encore à boire. Ils me disent qu'ils en ont assez. « Non, mes amis, j'insiste. Si vous m'aviez pas tabassé ce soir, peut-être qu'on se serait jamais rencontrés. » Je vais au comptoir chercher la bière. Je chuchote alors au serveur : « Vite ! Appelle la police. Ces individus sont de dangereux criminels ! »

Mais le garçon pense que je suis soûl et ne prête pas attention à ce que je dis.

Je me retourne. Ils sont en train de discuter et ne soupçonnent rien. Je m'approche de la table avec une bouteille dans chaque main et les leur casse sur la tête. Alors que le plus grand recule en titubant, j'attrape son tabouret pour lui mettre un coup à la figure, puis je me retourne et frappe le petit au sol. Ils sont tous les deux sur le carreau, complètement raides. Je laisse tomber le tabouret taché de sang, ouvre leur sac et récupère mon appareil photo.

Tout le monde s'est levé dans le restaurant. Je crie au serveur : « Qu'est-ce que tu regardes comme ça ? Pourquoi tu n'as toujours pas appelé la police ? Ne reste pas planté là ! » Je m'esquive et rentre à l'hôtel où je plie bagages dans l'obscurité, me glisse par la porte de derrière et cours jusqu'à la gare pour attraper le premier train.

C'est un train pour Xining. La voiture est pleine et il ne reste plus une place assise. Je décide alors de ramper sous un siège et m'allonge entre des poules caquetant et un tas de chaussettes sales. Je ne sais plus jusqu'où je peux aller avec ce ticket à six yuans. Ce n'est pas grave, je m'en préoccuperai plus tard. Je me demande si ces deux types sont morts. Ils me tueront s'ils me revoient un jour. Le Tibet attendra. Ce train arrivera au lac Qinghai dans quelques heures. Au milieu, il y a une île où vivent des oiseaux sauvages. Mes pensées s'emmêlent, puis tout se brouille.

Pêche au lac Qinghai

Deux arrêts avant le lac Qinghai, le train s'arrête. Je me dis qu'il serait plus prudent de quitter le train maintenant, avant que le contrôleur ne passe. Je me fraie donc un chemin jusqu'à la fenêtre, jette mon sac et saute. Une brise fraîche chasse l'odeur de renfermé dont je me sens imprégné. La nuit est froide et claire. Je longe la voie ferrée pendant un moment puis me trouve plongé dans le noir une fois le train parti.

Le lac se trouve au sud de la voie ferrée. Je frotte une allumette, consulte ma boussole et jette un coup d'œil à ma montre. Il est trois heures du matin. Je ne peux pas rester assis ici toute la nuit. Je serre les dents, m'éloigne de la voie ferrée et avance dans l'obscurité.

Sous mes pieds, le sol est instable. Je devine que c'est de l'herbe, l'humidité ayant traversé mes tennis. Je chancelle dans un sens puis dans l'autre pour tenter de conserver l'équilibre. J'ai sans doute les bras tendus en avant mais je n'en suis pas sûr, mon esprit perd ses repères dans le noir. J'essaie d'avancer en ligne droite mais la peur constante de tomber dans un trou m'épuise. Au bout d'une heure environ, je suis tellement fatigué que je ne sais plus si j'ai les yeux ouverts ou fermés. Je sens mes jambes faiblir et, exactement comme je faisais étant enfant, quand mon père me ramenait de la plage la nuit, je m'endors en marchant. C'est un peu plus tard que mon pied rencontre le vide. Je tombe et sens mon épaule ainsi que mon pelvis s'enfoncer dans la terre humide. Je tapote le sol et comprends que je suis tombé dans un petit fossé. Je ferme les yeux puis m'endors.

Je me réveille à l'aube, au milieu d'un paysage monotone fait de monticules herbeux et de creux sablonneux. Le long d'un chemin de terre, un câble électrique serpente mollement d'un poteau à l'autre. L'étendue d'eau que j'aperçois au sud doit être le lac Qinghai. J'ai beau étirer mes yeux, je ne vois pas l'autre rive. On dirait un océan. Je me lève plein d'entrain et me dirige vers le lac.

À ma gauche, le soleil rougeoie et transforme la surface du lac en un vaste miroir. J'avance vers une tente située près du rivage. Un chien se précipite vers moi. Je n'ai pas le temps de chercher un bout de bois ou de ramasser des pierres, j'enlève donc mon sac à dos et m'en sers comme d'un bouclier. Le chien s'arrête à mes pieds et aboie comme une bête sauvage, jusqu'à ce que quelqu'un sorte de la tente et se mette à crier.

Un feu brûle au milieu de la tente. Un vieil homme vit là avec son fils. De la vapeur s'élève d'une marmite de nouilles fraîchement cuites et se mêle à l'épaisse fumée du foyer. Le vieil homme enfile un pantalon imperméable. Son fils siffle le chien et rapporte un fagot de petit bois. Je leur dis que je suis là pour voir le lac Qinghai.

« Il n'y a pas beaucoup de gens qui viennent de ce côté du lac. On pêche ici depuis le printemps et, en six mois, on n'a vu que deux autres personnes. »

J'explique au vieil homme que je suis descendu du train la nuit dernière à la gare de Shatasi.

« Ça fait une marche d'une trentaine de kilomètres. Tu as eu de la chance de ne pas tomber dans un trou. » Nous rions ensemble. Il me sert un bol de nouilles chaudes et un reste de poisson du dîner de la veille.

Après le repas, ils sortent préparer le radeau et les filets. Je soulève le rideau à l'entrée de la tente pour aller faire quelques pas. À travers les nuages du matin, le soleil inonde tout d'une lumière jaune et transforme le bord du lac en une ligne d'or ondoyante.

Le vieil homme me dit : « Notre maison est modeste mais si tu veux rester, tu es le bienvenu. Personne ne viendra te déranger. Tu devrais te reposer avant de poursuivre ton voyage.

— Merci, j'aurais bien besoin de dormir. Il ne mord pas ? demandé-je, en pointant le chien du doigt. C'est quoi son nom ?

— Il n'a pas de nom, on l'appelle juste Chien jaune. Mon fils, que tu vois là, ne parle pas le mandarin mais il le comprend un peu. »

Le garçon doit avoir une vingtaine d'années. Je lui souris et appelle Chien jaune qui s'approche et sent mon pantalon. Le cheval attaché à côté de la tente balance la tête en arrière et s'agite.

Après leur départ, je sors me promener un moment le long du lac pour goûter au calme des grands espaces.

À mon retour, le soleil est au zénith et le lac a pris la couleur du ciel. J'entre sous la tente et m'allonge. Chien jaune vient frotter sa tête contre ma cuisse. Je le regarde un moment puis m'assoupis. Dans mon rêve, il me sourit.

Le lendemain, je leur demande si je peux les accompagner sur le lac. J'emprunte un pantalon imperméable. Il pèse une tonne et m'entraînerait droit au fond de l'eau si je tombais. Le radeau est fait d'un assemblage de deux pneus et de quatre planches attachées entre elles par une corde. Nous le portons jusqu'au rivage et montons dessus. Mais il est trop petit pour nous trois, alors le garçon descend et son père et moi ramons jusqu'au milieu du lac. Je sens l'eau glacée sur ma peau à travers le pantalon imperméable. Le vieil homme jette le filet. Je l'aide à le tendre. De temps en temps, j'écope l'eau du radeau avec une sorte de grande cuillère en bois. La surface du lac est lisse et il n'y a pas un brin d'air pour venir la troubler. Un vol d'oies à tête barrée passe au loin.

« C'est facile d'aller sur l'île aux oiseaux ? » J'attends que le vieil homme ait terminé de se sécher les mains pour lui donner une cigarette.

« C'est ouvert aux touristes depuis plusieurs années maintenant. Ça a fait fuir les oiseaux.

— À quoi penses-tu toute la journée sur le lac ? » L'eau s'étend à perte de vue. Ça doit être agréable de flotter ici un jour ou deux mais une vie entière...

« Je rêve du jour où je n'aurai plus à venir. » Il écrase sa cigarette de sa grande main calleuse. « Je vais encore pêcher ici quelques années, mettre de l'argent de côté, et trouver une bonne épouse pour mon fils. »

Je repense au jeune homme de Sichuan qui est à la recherche de sa sœur, et préfère ne pas continuer la conversation.

L'après-midi, en tirant les filets pour la seconde fois, nous remontons une grande carpe jaune, prise entre les mailles. Je la décroche avec peine et la jette sur le radeau. Elle atterrit et remue entre mes pieds. « Voilà notre dîner », dit-il. Je lui demande s'il reste de la bière et l'homme me répond qu'il en a caché quelques bouteilles. Je me remémore notre veillée la nuit dernière, à parler et boire à l'abri et au chaud près du feu, insouciants. Ce souvenir me laisse un pincement au cœur étrange, un mélange fait de la joie de partager leur vie simple et de la tristesse de ne pas appartenir à cet endroit.

Le troisième jour, je leur dis qu'il est temps pour moi de partir. Le vieil homme, son fils et Chien jaune m'accompagnent jusqu'à la route principale. Ils arrêtent un camion et offrent au chauffeur de la carpe jaune à moitié prix, à condition qu'il me conduise jusqu'à Xining. Il accepte, mais un peu plus tard, profite que je sois descendu pisser aux abords d'une petite ville pour jeter mon sac par la fenêtre et démarrer sans moi.

Descente du ravin

Je quitte Xining le matin du 12 juin et arrive à Xunhua, une petite ville perchée dans la montagne, en fin d'après-midi. De là, je projette de suivre le Fleuve Jaune à l'est pendant un certain temps puis de continuer au sud vers Chengdu. Le directeur du centre culturel de Xunhua propose de m'héberger.

Il me parle des minorités musulmanes et tibétaines qui habitent la région et me raconte l'histoire de la révolte tibétaine et l'insurrection de Xunhua, en 1958, au cours de laquelle cinq cents moines ont été tués par l'Armée populaire de libération et plus de trois mille civils arrêtés.

Avant de venir ici, la seule chose que je connaissais de Xunhua était que Panchen Lama y était né. Après quelques jours de recherche dans les archives locales, j'arrête un itinéraire qui me mènera du village Salar de Mengda au lac sacré du Ciel et, plus loin, aux pâturages tibétains situés au nord du Sichuan. Le directeur essaie de me dissuader de voyager seul dans les régions du Tibet, encore très hostiles à l'égard des Han. Mais au moment du départ, trois jours plus tard, il me remet tout de même une lettre d'introduction et me donne vingt yuans.

Après avoir quitté Xunhua, je marche cinq kilomètres au sud pour voir le Chameau de pierre sacré du peuple Salar. La légende raconte que les ancêtres musulmans des Salar ont quitté le Samarkand au quatorzième siècle pour se chercher une nouvelle terre d'asile. Ils ont emmené un chameau blanc avec eux pour les guider et une copie du Coran. Quand ils sont arrivés à Xunhua, le chameau s'est changé en pierre. Aujourd'hui, la statue de pierre du chameau se trouve à l'extérieur de la plus vieille mosquée salar et est entourée d'un affreux mur de ciment.

Le jour suivant, je grimpe plus haut dans les montagnes et tombe sur un torrent d'eau claire. Si un paysan du coin ne m'avait pas renseigné, je n'aurais jamais su qu'il s'agissait du Fleuve Jaune. Je le suis vers l'est à travers un profond ravin et en profite pour prendre des photos le long du chemin. À l'endroit où la rivière forme un coude, au pied d'une pente herbue, s'étend une longue plage de schiste argenté, dont les courbes ressemblent à la jambe d'une femme. Ce serait un bel endroit pour emmener la personne qu'on aime.

Plus tard, je croise trois hommes et une femme occupés à chercher de l'or. Ils ramassent le sable sur la rive à la pelle, le versent sur une planche côtelée et en chassent les déchets en faisant couler des seaux d'eau dessus. Puis ce qui reste est transvasé dans une bassine où les grains d'or sont récupérés à la main. Ils m'expliquent que cela peut leur rapporter à chacun cinq yuans par jour.

Vingt kilomètres plus loin, j'arrive au village de Mengda, avec ses maisons de pisé. Je me promène au hasard des ruelles étroites et croise cinq ou six enfants attardés, un estropié et un autre atteint de strabisme.

Je demande à une gamine avec un bébé dans les bras : « Il n'y a pas d'adultes ici ?

— Ils sont dans les champs.

— Et la mère de ce bébé ?

— C'est moi.

— Quel âge as-tu ?

— Quatorze ans. » Elle se retourne et entre dans une maison avec le bébé. Le chef du village m'héberge pour la nuit. Il me dit que Mengda est un village très isolé, que les gens se marient en général très jeunes, et souvent avec des membres de leur propre famille. « Les réformes ne veulent rien dire pour nous, ici. Une économie libérale ne fera pas sortir de terre des bicyclettes ou des machines à coudre. On a planté un petit verger, l'année dernière. Mais je doute qu'il produira quoi que ce soit un jour. Tous les jeunes hommes sont partis chercher du travail en ville. Ils reviennent au Festival de printemps avec de nouvelles montres et des grands sacs remplis de vêtements.

— Et les régulations du planning familial ?

— Les Salar ont le droit d'avoir trois enfants. Le sol est si pauvre qu'on a besoin de grandes familles pour travailler la terre, sinon rien ne pousserait sur ces montagnes. »

En continuant à l'est, je passe sur un pont suspendu à un seul câble, construit bien au-dessus de la rivière. Une petite communauté tibétaine vit apparemment derrière les montagnes, sur l'autre versant. Il est difficile d'imaginer comment ils font pour survivre en étant si isolés.

Une vingtaine de kilomètres plus loin, j'atteins des huttes de pisé, accrochées aux pentes escarpées. Leurs habitants me disent que le lac du Ciel, auquel les Salar vouent un culte, n'est qu'à six heures de marche dans la vallée suivante. Je m'arrête et passe la nuit chez un paysan bourru qui me laisse dormir par terre. Le lendemain, je poursuis mon périple et atteins le lac à midi. Les sommets sont recouverts de neige. Le lac est si profond que je n'en vois pas le fond. Une bande de bûcherons vivant dans une hutte toute proche m'offre, pour un prix raisonnable, un lit de paille et un repas frugal. Ils me racontent que l'on développe le site autour du lac pour attirer les touristes et que l'on a attribué des noms poétiques à chaque montagne, arbre et grotte. Le soir venu, je n'arrive pas à m'endormir. J'ai le nez bouché, je suis aphone et l'air est si rare que j'ai du mal à penser correctement. J'ai envie de pommes rouges et de soupe de maïs. Je revois Rongrong, mon ami de l'école, vendre des têtes de lapin cuisinées à la porte du cinéma du

Drapeau rouge à Qingdao. Je revois les têtes fumantes dans la casserole. On pouvait acheter quatre têtes pour un mao.

Mes chaussures sont trouées. Je les ai rapiécées avec du ruban adhésif mais il tombe après quelques pas. Je descends du lac et poursuis mon chemin le long du ravin jusqu'à un village habité par les Baoan, des musulmans qui prétendent descendre de soldats d'Asie centrale qui se seraient mariés, il y a des siècles, avec des femmes des tribus tibétaines locales. Je les observe avec attention mais, à part leurs calottes blanches, rien ne les distingue des Chinois Han. Un petit garçon prend la pose devant un vieil homme à la barbe fine et me crie au moment où je passe : « Prends une photo ! » Je m'exécute.

Cinq kilomètres en aval, j'arrive à Guanmen. Un bœuf attaché à l'entrée du village me regarde du coin de l'œil. Un enfant chargé d'un lourd panier de pommes de terre passe et s'arrête pour reprendre son souffle. Plus loin, deux femmes, près d'un puits, lavent des ciboules pendant qu'une vieille et une poule dorment dans une cour. Le reste du village semble mort.

Alors que le ravin vire vers le nord, je continue à l'est jusqu'à Dahe où je réserve une place dans un asile de nuit pour un yuan. Les gâteaux au sésame dans le magasin du village ont l'air bons mais ils coûtent huit maos le jin. J'achète à la place des bonbons et une nouvelle paire de tennis. De retour à l'asile, je m'allonge, dans l'obscurité, sur le lit de brique, en rêvant d'une douche chaude et d'un matelas moelleux. L'homme qui est allongé à côté de moi me dit qu'il y a un petit marché à Linxia, à deux heures de car d'ici, le billet coûte un yuan vingt. J'ai juste assez d'argent et décide donc de m'y rendre le lendemain matin. Au milieu de la nuit, la police déboule dans le dortoir et demande à voir mes papiers. On me soupçonne d'être un trafiquant de drogue. Mon voisin m'explique que les gens du coin se font de petites fortunes en faisant pousser de l'opium sur leur propre lopin de terre.

Rencontre avec Ma Youshan

Dans une petite rue de Linxia, des cageots de mandarines sont empilés le long du trottoir. J'en aurais bien acheté si j'avais eu de l'argent ou volé quelques-unes avant de prendre la fuite si je n'avais pas un sac aussi lourd. À la place, je m'accroupis, fouille dans mes affaires et en sors une paire de chaussettes. Je regarde la vieille femme et lui propose : « Madame, je vous échange ces chaussettes contre quelques mandarines. »

Elle me les prend des mains et les regarde au soleil. « Les talons sont usés.

— Je ne les ai mises qu'une fois. Elles viennent de chez un créateur hongkongais. »

Elle secoue la tête et les jette derrière moi. « Je dois me faire de l'argent », me dis-je au moment de tourner dans une rue adjacente. Il n'y a pas de mandarines à vendre ici, il n'y a que des tables, des seaux en plastique, des bassines, des étagères. Un vendeur de calendriers a attaché une corde en travers de la rue qui bloque le passage à un tracteur. Le paysan du haut de son siège hurle des injures tandis que son tuyau d'échappement crache des vapeurs de gazole. Un garçon couvert d'une calotte bleue est assis sur le trottoir, devant un tapis vert recouvert d'herbes médicinales et d'os infestés de mouches. Le vendeur de tapis à côté de lui fixe une peau de léopard au mur dont les taches noires et jaunes exhalent encore l'air des montagnes et des forêts. Je lui demande combien elle coûte. « Soixante yuans », me répond-il. Sur la table d'une quincaillerie est posé un magnétophone importé qui ronronne de la musique pop cantonaise : « Si je l'oubliais, je me perdrais. Je sombrerais dans la tristesse… » Je me souviens de cette chanson de Deng Lijun que je faisais écouter à Lu Ping. Elle chantait le refrain : « L'oublier, comment pourrais-je l'oublier ? » avec un accent du Sud aussi doux que l'eau.

J'arrive à un carrefour animé où se croisent des charrettes à bras remplies de bière, de riz et de cigarettes et où passent des bicyclettes aux porte-bagages chargés de ballots de germes de soja, des femmes aux bras nus, et des enfants aux yeux ébahis. Des autocars poussiéreux redescendent des montagnes et font gicler la boue en se traînant lentement jusqu'à leur terminus.

J'ai honte de battre le pavé comme un chien errant et préfère retourner écouter Deng Lijun devant la quincaillerie. À présent, la cassette passe en accéléré. Un homme avec un chapeau de paille crie à tue-tête : « Une nouvelle expérience d'écoute ! Une technologie avancée ! Toutes les dernières fonctions ! » Je passe sans m'arrêter, descends une rue bordée d'étalages de nourriture, traverse un petit pont et m'enfonce dans une ruelle tranquille. Soudain, je remarque une petite maison de brique dissimulée derrière un échafaudage en bambou. Je m'arrête et la fixe. Elle me rappelle ma maison du passage Nanxiao. En un éclair, je revois mon lit, l'esquisse de Lu Ping sur le mur, la tasse à thé, le canapé orange, le lecteur de cassettes, le sceau de jade que j'ai trouvé, enfant, sur la plage et que je conserve depuis dans une boîte, dans un tiroir, à côté d'une aiguille de gramophone, de mon acte de divorce et du presse-papiers gravé de l'image d'un vieil homme traversant un pont. Je me tiens là, à rêvasser, quand un homme d'âge moyen, au menton épais, s'approche de moi et me demande qui je cherche. Je lui réponds que cette maison me rappelle celle que j'ai à Beijing.

Son visage s'illumine. « Les maisons pékinoises sont construites selon des normes très précises, avec goût et élégance. La mienne n'a pas été rénovée depuis la Libération. C'est une modeste petite chose en brique qui ne joue pas dans la même catégorie que les splendides maisons de la capitale.

— Non, non. Je peux te dire qu'elle sera merveilleuse une fois les travaux terminés, en plus elle a le meilleur *feng shui* de la ruelle. » J'ai trouvé un manuel de géomancie dans une foire de village et j'ai toujours à l'esprit le chapitre sur les quatre points cardinaux et les cinq éléments. « Il y a une montagne derrière la maison, un ruisseau devant et des collines vertes à l'est et à l'ouest. D'un coup d'œil rapide, on voit que les cinq éléments, bois, feu, terre, métal et eau sont en harmonie. » Comme je n'ai lu que la moitié du livre, je conclus rapidement avant de n'avoir plus rien à dire.

L'homme jette sa cigarette, me saisit le bras et me lance : « Mon frère, j'ai vu tout suite que tu n'étais pas quelqu'un d'ordinaire. S'il te plaît, puis-je te demander comment tu t'appelles ?

— Mon nom de famille est Lu, dis-je.

— Frère Lu, me ferais-tu le grand honneur d'accepter que je t'offre un repas ? »

Je laisse échapper avec un peu trop d'empressement un : « Oui, oui. »

Nous retournons devant les étalages de nourriture et nous nous asseyons dans un petit restaurant.

« Commande tout ce que tu veux. Je suis tellement content d'avoir fait ta connaissance ! Dire que tu as fait tout ce chemin depuis Beijing !

— Il est encore trop tôt pour moi pour déjeuner, dis-je en essayant de paraître moins désespéré. Une bière suffira.

— D'accord, mais prenons au moins quelque chose à grignoter, dit-il en commandant des pieds de cochon, des rondelles de concombre et un plat de travers de porc à la sauce aigre-douce.

— Allons, frère Lu, buvons, buvons ! » Nous levons nos bols et les vidons d'un trait. « Je suis un homme bien ordinaire, me raconte-t-il, je ne suis pas allé à l'école. J'ai hérité cette maison de mon père.

— Il était médecin herboriste ? » J'ai remarqué que l'intérieur ressemblait à une ancienne pharmacie en regardant par la fenêtre tout à l'heure.

« Ainsi... Il s'arrête un instant pour se reprendre. Ainsi, tu es vraiment un sage. Tu as reçu l'enseignement de saints hommes, j'en suis sûr. »

Je souris intérieurement. « J'ai cherché refuge dans le bouddhisme l'hiver dernier. Maître Zhengguo m'a ordonné et donné le nom d'"Acier puissant". Par la grâce de tous les êtres sensibles, j'ai quitté la poussière rouge du *Samsara* et me suis résigné à mon destin karmique. »

Il me contemple avec admiration. Cela faisait longtemps que l'on ne m'avait pas regardé de cette façon. « Quel est ton nom ? lui demandé-je.

— Ma, Ma Youshan.

— Un nom de bon augure. Il t'apportera la prospérité et la santé pour le reste de tes jours, dis-je en me souvenant que je n'ai pas d'argent pour m'offrir une chambre cette nuit.

— J'aimerais recevoir ton enseignement, Acier puissant. Ma famille est bouddhiste depuis cinq générations. S'il te plaît, viens chez nous et reste quelques jours avant de reprendre ton voyage. »

C'est ainsi que je m'installe quelque temps chez Ma Youshan. Il me raconte que son père était le directeur adjoint de l'hôpital du Peuple à Linxia, mais il a été attaqué au cours de la Révolution culturelle parce que le grand-père de Ma Youshan tenait, dans les années 1930, une pharmacie privée et il a soigné un général du Guomindang qui avait été blessé par la Huitième armée de route. Il fut obligé de suivre des séances d'étude et de confesser ses crimes politiques. Un jour, ils l'ont forcé à défiler dans la rue et quelqu'un lui a lancé une pierre à l'oreille.

Quelques jours plus tard, la plaie s'est infectée et il est mort. Ma Youshan est comptable au dépôt de riz et d'huile local. Il a une épouse et trois fils. Le plus jeune dirige sa propre affaire de vente de vêtements en gros et a eu droit à un portrait de lui dans les journaux locaux.

Par politesse, je fais une étude géomantique rudimentaire de sa maison. Je lui explique qu'il n'est pas très bon que la porte de devant se trouve dans le prolongement de celle de derrière, que cela encourage le flux de courants malveillants. Il déplace donc la porte de devant de quelques mètres sur la droite. Puis, je dresse l'horoscope de chacun des membres de la famille sur cinq ans et commence à peindre un paysage montagneux au-dessus de la nouvelle porte. Une fois couché, je griffonne quelques lignes sur mon calepin.

20 juin. Ma Youshan est un homme bon. Son hospitalité m'a sauvé. Je culpabilise de le tromper. Son épouse allume de l'encens tous les soirs et s'incline devant le bouddha d'argile placé sur l'autel familial... Nannan a sans doute déjà des taches de rousseur à cause du soleil et doit avoir encore grandi maintenant. Cela me fait mal de penser à elle. Je me souviens encore de l'été dernier quand je la portais sur mon dos. Je lui avais acheté une glace qui fondait et coulait dans mon cou. Pourquoi m'a-t-on permis de l'avoir si c'est pour m'interdire d'être son père ?

25 juin. En peignant la fresque aujourd'hui, j'ai ressenti une douleur lancinante dans la poitrine. Le matin, j'oublie parfois la mort. Mais dans l'après-midi, son souvenir me revient et je me dis

que, j'aurai beau courir et grimper aussi haut et aussi vite que possible, mon corps portera toujours la mort en lui…

5 juillet. Un ami du fils aîné de Ma Youshan est passé ce soir et m'a donné 10 yuans pour que je lui prédise l'avenir. Nous avons bu et il m'a parlé de Shenzhen. Il m'a raconté qu'il y avait des escaliers roulants dans les magasins – on monte dessus et ils nous emmènent à l'étage supérieur. Il a poursuivi en disant que si les choses continuaient ainsi ils pourraient en installer bientôt dans les rues et nous n'aurions plus besoin de bicyclettes.

7 juillet. Je suis allé dans une librairie feuilleter des manuels de graphologie et j'y ai croisé une jeune fille avec une jupe longue. Son cou était blanc comme le lait. Différentes pensées m'ont traversé l'esprit. J'ai essayé de renoncer à toute forme d'attachement et de désir, mais il est difficile de ne plus penser aux femmes. L'amour nous soustrait à la solitude, mais lorsqu'il disparaît, la douleur n'en est que plus profonde. Le voisin de Ma Youshan m'a payé 5 yuans afin que je fixe une date favorable pour le mariage de son fils. La perspective de bénéfices futurs procure un certain bien-être aux hommes. Elle leur donne une raison de vivre.

10 juillet. J'ai vu deux hommes se battre dans la rue. La foule s'est amassée et les regardait comme s'il s'agissait d'un combat de chiens. Je me suis frayé un chemin et j'ai séparé les deux hommes. Ma Youshan m'a raconté qu'au cours de la Révolution culturelle, les cadavres d'inconnus restaient étendus dans la rue pendant des jours.

Après trois semaines passées à Linxia, j'annonce à Ma Youshan que le temps est venu pour moi de poursuivre ma quête. Son fils cadet me conduit jusqu'à Xiahe et me dépose aux portes de Labrang, le plus grand monastère bouddhiste hors du Tibet.

La fille au chemisier rouge

Ce n'est que quelques jours plus tard, au moment de quitter Labrang, que je me décide à ouvrir l'enveloppe marron que Ma Youshan m'a remise à mon départ. Elle contient un morceau de ginseng et un billet de cent yuans.

Si je m'en tiens à une dépense de deux yuans par jour, j'ai assez d'argent pour tenir sept semaines et, dans moins d'un mois, je serai à Chengdu où j'espère que Yang Ming m'aidera à trouver du travail. Devant moi s'ouvre la longue route pour le Sichuan. Je vais la suivre de Hezuo jusqu'à Luqu puis prendrai vers l'ouest en direction de Maqu et rejoindrai Langmusi. Cette région du Gansu faisait partie du Tibet – les prairies près de Maqu sont d'ailleurs encore habitées par des fermiers et des nomades tibétains.

Au cours des deux premiers jours, la route suit un ruisseau glacé qui descend le long d'une vallée escarpée. De temps en temps, je croise un troupeau de moutons en train de paître sur un monticule à côté d'une cabane branlante.

Le troisième jour, j'arrive à Luqu, un petit village de maisons de pisé, éparpillées le long d'une portion de route droite. Des camions sont garés sur le bas-côté et des chevaux attachés aux poteaux. J'entre dans la boutique du village, achète un soda à l'orange et m'assieds pour le boire sur un grand sac de farine, à l'entrée. Les gardiens de troupeau tibétains entrent les uns après les autres pour acheter des bières fraîches, du thé, de l'huile et des cigarettes. Au moment de régler l'addition, ils vident leurs poches sur le comptoir, le marchand prend ce qui lui faut et ils fourrent le reste dans leurs poches.

Je dis au jeune Tibétain qui vient d'acheter trois bouteilles de vin de riz : « Fais attention de ne pas te faire rouler ! » Il ne me comprend pas mais me sourit tout de même.

« Je ne prends jamais plus qu'il faut, rétorque le commerçant.

— Où est-ce qu'ils trouvent tout cet argent ? demandé-je.

— La laine. On peut en obtenir un bon prix sur le marché. Il suffit de tondre une cinquantaine de moutons pour se faire jusqu'à cinq cents yuans en un jour. »

Je fais des provisions de limonade en poudre, de biscuits au malt, de lacets de chaussures et de bonbons à sucer, puis je quitte le village et continue vers le sud.

Le temps est dégagé et la route praticable. Parfois, elle serpente à travers les vallées, d'autres fois elle grimpe sur de vertes collines. Je fais cinquante kilomètres par jour. Tard dans l'après-midi du quatrième jour, j'arrive à Maqu. La plupart des villageois sont des Tibétains, il est difficile d'apercevoir un Han. Je dépose mon sac à l'auberge du comité et sors prendre quelques photos.

Des Tibétains coiffés de casquettes de l'armée s'emploient à extraire un énorme tronc d'arbre de l'arrière d'un camion en tirant dessus.

Une femme en train de faire du stop ramène ses cheveux joliment tressés en arrière et sourit à l'objectif.

Une gamine enveloppée dans une peau de mouton se tient dans un coin, accroupie, et se ronge les ongles en regardant un homme marchander un cuisseau de bœuf.

Deux moines en robes rouges sont assis sur le trottoir et discutent. Ils lèvent les bras au ciel, se couvrent les yeux et rient.

Les maisons de pisé et les chemins de ciment prennent une couleur or au soleil couchant. J'arrive devant la porte étroite d'une petite échoppe et aperçois à l'intérieur une jeune fille avec une longue coiffe d'argent. Elle porte un chemisier rouge sous un lourd manteau en peau de mouton, déjeté sur l'épaule gauche et attaché à la ceinture, avec de longues manches ornées de léopard. Elle a les joues rougies par la vie au grand air. En se tournant pour partir, elle m'aperçoit et me fixe droit dans les yeux. Puis elle étudie mes cheveux, ma bouche, mes vêtements, mes chaussures et passe devant moi à grandes enjambées, sort, détache son cheval et saute sur la selle. J'ai le cœur qui bat aussi sauvagement que les coups de sabot de son cheval frappent la terre. Elle saisit les rênes, se retourne pour me jeter un regard et s'enfuit au galop dans le soleil du soir. Tout le désir enfoui en moi émerge brusquement. Je voudrais courir après elle, je voudrais la revoir.

Je n'ai même pas eu le temps de la photographier.

Le lendemain matin, je me lève à l'aube. Les rues sont vides. Un chiot est assis et grelotte à l'endroit où la jeune fille avait attaché son cheval. Il a l'air de n'avoir pas plus de deux jours. Je le ramasse et retire la paille qui recouvre son dos. Puis, je sors du village par l'ouest et me dirige vers les vastes prairies.

À midi, le temps s'est réchauffé. J'avance dans cet interminable pâturage, je m'imprègne de l'odeur de l'herbe. Quelques heures plus tard, le Fleuve Jaune apparaît de nouveau, s'étirant calmement devant moi. Il est toujours aussi clair mais plus large, sa surface presque immobile.

J'en suis le cours et aperçois bientôt, au loin, une tente blanche. Une femme, dénudée jusqu'à la ceinture, se tient à l'extérieur, rassemblant un troupeau de moutons. Elle bouge lentement, le bassin jeté en avant, les pans de sa robe en peau formant un renflement au-dessus de ses fesses. Un chien aboie après moi. C'est la prairie telle que je l'imaginais. Le chiot dans mes bras tremble aussi.

Plus loin, un enfant nu passe au galop, cramponné à son noir destrier comme un petit singe.

Je m'assieds en haut d'une colline pour me reposer. Il y a des moutons sur le versant opposé et, derrière eux, une autre tente blanche. Peut-être la fille au chemisier rouge vit-elle ici. Je pense à ses seins cachés sous sa cape et j'imagine que je la touche tout en la regardant, comme elle l'a fait hier. Les paroles d'une chanson folklorique me viennent à l'esprit : « Loin d'ici, il y a une bergère au visage comme le soleil levant. J'aimerais être son petit agneau, nous nous amuserions tant. Elle pourrait me battre avec son fouet de cuir jusqu'à la fin du jour... » Au nord et au sud, des nuages blancs s'écoulent du ciel sur le sommet des vertes collines. Un troupeau de moutons blancs afflue en masse sur le flanc de l'une d'elles, puis se disperse comme la brume.

Je pose le chiot, m'allonge sur le dos, retire mon jean et profite du soleil. Je me frotte le ventre et tremble de froid jusqu'à ce que la chaleur crève enfin les nuages. Le chiot me lèche les cuisses. J'aimerais me pelotonner et dormir, mais je me sens trop faible pour bouger.

Alors que le soleil du soir transperce les nuages en les teignant d'un rouge profond, j'arrive à une tente dont la cheminée fume. Ce pourrait être un bel endroit où passer la nuit. Mais, avant que je ne réalise quoi que ce soit, je suis attaqué par deux chiens de berger. Je hurle, donne des coups de pied. Le temps que leur maître sorte, j'ai les vêtements déchirés et les bras en sang. Je l'injurie, il me répond en tibétain. Mon chiot se glisse sous les pattes du chien de berger et montre les crocs.

Je me retourne, chasse les moucherons de mon visage et décide de rejoindre la route principale aussi vite que possible.

Au crépuscule, j'entends quelqu'un cavaler vers moi en fredonnant. Un jeune homme à cheval s'arrête et agite son chapeau de feutre. « Monte ! » crie-t-il. Je me hisse sur sa monture et m'accroche à lui.

Malgré le vent qui me souffle aux oreilles tandis que nous galopons, je l'entends toujours fredonner le même air. Je suis ballotté en tous sens lorsque le cheval plonge dans une rivière puis remonte sur l'autre rive. Le jeune homme en est presque désarçonné, mais il se redresse à temps. Nous atteignons enfin un chemin de terre, passons devant trois maisons aux fenêtres éclairées et le cheval s'arrête. Je perds l'équilibre et tombe sur le sol. Le jeune homme descend de sa monture et entre dans une cour en me faisant signe de me joindre à lui pour prendre un verre.

Je me remets lentement sur pied. Mes cuisses sont à vif et les morsures se font douloureuses. J'avance en traînant des pieds dans la cour et tombe sur un marché aux moutons. Un Han en salopette bleue est assis près de la balance. Il est détaché ici par le service alimentaire du Gansu pour acheter des moutons. Je lui demande combien il paye par animal. Il me répond : deux yuans le jin pour un poids minimum de vingt-cinq jins. Une fois les bêtes placées sur la balance, elles allongent la tête et tentent de bouger leurs pattes attachées.

« Qu'est-ce qui t'amène dans cette région ? me demande-t-il en m'observant curieusement.

— Je suis allé dans la prairie interroger quelques bergers pour un article mais je me suis perdu sur le chemin du retour. Ce jeune homme qui vient d'entrer m'a ramené jusqu'ici sur son cheval.

— Tu veux dire Gyaltso ? C'est une coutume tibétaine. Si un berger voit quelqu'un dans la prairie après la nuit, il est obligé de le ramener en lieu sûr. Il y a des loups par ici la nuit, tu sais. »

Je lui demande à combien nous sommes de Maqu par la route. Il me répond : entre dix et vingt kilomètres. Je réfléchis un instant et lui demande : « Où dors-tu ce soir ? On pourrait se serrer, si cela ne te dérange pas ! »

« D'accord, ma chambre est en haut des escaliers. Va te coucher maintenant si tu veux. Gyaltso joue aux cartes là-haut... » dit-il avant de s'interrompre pour parler avec les bergers tibétains.

Je reste encore un moment à discuter puis monte me coucher.

Je suis réveillé à l'aube par des bêlements. Le manteau de l'armée sous lequel j'ai dormi pue le mouton. J'évite les crottes dans la cour et urine le long du mur. La moitié de mon corps me fait souffrir, l'autre moitié me démange, j'ai l'esprit et les jambes engourdis. Je chasse à coups de pied les quelques moutons qui se trouvent dans le chemin puis, me sentant mieux, m'éloigne de la cour.

Les maisons du village sont petites et basses, ce qui laisse une vue dégagée sur les collines s'étendant au-delà. Je me dirige vers la plus haute. Il y a des drapeaux de prière et un temple au sommet. Une vieille femme fait tourner un moulin à prières tout en marchant autour des murs blancs. J'entre dans la cour du temple, déserte à l'exception du mât de drapeau qui invite à regarder le ciel. Je m'introduis dans le hall de prières et remarque, posé sur l'autel, au-dessus d'une mer de lampes à beurre vacillantes, un bouddha en or. La chaleur me réchauffe le visage.

Je perçois un chant assourdi. Je suis ce bruit dans un couloir sombre, puis jusqu'à une chapelle où sont assis en tailleur, sur le sol, trente ou quarante enfants moines. Je m'agenouille silencieusement sur le seuil. Le vieux lama qui conduit les prières est le premier à me voir. Deux enfants moines risquent ensuite un coup d'œil, et bientôt la salle entière a les yeux rivés sur moi. Je reste à ma place. Au bout d'un moment, le chant s'éteint. Les petits moines rient et se poussent les uns les autres puis déferlent sur moi et m'engloutissent.

Je demande : « Comment s'appelle ce temple ?

— Le temple de Nyima.

— Quel âge as-tu ?

— Dix ans.

— Et toi ?

— Onze.

— Et toi ?

— Dix.

— Douze. »

Le vieux lama s'emporte soudain et aboie en mauvais chinois. Je lui montre ma carte d'identité et lui explique que je suis un journaliste de Beijing. Son expression change. Il réfléchit un instant et me demande : « Où est ta voiture ? » Lorsque je lui réponds que je l'ai garée en bas de la colline, il se détend et se joint à la foule de moinillons qui examine mon appareil photo et mon jean. Je leur demande si je peux les photographier et, immédiatement, ils s'alignent en trois rangs impeccables.

Un des petits novices parle chinois. Il me montre les dortoirs, le réfectoire, l'imprimerie et même la tanière du chien sauvage de l'autre côté de la colline. Il m'explique que son père est tibétain et sa mère une Chinoise Han. Il a passé six ans dans une école chinoise avant que son père ne change d'avis et l'envoie au monastère. Il n'aime pas psalmodier les soutras et, plus tard, il veut devenir chauffeur routier. Il a deux petites sœurs et son père est un cadre du gouvernement régional. Il me confie que son nom tibétain est Sonam et son nom chinois Xu Guanyuan, mais qu'il ne sait pas lequel il préfère.

Je quitte le monastère dans l'après-midi et rejoins l'auberge du comité à Maqu. Les oreillers de paille sont rugueux et bruyants, ils empestent la lotion anti-insectes. Une fois endormi, je rêve d'un petit sac en daim rempli de beurre tibétain. Quand je le presse entre mes mains, il souffle et gémit : « Arrête, tu me fais mal. »

Le jour suivant, je remplis ma gourde et quitte Maqu à l'aube. Un autre chemin de terre s'étire devant moi, sans aucun camion en vue. Je gratte mes piqûres de puce avec une brindille et marche pendant des heures jusqu'à ce que ma tête me lance. J'arrive enfin au village de Langmusi qui se réduit à quelques baraques de pierre regroupées autour d'un embranchement. Toutes les portes sont cadenassées. Cela ressemble à un campement de cantonniers. La montagne, derrière, est tachetée de moutons. Un jeune berger me regarde du haut d'un mont rocheux. Le sommet forme une falaise abrupte. Je reste un moment à regarder avant de prendre la route qui va sur la droite.

Sur l'autre versant de la montagne, le bassin fertile du Sichuan s'étend vers le sud. Je fais une pause et me remémore mon chemin à travers le

Gansu et le Qinghai. Je repense au chiot que j'ai porté dans mes bras, à la fille au chemisier rouge, au moine nommé Sonam qui rêve de devenir chauffeur routier. Je me demande ce qu'ils font en ce moment.

Je passe la nuit dans une auberge attachée à une station d'essence à la sortie du village de Redongba. L'électricité est coupée à la nuit tombée. Je remplis une bassine d'eau chaude et lave mes pieds et mes chaussettes à la lueur d'une bougie. Les couvertures du lit sont très sales et pleines de puces, alors je m'asperge de baume du tigre avant de me coucher tout habillé, et je m'enfuis à l'aube.

La route quitte bientôt les montagnes et coupe à travers les prairies du Songpan. Quand Mao Zedong a conduit l'Armée rouge en 1935, ce passage s'est révélé comme étant le plus pénible de la Grande Marche. L'herbe y est verte et riche mais elle cache, au-dessous, de dangereux marécages. Je me souviens d'illustrations dans mon livre d'histoire montrant soldats et chevaux s'enfonçant dans la boue. On ne sait toujours pas combien de morts il y a eu : des centaines, des milliers, des dizaines de milliers... Ceux qui ont survécu à ce désastre sont les pères fondateurs de la tyrannie communiste d'aujourd'hui. Personne n'a songé à rechercher les corps des soldats pour leur donner une sépulture décente. Seuls les pavots rouges qui ondoient sous le vent troublent la prairie à présent. Tandis que je balaye du regard les andains d'herbe et respire leur parfum, j'ai la tête remplie d'images de mort et de souffrance. Le murmure d'un chant révolutionnaire suit le rythme de ma respiration :

« L'Armée rouge escalade des milliers de montagnes, traverse des dizaines de milliers de rivières, en aspirant à un moment de repos... »

J'évite l'herbe et marche lourdement des heures d'affilée en regardant le ciel s'assombrir peu à peu. Au bout de trois jours, le décor a perdu de son intérêt et je garde les yeux fixés sur la route. Le quatrième jour, j'arrive à Hongyuan alors qu'une pluie froide commence à tomber.

La pension dans laquelle je trouve une chambre est une vieille demeure à deux étages, aux planchers de bois, prolongée à l'arrière par une véranda. Sur les montants de la porte d'entrée sont toujours inscrits, d'une peinture rouge écaillée, les slogans « Longue vie au président Mao » et « Longue vie au Parti communiste ». Je m'installe sur un tabouret sous la véranda, allume une cigarette et regarde les bulles que font les gouttes de pluie éclater dans les flaques d'eau de la cour. Je me souviens qu'enfant, j'étais excité à la vue des premières gouttes. Je me précipitais dehors et construisais des barrages de boue dans les caniveaux pour pouvoir ensuite marcher dans les flaques. Mais je n'arrivais jamais à mettre la touche finale à mes constructions car il y avait toujours quelqu'un pour passer à bicyclette et les démolir avant qu'elles ne soient terminées. À présent, tandis que je regarde la pluie tomber, que j'avise mes chaussures boueuses et mes pieds blancs ridés baignant sur le plancher trempé, je me sens fatigué et loin de chez moi.

Dans la soirée, je prends une bière et ferme les yeux. J'ai une chambre pour moi tout seul qui ne coûte que deux maos la nuit. C'est sans doute l'hôtel le moins cher de Chine. Je décide de rester quelques jours et de me reposer.

Le premier jour, je prends une douche et lave mes vêtements.

Le deuxième jour, je flâne dans la prairie et prends quelques photos de drapeaux de prière tibétains. J'écoute dans la brise le murmure des soutras imprimés sur le tissu.

Le troisième jour, je secoue ma couverture sous la véranda, puis marche dans le village et achète un couteau tibétain.

Le quatrième jour, je me balade sur la colline voisine. Des nuages de pluie occupent la moitié du ciel, l'autre moitié baigne dans la lumière du soleil.

Le cinquième jour, j'écris de la poésie, je reprise mes chaussettes et bois un bol de sang de bœuf chaud acheté à l'abattoir du coin.

Au bout de deux semaines, je finis par quitter Hongyuan et prends le bus du matin pour Chengdu.

4

UN PAYS EN EFFERVESCENCE

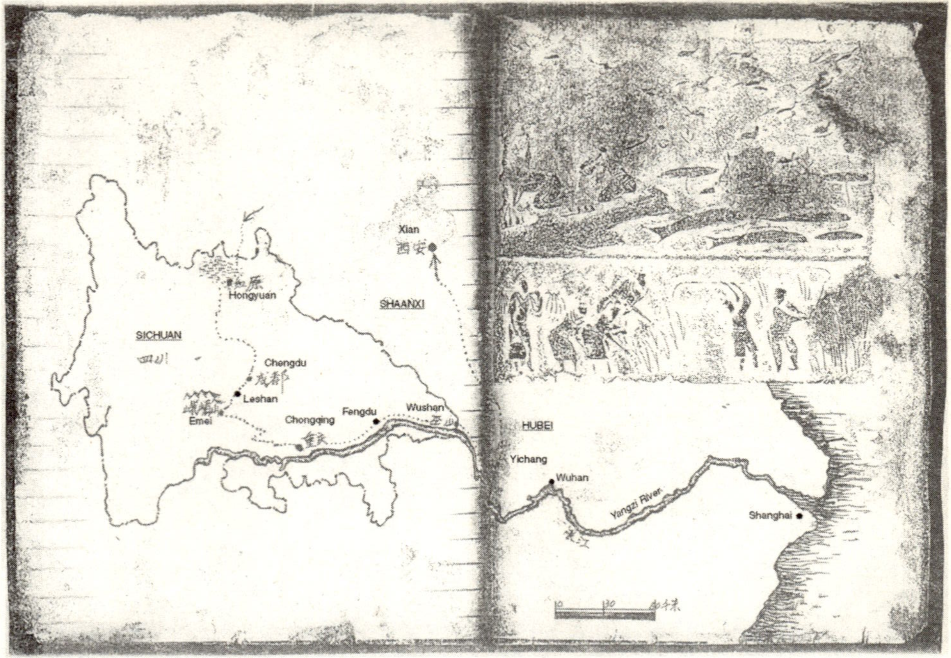
Xian
西安
SHAANXI
Hongyuan
SICHUAN
四川
Chengdu
成都
Leshan
Emei
Chongqing
Fengdu
Wushan
HUBEI
Yichang
Wuhan
Yangzi River
Shanghai

Retour à la ville

Yang Ming et moi sortons du bâtiment en béton qui a cuit toute la journée sous le soleil de Chengdu pour aller nous serrer dans un bus encore plus étouffant que le bureau de la rédaction que nous venons de quitter. Une fois les portes refermées, je me sens oppressé. Pas à cause du nombre de passagers, mais plutôt de l'odeur nauséabonde et viciée que les vapeurs de cette ville bruyante exhalent.

« C'est plus facile de monter dans un bus ici qu'à Beijing, dis-je.

— Ça l'est quand on a une tête aussi atroce que la tienne. »

Yang Ming a des courbes voluptueuses mais elle parle et bouge comme un homme. Elle a été championne du huit cents mètres une année, à l'université. Nous nous tenons fermement à la barre d'appui toute chaude. Mes doigts paraissent encore plus noirs et crevassés à côté de ses délicates mains blanches. « Mon patron a refusé "Escarpement" alors je l'ai envoyée à un journal littéraire publié par les Presses du Guizhou, me dit-elle. Il a passé le premier comité. L'éditeur, le vieux Xu, est un ami. Il apprécie ton style. Je lui ai raconté que tu voyageais à travers le pays et il m'a dit qu'il fallait que tu passes le voir si tu vas à Guiyang. »

La dernière fois que j'ai vu Yang Ming, c'était chez Hu Sha. Elle était venue à Beijing faire une lecture de ses poèmes à l'occasion d'une conférence sur la littérature.

Elle porte un jean marron, aujourd'hui. Elle fixe ma barbe de ses grands yeux ronds, d'un air distrait. La Yang Ming qui est devant moi ne ressemble en rien à celle que j'ai vue l'hiver dernier avec un bonnet tricoté rouge, alors j'en viens à parler de nos amis communs.

La rue est encombrée mais le bus glisse comme un poisson dans une mer de visages éclairés par la lumière argentée qui jaillit des guidons métalliques. Il y a moins de cyclistes une fois sur la place principale. Une immense statue du président Mao se dresse là, devant des cheminées fumantes, un bras levé en signe de salut. Les piétons paraissent encore plus minuscules.

« Pendant la Révolution culturelle nous sommes venus ici assurer le Parti de notre dévouement, avant que l'on nous envoie travailler dans les fermes, dit-elle. Mes camarades de classe ont demandé au professeur : “On part combien de temps ?” Et le professeur leur a répondu : “Vous n'avez qu'à regarder la main du Président : le compte y est, cinq ans.” »

Je regarde à nouveau la statue avec attention.

« Et la main qu'il tient derrière son dos ?

— Il n'a que trois doigts à celle-ci ! » Elle rit et rejette ses cheveux en arrière. Une odeur de pieds se répand dans le bus. Derrière la vitre, une bannière annonce une tombola pour les détenteurs d'un compte épargne. Un homme en chemise blanche hurle dans un micro et pointe du doigt une bicyclette attachée sur le toit d'un camion avec des rubans de soie rouge. En cette fin d'après-midi étouffante, les gens grouillent autour de lui comme de petits canards flottant sur une mare.

« C'est vrai que l'achat des bicyclettes n'est plus contrôlé maintenant ? » demandé-je, en tirant sur mon col de chemise. Mon sac trempé de sueur me colle au dos.

« Oui, mais on a encore besoin de bons pour les vélos *Chevreuil d'or* de Shanghai. Tous les grands magasins organisent des tombolas maintenant. Les paysans affluent de la campagne et dépensent comme des fous. Les hôtels sont pleins. Tout le monde s'est lancé dans une course à la richesse. Une gamine de dix ans a écrit une lettre à son voisin, le menaçant de tuer son fils s'il ne partageait pas son gain avec elle. Qu'est-ce qu'ils achètent ? N'importe quoi du moment qu'il y a un billet de tombola avec. J'ai vu des gens acheter cent boîtes d'allumettes, trois cents savonnettes, six réveils... » Yang Ming ressemble à une bohémienne avec son teint frais et ses lèvres épaisses. Je me souviens de la rumeur qui circulait à son sujet dans les cercles de poésie de Beijing. On disait qu'elle couchait avec Hu Sha.

Nous traversons un marché à la viande qui sent le poil brûlé des têtes de cochon rôties. Nous grimpons dans une cage d'escalier encombrée de briquettes de charbon, de bicyclettes, de bouteilles en verre, de légumes pourris, puis entrons dans une pièce au quatrième étage où nous nous asseyons sur un lit double.

Wu Jian, le mari de Yang Ming, est assis sur le canapé. Il a le visage d'un étudiant et les cheveux ébouriffés d'un artiste ou de quelqu'un qui vient de se lever. Il me parle avec un fort accent du Sichuan. « Alors, que penses-tu de Chengdu ? » J'observe ce visage étranger et réponds : « Étouffante, bondée, polluée. Trop de voitures. »

Nous nous rapprochons du ventilateur qui brasse la chaleur et l'odeur de sueur. Je repense à la prairie avec nostalgie. Cette pièce est trop petite pour y faire tenir un cheval. Wu Jian commente les articles qu'il est en train de lire dans le journal.

« Espèce d'abruti ! C'est bien beau de nous dire d'introduire de l'élégance dans nos vies, alors qu'on n'a même pas une pièce pour se laver les pieds ! »

J'éteins ma cigarette et lis l'article qu'il me montre : « Dans le passé, en raison de l'idéologie gauchiste dominante, quiconque montrait un peu trop d'attention à sa façon de manger ou de s'habiller était accusé d'aspirer à un mode de vie bourgeois. Mais maintenant que le niveau de vie s'est amélioré, nous devons faire un effort et encourager la population à introduire de l'élégance dans son mode de vie. L'élégance est une marque de la civilisation spirituelle socialiste... » Pendant que je lis à haute voix, Wu Jian tape des doigts sur l'accoudoir en bois du sofa.

Yang Ming apporte la soupe qu'elle a fait mijoter sur le réchaud à pétrole, dans le couloir.

Elle la pose sur la table et y ajoute quelques feuilles de coriandre. Elle porte maintenant une robe longue à fleurs. Elle a dû se changer aux toilettes ou chez le voisin. Sa poitrine se balance librement lorsqu'elle bouge les bras. J'imagine combien il doit être agréable de retirer son soutien-gorge après une longue et étouffante journée.

« Essaie une de mes cigarettes de Chengdu, elles ne sont pas mauvaises. » Wu Jian porte un tricot de corps blanc. Son doux visage pâle ruisselle de sueur. Il a l'air de quelqu'un prêt à se lever d'un bond à tout moment et à se mettre à hurler.

« C'est ton unité de travail qui t'a octroyé ce logement ? demandé-je. J'ai vécu dans un dortoir comme celui-ci. J'ai failli devenir fou.

— Au moins, on a la chance de n'être que deux. À côté, il y a trois générations qui vivent dans une seule pièce. Les femmes dorment sur le lit et les hommes par terre. Je ne veux même pas savoir comment ils ont fait pour procréer.

— Ils n'ont pas encore terminé la construction de votre résidence ? » Je me souviens être venu à Chengdu, il y a quelques années, pour interviewer un travailleur modèle. Sa chambre était si petite que j'avais dû reconstituer un salon dans un coin de son usine pour y prendre des photos.

« Après trente ans de communisme, notre unité de travail vient à peine de construire quelques logements décents. Malheureusement, il n'y a que quarante-cinq appartements pour cinq cents familles. L'unité a mis sur pied un comité pour les allouer mais six mois plus tard, rien n'est résolu. Les plus malins font jouer leurs connaissances, les autres balancent leurs collègues, les accusent de mentir sur les grossesses ou les mères qu'ils ont à charge. Le mois dernier, le comité devait annoncer les résultats de la troisième sélection mais, depuis le début de l'opération, deux des candidats s'étaient mariés et une femme, accusée d'avoir simulé une grossesse, avait donné naissance à un enfant si bien qu'ils ont dû tout recommencer. J'aurai les cheveux gris avant d'être sur cette liste. » Il agite les mains en parlant, laissant apparaître d'épaisses touffes de poils sous ses bras.

« Avoir un enfant pourrait vous aider, dis-je.

— L'âge compte plus que les enfants. Dans le monde communiste, plus tu es vieux, plus tu vaux quelque chose. » Je vois bien qu'il s'attend à ce que je ris.

« L'électricien qui habite en dessous se battait tout le temps avec sa belle-sœur à propos de la cuisine ou de la vaisselle, dit Yang Ming. Le mois dernier, il lui a arraché un œil. Maintenant qu'elle a un œil en moins, sa famille se retrouve en haut de la liste. C'est cher payé pour un appartement ! » Elle relève ses cheveux en une épaisse queue-de-cheval. Les poils humides de ses aisselles sont d'un noir de jais.

Je bois une grande gorgée de bière. « Vous semblez bien installé, dis-je. Vous avez une télévision. Combien de chaînes vous recevez ? » Je regarde l'écran, une soprano monte sur scène et chante : « Bercez, bercez, vagues de la mer, nos guerriers pour qu'ils s'endorment... » Une énorme lune découpée dans du carton se balance au-dessus de sa tête.

« Au travail, tout le monde m'a taquinée au sujet des lettres qui arrivaient pour toi. Ils me lancent "Ton mari s'appelle Wu Jian, non ? Alors qui est ce Ma Jian qui sort de nulle part ?" »

Je ris et regarde la table. « Tu n'aurais pas dû cuisiner autant, Yang Ming.

— C'est le moins que je puisse faire. » Elle s'essuie le visage avec la main et passe un mouchoir dans son décolleté. « Notre secrétaire du Parti semblait préoccupé aujourd'hui. Je suis sûre qu'il avait lu cet article », dit-elle. Elle s'interrompt un instant pour avaler une petite gorgée de soupe. « Un bureau de placement vient d'ouvrir à Guangzhou. Les travailleurs qualifiés peuvent démissionner de leurs postes et chercher un emploi équivalent ailleurs. Neuf mille travailleurs se sont inscrits à la réunion d'ouverture et le comité a réussi à trouver de nouveaux emplois pour deux personnes sur-le-champ. Tout va changer maintenant. Nous allons tous pouvoir changer de travail, nous installer dans d'autres villes, d'autres provinces. » Yang Ming jette un coup d'œil à Wu Jian.

Je sens qu'ils ont beaucoup à se dire.

« Est-ce que Chengdu a beaucoup changé ces deux dernières années ? J'ai lu que, après Guangzhou et Shenzhen, Chengdu comptait le plus grand nombre d'entreprises privées du pays. »

Je balaye la pièce du regard et tombe sur une photographie grandeur nature du visage de Yang Ming qui semble me fixer du mur où elle se trouve. Une odeur de piment frit provenant du couloir se mélange à la vapeur et à la fumée de cigarettes. Mon visage ruisselle de sueur. Les puces, trempant dans mes cheveux, s'enfouissent jusqu'au cuir chevelu. J'ai peur qu'elles ne tombent sur le lit propre où je suis assis.

« Le pays commence à s'agiter comme s'il arrivait à ébullition. Les gens achètent des télévisions, des ventilateurs électriques, des lecteurs de cassettes. Wang Qi en possède un qui vient de l'étranger et qui lui a coûté trois cents yuans, il a quatre haut-parleurs et le son stéréo. Je suis allé l'écouter l'autre jour. Tu vas loger chez lui cette nuit, tout est arrangé.

— Pardon, où se trouve la salle de bains ? » Je pousse la table vers Wu Jian pour m'extraire. Les voisins âgés discutent dans la fraîcheur et la pénombre du couloir. Je trouve un coin relativement propre dans les latrines, baisse mon pantalon et me gratte les cuisses. Un étron encore frais fume à mes pieds. Je regarde la ville par la vitre cassée de la fenêtre, je sais que dans chaque logement des corps sont entassés et que chacun ruisselle de sueur. Je me sens envahi par le désir de rejoindre les prairies vides et la cruauté du désert. Au moins l'air était pur là-bas. Maintenant que j'ai touché le cœur de cette ville en ébullition, tout me semble trop familier et ordinaire.

« Cette ville est une vraie fournaise, dis-je en retournant dans la pièce. Le lit est trop chaud, je préfère m'asseoir sur le tabouret.

— Alors, raconte-nous tes aventures. Tout le monde veut voyager maintenant que les choses s'assouplissent. J'ai toujours eu envie d'aller au Tibet mais je n'en ai jamais eu le temps. » Wu Jian tient une bière dans une main et une cigarette dans l'autre. Il travaille au Département de la propagande dans une usine de machinerie lourde. Il y est rentré il y a cinq ans, à sa sortie de l'université.

« Je me sentais comme en prison à Beijing. Quand j'ai pris la fuite, je voulais aller aussi loin que possible, me perdre dans des contrées sauvages et profiter pleinement de ma nouvelle liberté. Je me foutais de savoir où j'allais, tant que je ne m'y étais pas rendu avant. J'avais besoin de me vider l'esprit. » Je me sens mal à l'aise de parler ainsi. Je me tourne vers Yang Ming et lui demande : « Et la poésie ? Est-ce qu'il y a beaucoup d'écrivains à Chengdu ? J'ai entendu dire que, maintenant, il y avait un *English Corner* au parc du Peuple.

— Oui, des centaines d'étudiants y passent pour pratiquer l'anglais. Ils veulent tous partir à l'étranger.

— Des écoles privées d'anglais vont bientôt ouvrir.

— En fait, il y a déjà une salle de bal privée. Elle est ouverte pendant trois heures, tous les samedis soirs. L'entrée coûte cinq maos.

— Ah oui ? Il faut qu'on y aille. Les choses ont changé tellement vite dans les villes ces six derniers mois. Quand j'ai quitté Beijing, on n'avait même pas le droit de danser chez nous. Ils disaient que les choses allaient bouger mais je ne pensais pas que cela irait si vite. »

Après dîner, Wu Jian m'accompagne chez Wang Qi, dans le quartier du personnel de l'université du Sichuan. Wang Qi s'occupe du journal de l'université et son épouse est infirmière au service orthopédique de l'hôpital. Ils se ressemblent comme deux gouttes d'eau, même leurs expressions de visage sont identiques. Leur appartement dispose de deux chambres et d'un séjour assez grand pour contenir une table et quatre chaises. Il fait beaucoup plus frais que chez Yang Ming.

Wang Qi et moi parlons jusque tard dans la nuit. Nous ne cessons de faire des allées et venues à la salle de bains. Je n'y vais pas pour me servir des toilettes mais pour me passer de l'eau sur le visage afin de me tenir éveillé. J'ai pris l'habitude de me coucher au crépuscule et de me lever à l'aube. C'est difficile de se réhabituer au rythme de la ville. Il me lit un poème (« Mes dents d'étranger/Mâchent ma tendre langue... ») et me parle des poètes de Chengdu et du journal underground qu'ils publient. Il veut savoir comment est ma vie sur la route. Je lui raconte ma marche jusqu'au lac Sugan. J'ai dû lui en faire un récit un peu romancé car mon histoire semble l'enthousiasmer. « Oui, oui, dit-il, pour atteindre le salut, tu dois d'abord sombrer dans le plus grand désespoir. La vie devrait être dangereuse, une succession de défis. » Il se penche vers moi et chuchote : « Je n'en peux plus de mener cette vie. Il faut que je parte... »

Il n'a pas besoin de chuchoter. Nos voix sont étouffées par le ronronnement du ventilateur et son épouse dort profondément dans la chambre à côté. Elle n'aurait pas pu entendre ses paroles traîtresses. Chaque fois que je me dirige vers la salle de bains, mon regard se pose sur la courbe de ses jambes nues.

« Ce n'est pas facile de voyager, lui dis-je. Le danger n'est pas excitant, c'est juste la preuve de ton incompétence. En plus, le plus grand danger auquel quelqu'un puisse être confronté est de passer sa vie derrière le rideau de fer. Tu as un bel appartement, une jolie femme. Je n'avais rien. C'est pour cela que je suis parti. C'était un aveu d'échec. Mais maintenant, je sais que la nature est aussi cruelle et insensible que la ville que je fuyais. Elle peut te dévorer de l'intérieur… »

Je veux dissuader cet homme de partir de chez lui, mais je commence à m'endormir sous l'effet de la boisson. J'entends à peine les mots que je prononce. Mon corps s'enfonce de plus en plus dans le canapé.

« Non, j'ai besoin de changer de vie. C'est toujours les mêmes trois hommes au bureau de la rédaction. On est des correcteurs, pas des éditeurs. Le vice-président de l'université prend toutes les décisions au préalable. Je passe mes matinées à attendre la pause déjeuner et mes après-midi à attendre de rentrer chez moi. Quand j'arrive enfin à la maison, je dîne, je me demande ce que j'ai vraiment fait de ma journée et réalise que je l'ai passée à me gaver de thé vert. Je voudrais faire ce que tu as fait, partir et tout laisser derrière moi. Ça demande beaucoup de courage. »

Je regarde ses mains pâles faire tourner son verre de bière et, tout en m'étonnant du fait que ce sont ces mêmes mains qui caressent la femme qui se trouve dans la chambre à côté, je sens lentement le sommeil m'envahir.

Lorsque je me réveille, nous sommes déjà le matin. J'entends la femme, dans la salle de bains, demander à son fils de lever le pied. J'entends une cuillère racler le wok dans la cuisine. Une odeur de tofu chaud se répand et se mêle à l'air renfermé du séjour. Comme je ne suis pas d'humeur à tenir une conversation polie, je garde les yeux fermés et fais semblant de dormir.

Dès que j'entends la porte d'entrée se fermer, je me lève du canapé, change mon pantalon pour celui que Wu Jian m'a prêté et mets mes vêtements sales à tremper dans une cuvette d'eau bouillante, puis je retourne sur le canapé ouvrir mon courrier.

La première lettre porte le cachet de Beijing. Elle est datée du 1er juillet. Je reconnais l'écriture de Li Tao.

> « Espèce de salaud, j'ai dû attendre quatre mois pour recevoir une lettre de toi. J'ai sorti ma carte pour essayer de suivre ta route, mais je n'ai vu que des noms d'endroits inconnus. Cela m'inquiète de savoir que les enfants s'enfuient et crient à la vue de ton visage hagard. Néanmoins je suis sûr qu'intérieurement tu es calme et détaché, et je t'envie.
>
> À Beijing, la vie est ennuyeuse et sans histoire. J'ai fini d'écrire la nouvelle dont je t'avais parlé. *Moisson* la publiera en décembre. Ils ont refusé ton poème en disant que c'était trop abstrait, donc je l'ai envoyé à *Littérature du Nord*... Mimi a fermé le restaurant et a décidé d'aller tenter sa chance à Shenzhen. Elle n'a plus l'air d'avoir besoin de moi. J'ai postulé à un emploi à l'université de Shenzhen et j'attends toujours une réponse... Parfois, je voudrais tout laisser tomber, femmes comprises, mais bien sûr, je sais que je ne peux pas... Pourquoi ne se verrait-on pas au

moment des fêtes du Printemps ? J'ai besoin de m'échapper.

J'ai gardé un œil sur le passage Nanxiao pour toi. J'ai payé tes factures d'eau et d'électricité. Parfois, quand je m'assieds près de ton chevalet et regarde tes peintures, d'étranges pensées me viennent à l'esprit, c'est même assez effrayant. Mais, dès que je prends un crayon, rien ne me vient... C'est bientôt ton anniversaire. Tu trouveras 20 yuans dans l'enveloppe. Trouve un bon restaurant et fais-toi plaisir. Une lettre est arrivée pour toi. Prends soin de toi mon cher ami. »

La lettre en question est de Wang Ping.

«... J'ai été très bouleversée d'apprendre que tu avais été pris pour cible au cours de la campagne contre la Pollution spirituelle. Mais ceci est ton destin, accepte-le calmement et essaie de garder ton sang-froid... Figure-toi qu'un des nombreux hommes qui me courtise est un cadre du Parti qui passe son temps à faire de grands discours sur tous les méfaits de la Pollution spirituelle. Quel monde étrange... Se passe-t-il des choses excitantes à Beijing ? Le froid et les ténèbres de Hangzhou endorment les âmes... Comme tu le sais, *Le Quotidien de Hangzhou* voulait m'envoyer à l'étranger cette année, mais le dirigeant du Département touristique local a exigé que sa fille y aille à ma place. Ça s'est terminé comme cela. Cependant, je ne renonce pas. J'ai demandé à suivre un master aux États-Unis. Je dois me présenter au TOEFL en novembre. Je suis forcée de réussir. J'ai un diplôme en littérature anglaise après tout. Mais, pour le moment, je garde tout cela pour moi, au cas où...

Je me souviens que tu disais que tu avais besoin de faire une pause. Pourquoi ne pas venir me voir à Hangzhou ? Je te ferai visiter. Si jamais tu viens, pense à m'apporter un exemplaire de *La Vie passionnée de Van Gogh*, ou de n'importe quel autre livre étranger que tu peux trouver à Beijing. »

Sa lettre est datée du 19 février. Son unité de travail étant rattachée à la mienne, je ne l'avais pas contactée avant de partir, de crainte de la compromettre. En plus, je pensais qu'elle était partie à l'étranger. Vu le ton de sa lettre, j'ai l'impression qu'elle m'aime bien.

Hu Sha écrit de Beijing.

« Je te préviens, Ma Jian, la solitude est inévitable, nous la portons en nous, comme la mort. Mais l'art peut transformer notre solitude en arbre et, du haut de ses plus hautes branches, nous pouvons étudier la foule au-dessous... N'oublie pas que cette société est sans pitié. Nous devons nous unir et rassembler nos forces pour la faire changer... Fan Cheng et moi travaillons sur la prochaine édition de *La Nouvelle Ère*. Ton poème est trop long, je ne peux en publier que quelques vers... Nous avons organisé une autre lecture clandestine le mois dernier. Cette fille tchèque est venue à nouveau, nous nous entendons très bien. Le problème, c'est que nous essayons actuellement tous les deux de nous libérer du joug de l'oppression politique, donc il est clair dès le départ que nous n'avons aucun avenir ensemble...

L'autre jour, j'ai parlé à mes étudiants de Thomas Paine, je pense que mes supérieurs ne vont pas tarder à me tomber dessus. Ils n'ont encore rien dit, mais je vais faire un faux test hépatique, on ne sait jamais... N'oublie pas de répandre nos idées au cours de tes pérégrinations dans le pays, la Chine du futur dépend de nos luttes... »

Sa lettre me rappelle notre cercle de dissidents à Beijing. Nous nous réunissions en petit comité et maudissions la société sans que jamais aucune alternative ou issue ne se dessine. Je me souviens de la peur dans les yeux injectés de sang de Hu Sha quand un soir il nous a récité un de ses poèmes subversifs : « Parce que je chante pour le soleil/Je dois marcher sur ses traces/Je convoque l'oppressé et l'abandonné... » Il avait le même regard de panique que la fois où nous avons été attaqués par des brutes dans un restaurant qui ne vend que des boulettes.

La lettre suivante est écrite sur du papier à ordonnances, elle est signée Chen Hong.

« J'exerce depuis le mois de juin à l'hôpital de Miyun. C'est assez loin dans la banlieue de Beijing. On m'envoie souvent à la campagne pour pratiquer des vasectomies et des ligatures des trompes. Une fois rentrée chez moi, je ne peux rien avaler. Après une journée de dur labeur, je lis et j'écris. Le dimanche, je suis généralement trop fatiguée pour rentrer chez moi. Ma chambre est située au premier étage du dortoir des médecins. Ma fenêtre donne sur la morgue et les vastes champs au-delà. La pureté du ciel et de l'air me rappelle le poème que tu m'as envoyé. Je l'aime. Il est cathartique, plein de vigueur. Tu manies le scalpel comme un professionnel, tu vas là où il faut. Néanmoins, tu dois plus approfondir les choses et, pour cela, tu ne peux pas compter que sur ton expérience personnelle. Mais peut-être vais-je trop loin ?

J'ai écrit les premières lignes d'un nouveau poème cette nuit : "À l'intérieur de ma maison de bois reconstruite/J'essaie d'oublier le bois/Et les fenêtres/Et j'accepte qu'il n'y ait pas de route qui puisse mener mes deux mains/Vers toi... " Fan Cheng et moi avons rompu. Il semble qu'il soit parti pour le Xinjiang. Vous, les hommes, avez toujours une porte de sortie...

J'ai envoyé une copie de ton poème à Lu Ping, comme tu me l'as demandé. Elle a pu quitter l'hôpital en mai, elle n'est plus que l'ombre d'elle-même. Elle ne pourra plus jamais remarcher. Mais, ne t'inquiète pas, son petit ami prend grand soin d'elle... »

Les caractères délicats de l'écriture de Chen Hong sont penchés comme des brins d'herbe dans le vent. J'aime sa poésie. Un jour, un de mes collègues m'a demandé de trouver quelqu'un pour sa petite amie qui devait avorter. Je me suis adressé à Chen Hong même si, à l'époque, elle était encore à l'école de médecine. Elle a dû penser que j'étais le père car elle ne m'en a jamais reparlé.

Il y a aussi un télégramme de Guangzhou : « Joyeux anniversaire – la solitude est mon filtre à eau – elle me nourrit. » Je crois qu'il est de Lingling.

Un cachet de Hangzhou. C'est encore Wang Ping.

« Mon cher Ma Jian, j'ai reçu ta lettre aujourd'hui. Tu es donc vraiment parti ! Je ne peux pas y croire. Il y a quelques mois, je t'ai envoyé une lettre, passage Nanxiao, qui est restée sans réponse. Je pensais que tu ne voulais pas me parler... Les fleurs séchées sont très belles. Je les ai collées dans mon carnet. Dire que tu as passé les six derniers mois à parcourir le grand Nord-Ouest ! Je t'imagine maintenant, traînant ton ombre élancée dans le désert, le soleil cognant dans ton dos. Comme c'est excitant ! J'aimerais être avec toi... Ma vie est si monotone, j'aimerais disparaître et en avoir fini avec tout ça... Je cours tous les matins. Après le travail, j'écris pendant une heure, étudie un peu l'anglais et me couche à minuit. Le samedi, je présente le spectacle d'acrobatie chinoise à l'Hôtel Hangzhou...

Dans ta lettre, tu écris : "La vie doit être belle quand on aime." J'étais très étonnée. C'est la première fois que je t'entends dire quelque chose de vaguement positif sur la vie. Cela m'a rappelé ce jour de grand vent où tu m'as emmenée à la Cité Interdite. Tu t'en souviens ? Tu as arrangé mon écharpe autour de mon cou pour me protéger du froid et tu m'as confié : "Comme c'est bien d'avoir une amie telle que toi." Dire qu'ils ont annoncé que cela avait été le jour le plus froid de l'année...

Évite les cigarettes et l'alcool. Je t'achèterai de l'eau-de-vie si tu viens à Hangzhou. Dans le paquet, tu trouveras un pot de miel *Le roi des abeilles* et de l'extrait de malt... J'embrasse tes sales pattes. »

Je regarde le paquet soigneusement cousu et j'imagine l'air imperturbable de Wang Ping quand elle l'a préparé au bureau de poste. Elle n'est pas toujours aussi impassible. Parfois, un sourire se dessine sur son visage, laissant apparaître deux petites canines pointues. Elle a de longs cheveux raides, écrit des nouvelles, des articles dans des journaux et connaît les paroles de quelques chansons américaines.

Lingling m'a également envoyé un paquet. Il contient cinq rouleaux de pellicules couleurs, du chocolat et une boîte de biscuits écrasés.

Fan Cheng m'écrit pour me dire qu'il a laissé tomber son travail aux impôts et qu'il a fui vers Xinjiang. Je sais que tout ira bien pour lui. Quand on l'a envoyé élever des chevaux en Mongolie intérieure, il a réussi à tuer un chien enragé avec un simple morceau de fil de fer. Il dit qu'il passera à Beijing en octobre et demande s'il pourra loger passage Nanxiao. Il ne fait aucune allusion à sa rupture avec Chen Hong.

La dernière lettre est de mon père.

> « Viens à Qingdao. Tu pourras visiter l'usine de dentelle de mon ami et écrire un article sur la réussite de ses nouvelles méthodes de gestion. Si tu lui promets qu'il sera publié, son usine te versera deux mille yuans pour tes dépenses... Sois humble et courtois pendant ton voyage. Prends bien soin de toi et souviens-toi : ton corps appartient à la Révolution. »

Mes parents ne savent pas que j'ai démissionné de mon travail. Quand j'ai quitté Beijing, je leur ai dit que je partais quelque temps effectuer des recherches sur la société chinoise.

J'ai lu vingt lettres et terminé le chocolat. Je me sens heureux et entouré. Attends-moi Wang Ping. Je viendrai te voir. Ne pars pas avec le premier venu.

Le bal de ce soir a lieu dans la cafétéria d'une compagnie de transport. On entend la musique depuis la rue et d'énormes nuages de vapeur s'échappent par les quatre fenêtres ouvertes. Seules deux des lampes du plafond sont allumées, cela suffit pour éclairer la pièce. Les papillons de nuit, guirlandes en papier et particules de poussière brillent sous les ampoules. Des centaines de personnes sont assises dans la pièce sur des tabourets pliants. Les tables de restaurant, poubelles et cageots de tomates ont été poussés contre le mur. Trois jolies filles habillées de rouge, de blanc et de vert clair sont assises sur des sacs de farine. Les eaux grasses du déjeuner sont en train de rancir dans un évier en ciment placé le long du mur. Une version chinoise de *Rhythm of the rain* s'échappe en beuglant des haut-parleurs. Je me promène dans la salle en compagnie de Yang Ming, He Liu, le poète, et Du Chuan, le peintre, accompagné de sa petite amie Xiao Juan. Il n'y a plus aucun siège libre, nous restons donc à côté de l'évier, au milieu des flaques d'eau sale. Je me retourne pour regarder les trois jolies jeunes filles. Celle en rouge est accostée par un garçon qui porte sa chemise enfoncée dans le pantalon. Elle se lève et va prendre place avec lui sur la piste de danse.

« Viens, Ma Jian, dansons ! » Yang Ming me pousse dans la foule. La musique reprend, nous tournons et nous déhanchons en rythme dans une mer de membres en mouvement. Tout le monde a les cheveux trempés de sueur. J'en ai même des gouttes dans les yeux. Les femmes sentent le savon et le shampooing. J'entrevois la fille en rouge qui s'agite. Je m'approche d'elle, peu à peu, jusqu'à ce que nos épaules se touchent. Une valse commence, je l'invite à danser et nous tournoyons ensemble sur la piste. Elle est aussi légère qu'une plume. Je sens sa taille souple et moite à travers l'étoffe peu épaisse de sa robe.

« Tu t'appelles comment ?

— Ding Xue.

— Qu'est-ce que tu fais dans la vie ?

— Je suis actrice dans une compagnie théâtrale. Et toi ?

— Je suis de Beijing.

— J'ai deviné qu'à ton accent tu n'étais pas de Chengdu. Tu es peintre ?

— Non.

— On dirait, pourtant.

— Tu es très jolie. Est-ce que je peux te prendre en photo ?

— Seulement si tu me les donnes après.

— J'en garderai une et je te donnerai les autres.

— D'accord.

— On pourrait aller au parc du Peuple demain. On prendra les photos là-bas.

— D'accord.

— Ces gars sont avec toi ?

— Non.

— Je peux me joindre à vous, alors ?

— Si tu veux. Vous êtes venus à combien de personnes ?

— Cinq, et toi ?

— Trois. La fille en blanc, c'est ma sœur... »

Il fait si chaud que l'on se croirait aux bains, tout le monde ruisselle de sueur. La valse se termine, mais je ne veux pas quitter la fille en rouge. Je serre sa main moite en la ramenant à son siège. Deng Lijun chante : « Lorsque tu marchais près de moi et me regardais, une flamme me brûlait le cœur. Ils disaient que, où le feu brûlait, il devait y avoir de l'amour. J'espère qu'ils ont dit vrai... »

Comme tout le monde meurt de soif en sortant du bal, nous allons prendre un verre dans un petit restaurant qui s'appelle « Le Trou de souris ». Le sol est jonché de mégots et de coquilles d'escargot mais, au moins, il y a deux ventilateurs électriques aux murs et il fait plus frais que dans la salle de bal.

Nous commandons des bières, quatre *cola* et des encas typiques de Chengdu : des nouilles avec de l'épaule de porc, des boulettes parfumées à l'osmanthus, et des tripes à la sauce aigre-piquante. « Goûtez notre bière du Sichuan ! Santé ! » He Liu retire enfin ses lunettes de soleil, et lève son verre. Il est glabre et maigre comme un clou. Le jour, il tape des discours dans un camp militaire et, la nuit, il écrit de la poésie et étudie l'esthétique. Ding Xue est assise à ma gauche et agite un éventail. Sa main droite transpire dans le creux de la mienne.

La sueur coule alors que nous buvons la bière fraîche à grands traits et que nous avalons nos nouilles pleines d'huile. Les papillons de nuit volettent dans la vapeur et vont s'écraser sur les ampoules nues. « Ce poète de Beijing que tu as invité, il peut tromper les étudiants, mais pas moi. Ce n'est pas de la poésie, c'est de la merde ! »

Yang Ming grimace. « Personne ne t'a invité à la lecture. Garçon ! Des baguettes !

— Tous ces oiseaux chanteurs, ces promenades en bateau, ces clairs de lune, ces fontaines, ces couchers de soleil, toute cette pseudo-naïveté merdique ! Arrête n'importe qui dans les rues de Chengdu, il écrira mieux que ça ! » Le tabouret de He Liu grince quand il se balance d'avant en arrière.

Je reste calme. Il est évident qu'il en veut aux poètes pékinois. Cet après-midi, dans son appartement, il disait combien cela le déprimait de ne pas pouvoir déménager dans la capitale. Il a mis la *Cinquième Symphonie* de Beethoven alors que j'examinais ses étagères. Il a les mêmes livres que tous les intellectuels pékinois mais, au lieu de l'habituel buste de Beethoven et de la bouteille de cognac français, il a des figurines bouddhistes du Anhui et des bracelets Wa du Yunnan. En dépit de cette marque de bon goût, il continuait de fredonner : « Tous les cha-la-la, tous les wou-ou-ou. » Cela me rendait fou. Wang Ping chante tellement mieux cette chanson ! Peut-être même la chante-t-elle en ce moment, à l'Hôtel Hangzhou. Elle non plus n'a aucune idée que c'est mon anniversaire aujourd'hui.

Du Chuan, assis à ma droite, a les cheveux plus longs que les miens. Chaque fois que quelqu'un entre dans le restaurant et fait le tour de la salle des yeux, son regard se pose sur lui. Je n'ai pas encore vu ses peintures. Il fume cigarette sur cigarette en mangeant et ne les pose sur la table que pour prendre ses baguettes.

J'imagine que, chez lui, sa taie d'oreiller est criblée de trous de brûlures.

« Comment la campagne contre la Pollution spirituelle s'est-elle traduite à Chengdu ? demandé-je.

— Deux peintres ont été arrêtés, tous deux étaient des amis.

— Ils ont été condamnés ?

— Qu Wei l'a été. C'est un homme talentueux mais aussi un maniaque sexuel complet. Les filles entraient et sortaient de chez lui toute la journée. Il est allé à Guangzhou acheter des cigarettes bon marché et en est revenu avec neuf paquets de cartes à jouer avec des femmes nues dessus. Il a revendu un paquet cinquante yuans et l'homme qui le lui a acheté a revendu les cartes à la pièce. Quand il a été arrêté, trente personnes avaient vu les cartes. La police les a toutes retrouvées, sauf deux qui avaient été vendues à un routier. Ils ont envoyé quatre officiers de police dans le Xinjiang mais ils n'ont pas pu mettre la main dessus. S'ils avaient retrouvé le jeu au complet, Qu Wei aurait pu s'en tirer avec deux ans.

— Combien il a pris alors ?

— Sept ans. Ce n'était pas seulement les cartes, le problème. Il a aussi été accusé d'organiser des soirées privées, de danser collé serré, de regarder des vidéos obscènes, de pratiquer des actes sexuels étrangers et d'avoir perverti une innocente policière. » Tout le monde éclate de rire.

« Je pervertirais volontiers une policière », dit He Liu. Il porte une gousse d'ail à sa bouche et en recrache lentement la peau.

« Il y avait une policière au bal tout à l'heure. Elle habite à quelques mètres de chez moi, passage Huaishu. » Impossible de dire à qui s'adresse Ding Xue. Je l'ai présentée à mes amis en sortant du bal, ils se sont tous mis à parler en sichuanais de leurs amis communs, ce qui a un peu gâché notre tête-à-tête.

« L'autre mec faisait des tirages d'une femme nue d'après des négatifs que son père avait cachés pendant vingt ans. Il vendait chaque photo deux maos, mais il n'a eu le temps d'en vendre qu'une seule avant que la police ne lui passe les menottes !

— On n'irait pas en prison pour ça à Beijing. Au pire, on serait exclu de son unité de travail.

— Il n'ira pas en prison. Il appartient à une famille de Chinois d'outre-mer qui est venue s'installer ici en rentrant d'Asie du Sud-Est. Il va s'en tirer avec quelques années de travail dans un camp de redressement.

— La femme était sans doute la maîtresse thaï de son père. Au fait, est-ce qu'on peut faire développer des films couleurs à Chengdu ?

— Oui mais, si ce sont des photos de femmes nues, tu dois être professeur d'art et fournir une autorisation écrite de l'école. »

Tous les plats sont vides. Je finis les morceaux de gras que Ding Xue a laissés dans son bol.

Yang Ming se lance dans une discussion sur les cigarettes de contrebande. « On prévoit d'aller à Guangzhou acheter une centaine de paquets. Wu Jian veut laisser tomber son travail. Vous savez ce qu'on dit : c'est idiot d'en acheter un, malin d'en acheter dix, fructueux d'en acheter cent, et dangereux d'en acheter mille !

— Je viendrai avec vous, dit Du Chuan. Les *Benson and Hedges* coûtent cinq yuans là-bas, et on peut les vendre huit yuans ici.

— Je vous interdis de partir, dit Xiao Juan en reversant une tasse de thé. Les hôtels sont remplis de filles faciles.

— Tu ne devrais pas lui lécher les bottes comme ça, Xiao Juan, dit Yang Ming d'un ton cassant. Il pourrait au moins te servir ton thé. Dans les pays étrangers, les hommes ouvrent la porte aux femmes et les aident à retirer leur manteau.

— Si je t'aidais à retirer tes vêtements, tu te mettrais à hurler ! »

Yang Ming se penche en avant et donne une tape sur la main de Du Chuan. « Tiens-toi bien ! Écoute, Ma Jian a voyagé plusieurs mois et il a besoin d'argent. Tu peux lui trouver du travail ?

— Je suis prêt à faire n'importe quoi, dis-je.

— Du Chuan fait des croquis pour une entreprise de construction. Ils le payent une fortune. Il est presque millionnaire. »

« C'est des conneries ! » dit-il. Je jette un coup d'œil à son poignet et remarque qu'il porte une montre suisse en or. « J'ai des amis qui produisent un film d'animation tiré du *Voyage vers l'Ouest*. Je peux prendre contact pour toi, mais j'aurais besoin d'un échantillon de ton travail. Passe me voir à mon appartement demain, je te donnerai du papier et des crayons.

— Tu es déjà allée à Guangzhou ? demandé-je à Ding Xue.

— Non, mais je prévois d'aller à Shenzhen. Là-bas, on peut regarder la télévision de Hong Kong et voir des films étrangers. L'auteur dramatique de notre troupe a vécu là-bas six mois. Il est revenu avec une moto étrangère et une télévision couleur.

— Il avait laissé tomber son travail ?

— Non, il venait de passer trois ans en prison et comme personne ne voulait l'embaucher quand il est sorti, il est parti tenter sa chance à Shenzhen.

— Qu'est-ce qu'il avait fait ?

— Il était en train d'écouter la radio ennemie et s'est mis à crier : "À bas le Parti communiste !" dans notre cour. Des voisins qui faisaient leurs exercices matinaux l'ont entendu.

— Il avait sans doute picolé ! » He Liu joue avec la branche de ses lunettes de soleil.

« La police m'a interrogée.

— Parce que tu criais, toi aussi ? » Du Chuan crache une bouffée de fumée.

« Non, mais il se trouve que ma fenêtre était ouverte. Les voisins m'ont dénoncée. J'étais en train de me laver les cheveux et je n'ai rien entendu.

— Ils auraient fait quoi si, toi aussi, tu avais crié ?

— Pas grand-chose, ils m'auraient juste emmené au bureau de la Sécurité pour recadrer mon comportement. Mais, à cause de lui, la compagnie a dû suivre des cours d'étude politique pendant un mois, et personne n'a été autorisé à prendre un seul jour de repos. »

Au moment de nous dire au revoir, à la sortie du restaurant, je propose à Ding Xue de la raccompagner chez elle. Yang Ming se retourne et me lance : « Fais attention de rentrer à l'université à temps, les portes ferment à onze heures.

Et n'oublie pas que demain tu as ces croquis à faire. » Elle porte, accroché autour de son cou par une cordelette noire, un morceau d'ambre qu'elle a mis pour venir danser.

Je marche avec Ding Xue jusqu'à un gros arbre contre lequel nous nous appuyons pour nous étreindre tendrement. Je l'embrasse sur les lèvres. Des gens approchent, nous nous éloignons donc. Bientôt, elle m'annonce : « On est passage Huaishu, ma maison est là-bas. » « Continuons un peu dans ce cas », lui dis-je. Arrivés à une portion de rue non éclairée, je la plaque doucement contre le mur et lui embrasse le cou et le visage. Ses jambes tremblent, son corps se relâche. J'entends quelqu'un venir. Je glisse alors mon bras autour de sa taille et nous reprenons notre marche. « Et si les voisins me voient ? » demande-t-elle en baissant la tête. Nous approchons d'un réverbère sous lequel des gens assis sur une natte jouent aux cartes. Vus de dos, ils ressemblent à des sacs de chanvre. De vieilles femmes silencieuses, accroupies sur le pas de leurs portes, agitent des éventails en papier. Nous tournons dans une ruelle sombre. Je la retiens et effleure sa poitrine de la main. Elle me repousse, puis m'attire contre elle et m'embrasse. Une voix s'écrie : « Espèce de porcs ! Allez faire ça chez vous ! » Nous poursuivons jusqu'à une rue bondée. Les klaxons hurlent dans la nuit. « Trouvons un endroit plus tranquille », lui dis-je. Elle me prend la main et me conduit à travers un dédale de longues ruelles obscures, jusqu'à la cour surpeuplée de la gare. On crachote une annonce dans le haut-parleur : « Toute personne ayant perdu un enfant… »

Nous traversons la rue et entrons discrètement dans un parc sombre. C'est plus calme ici, certains dorment sur les bancs ou attendent les premiers trains. Nous nous glissons dans les buissons, puis nous asseyons sur une pierre. Je prends Ding Xue sur mes genoux et embrasse ses seins. Quelqu'un passe en tirant une valise. Effrayée, elle a un mouvement de recul. Je lui chuchote : « Ne t'inquiète pas, personne ne peut nous voir. » Je pose la main sur sa jupe rouge humide. Elle me caresse les cheveux et me souffle dans les oreilles. Plus rien ne compte, pas même le bruit de la circulation. Je m'abandonne et donne de grands coups en elle. Les lumières vacillent, tout se fige. Pendant un moment j'oublie les détritus, l'odeur d'urine, les moustiques. Nous gouttons l'un sur l'autre, roulons à terre, et je lui dis des choses, encore et encore.

« Je vais aller chercher du soda à l'orange », m'annonce-t-elle en se levant. Je l'aide à attacher ses sandales, puis me mets debout, remonte la fermeture Éclair de mon jean, et regarde fixement les lumières de la gare à travers les branches. Je donnerais tout pour une cigarette et un bon lit. Je plaque mes cheveux en arrière et me rassieds. « Toute personne ayant perdu un enfant doit se présenter immédiatement au surveillant qui se trouve dans la salle d'attente principale. Le train à destination de Beijing partira du quai numéro trois… »

Ding Xue revient et saute sur mes genoux. L'un de nous deux a mauvaise haleine, mais bientôt, nos bouches n'ont plus que le goût du soda. Nous nous passons l'un l'autre du baume du tigre sur nos piqûres de moustique et nous allongeons, les yeux fermés.

« Debout ! Vos papiers ! » Je lève les yeux, quatre torches sont braquées sur moi.

« J'ai raté mon train, dis-je. C'est ma petite amie, je viens juste de changer mon billet. » Après avoir conduit Ding Xue un peu plus loin, ils baissent la fermeture Éclair de mon pantalon et sortent mon pénis. « C'est quoi le nom de cette fille, tu l'as rencontrée où ? » Je réponds à leurs questions et dis : « Si vous ne me croyez pas, allez demain vérifier auprès de l'Union des photographes. C'est eux qui ont organisé mon voyage.

— Tu n'es pas photographe. Regarde-toi ! Tu es venu jusqu'ici pour profiter de nos femmes ? »

En voyant leurs brassards rouges, je comprends qu'il ne s'agit que d'une division de la Patrouille du peuple. Je pousse un soupir de soulagement. « Je suis désolé, je me suis couvert de ridicule. Ne vous fâchez pas. Une cigarette ? Vous avez l'heure ? C'est une belle montre, j'en avais une comme celle-ci autrefois. Mon père me l'a piquée, bien sûr... » Les autres ramènent Ding Xue et déclarent qu'il est temps d'y aller. Alors que nous les regardons se diriger vers la sortie, Ding Xue me rassure : « Ne t'inquiète pas, je connais l'officier responsable. »

Nous quittons le parc et attendons sur le trottoir le moment de traverser. « Mais s'ils font une enquête, je vais avoir de gros problèmes », dit-elle en raclant sa sandale sur le bord du trottoir, le visage noyé dans un flot de gaz d'échappement.

« Pourquoi ? » J'observe les mouvements de la circulation, guettant une chance de traverser. Une arroseuse passe près de nous et nous asperge jusqu'à la ceinture.

« Parce que mon mari travaille pour le bureau de la Sécurité publique. » Une brèche s'ouvre soudain entre les voitures, et Ding Xue traverse la rue en courant.

Je regarde ma montre. Il est trois heures et demie. Je voudrais pouvoir fermer les yeux, m'endormir dans mes rêves.

La rivière des fantômes

Un mois plus tard, après avoir gagné deux cents yuans en peignant vingt-quatre personnages de dessin animé, j'envoie par la poste mon couteau tibétain à Li Tao, je quitte Chengdu et me mets en route pour Leshan et son plus grand bouddha jamais sculpté. C'est une montagne de pierre de soixante et onze mètres de haut avec des arbres qui lui poussent dans les oreilles. Les touristes escaladent ses orteils pour prendre une photo souvenir. Le bouddha, impassible, regarde plus bas la rivière impétueuse qui coule sous ses pieds comme il le fait depuis un millénaire.

Le 10 septembre, je visite le temple de Wulong, puis poursuis ma route vers la ville d'Emei. Les deux hommes qui partagent ma chambre sont des vendeurs itinérants de chaussures de course en plastique. Ils examinent une photo de Deng Xiaoping et débattent sur la marque de cigarette qu'il a dans la bouche

– *Panda* ou *Double Plaisir*. Je me penche pour lire la légende.

« Le 2 août, la Chine et la Grande-Bretagne se sont entendues sur le fait que Hong Kong retomberait sous la souveraineté chinoise en 1997. Le projet d'accord stipule que les lois actuellement en vigueur à Hong Kong resteront fondamentalement inchangées pour les cinquante années à venir. » En bas, à gauche, apparaît la mine renfrognée de Mrs Thatcher.

« Deng Xiaoping emploie un concitoyen sichuanais pour rouler ses cigarettes, leur dis-je. Il ne veut rien fumer d'autre !

— Tu crois qu'on pourra visiter Hong Kong comme on visite Shenzhen en 1997 ? Est-ce que Hong Kong et Shenzhen fusionneront en une seule et immense ville ?

— Tout dépend du temps que vivra votre vieux compatriote. »

Le 11, je commence l'ascension du mont Emei, la plus haute des quatre montagnes bouddhistes chinoises. On raconte qu'un saint indien, Puxian, est venu ici au sixième siècle, sur le dos d'un éléphant blanc, pour accomplir des miracles et exposer les principes bouddhistes. Au pied de la montagne, je visite le temple de l'Éternité et contemple la statue en bronze de soixante-deux tonnes de Puxian, assis, jambes croisées, sur un éléphant blanc. Au cours de la nuit qui suit, je rêve que l'éléphant blanc piétine violemment les rues animées d'un marché. Prise de terreur, la foule recule en trébuchant et des pastèques roulent au sol.

Pendant deux jours, j'escalade les marches de pierre d'un étroit chemin de montagne. Le troisième jour, à midi, j'arrive en haut du sommet d'Or d'où je contemple les trois rivières d'argent qui serpentent à travers les collines du Sichuan et une ligne de sommets enneigés qui percent le ciel à l'ouest. Le paysage semble être resté intact, originel. Difficile de croire que le Sichuan puisse être la province la plus peuplée de Chine et qu'elle abrite une centaine de millions de personnes.

En descendant de la montagne, je marche vers l'est et j'aperçois, sur une falaise plongeant dans la rivière Min, les cercueils suspendus de la tribu Bo. Les cercueils reposent sur des socles de bois, à mi-hauteur de la paroi rocheuse. C'est tout ce qu'il reste de cette tribu disparue. Les historiens ne savent pas vraiment comment les cercueils ont été placés là, ils ne savent pas non plus pourquoi la tribu a disparu si mystérieusement. Mais la légende locale dit que les troupes impériales ont envahi la région au dix-septième siècle pour écraser les tribus rebelles. Les Bo auraient alors reculé jusqu'au bord de la falaise et se seraient jetés dans le vide.

Plus loin à l'est, à Neijiang, « la Ville des bonbons », j'achète un demi-jin de prunes au sucre et m'en vais les mâchonner sur les bords de la rivière Tuo. À côté de moi, une petite foule se rassemble pour admirer un vieil homme avaler une épée. Les gens applaudissent au moment où la lame tend la peau de son cou. Un petit garçon de huit ou neuf ans fait la queue entre les gens en tendant une assiette. Le vieil homme annonce que son prochain numéro s'appelle « Le prélèvement ». Il lève alors son épée et, d'un coup, l'abat sur la nuque du petit garçon. L'enfant s'évanouit dans une mare de sang. Le vieil homme panique une seconde, puis se met à supplier tout le monde de lui donner de l'argent pour l'emmener à l'hôpital. Je lui donne dix yuans. Quand j'arrive à m'extraire de la foule, je m'aperçois que l'on m'a volé mes lunettes de soleil.

Le jour suivant, j'atteins Dazu et visite les sculptures de pierre bouddhistes du mont Baoding. Un bouddha allongé, de trente et un mètres de long, dépasse de la paroi de pierre. Il est flanqué de reliquaires contenant des préceptes confucéens de piété filiale et de statues de Laozi, le sage taoïste. Dans une falaise près de là est sculptée une Roue de la Vie représentant des scènes des six états de l'existence dans lequel l'homme est appelé à renaître. Ceux qui suivent les préceptes bouddhistes sont montrés jouissant langoureusement des plaisirs du paradis, tandis que les pécheurs, condamnés à l'enfer, se tordent dans d'atroces souffrances, de cruels démons déchirant leurs tendons et arrachant leurs yeux. Ces tortures barbares me rappellent celles perpétrées sur Zhang Zhixin, cette professeur de collège idéaliste, qui a été exécutée au cours de la Révolution culturelle pour avoir osé mettre en doute l'autorité de Mao Zedong. Les soldats qui l'ont emmenée sur le lieu de la fusillade avaient tellement peur qu'elle ne crie des slogans subversifs sur le peloton d'exécution qu'ils lui ont tranché le larynx avec un couteau. Au cours de son supplice, elle s'est arraché la langue d'un coup de dents.

Le 19, je continue pendant plusieurs heures vers l'est, le long d'une piste bruyante et poussiéreuse. Trop fatigué, incapable de continuer, je décide de sauter dans un car bondé. J'achète un ticket et respire l'odeur des haleines fétides mêlée à celle des couches souillées le long du trajet qui mène à la ville de Chongqing.

Il pleut quand je descends du bus. L'air est frais et pur. En bas, à travers la brume grise, j'aperçois les eaux brunes du majestueux Yangzi qui convergent avec un affluent boueux. Il est si large que je ne distingue pas l'autre rive. Des bateaux flottent sur l'eau à différentes distances, certains sont en marche, d'autres non. Je grimpe une ruelle escarpée et étroite, bordée de petites boutiques et de restaurants minuscules. L'homme aux cheveux humides poussant sa bicyclette, la fille avec des talons aiguilles noirs, la vieille femme fouillant dans la poubelle, la dame au derrière affaissé avec un sac en cuir élégant, les enfants se battant à coups de cartable, les rats grimpant le long des gouttières, aucun ne semble remarquer la pluie.

J'arrive à l'adresse que He Liu m'a donnée avant que je quitte Chengdu. C'est une vieille maison en bois. Les marches de l'escalier étroit craquent sous mon poids. Arrivé sur le palier, je me trouve face à un gros rat qui me regarde approcher et se faufile poliment sur le côté. Nous nous frôlons presque. Je frappe à la porte mais personne ne répond. Je suppose qu'ils sont encore au travail, alors je sors m'acheter un soda à l'orange. Un commerçant chauve injurie la propriétaire d'un petit restaurant qui se trouve de l'autre côté de la rue. « Je baise ta grand-mère, salope ! crie-t-il. — Je baise ta femme, connard ! rétorque-t-elle. — Pour ça, il faudrait d'abord que tu te fourres un concombre dans la culotte », braille-t-il triomphalement. La restauratrice ne sait plus quoi dire, tout le monde rit. Dans la rue, l'eau de pluie creuse de petits canaux dans la boue et s'infiltre par les trous de mes chaussures. Cela me rappelle la nuit où je me suis fait tremper à la sortie de la gare de Chengdu.

Le jour suivant, je visite la prison du palais Blanc perchée sur une colline à l'extérieur de la ville. J'avais lu dans mes livres de classe de nombreuses histoires sur les martyrs communistes, torturés dans ces lieux par l'impitoyable Guomindang pendant la Seconde Guerre mondiale. Les communistes ont transformé cette prison en un musée de la propagande. Je m'attendais à voir une sombre et sinistre forteresse, mais je découvre à la place un bâtiment ressemblant à un petit hôtel de campagne. À l'intérieur, les cellules sont sombres et sentent le moisi, le sol est jonché d'appareils de torture et de chaînes.

En sortant, je m'arrête pour lire les affiches placardées sur les portes. Je saute le premier paragraphe (« Pour commémorer la fondation de la République populaire et consolider la dictature du prolétariat… ») et m'attarde sur la liste des criminels en dessous. Chaque nom est frappé d'une croix rouge.

> Zhang, homme, 23 ans. Projetait d'inciter à l'insurrection en fondant le parti illégal de « la jeunesse chinoise ». Exécution imminente.
>
> Wang, homme, 24 ans. Écoutait les stations radio ennemies et corrompait ses amis avec des discours contre-révolutionnaires. Le 10 octobre 1982, à 10 heures du matin, il a pris d'assaut un car de touristes devant le Musée d'histoire naturelle.

Prétendant qu'il était armé d'explosifs, il a distribué des tracts en faveur de la démocratie plurielle parmi les passagers étrangers terrorisés. Heureusement, le chauffeur a fait preuve d'un courage incroyable et le criminel a été appréhendé. Exécution imminente.

Chen, homme, 27 ans. A fréquemment comploté dans le but de quitter le pays. Le 2 octobre 1981, il a volé un bateau de pêche et, arrivé dans les eaux japonaises, s'est mis à crier de toutes ses forces : « Je suis libre ! » Quelques heures plus tard, la marée l'a repoussé de l'autre côté de la frontière où il a été appréhendé grâce à la compétence de la police navale chinoise. Exécution imminente.

Lu, homme, 25 ans. A organisé des soirées privées où il dansait joue contre joue dans l'obscurité avec ses partenaires et les embrassait fougueusement en leur touchant la poitrine. A séduit six jeunes femmes et inventé une danse sexuellement excitante qui est rapidement devenue à la mode et a sérieusement élevé le niveau de Pollution spirituelle. Exécution imminente.

Yang, homme, 31 ans. A trompé 25 femmes en leur promettant une vie meilleure pour les marier à des fermiers du Anhui et du Qinghai. La police a confisqué les 16 000 yuans et les quatre montres qui se trouvaient dans sa chambre. Exécution imminente.

Les treize criminels listés ci-dessus seront amenés au peloton d'exécution public et fusillés, en accord avec la volonté du peuple.

Les exécutions publiques ont lieu, dans toute la Chine, à l'approche de la fête nationale. J'ai grandi en lisant ces affiches et j'ai assisté à plusieurs exécutions. Une fois, un jeune homme appelé Lu Zhongjian est sorti menotté d'un camion de l'armée. Deux soldats l'escortaient. Quand il a commencé à pousser des cris perçants, ils lui ont passé un fil de fer autour de la bouche et l'ont tiré vers l'arrière, lui déchirant le visage. Puis ils l'ont jeté au sol, avant de le rouer de coups de pied et de lui coller trois balles dans la tête. Ses jambes se sont soulevées, ses chaussures ont volé. Un an plus tard, je me mariais avec sa petite amie. Je n'ai découvert qu'ils avaient été amants qu'après avoir trouvé, cachée au fond du tiroir de Guoping, l'affiche annonçant son exécution.

Je me demande combien de gens ont été exécutés ici, au cours de la campagne contre la Pollution spirituelle. Je passe les portes de la prison avec un goût de sang dans la bouche.

Une semaine plus tard, je salue mes amis de la maison de bois, poste quelques lettres et embarque pour la descente du Yangzi.

Alors que le bateau s'éloigne, Chongqing se dessine dans le lointain, derrière nous, comme un navire battu par les flots échoué au confluent des deux rivières.

Je descends le soir même à Fulin. Liao Ye, un ami de Yang Ming, m'attend sur le quai. Il me lit le long poème qu'il a écrit et qui s'intitule *Cité des fantômes* : « Écoute la voix silencieuse des Han/Le sanglot des morts dans ton cœur/Disant : tu as un jour appartenu à l'État de Ba ou à l'État de Chu/Mais à qui appartiens-tu maintenant ?/Privé de maison et de pays/Es-tu toujours ce que tu étais ?... » Nous passons une moitié de la nuit à discuter poésie et l'autre moitié à parler des femmes. Il me dit qu'une très belle poétesse, appelée Ai Xin, habite en aval de Wushan : « C'est une sirène de rivière. Sa beauté a séduit nombre de mes amis dans la gorge de Wu et on n'a plus jamais entendu parler d'eux. »

Le lendemain matin, je prends un bateau pour Fengdu, la « Cité des fantômes », la demeure légendaire du Fils du Ciel qui décide du sort des âmes défuntes. Les rues étroites de la ville sont pleines de hordes de colporteurs qui vantent leurs marchandises. Un vendeur de chapelets m'en jette un autour du cou et je me mets alors moi aussi à crier. Un poissonnier coupe une anguille vivante et ramasse son argent les mains trempées de sang. Au sommet de la colline, dans le temple du Fils du Ciel, j'admire, représentés sur des fresques d'argile le long du mur, les dix-huit enfers. Les démons, peints de couleurs criardes, torturent de misérables pécheurs avec des lances et de l'huile bouillante. La tranquillité du temple apporte un répit bienvenu après l'enfer de la rue.

Le 29, j'arrive à Wanxian. J'ai mal à la gorge et ma température monte à trente-neuf degrés dans l'après-midi. Xiong Gang, mon hôte du centre culturel, m'emmène à l'hôpital local. Les malades qui n'ont pas les moyens de se faire soigner sont étendus devant la porte. Les mouches hésitent entre leurs visages et les oranges d'un étal de fruits. À l'intérieur de l'hôpital, les salles sont pleines de patients au regard vitreux. Dans les couloirs, une multitude de jeunes gens vendent des glaces, des mandarines et des médicaments volés. Lorsqu'une personne vêtue d'un manteau blanc apparaît, elle est assaillie par des malades lui demandant où se trouvent les services spécialisés dans les oreilles, le nez, la gorge, ou combien de temps ils vont devoir attendre pour passer une radio.

Le docteur Xiong Gang me reçoit immédiatement et me prescrit des pilules pour une semaine. Il me dit qu'il est poète et qu'il est en train d'écrire un poème sur les poissons qui mangent les poissons. Je lui dis que cela me paraît intéressant et je profite de la conversation pour lui demander en quoi consiste une ligature des trompes. J'ai toujours voulu savoir.

« Nous resserrons les trompes de Fallope avec un morceau de fil de fer.

— Continue-t-on à utiliser un moyen de contraception avec ça ?

— Non, à moins que ce ne soit une fausse ligature.

— C'est-à-dire ?

— Si on donne au docteur un peu d'argent, il peut faire un nœud relâché. Avec cela, il est encore possible d'avoir des enfants. »

Le jour suivant, nous traversons le Yangzi pour visiter, près de Danxi, un site funéraire datant du néolithique. Les paysans du coin gagnent leur vie en vendant de fausses armes préhistoriques. Xiong Gang me conduit chez un homme où je peux en acheter une vraie.

Le 1er octobre, je prends un vapeur pour Fengjie, une ville située à une centaine de kilomètres en aval. À l'époque de la dynastie Tang, le poète Li Bai a descendu le cours du fleuve et a écrit sur les nuages colorés qui planent au-dessus du Yangzi et sur les singes qui hurlaient sur la rive. Aujourd'hui, les singes ont été remplacés par des usines d'engrais et des fabriques de ciment qui polluent la rivière avec leurs déchets jaunes. Là où la végétation des versants a été fauchée, le sol brille comme si on l'avait huilé.

Je reste éveillé toute la nuit, trempé de sueur jusqu'aux os. La fièvre n'a pas baissé. La brise du fleuve n'est pas assez forte pour chasser les mouches du cadre graisseux des couchettes ou pour dissiper l'odeur d'urine et de cornichons pourris qui se dégage de l'eau croupie répandue sur le plancher. À l'aube, j'aperçois un jeune homme qui se tient sur le pont avec un livre à la main, je m'approche de lui pour discuter. Il m'explique qu'il a quitté l'armée après trois ans de service. Il a réussi à garder sa carte de membre du Parti mais pas son permis de conduire. Il lui a donc été impossible de trouver du travail dans sa ville natale. Il va à Wuhan tenter sa chance. Un de ses vieux amis rencontré à l'armée a trouvé du boulot là-bas comme chauffeur d'un président d'usine.

Fengjie est perchée sur une colline. Elle est parcourue d'un enchevêtrement d'étroites ruelles qui serpentent le long d'une pente escarpée. Le petit terrain de basket-ball est la seule partie plate du paysage. Les villageois s'y assoient pour regarder le Yangzi ou les gamins qui en font le tour sur de vieilles bicyclettes rafistolées. Il y a des drapeaux rouges partout et des bannières portant le slogan : « CONTINUONS LA LUTTE POUR LA MODERNISATION », pour célébrer le jour de la fête nationale.

Après avoir visité les temples de Baidicheng, je prends un bateau pour Wushan et traverse la première des célèbres Trois Gorges. Je penche la tête par la fenêtre au bon moment. Personne d'autre dans la cabine ne semble se préoccuper du paysage, ils restent assis sur leurs couchettes à me fixer. Je repense aux bouddhas que j'ai vus à Leshan, Emei et Dazu. Bien que leurs tailles et leurs beautés m'aient impressionné, aucun d'eux ne m'a fait vibrer. Je suis reparti aussi déçu qu'après avoir visité les grottes de Dunhuang.

Le Yangzi coule au cœur de la Chine et sépare le sud vert et fertile du nord aride, que je préfère. J'aimerais parcourir la province du Shaanxi plus tard. Le Sichuan est trop peuplé, tout le monde doit se battre pour obtenir l'attention des autres. Les hommes lancent des regards noirs, les yeux injectés de sang. Le gouvernement a libéralisé l'économie. Le pays est en train de bouger et le sud change plus vite que le nord. Les eaux du Yangzi paraissent fatiguées et maltraitées. Quand l'esprit d'un homme est enchaîné, il perd tout respect pour la nature.

Un bateau de croisière blanc, lourdement chargé d'étrangers harnachés d'appareils photo, vogue sur le Yangzi. Difficile de croire qu'ils aient besoin de voyager pour voir un fleuve et des montagnes. Une fois à Wushan, je me rends directement au centre culturel pour chercher Ai Xin.

Je frappe à la porte. Ai Xin n'est pas là mais un garçon m'emmène chez ses parents. Heureux d'apprendre que je suis originaire de Qingdao, le père de Ai Xin m'invite à partager des boulettes. J'aperçois, pressée sous la glace qui recouvre la table, une photo de Ai Xin. Elle a un sourire pincé, le regard triste. Je sais qu'au moment où je la verrai, mon cœur bondira dans ma poitrine.

Je me réveille le lendemain matin à l'auberge, ma température n'a pas chuté. Je prends mes médicaments, enfile mes tongs et sors faire un tour. Je suis cerné par les pics montagneux. C'est un peu comme regarder l'extérieur du fond d'une crevasse. Je trouve, dans une petite librairie, un exemplaire du *Vieil homme et la mer* d'Hemingway, puis me rends chez les parents de Ai Xin pour leur dire au revoir. J'entre dans la pièce et remarque qu'un poulet est attaché par la patte au lit à deux places. La mère me dit : « Mon mari aimerait que vous restiez dîner. J'ai acheté la nourriture en fonction. » Elle sort l'album de photographies de sa fille et me dit d'y jeter un œil.

Elle doit avoir quinze ans, les cheveux fins, elle tire la langue.

Elle a dix-huit ans environ et regarde droit dans l'objectif. Le vent souffle sur sa jupe bleue, elle se trouve à la gorge de Wu, des nuages encadrent son visage.

Elle porte une tunique de ballet et a une jambe levée : « Elle a étudié la danse à l'académie de danse de Chengdu », commente fièrement sa mère.

Elle porte des couettes, sourit en serrant les lèvres. Au dos de la photographie, je lis : « Chongqing, 1983. » Lu Ping était encore belle et pleine de vie à l'époque.

La mère va à la cuisine tuer le poulet tandis que je m'assieds sur le lit à une place de Ai Xin. Son petit bureau est recouvert d'une nappe bien propre rouge et blanche. Des notes sont griffonnées sur son calendrier : « Envoyer poème à Huai Dong... Demandez au vieux Wu le livret... 4 yuans 8 maos. » Je sors le peigne de la boîte à crayons et touche les quelques cheveux ondulés qui y sont encore accrochés. Des bâtons de rouge à lèvres de formes diverses et des flacons de vernis à ongles sont posés à côté de son carnet. Je le feuillette, les pages sont recouvertes de poèmes. De nombreuses lignes ont été rayées et réécrites dans les marges. « La brise marine balaie à travers mon cœur et jette à l'océan... » est rayé et remplacé par « La brise marine souffle sur mes secrets/Mon amour devient océan... ».

Le lit de ses parents se trouve contre le mur opposé, à côté d'un canapé et de deux thermos rouges. Ses chaussures à talons et ses bottes en caoutchouc dépassent de sous une grande armoire. À l'extrémité de son lit, une paire de chaussons roses porte l'empreinte plus sombre de ses pieds. Je dois absolument la rencontrer.

Je passe donc une autre nuit à l'auberge et loge chez ses parents le jour suivant. Je prends un sampan sur un affluent du Yangzi et traverse une version réduite des Trois Gorges. Des volées de marches de pierre conduisent du rivage jusqu'au village situé au-dessus. Je ferme les yeux et sens l'odeur de ses cheveux sur les oreillers. Je m'imagine la serrer dans mes bras.

Deux jours plus tard, son père me dit qu'elle devrait arriver le lendemain, par bateau. Il me sert une bière et me parle d'elle. Il me confie qu'il ne veut pas qu'elle passe le reste de sa vie dans cette gorge perdue de Wu.

Je l'attends sur le quai, en haut de l'escalier. Un vapeur arrive dans le bassin, tous les passagers descendent mais elle n'est pas parmi eux. Je me rassieds et ouvre mon livre. Deux heures plus tard, un autre bateau arrive. Une jeune femme se dresse au milieu de la foule et avance sur la planche branlante comme un lotus au-dessus de la boue. Je me lève tout en me sentant de plus en plus petit. Elle grimpe les marches et me scrute. Dans une mer de paysans, chargé de lourds paniers d'osier et de cartons, nous sommes les seuls à avoir les mains vides. Je l'appelle. Ai Xin sourit et me demande qui m'envoie.

« Je t'attends depuis cinq jours, dis-je l'air pathétique.

— Pour quoi faire ? » demande-t-elle, comme si elle ne le savait pas.

Nous restons côte à côte, toute la journée. Si l'un de nous se rend aux toilettes, l'autre l'attend à la porte et nous poursuivons ainsi notre discussion sur la vie et la poésie. Nous allons manger et parlons d'amour et de sacrifice. Je lui raconte l'océan et mon enfance au bord de la mer. Nous allons faire des courses et elle m'achète des provisions pour mon voyage. Nous passons la soirée tous les deux dans son bureau, assis dans l'obscurité. Ai Xin me parle des hommes qui sont amoureux d'elle, des études qu'elle rêve de suivre à Beijing.

Et elle me questionne encore et encore : « Que cherches-tu ? »

Je réponds : « Je veux explorer mon pays, en connaître les rivières, les montagnes. Je veux voir des gens différents, des façons de vivre différentes.

— Et pourquoi voyages-tu ?

— La Chine est un trou noir dans lequel je veux plonger. Je ne sais pas où je vais, je sais juste que je devais partir. Tout ce que j'étais, je le porte en moi, et tout ce que je serai, m'attend devant, sur la route. Je veux rester ouvert, vivre au jour le jour. Je ne supporterai plus jamais de passer ma vie enfermé dans une pièce.

— Tu veux changer ce pays ?

— Je veux juste le connaître, le voir de mes propres yeux.

— Détestes-tu ce monde ?

— L'amour comme la haine peuvent nous faire avancer, mais la haine nous porte plus loin.

— Crois-tu en l'amour ?

— Non. Mais l'amour panse les blessures, nous aide à nous sentir mieux. »

Elle pousse un cri et se renverse sur son siège comme si elle venait de recevoir une balle en plein cœur. « Les hommes, vous êtes tous les mêmes ! dit-elle. Vous avez besoin des femmes mais pas de l'amour. » Je me tais. La seule chose qui me vienne à l'esprit est l'empreinte de ses pieds dans ses chaussons roses.

Elle allume la lumière et installe un lit de camp à côté de son bureau. « Allons nous coucher, c'est déjà le petit matin. Tu peux dormir à côté de moi si tu me promets de ne pas me toucher.

« Promis. » J'essaie de me rattraper. « Quand je dis que je ne crois pas à l'amour, c'est que je n'ai pas confiance en moi. Cela ne veut pas dire que je n'ai pas besoin d'amour. Tout ce que l'on dit nous vient de nos expériences passées, cela ne reflète pas au mieux ce que nous sommes à l'intérieur… »

« Tais-toi, tu veux. » Elle me touche la main. Nous nous serrons l'un contre l'autre et nous nous embrassons. Ce n'est que lorsque je suce ses seins que je m'aperçois que son cœur est silencieux.

Je monte sur le bateau et la regarde. Ai Xin se trouve en haut de l'escalier de pierre, exactement à l'endroit où je me tenais hier. Son long cou est toujours aussi beau. Je descends en aval dans une eau tumultueuse et boueuse. Cette nuit-là, je rêve que j'ai la tête plongée dans le fleuve et que je ne peux pas respirer. Je me réveille en hurlant. Mon sac est encore là, mais on m'a volé la natte sur laquelle j'étais couché et que j'avais louée pour deux yuans et demi.

5

LA TERRE BALAYÉE PAR LE VENT

新华通讯社
包头 Baotou
Yellow River
INNER MONGOLIA
Ejin Horo Qi
Hequ
河曲
ORDOS DESERT
毛乌素沙漠
HELAN RANGE
Yinchuan
榆林 Yulin
米脂
Mizhi
绥德
Suide
中卫
Zhongwei
延安
Yanan
Guyuan
固原
Lanzhou
兰州
Hancheng 韩城
SHAANXI
Xian
西安

La cité des tombeaux

Je quitte le Yangzi à Yichang, puis traverse la province de Hubei vers le nord, des montagnes Shennongjia vers le mont Wudang. Après cinq jours de repos dans la ville de Shiyan, je poursuis ma route dans la province du Shaanxi. Cela fait seulement dix-sept jours que j'ai quitté le Sichuan et je n'ai déjà presque plus d'argent.

Dans la soirée du 23 octobre, j'arrive à Xian, épuisé et sans un sou.

24 octobre. Ciel clair. Hier soir, je me suis directement rendu aux Éditions du Shaanxi pour y retrouver Yao Lu. Je ne l'ai pas vu depuis la fois où il est venu à Beijing participer au mouvement du Mur de la démocratie en 1979. Il est l'éditeur du magazine *Fleuve Jaune* maintenant et toujours aussi hirsute. Il dort au bureau pendant la semaine et m'a proposé de rester avec lui. Ce matin, il m'a même trouvé du travail. Ses chefs m'ont signé un contrat pour dessiner les illustrations du numéro de ce mois-ci. Ils devraient me payer 20 yuans le dessin donc, si tout va bien, je pourrais me faire 400 yuans.

26 octobre. Vents violents. Trois amis de Yao Lu sont passés hier soir. Nous avons discuté des heures. L'un d'eux est décorateur aux studios de cinéma de Xian. Selon lui, il n'y a plus grand-chose à voir à Xian à part quelques vieux bâtiments, pour aller à la rencontre du véritable Shaanxi, il faut aller vers le nord. Un autre, Yang Qing, écrit de la poésie. Son poète favori est Tagore. Il travaille au bureau de la Sécurité publique comme censeur des postes. Tout le courrier de la ville lui passe entre les mains avant d'arriver au bureau de poste. Yao Lu dit que l'épouse de Yang Qing est la plus belle artiste de la troupe de danse et de chanson locale. Elle vient de Mizhi, une ville située dans le nord, où les femmes sont réputées pour leur physique.

J'ai raconté à Yang Qing que la police du Qinghai m'avait accusé de vendre de la drogue avant de dire que je cherchais à en acheter puisqu'ils n'avaient rien trouvé chez moi. « C'est très sérieux, a-t-il dit. L'usage de la drogue est très répandu dans le Qinghai. Une partie arrive du Xinjiang pour être raffinée et le reste est produit localement. De nombreux villages sont désormais sous contrôle de l'armée. Dès que les gens se mettent à gagner de l'argent, ils s'essaient à la drogue. C'est considéré comme un plaisir de la vie moderne. Un homme que j'ai arrêté m'a dit que le prix d'une bouffée d'opium était plus élevé que le salaire d'un policier. Nos centres de désintoxication sont pleins à craquer. » Nous discutons des effets de la drogue, même si aucun de nous n'en n'a jamais pris, ni vu. Je lui ai demandé la permission de visiter le centre. Il m'emmènera la semaine prochaine à condition que je me lave, me rase et me conduise comme une personne normale.

L'autre visiteur était Sun Xi, le directeur littéraire de *Fleuve Jaune*. « Je connais tous les écrivains du Shaanxi, m'a-t-il dit. Tu n'as qu'à donner mon nom et tu pourras manger gratuitement et trouver où te loger dans toute la province. » Il a beaucoup trop bu et ronfle sur mon lit au moment où j'écris ces lignes.

Le 28, je me munis de la lettre d'introduction de Sun Xi et pars visiter gratuitement le musée de la Forêt de stèles. Les sept salles d'exposition grises abritent 2 300 tablettes de pierre sur lesquelles sont inscrits les textes classiques de l'histoire et de la philosophie chinoise. 600 252 caractères gravés dans la pierre au total. Les plus anciennes inscriptions ont plus d'un millier d'années. Je retiens mon souffle dans les couloirs de cette bibliothèque de pierre, absorbé et euphorique à la fois. Chaque tablette est un testament vivant du passé qui mériterait une salle pour elle seule.

Le samedi, Yao Lu me conduit chez lui à Litong. Sur le chemin, il me parle d'un livre qu'il est en train de lire sur le taoïsme. Je rencontre son épouse qui est enceinte de six mois. Elle et Yao Lu viennent juste de terminer la traduction d'un poème de Ginsberg. Ils n'ont pas encore trouvé d'éditeur, je suis donc leur premier lecteur. Ils vivent dans le quartier du comité révolutionnaire de la ville et doivent s'enregistrer auprès d'un soldat chaque fois qu'ils entrent par la porte principale. Dans leur petit logement, se trouvent un seau d'eau, un autre de charbon, une pelle et un tisonnier. Un gilet brodé traditionnel du Shaanxi est suspendu à un clou, au mur. Dans la soirée son épouse nous quitte pour passer la nuit avec sa mère. Elle nous demande de nous nettoyer les pieds dans la cuvette en plastique rouge qui se trouve sous le lit. Nous nous lavons l'un après l'autre et nous asseyons pour discuter.

Il m'explique que son épouse a un tempérament violent, qu'elle s'en est prise une fois à lui avec un tisonnier et qu'elle lui a cassé les dents. Nous discutons de la situation de la littérature à Xian, puis je ramasse le poème de Ginsberg que je parcours à nouveau.

« Écoute ça, dis-je. Ils "chantèrent de désespoir par la fenêtre, tombèrent par la fenêtre du métro, sautèrent dans la crasseux Passaic, se jetèrent sur les nègres, pleurèrent partout dans la rue, dansèrent nu-pieds sur des verres de vin brisés"... Cela me rappelle une nuit à Beijing quand, avec notre groupe de poètes et d'écrivains, nous nous étions amusés à jeter de toutes nos forces des bouteilles en verre vides dans une poubelle en fer. Je n'avais jamais fait autant de bruit. Ginsberg peut chanter son désespoir par la fenêtre et crier tant qu'il veut dans la rue, lui. Cela ressemble au paradis pour moi. Il sous-entend que son pays ne convient pas aux hommes. Mais il n'a qu'à venir vivre en Chine pendant un mois, on verra bien ce qu'il pense. Tout le monde ici rêve du jour où on chantera de désespoir par la fenêtre.

— Aucune société n'est parfaite. La liberté n'est possible que si le cœur est en accord avec la Voie. Une fois le cœur adouci et l'esprit clair tu verras qu'il n'y a ni bien ni mal.

— Je me sens plus concerné par le monde extérieur. Je veux vivre dans un pays où les gens peuvent crier dans la rue. » Je m'interromps puis poursuis : « On dirait que Xian étouffe sous le poids des pierres tombales. L'air y est aussi lourd que la mort.

— Les Chinois qui vivent de nos jours sont des réincarnations de tortionnaires. Les âmes qui ont été maltraitées par le passé nous hanteront à jamais. Nous payons pour les péchés de nos ancêtres. Les Écritures taoïstes disent que si l'on creuse à plus d'un mètre de profondeur dans le sol, on perce le cœur de notre Mère la Terre. Sous les fondations de Xian, la terre est criblée de tombeaux. »

Yao Lu me tend un livre de légendes de Xian. « Ça pourrait te donner des idées pour écrire. Je t'admire, tu sais : lâcher ton travail, vagabonder à travers le pays tout seul. Tu seras bientôt un sage.

— Je ne suis pas à la recherche d'idées. J'avais juste besoin de voyager pour y voir plus clair dans ma vie. Je sais encore si peu de choses de ce pays. Si on veut écrire sur la société, il faut en avoir une vision d'ensemble.

— C'est difficile de se vider l'esprit. Le désir est à l'origine de toute souffrance. J'écris très peu en ce moment, je pense à laisser tomber et intégrer le milieu universitaire. » Il a un sourire amer et essuie ses lunettes.

Je lis les quatre caractères inscrits sur le rouleau accroché au-dessus de son bureau : Ciel, Homme, Devenir, Un. « Tu pratiques quel art martial en ce moment ?

— Une forme ésotérique du qigong. J'ai commencé il y a trois mois. C'est une forme de méditation profonde qui aide à rétablir le flux des énergies intérieures. Ça a amélioré ma concentration. Tu devrais essayer. Après des années de pratique, on peut guérir les malades et transformer les pierres en or.

— Je n'ai aucune discipline pour ça. J'aimerais atteindre un certain état de sérénité mais je me laisse sans arrêt distraire. Il y a quelques mois, j'ai voulu faire un pèlerinage au Tibet, sauf que j'avais l'esprit trop embrouillé et j'ai fait demi-tour à mi-chemin. » Je suis sur le point de parler de la bagarre que j'ai eue avec les brutes qui m'ont volé mon appareil photo, mais décide de garder cela pour moi.

« On pourrait peut-être essayer, non ? » demande-t-il.

Nous nous asseyons face à face, chacun à une extrémité du lit. À part l'eau qui frémit dans la casserole sur le réchaud, il n'y a aucun bruit dans la pièce. Yao Lu commence à me donner des instructions : « Ferme les yeux, fais le vide dans ton esprit et cherche l'Œil céleste. »

Je ferme les yeux. J'imagine le soutien-gorge de sa femme se balançant à la patère fixée à la porte et le visage de Yao Lu réduit en bouilli. J'ouvre les yeux, Yao Lu, yeux clos, caresse un ballon d'air imaginaire. Je les referme et entrevois un ciel clair.

« Focalise ton esprit sur le creux de ton ventre et sens ton énergie vitale. Respire par la bouche et laisse l'énergie atteindre tes mains. Est-ce que tu commences à transpirer dans le creux de tes paumes ? Souffle, tu sens la chaleur envahir ton front ? L'Œil céleste voit le feu... » Une demi-heure plus tard, mes membres ont enflé et je ruisselle de sueur.

« Bien. Tu as le fondement de la sagesse. Nourris-le soigneusement et tu vivras plus longtemps. » Je lève les yeux, un halo de vapeur plane au-dessus de la tête de Yao Lu.

« As-tu rejoint la société taoïste ? lui demandé-je.

— Non, je ne veux entrer dans aucune organisation. Mais ils m'ont demandé de leur donner une série de cours sur la divination religieuse et les cinq éléments.

— Je regrette d'avoir prononcé mes vœux bouddhistes si tôt, dis-je en appuyant mon dos contre le mur blanc.

— Les taoïstes pensent que le bouddhisme, le taoïsme et le confucianisme sont trois chemins différents qui mènent à un même but. Peu importe le chemin que tu choisis à travers les nuages, ils conduisent tous au même ciel bleu. Mais le taoïsme est pour moi le plus intéressant. Il n'y a ni dieu à adorer, ni règle à suivre. Il nous enseigne aussi que l'homme fait partie intégrante de la nature et qu'il est condamné à une vie de changements constants car le Yin et le Yang sont inséparables et se suivent comme la nuit et le jour. Il nous apprend à ne pas perdre notre temps à nous battre ni à chercher à nous enrichir mais à remettre notre sort entre les mains du destin et à vivre en paix avec le monde. Tous les maux ont leurs châtiments.

— Oui, les gens passent leur temps à se battre, alors que le véritable ennemi est le temps lui-même.

— Ma Jian, il n'y a aucun ennemi dans cette vie. Tu as trop d'agressivité en toi. Il faut que tu apprennes la douceur. Le taoïsme nous enseigne que le belligérant est toujours le premier à tomber.

— Je n'approuve pas l'agressivité, mais tout le monde devrait apprendre à se défendre. Je suis d'accord que la faiblesse peut être une force, néanmoins, en prônant la soumission, le taoïsme encourage la paresse et une certaine forme de complaisance.

— Ma Jian, la police a resserré son étau sur moi, dit soudain Yao Lu, changeant de sujet. On ne m'a pas autorisé à quitter Xian depuis que j'ai été arrêté pour avoir écrit ce poème sur le Mur de la démocratie de Beijing. Je me sens pris au piège.

— Fuis à Shenzhen, dans ce cas. C'est le paradis de la libre entreprise. Tu peux t'acheter une fausse carte d'identité et trouver du travail dans une compagnie étrangère. Tu peux même trouver un faux passeport et refaire ta vie en Amérique. » Mes paupières se font lourdes, je lutte pour rester éveillé.

« J'ai une femme, un enfant. Je ne peux pas partir. Et puis, il n'y a pas de vie culturelle dans le sud. » Sa voix est plus calme maintenant qu'il est allongé.

« Ta femme t'a agressé avec un tisonnier, nom de Dieu ! Quel genre de femme fait cela ? Pars avant qu'il ne soit trop tard !

— On ne change pas le cours du destin », chuchote-t-il pour lui-même.

Avec un tel poids sur le cœur, Yao Lu ne se sentira jamais libre, je le sais, peu importe le chemin qu'il choisit.

Le jour suivant, je visite les thermes de Huaqing, au pied du mont Lishan. Les touristes scrutent les bassins vides en essayant d'imaginer les empereurs et leurs belles concubines prenant leur bain, il y a mille ans.

Je me rends dans la partie ouverte au public, derrière le complexe, où je partage une petite piscine avec cinq étrangers. Les parois du bassin sont vertes, visqueuses, et l'eau est très chaude. Dans la vapeur désinfectante, les pores de ma peau s'ouvrent lentement. Cela fait du bien. C'est mon troisième bain de l'année. Je n'aime pas les douches, mais j'apprécie le temps passé à ne rien faire dans l'eau chaude. Pas étonnant que les hôtels de luxe soient équipés de bains. Le surveillant frappe de nouveau à la porte et crie : « Lavez-vous, tous. Vous sortez dans cinq minutes ! »

L'après-midi, je m'assieds près du lac des Neuf Dragons pour lire la légende des tablettes de pierre, puis prends un bus pour aller voir l'Armée de terre cuite. J'achète un billet pour le musée et entre dans la salle pour n'y trouver qu'une foule de paysans vendant de fausses tuiles et de fausses pointes de flèches datant du néolithique. Je décide de retourner au guichet pour me faire rembourser. Là, deux gros types s'avancent et crient : « Tu as acheté ton ticket, alors tu entres ou tu décampes ! » Je sors, furieux, et me rends compte que le véritable musée de l'Armée de terre cuite se trouve de l'autre côté de la route. Un groupe de touristes du Sud grouille autour de moi en criant à l'arnaque. Un autre autocar s'arrête devant la billetterie. Je m'approche pour les prévenir mais un grand type avec une veste de l'armée me barre la route et me menace : « Un mot et tu es mort. » Je recule donc et regarde trente personnes acheter un billet, entrer dans la salle et ressortir quelques secondes plus tard, l'air mécontent, déconcerté. Je me dis qu'à tout péché, il y a un châtiment, puis me retourne et traverse la route.

La fosse où se trouve l'Armée de terre cuite n'occupe qu'un angle de la vaste nécropole du premier empereur de la Chine unifiée, Qin Shihuang. Comme tous les empereurs chinois, il a consacré son temps à la construction de son somptueux mausolée et à faire collection de très belles femmes pour son harem. D'après les archives, en 246 avant J.-C., Qin Shihuang a enrôlé sept cent mille ouvriers pour construire cet ensemble funéraire, qui n'a été terminé que trente-sept ans plus tard, soit un an après sa mort. Son fils, craignant que les ouvriers ne révèlent l'endroit où étaient ensevelis ces trésors, a ordonné que soient enterrés vivants, avec l'empereur et ses concubines, tous les hommes ayant participé à la construction du tombeau. Les cadavres sont entassés sur ces cinquante kilomètres carrés de terre.

Dans le creux de la salle principale du musée, cinq mille soldats d'argile, grandeur nature, se tiennent prêts pour la bataille. Leurs visages sont identiques à ceux des touristes qui les fixent. Dans la fosse de la salle d'à côté, les fouilles ne sont pas terminées et les soldats n'ont pas encore été restaurés. Certains sont toujours à demi enfouis. D'autres s'effritent sur des murs de boue ou gisent au sol, brisés. Je me souviens de photos montrant les charniers exhumés à l'ouest du tombeau principal de Qin Shihuang.

J'observe les anciens guerriers. On a creusé la surface de la terre et la laideur et la cruauté de l'âme de la Chine se retrouvent exposées à la lumière du jour. Les empereurs qui ont succédé à Qin Shinhuang s'étaient un peu restreints en stipulant que seul un tiers du revenu national pouvait être dépensé pour leurs mausolées. Pourtant, ils ont continué d'emmener en enfer, avec eux, leurs biens les plus précieux – les joyaux, l'or et leurs concubines.

D'après une légende locale, les ouvriers qui ont été enterrés avec Qin Shihuang ont continué à vivre sous terre. Ils ont gravé leur histoire sur une grande tablette de pierre qui a poussé comme une racine dans le sol. Mais, quand elle a atteint la surface, personne n'a été capable de déchiffrer ce qui y était inscrit. Elle a continué de pousser de plus en plus haut jusqu'au jour où elle a masqué le soleil.

« Pas de photos ! » Un policier avec un fort accent du Shaanxi se jette sur une touriste étrangère, lui arrache son appareil photo des mains, l'ouvre et tire sur le film. La bande grise et brillante s'enroule sur le sol comme un morceau de boyau arraché. La femme se met à hurler, mais personne ne comprend ce qu'elle dit. Une foule de Chinois s'amassent pour regarder. « On vous laisse admirer notre glorieux passé, mais c'est pas assez pour vous ! Vous voulez prendre des photos en douce et les vendre à des magazines en rentrant chez vous ! » La voix du policier résonne dans le hangar.

Le vent qui souffle dans Xian transporte une fine poussière jaune. J'avale un peu de bouillie de riz aux huit trésors et un morçeau de galette de kaki, mais les deux sont pleins de sable. Je paie le marchand et m'en vais. La plupart des piétons sont vêtus de salopettes bleues. On remarque les paysans à la boue qu'ils ont sur leurs manches. Je me balade dans les rues, les enseignes criardes des boutiques et la réclame pour Marlboro se fondent dans l'arrière-plan. Tout ce que je vois, ce sont des pagodes, des clochers et d'anciens murs. Cette cité a été la capitale de onze dynasties différentes et la plus grande ville du monde, à son apogée, il y a un millier d'années.

Je m'assieds près d'une fenêtre dans un restaurant self-service. Je fixe mon café noir. Il est fait avec du véritable Nescafé, mais ils n'ont pas mis assez de granulés, on dirait un thé léger. Les deux paysans installés à la table d'à côté boivent leur café à petites gorgées avec une cuillère. Ils ont l'air misérable.

« Un yuan et demi pour une minuscule tasse. On aurait pu acheter trois théières pleines avec ça.

— Arrête de te plaindre. C'est toi qui as eu l'idée de venir ici. Prends un peu plus de sucre, c'est inclus dans le prix. » Je regarde les petits friands qu'ils ont à la main. Même s'ils en mangeaient vingt, ils auraient toujours faim.

Il y a quelques jours, j'ai découvert en lisant un article que l'abus de drogue en Chine était bien plus fréquent que je ne le pensais. Les toxicomanes sont issus de milieux ordinaires et s'approvisionnent au marché noir. L'opium reste la drogue la plus populaire. Yang Qing m'emmène au centre de désintoxication cet après-midi. Je suis censé être envoyé par les Presses du Shaanxi.

Il descend de la voiture de police et frappe à la fenêtre du restaurant, je ne le reconnais pas tout de suite. Il est complètement différent en uniforme. Nous nous dirigeons vers le centre. Je n'ai jamais marché dans la rue avec un policier. Je me sens d'abord comme un vulgaire criminel. Mais à la façon dont les gens nous regardent, je reprends confiance en moi. La foule s'écarte sur notre passage, les enfants et les vendeurs d'encas se taisent. Je prends bientôt goût au sentiment de pouvoir que cette situation me procure, si bien que lorsque nous arrivons à l'entrée du centre, je ne peux m'empêcher de lâcher : « Le monde paraît très différent, vu de ta position. »

Yang Qing ne relève pas et dit : « Le centre est une ancienne auberge qui a été reconvertie. Il n'accueille que des femmes. » Yang Qing m'apparaît soudain très différent de l'homme qui parlait si passionnément de Tagore la semaine dernière. « Je dois te laisser après les présentations. J'ai beaucoup de travail. » Il ramène ses cheveux en arrière et ouvre la porte du centre.

Une vingtaine de femmes sont accroupies dans le couloir. Aucune ne lève les yeux sur nous. La directrice nous conduit dans un bureau au premier étage. Elle se dit très heureuse que des journalistes visitent le centre. Je lui demande si je peux interviewer une patiente, elle m'emmène alors dans une pièce située au bout du couloir. « C'est ici que nous recevons les nouvelles arrivantes », dit-elle. Elle a le visage pâle et fatigué.

« Pourquoi sont-elles allongées ?

— Nous leur donnons des pilules pour les faire dormir. »

Une trentaine de femmes sont étendues sur le sol. Certaines fixent le plafond. Aucune ne semble avoir conscience de notre passage. Elles me rappellent les guerriers enterrés vivants. La pièce sent l'urine, les couvertures matelassées sont en lambeaux et tachées de vomi frais ou séché. Je laisse échapper : « Cet endroit est sordide.

— Oui. Les couvertures proviennent de l'ancienne auberge. Nous n'avons pas les moyens d'en acheter de nouvelles. Vous pouvez le noter dans votre article. » Une jeune fille se trouvant à mes pieds se redresse. Elle ressemble à n'importe quelle autre jeune fille un peu maigre que l'on voit dans la rue. Je ne sais pas par où commencer.

« Parle-moi de toi, dis-je en la regardant dans les yeux. Comment en es-tu arrivée à te droguer ? » La directrice va me servir une tasse de thé.

« Mon nom est Fang Li. J'ai vingt-quatre ans. Je suis ici depuis deux mois. L'année dernière, j'étais dans un camp de réinsertion par le travail. La police m'a accusée de vendre de la drogue. J'ai reconnu en avoir acheté, mais je n'ai jamais avoué en avoir vendu. »

Ses paroles semblent forcées. « Je peux vérifier tes déclarations plus tard. Raconte-moi juste comment tu es tombée dans la drogue. Je ne suis pas un policier, tu peux me parler librement. N'est-ce pas, Madame la directrice ?

— Oui. Fang Li, raconte à ce monsieur le mal que t'a fait la drogue. Les jeunes peuvent apprendre de tes erreurs. C'est le camarade Ma, un journaliste invité par les Presses du Shaanxi. »

Fang Li tire sur le bord de son pull rouge. Je fais tourner mon stylo et dis : « Parle librement, Fang Li.

— Tout est la faute de mon mari. Mes parents sont des intellectuels. Je suis diplômée de l'université du Shaanxi, mais j'ai toujours aimé danser et chanter, même enfant. Quand le salon des artistes s'est ouvert à Xian, j'y suis allée pour chanter *Compte les verres vides* et *Quand des larmes coulent de mes yeux*. Les hommes montaient sur scène et me couvraient de fleurs. Mon futur mari était l'un d'eux. Il me louait des taxis à la journée, m'emmenait dans les meilleurs restaurants, m'achetait les bijoux les plus chers. Je venais de remplacer ma mère à l'école maternelle du coin pour un salaire de cinquante-trois yuans par mois. Il m'offrait des bouquets de fleurs qui coûtaient le double. Comment résister ?

» Je passais mes journées à traîner dans son atelier de confection où je rencontrais ses amis peu recommandables des environs de Xian. C'est quand on est venu l'arrêter que j'ai découvert qu'il était à la tête d'une bande de criminels et qu'il avait déjà passé cinq ans en prison. Le jour où la police l'a emmené, je me suis sentie très mal. Ses amis qui étaient allongés dans l'atelier en train de fumer de l'opium m'ont dit d'en prendre une bouffée, que ça ferait passer la douleur. Je l'ai fait. Ensuite, j'ai pris l'habitude de fumer tous les jours en me disant que c'était un luxe que je pouvais désormais me permettre. Mais, en moins de rien, j'avais fumé toutes les économies. Une fois mon mari condamné, j'ai vendu l'atelier et fumé tout cet argent aussi...

» J'avais essayé d'arrêter avant qu'ils ne m'arrêtent l'année dernière. J'étais dans un taxi, j'allais à Lingtong pour régler quelques affaires. Je venais juste de fumer, j'étais à moitié endormie quand la police a fait stopper la voiture. Ils m'ont fouillée, et ils ont trouvé de la poudre. J'avais oublié que je l'avais sur moi. Je leur ai expliqué que c'était pour ma consommation personnelle, mais ils ne m'ont pas crue. Ils m'ont demandé : “Pourquoi en as-tu autant si c'est juste pour toi ?” Comme ils n'avaient pas de menottes, ils ont retiré ma ceinture et m'ont attaché les mains avec. Une fois arrivés au bureau de la Sécurité publique, j'ai réalisé que j'avais vraiment des ennuis. Ils avaient arrêté beaucoup de monde cette nuit-là, le bureau était plein. J'ai demandé à un policier qui s'approchait de me détacher les mains, il m'a repoussée à coups de pied, a attrapé une corde sur le comptoir et a commencé à me frapper avec. J'ai hurlé : “Il est en train de me tuer, il est en train de me tuer !” Mais personne n'est venu à mon secours.

— Fang Li ! N'exagère pas. Dis au camarade Ma quel merveilleux traitement tu reçois ici. » La directrice paraît en colère.

« Bien sûr, je méritais d'être punie. La police ne faisait que son travail. Mais d'abord...

— Est-ce que tu fumerais encore si tu avais de l'argent ? » Je m'aperçois que j'adopte le ton employé par les policiers qui m'ont interrogé à Beijing.

« Ma famille n'a plus rien maintenant. Nous étions plutôt riches avant, nous avions un lecteur de cassettes importé, une télévision couleur, un frigo électrique. Quand j'ai laissé tomber l'opium, je suis allée à Shenzhen pour essayer de gagner de l'argent. L'argent, c'est la liberté. »

Elle jette un coup d'œil à la directrice, à mon magnétophone, à mon carnet et s'essuie le nez.

« Où est-ce que tu achetais la drogue ? » Je regarde ses yeux vides.

« C'est facile quand on sait à qui demander. J'avais l'habitude de fumer trois fois par jour quand j'avais de l'argent. Je réussissais à me procurer un fixe par jour, même quand j'étais fauchée, et j'ai toujours mangé des fruits frais après, pas comme ces bons à rien. Ils n'ont même plus de quoi s'acheter une bouteille de soda à l'orange. J'aimerais arrêter mais... »

Dehors, le carrefour est bondé. Le brouhaha des klaxons et des voix s'élève en une seule rumeur. Un rayon de soleil passe par la fenêtre ouverte.

Je sors du centre, arpente les rues et profite de ma liberté de mouvement. Le soleil se cache derrière la tour de l'horloge et une mer de piétons bleus vient s'échouer dans la grisaille du crépuscule. Un fumeur d'opium se cache peut-être parmi eux, attendant d'être pris par la police et jeté sur des couvertures sales. J'avais toujours associé la drogue à la guerre de l'opium, à la décadence impériale et à l'exploitation étrangère. Quelle est sa place aujourd'hui dans notre société ? Sans idéal, l'argent permet d'acheter l'oubli, mais pas la liberté.

Les valeurs de la société ont beaucoup évolué depuis mon départ de Beijing. Fang Li estime que le fait de manger des fruits après avoir fumé de l'opium la place un cran au-dessus des autres drogués. Je veux écrire une nouvelle sur les gens qui vivent à la surface de la terre et sur les âmes qui se tordent de douleur en dessous. Je m'assieds à la table d'un restaurant musulman et sors les notes recopiées à partir du dossier de Fang Li. « Fils : 6 ans. Mère : 52 ans, sénile. Père : 55 ans, professeur à l'université du Nord-Ouest... » Je dois lui reparler quand elle sera sortie.

Un mendiant approche de moi en secouant une casquette vide. Je pousse le reste de ma soupe de mouton vers lui et quitte le restaurant.

La nuit s'abat sur les rues vides tandis que la foule et les bus se dispersent. Les murs de la ville semblent usés et vaincus. Le sol est si lourd que j'ai l'impression d'être entraîné vers ma propre tombe.

Le lendemain matin, je suis réveillé par le bruit de pas qui battent le sol du couloir. Yao Lu se lève et pendant qu'il va chercher un thermos d'eau chaude, je replie nos lits de camp et balaye le sol. Quand retentit la cloche de la cantine pour le petit-déjeuner, je descends et remonte au bureau avec un demi-jin de boulettes et un exemplaire du *Quotidien de Xian*. Yao Lu me tend une tasse de thé vert et commence à lire le journal. « Ils disent qu'un type a fait passer une annonce dans les journaux de Beijing pour signaler l'ouverture d'une agence de mannequins. Il propose aux filles un salaire de quarante yuans par mois. Il a reçu cent soixante-dix candidatures. Il a obtenu la permission du ministère de la Culture. C'est incroyable. Les premiers mannequins de l'histoire de la Chine communiste !

— Dire que l'an passé, j'ai été arrêté pour avoir dessiné d'après modèle vivant. C'est stupéfiant de voir l'influence qu'une économie libérale peut avoir sur la société. » Je sors mes crayons et me prépare à dessiner ma vingtième illustration.

Yao Lu disparaît quelques instants et revient avec le sourire. « Les chefs ont accepté tes dix premiers dessins. On dirait que tu vas avoir un peu plus d'argent pour voyager.

— Nous irons prendre un verre ce soir. » Je souris. « J'ai lu le livre de légendes que tu m'as prêté. J'aime celle sur les pierres tombales. Ça m'a donné une idée pour une nouvelle.

— S'il te plaît, ne te mets pas à écrire des romans historiques !

— Non. Ou alors à la manière de Garciá Márquez !

— La réalité n'est qu'une boucle d'une chaîne plus grande. » Il ouvre un tiroir : « Regarde les manuscrits que l'on m'a envoyés. Les histoires manquent de profondeur, il n'y a pas de contexte... Au fait, j'ai donné tes pellicules à un ami qui tient un laboratoire photo. Elles seront prêtes dans deux jours. »

Juste au moment où nous allions conclure pour la journée, le téléphone sonne. C'est Yang Qing. « Comment allaient les toxicos ? Est-ce qu'ils ont été une source d'inspiration ?

— Je n'avais pas réalisé qu'ils seraient si nombreux.

— J'ai des nouvelles pour toi. La bataille contre les forces réactionnaires qui durait depuis si longtemps est enfin terminée.

— Que veux-tu dire ?

— La campagne contre la Pollution spirituelle est terminée. Tu peux rentrer à Beijing !

— Non, je ne veux pas prendre de risque. Dès que la campagne contre la libéralisation bourgeoise a été terminée, celle-ci a commencé. C'est sans fin.

— À toi de voir. En tout cas, on a des chiffres.

— Combien d'arrestations ?

— Plus d'un million, et vingt-quatre mille exécutions. Mais n'en parle pas avant que cela ne paraisse dans les journaux. »

Je raccroche et répète à Yao Lu ce que je viens d'entendre. « Si j'étais resté à Beijing, je serais peut-être mort à l'heure qu'il est. Raison de plus pour aller boire un verre, Yao Lu. Dans peu de temps, ils te laisseront tranquille aussi.

— Je vais t'emmener chez Vieux Sun, le taoïste. Il te lira l'avenir et te donnera une amulette pour te protéger au cours de tes voyages.

— Ne t'inquiète pas pour moi, Yao Lu. Il ne peut rien m'arriver. C'est juste que je déteste l'idée que tu puisses passer le reste de ta vie isolé dans cette ville morte. »

Un vent froid balaye le village de Xinjie. Je trouve refuge dans un petit restaurant où je commande un bol de thé au lait de Mongolie et trois rouleaux cuits à la vapeur. Trois jeunes se sont réunis près du fourneau pour fumer du chanvre roulé dans du papier journal. L'odeur de charbon et d'encre brûlée me pique les yeux.

Je sors un stylo rouge, déplie ma carte et repense à la route que j'ai prise le mois dernier. De Xian, j'ai marché vers l'ouest jusqu'à Qianling. De loin, les trois tertres de la tombe de l'impératrice Wu Zetian rappelaient les courbes d'une femme allongée. J'ai pissé au sommet d'un des trois monticules et le vent m'a tout renvoyé au visage.

À Baoji, je me suis arrêté pour voir une exposition de récipients en bronze anciens, qui avaient été découverts dans les champs environnants. À la sortie du musée, un homme était menotté à un arbre. Une femme en pull-over angora l'aidait à allumer la cigarette qu'il avait à la bouche.

Dans le train pour Tianshui, le contrôleur a attrapé vingt paysans qui voyageaient sans billet dans notre wagon. Quand il est parti déjeuner, il m'a demandé de garder les portes. J'ai demandé à l'homme qui avait l'air le plus avenant pourquoi il n'avait pas pu acheter de billet. Il m'a répondu : « Cette année, j'ai vendu cinq cents jins de maïs à l'État et gagné trois cents yuans. Mais, une fois la taxe agricole, la taxe du conseil des agriculteurs, la taxe de sécurité et les notes de téléphone payées, j'ai un découvert de soixante-dix yuans.

— Pourquoi avoir un téléphone si tu es fauché ?

— Je n'ai jamais touché un téléphone de ma vie. Mais le chef du village en voulait un chez lui, on a tous dû lui verser vingt yuans. »

J'ai calculé qu'avec ses revenus annuels, on pouvait à peine acheter de quoi tirer trois bouffées d'opium. Je lui ai donc ouvert la porte et l'ai laissé partir.

J'ai fait du stop de Tianshui au grottes de Maijishan. S'ajoutait au prix du ticket d'entrée, un yuan supplémentaire de taxe pour la construction de la route.

Je suis arrivé à Lanzhou le 20 novembre et j'ai logé chez un ami de Yao Lu à l'université. Le lendemain matin, il m'a donné un gros pull-over, puis j'ai pris un autocar qui m'a conduit à travers les monts Liupan jusqu'à Guyuan, dans la province de Ningxia. Quand Mao Zedong a conduit les communistes dans ces montagnes au cours de la Longue Marche pour échapper aux persécutions du Guomindang, en 1935, il a écrit : « Les cieux sont hauts, les nuages rares/Les oies sauvages disparaissent au sud/Si nous ne pouvons pas atteindre la Grande Muraille nous ne sommes pas des hommes/Sur mes doigts je compte les vingt mille li que nous avons parcourus jusqu'ici… » Un joli poème, mais quel était le véritable but de cette croisade ? La région souffre de famine tous les ans depuis les années 1960. Il n'y a qu'un pantalon par famille, et les hommes qui le partagent ne font qu'engrosser leurs femmes pour pouvoir vendre les bébés.

Il a neigé tout le long du chemin menant aux grottes de Xumishan. Seul, un petit taillis de pins a réussi à pousser sur le sommet nu de la montagne. Je me suis incliné devant le bouddha assis de vingt mètres de haut et j'ai mangé des boulettes au restaurant du temple avant de faire du stop pour aller vers le nord. Sur le bord de la route s'alignait une multitude de commerçants Hui, tous coiffés de leur calotte blanche traditionnelle. Qu'ils soient occupés à peser des cacahuètes ou à discuter avec leurs clients, chacun levait la tête au passage d'un camion. De cette façon, j'ai vu défiler un flot ininterrompu de visages.

À Zhongwei, le vent froid balayait des feuilles de journaux à travers les larges rues désertes. Près de là, le Fleuve Jaune empêche l'avancée du désert de Tengger par le sud. Il semblait avoir changé au cours de son voyage depuis Qinghai, comme si ses eaux avaient vieilli.

Au début du mois de décembre, je suis allé voir les peintures rupestres datant du néolithique dans les grottes des monts Helan. Le fond de la vallée était rempli de pierres qui s'étaient détachées du flanc de la montagne, celles dont les paysans du coin se servent pour construire les maisons et les enclos pour les moutons. Des arbres ont poussé entre les pierres. Perchés sur des saillies rocheuses, les paysans, les enfants, les chèvres des montagnes me regardaient. Tout ce qu'ils ont l'habitude de voir, c'est la route déserte qui coupe à travers cette terre désolée. Les tombes situées à l'ouest du royaume de Xia surgissaient de terre comme d'énormes tas de charbons. La croyance veut que le royaume ait construit sa capitale près de là, à l'abri de la montagne, et qu'il ait été détruit au treizième siècle par l'impitoyable cavalerie de Gengis Khan.

À Yinchuan, j'ai acheté un masque protecteur, des lacets, une paire de gants et j'ai rejoint deux amis de Yao Lu qui empestaient l'alcool.

Le 10 décembre, je suis arrivé à Baotou, la plus grande ville de Mongolie intérieure. J'ai déjeuné avec le président Xu, de la société littéraire locale. Il m'a servi des nouilles et de la viande séchée et m'a demandé si j'avais une idée de ma destination. Je lui ai répondu : « Mon départ et mon arrivée ne sont que deux points sur la route. C'est le voyage lui-même qui importe. » Jeune homme, il avait rêvé de voyager mais chaque fois qu'il s'était aventuré dans un rayon au-delà de dix kilomètres, la milice l'avait ramené chez lui. L'après-midi, il m'a accompagné sur le pont qui enjambe le Fleuve Jaune. Je me suis retourné sur son crâne chauve qu'il avait oublié de couvrir. J'aurais aimé parler avec lui plus longtemps. Sans doute passera-t-il le reste de ses jours entre les murs de la petite résidence.

Au sud de Baotou s'étend un vaste désert. Les villages sont éparpillés sur ces terres arides comme des crottes de mouton.

J'ai passé la nuit à Dongsheng avec un ami du président Xu. Il m'a donné une paire de chaussures fourrées et une écharpe en laine. Le lendemain matin, j'ai fait du stop, mais au bout de quelques heures de route, je me suis aperçu que le camion dans lequel j'étais monté n'avait pas pris la bonne direction. Après en être descendu, j'ai décidé de couper par le désert d'Ordos pour rejoindre le but que je m'étais fixé – Ejin Horo Qi. Sur la carte, il ne semblait pas y avoir plus d'une trentaine de kilomètres. Le sol paraissait plat, c'était rassurant. On apercevait même quelques cabanes au loin. Je me suis donc orienté à l'aide de ma boussole et me suis enfoncé dans les terres désolées.

L'herbe et les crottes de moutons ont disparu, et bientôt il n'y a plus eu aucune trace d'une présence humaine ou animale alentour.

À midi, je traversais des dunes de sable. Leurs contours aussi doux que la poitrine d'une femme. Une auréole rosée planait au-dessus de chacun des sommets. Je me suis assis pour me reposer et j'ai enfoncé les mains dans le sol. Les grains froids coulaient entre mes doigts comme de l'eau.

Au crépuscule, un vent cinglant s'est mis à souffler, m'obstruant la vue. J'étais content d'avoir des chaussures fourrées pour me maintenir les pieds au chaud. J'ai marché toute la nuit. Pourtant, à l'aube du jour suivant, je n'avais toujours pas atteint la route. J'ai commencé à paniquer. J'avais déjà marché plus d'une cinquantaine de kilomètres. Il m'est venu à l'esprit que ma boussole était sans doute cassée. Je me suis mis à courir comme un fou vers la moindre touffe d'herbe, en hurlant et criant, tout en me demandant ce qui m'avait pris de venir dans le Nord. Avant que le soleil ne disparaisse de nouveau à l'horizon, j'ai couru dans sa direction, priant pour qu'il m'emmène.

La nuit, un silence de plomb régnait sur le désert. J'ai entendu passer un avion au-dessus de moi, et imaginé les gens qui y étaient confortablement installés.

Le troisième jour, j'ai soudain eu peur de perdre la tête. J'oubliais dans quelle direction je devais marcher par rapport au soleil. Je m'appliquais à réfléchir avant de faire le moindre pas dans cette plaine sans repère. Plus la liberté est grande de choisir sa direction, plus dur est le voyage. Je parlais tout seul, décidais d'un cap et le couchais par écrit. Mais trois heures plus tard, je n'avais toujours aucune idée de l'endroit où je me trouvais. Quand la soif est devenue pressante, j'ai posé un sac en plastique au-dessus du sable, en le bombant légèrement, pour ensuite lécher les gouttes de condensation qui s'y étaient formées. J'ai jeté mon filtre à eau, mes livres, et je me suis pris en photo pour que la personne qui découvrirait mes os puisse savoir à qui ils avaient appartenu. Mon corps froid se desséchait. Je savais qu'il était inutile de continuer, je n'avais nulle part où aller. J'étais sur le point de m'effondrer mais je m'encourageais, suppliais mes jambes d'avancer. J'avais des hallucinations. Je voyais la lune au-dessus du désert, une bouteille de bière sur la table d'un ami, le capuchon de mon stylo-plume que j'avais perdu il y a vingt ans. À d'autres moments, j'imaginais les lèvres gercées de Xi Ping ou un bol de boulettes de porc. Et chaque fois, mon esprit me rappelait à l'ordre : « Continue de marcher, si tu t'arrêtes, tu es mort. »

Je me suis réveillé dans l'après-midi, sur le bas-côté d'une route. L'homme qui m'avait traîné jusque-là m'avait donné une lampée d'eau avant de repartir.

L'enseigne métallique du restaurant fait un bruit de ferraille quand souffle le vent. Je bois une gorgée de thé au lait, presse les mains sur la carte et raye d'une grande croix rouge le désert d'Ordos.

Je suis fatigué de ces étendues arides. Le sol est si sec que rien ne s'y accroche, pas même le vent. Au bout d'un moment, on oublie qui on est et l'on rêve de finir étouffé entre les contreforts d'une étroite vallée.

La semaine dernière, je suis enfin arrivé à Ejin Horo Qi où j'ai passé deux jours avec le gardien du tombeau de Gengis Khan. Le mausolée a été construit dans les années 1950 pour abriter ce que l'on pense être les cendres du corps de Khan. Un groupe de pèlerins mongols est arrivé et a organisé une cérémonie en l'honneur de leur ancien chef. Les Mongols chinois portaient des manteaux bleus de l'armée, leurs frères de Mongolie extérieure des robes rouges et des bottes de cuir. Les pèlerins ont fait rôtir un mouton et se sont partagé la viande. Tout le monde en a eu sauf moi alors, à la fin, le gardien a eu pitié et a partagé avec moi. Trois destriers blancs étaient attachés près du tombeau en souvenir des chevaux favoris de Khan. Le talisman du vieux Sun doit m'avoir protégé dans le désert. En me le passant autour du cou, il a dit : « Tu as un bon destin. Ne voyage pas au nord. Si tu rencontres des problèmes, un homme te sauvera. » J'aimerais bien connaître le nom du paysan qui m'a sauvé.

Un grand coup de vent a soufflé sur tout ce qui se trouvait dans la rue, il ne reste plus que les maisons et deux tables de billard. Je me sens faible, fatigué, mais le vent est orienté nord-est. Au moins, je l'aurai derrière moi en marchant.

Je replie la carte, remplis ma gourde, et remonte mon masque protecteur. Puis je sors et me dirige vers l'est en direction des frontières de la province du Shaanxi.

Des mouches dans les œufs brouillés

En marchant sur le haut plateau situé au nord de la province du Shaanxi, j'ai l'impression de me diriger vers le cœur de mes ancêtres. Cette terre recouverte d'une fine couche de poussière que le vent a soufflée du désert de Gobi est le berceau de la civilisation chinoise. Les berges fertiles du Fleuve Jaune sont ici cultivées depuis plus de huit mille ans. Je suis venu à la recherche de mes racines. Les engelures que j'ai aux pieds me font souffrir à chaque pas alors, plutôt que de marcher, je traîne les pieds. Ma première destination est le village de Hequ où, d'après ce que j'ai entendu dire, le Fleuve Jaune est particulièrement large.

À mon arrivée, je file tout droit vers les bords du fleuve. C'est le Fleuve Jaune tel que je me l'imaginais : un immense paysage bourbeux traversant une ravine jaune. L'eau près de la rive est gelée. Les torrents sont figés par le froid et des blocs de glace, pris au milieu des flots, viennent silencieusement s'écraser les uns contre les autres. Les cabanes construites sur l'autre rive ressemblent à de minuscules grains de sable.

Je marche vers le sud à travers d'arides collines jaunes. Les vents furieux venant du désert ont raclé les pentes nues. Les paysans vivent blottis dans les grottes qui criblent ces tendres falaises. À l'étal d'une rue sale de Shenmu, je mange un bol de nouilles et oublie de mâcher une gousse d'ail aux vertus préventives. Je passe les deux jours suivants au lit avec des coliques. L'engelure à mon oreille commence à suppurer.

Sur le chemin qui mène à Yulin, des fragments de la Grande Muraille serpentent au-dessus des collines en terrasse, sur la droite. Le ciel paraît très bleu à côté de la couleur jaune des versants. J'aperçois, dans la vallée, des meules de foin sec et des tournesols morts, sans graines, pendants au bord d'un champ gelé. La route n'est goudronnée que d'un seul côté, l'autre côté se limitant à un chemin de pierre. J'entends un camion approcher derrière moi. Un groupe de paysans, portant de grands tambours rouges attachés à leurs ceintures, se tient à l'arrière. Le camion est tellement secoué que les visages des paysans m'apparaissent de manière confuse à son passage.

Arrivé à Yulin, je marche à travers les collines pour trouver un ami de Sun Xi du nom de Chen Jiang. Il vit dans une maison troglodyte creusée dans une falaise située bien au-dessus de la ville. Quand je lui dis que je suis un ami de Sun Xi, il me serre la main et m'invite à séjourner dans une caverne contiguë à la sienne. Dans la chambre voûtée se trouvent un bureau, un lit de pierre, quelques choux et un frigo rempli de céréales. Je lui demande pourquoi il a un frigo alors qu'il n'a pas l'électricité, il me dit qu'il l'a acheté pour le jour où son petit garçon se mariera.

À la tombée de la nuit, je m'assieds sur la terrasse et regarde monter la fumée des milliers de cheminées de Yulin. J'entends les enfants crier et les chiens aboyer dans les ruelles. L'épouse de Chen Jiang prépare de la soupe au chou et du pain frit pour le dîner. Les hommes mangent à table et les femmes restent accroupies sur le sol.

À mon réveil, le lendemain matin, la lumière froide du soleil envahit la moitié de la chambre. C'est bon d'être allongé dans une grotte. Je me sens protégé du monde extérieur. Dans la grotte adjacente, toute la famille est assise sur le lit de pierre. La pièce sent le gruau de blé. Les enfants font leurs devoirs, la grand-mère tord du chanvre et l'épouse pétrit un gros morceau de pâte. Je me sers donc moi-même une tasse d'eau chaude, m'assieds et discute avec elles jusqu'à midi.

Dans la soirée, Chen Jiang m'emmène voir un chanteur de chansons folkloriques. J'écoute et prends note de quelques paroles intéressantes. Dans le Shaanxi, on appelle ces chansons des « mélodies tristes ».

Le jour suivant, je vais me balader dans les ruelles étroites de Yulin et suis stupéfait de voir s'avancer vers moi Liu Yu le marcheur patriote. Il a les cheveux jusqu'aux épaules et ne porte rien d'autre qu'une chemise bleu ciel. Il crie mon nom et rit de joie et d'étonnement. Je suis le premier ami qu'il rencontre depuis son départ de Jiayuguan. Nous trouvons un petit restaurant, commandons deux bières et discutons jusqu'à la tombée de la nuit. Je lui parle de mon voyage, il me raconte le sien. Dans la soirée, nous commandons des nouilles. Il dit que la solitude est la plus grande épreuve, qu'il peut s'habituer au reste. Je lui dis que le plus gros problème est de trouver un abri pour la nuit. Il me répond qu'il a l'habitude de dormir dehors. Il pratique le qigong et a appris à dormir assis, ce qui lui permet d'être réveillé au moindre bruit. Il a été attaqué deux fois par des loups. Après la fermeture du restaurant, je l'emmène dans ma caverne et nous parlons jusqu'à l'aube. Quand il aura fini de parcourir la Grande Muraille, il prévoit de traverser le désert du Taklamakan. Je lui réponds qu'aussi longtemps que je vivrai, je ne veux plus jamais voir de désert.

Dans la matinée, je le raccompagne jusqu'à la Grande Muraille et nous nous promettons de nous voir l'année prochaine à Beijing. Je grimpe ensuite en haut des remparts de la forteresse de Zhenbeitai et contemple les étendues désertes du Nord. Pendant des milliers d'années, les tribus des steppes du Nord ont chargé à travers ces plaines pour s'attaquer aux terres fertiles chinoises. La Grande Muraille a pu les tenir en échec jusqu'à ce que Gengis Khan unisse les tribus et conduise sa cavalerie au sud. Pendant une centaine d'années, les descendants du Khan ont gouverné l'empire chinois mais leur dynastie était condamnée depuis le départ. Les Mongols étaient des nomades habitués aux vastes steppes, ils n'étaient pas faits pour mener une vie sédentaire. Ici, la Grande Muraille ressemble au mur d'une cour chinoise et la terre jaune qui avance vers le sud est le jardin de la Chine.

Je quitte Yulin l'après-midi et atteins un embranchement. J'attends pendant une demi-heure, mais comme personne ne passe pour m'indiquer le chemin, je tire à pile ou face et me dirige vers l'ouest. Vingt kilomètres plus loin, je me trouve à l'entrée d'un village où j'aperçois un tracteur garé sur le bas-côté de la route. Je m'approche avec l'espoir que quelqu'un veuille bien me conduire quelque part. Quatre paysans sont accroupis sur un petit monticule de terre, derrière le tracteur, et fument tranquillement. Je leur demande s'ils peuvent m'emmener mais ils me disent qu'ils ne vont nulle part pour le moment. Je leur demande alors s'il y a un endroit à visiter dans la région. Ils me répondent qu'il y a la « Ville blanche », une ville en ruine, placée sous la protection du gouvernement de la province. Pendant notre discussion, une jeep nous dépasse et va s'embourber dans le fossé. Le conducteur se bat un temps pour essayer de s'en sortir puis renonce et crie : « Vingt yuans ! » Les paysans répliquent : « Quatre-vingts, pas un de moins ! » Ils se mettent finalement d'accord pour cinquante, et ils sortent la jeep avec leur tracteur. Une fois la jeep disparue, les paysans se précipitent pour approfondir le fossé et retournent attendre leur prochaine victime. Je leur demande combien ils se font avec ça, ils me répondent : « Bien plus qu'en allant travailler dans les champs. »

Le village suivant se situe en bordure d'une grande plaine de gravier. J'aperçois un homme assis près d'un ruisseau et lui demande le chemin pour la Ville blanche.

La cité en ruine a été construite par le royaume des Xia occidentaux. Ses murs gisent aujourd'hui à demi enfouis sous les graviers. Ils sont faits de pierres provenant du sol et de colle de riz, ce qui explique leur couleur blanche. Les gens du coin les utilisent pour construire des enclos à moutons.

Vingt kilomètres plus loin au sud, je traverse une rivière gelée et atteins le village de Qingbian. Un enfant portant un panier de bois de chauffage s'assied par terre et me regarde passer.

Plus loin au sud, la route serpente parmi les collines jaunes. Je remarque une tour de guet, à droite, sur la Grande Muraille et me dirige vers elle. Des paysans sont accroupis sous les remparts. Un homme en moto, habillé d'une veste en nylon, roule vers eux, une grande croix de bois posée en équilibre sur le guidon. Elle ressemble à la croix centrale d'une fenêtre. L'un des quatre clous manque. À l'instant où l'homme descend et prend la croix entre ses bras, les paysans tombent tous à genoux.

Je m'approche de lui et l'interroge sur ce qui se passe.

« Aujourd'hui, nous fêtons la naissance de Jésus-Christ, dit-il. Je suis là pour conduire les prières. » Il me paraît étrange de célébrer Jésus et Mao Zedong le même jour.

« Je ne pouvais pas le faire hier, continue-t-il, je suis demandé dans trop de villages. Il y a trois cents chrétiens dans ce périmètre maintenant. » C'est le prêtre de la communauté chrétienne de la région. Elle a été récemment rétablie, après une vingtaine d'années de persécutions religieuses. Je lui demande si je peux emprunter sa bible, mais il me dit qu'il l'a prise à la bibliothèque et que c'est le seul exemplaire du comté.

Le jour suivant, j'atteins Jiaxian et je me rends tout de suite au Baiyunguan, un grand temple taoïste construit sur les rives du Fleuve Jaune. La plage boueuse en bas est couverte de gros galets noirs et de blocs de glace. Je cherche le sage dont Yao Lu m'a parlé et que le président Mao avait l'habitude de consulter, mais on m'informe qu'il est à Xian pour une réunion avec le Comité des affaires religieuses. Je secoue donc moi-même la boîte à divination et tire une baguette :

« Lorsque tu parcours le monde, voile-toi le visage.

Cache-toi dans les villes

Nourris ton esprit dans les régions désertes. »

J'enregistre le message, jette une pièce dans la boîte et sors. Les haut-parleurs du village émettent une chanson en l'honneur du quatre-vingt-onzième anniversaire du président Mao : « L'Armée rouge escalade des milliers de montagnes, traverse des dizaines de milliers de rivières, en aspirant à un moment de repos… »

Dans la cour du foyer, une troupe de paysans s'exerce avec ses tambours rouges pour la parade du nouvel an. Le vacarme est assourdissant.

Le lendemain matin, je poursuis mon chemin vers le sud par la route principale. Le vent froid chasse la sueur de mon visage et une vieille chanson folklorique me revient à l'esprit : « Je vis sur le plateau Jaune où le vent dévale des collines. Qu'il souffle du nord-est ou souffle du nord-ouest, toujours le vent est ma chanson. » Un ballot de paille sur le bord de la route attend d'être écrasé par un camion.

Soudain, j'entends une salve de pétards et remarque deux voitures garées devant une maison.

Je passe la tête au-dessus du portail. C'est un mariage. Avant même que je ne réalise quoi que ce soit, un homme d'âge moyen, habillé en costume mao, me tire dans la cour. Les villageois sont assis et mangent des graines de tournesol. Ils s'écartent pour nous laisser passer. Sur chaque porte et chaque fenêtre sont collés les mots « DOUBLE BONHEUR », découpés dans du papier rouge. Dans la chambre s'entassent les couvertures matelassées en soie et des thermos de métal – ce sont les cadeaux que la famille emballera à nouveau et qui passeront au prochain couple qui se mariera dans le village. Je suis présenté aux futurs époux et l'on m'offre un siège et une paire de baguettes. J'avale quelques beignets et vide un bol de soupe. Mais quand je me penche au-dessus de la table pour me servir un morceau de poisson, je m'aperçois qu'il est aussi dur que de la pierre. La personne assise à côté m'explique que c'est du bois. Je me souviens de ma mère faisant bouillir des pierres dans une casserole pour faire croire aux voisins que nous avions de quoi manger. Une fois rassasié, je prends une photo de groupe pour les remercier de leur hospitalité. On me remplit aussitôt les poches de bonbons et de graines de tournesol.

Dans la vallée suivante, j'aperçois une école, dans une des grottes de l'autre côté de la rive. La classe est terminée pour la journée et les enfants font voler la poussière jaune d'un côté à l'autre de la cour. Je suis curieux de savoir ce qu'ils voudront faire, une fois devenus adultes. Je décide donc de traverser la rivière et de leur rendre visite.

Un chemin poussiéreux me conduit à un village de cabanes en pisé mais aucune trace de pont. Quatre ou cinq femmes, appuyées contre un mur, goûtent la douceur du soleil d'hiver. Je leur demande le chemin pour l'école. Elles rient. Je suppose qu'elles comprennent mal mon accent, je répète donc ma question plus lentement.

L'une d'elle, enveloppée d'un foulard vert, me répond : « C'est loin !

— Mais je viens de la voir depuis le chemin.

— Si c'est de l'autre côté de la rivière, c'est loin ! Le pont le plus proche est situé à sept kilomètres en descendant. »

Les champs boueux sont recouverts par endroits de plaques de neige et de tas de fumier. Il y a sans doute un pont plus bas mais je pense qu'il est encore plus loin qu'elles ne le disent. Quand on demande son chemin aux paysans, les distances ne sont jamais bien fiables. On peut marcher pendant des heures et encore entendre dire que l'on est toujours à sept kilomètres de sa destination.

Je regarde une femme nourrir son bébé avec un morceau de pain qu'elle recrache de sa bouche et lui demande combien elle a d'enfants.

« Aucun, me répond-elle regardant le chemin derrière moi.

— Il n'est pas à toi, alors ? dis-je en montrant du doigt l'enfant qu'elle tient dans ses bras.

— Ça compte pas, c'est une fille. » Le bébé a la bouche toute barbouillée d'une bouillie pâteuse.

« Les femmes sont égales aux hommes maintenant, tu n'en as pas entendu parler ? » Un insecte vient se poser sur la joue gercée du bébé puis s'envole. La mère, agacée, lève les yeux au ciel. Je demande s'il y a une auberge dans le village. On me répond que la plus proche est à Mizhi, quatorze kilomètres plus loin.

Quand je leur demande si les femmes de Mizhi sont aussi belles que ce que l'on dit, elles éclatent de rire. Une des femmes retire son foulard blanc et s'en va. Je sors un bonbon de ma poche pour le donner à l'enfant avant de repartir par où je suis venu. D'après ma carte, Mizhi est à vingt kilomètres de là. Si je ne m'arrête pas, je devrais y être dans trois heures.

En marchant, je pense à Fan Cheng qui disait vouloir se marier à une femme du Nord. Il disait que les filles du Sud sont fragiles et volages alors que celles du Nord sont fortes et chastes. Cette réflexion est restée gravée dans ma mémoire.

C'est jour de marché. La neige fondue a rendu le chemin boueux. Les cochons, les moutons, les chiens et les bicyclettes se bousculent. Un vendeur de mort-aux-rats a aligné un tas de rongeurs morts pour prouver l'efficacité de son produit. Un arracheur de dents expose des dents pour montrer son habileté. Il a un regard effrayant. Je le soupçonne d'avoir mêlé à son tas de dents celles de chiens et de cochons. Une jeune femme passe en tenant un rouleau fumant. Je suis trop mal à l'aise pour lui demander où elle l'a acheté et préfère marcher derrière elle en humant l'odeur appétissante.

Quand la foule devient trop dense, je m'assieds à l'étal d'un marchand, commande un bol de nouilles et regarde les gens passer – des hommes en salopettes bleues, des jeunes filles aux bonnes joues vermeilles, un foulard rouge noué autour du cou. Sur ma gauche, une femme au visage couvert de taches de rousseur vend des moulages en plâtre de la déesse Vénus et des tranches de gâteau jaune. Sur ma droite, la structure calcinée d'un étalage de fruits gît sur le sol. Il a dû prendre feu un peu plus tôt – des pommes et des oranges carbonisées fument encore dans une mare d'eau. Une vieille femme vêtue d'un manteau de l'armée injurie un enfant. Six beaux faisans, accrochés sur le côté du porte-bagages d'un vélo, pendent mollement.

Je récupère le reste de ma soupe avec un morceau de pain sec que je sors de ma poche, puis me mets en quête d'un endroit où dormir.

Le lendemain, dans la matinée, je parcours les rues à la recherche de belles femmes, mais n'en trouve aucune. Je finis par entrer, au hasard, dans un cinéma qui projette un film d'action hongkongais et réalise, en plein milieu, qu'il s'agit de *Plus fort que le temps*, le film que j'ai déjà vu à Golmud. Plus c'est mauvais, plus c'est facile à oublier. Soudain, j'entends le bruit sourd des tambours. Je sors voir ce qu'il se passe.

La foule est alignée dans la rue. À travers un nuage de poussière, un dragon jaune, se balançant au-dessus de la tête de dix hommes solidement charpentés, s'avance. Suivent des paysans vêtus de tuniques jaunes, battant les tambours fixés à leur ceinture. Viennent ensuite des acrobates clopinant sur de hautes échasses, habillés en Guanyin, Visage noir, Barbe blanche, et comme le Cochon et le Singe, les personnages du *Voyage vers l'Ouest* ; puis les chanteurs aux joues écarlates et aux larges ceintures rouges, et les danseurs avec des bébés dans les bras. Je me souviens avoir défilé ainsi le jour de la fête nationale. Ma coiffe était si lourde que cela a failli me briser la nuque. Les drapeaux rouges et le crépitement des pétards égayent les vieilles maisons délabrées qui longent de la rue. Mais, les spectateurs avec leurs têtes d'enterrement détonnent dans le paysage. Ils se cramponnent à leurs poulets vivants et à leurs sacs de farine, leurs chaussures défoncées couvertes de poussière.

Pour moi, le nouvel an est un jour comme les autres. Les puces qui me couvrent le corps ne prennent pas de vacances. Je rentre à l'auberge, glisse une serviette de toilette dans mon sac et reprends la route.

Par-delà la ville de Mizhi, les collines nues cultivées en terrasses se succèdent en un flot ininterrompu. Ni herbes, ni arbres, ni rochers en vue. Chaque fois que le vent souffle, l'air devient jaune et je ne discerne plus rien. Mais aussi difficile que cela puisse être, je continue de marcher, car il n'y a que sur la route que l'on mesure le chemin parcouru hier et celui qui nous attend demain. Sur la route, la vie se mesure en distance. Plus lointain est le voyage, plus longue est l'existence.

Le plateau Jaune ressemble à un squelette desséché par le vent. Ses entrailles sont aussi trouées qu'un nid de fourmis. Après des jours de marche pénible sur cette route déserte, je rêve de voir des étendues de maisons.

Je croise parfois des bergers et leurs moutons à la recherche d'herbe, mais tous rejoignent leurs trous au crépuscule. La nuit tombée, j'allume ma lampe et poursuis mon chemin.

J'atteins enfin Suide et me mets en quête de l'ami de Sun Xi, le poète et médecin Yan Hu. Il me laisse m'installer dans sa chambre, située dans le dortoir de l'hôpital, et invite ses amis écrivains à me rencontrer dans la soirée. Nous vidons quatre bouteilles de vin de riz et parsemons le sol de mégots de cigarettes et d'os de chouette. Nous l'avons subtilisée de son bocal, cet après-midi, au laboratoire de dissection de l'hôpital. Elle puait le formol, mais une fois cuite à l'étouffée avec du gingembre et de la sauce de soja, elle avait un goût plutôt supportable. Nous nous étreignons jovialement pour prendre des photos de groupe, puis l'on m'accuse soudain d'être un imposteur, un pique-assiette. « Venir te balader de la grande ville jusqu'ici, à la recherche de tes foutues racines ! Quelle blague ! » Allongé par terre, Yan Hu murmure : « Je suis le seul vrai poète dans cette pièce. » Son ambition est d'obtenir une mutation pour un hôpital de Xian.

Avant mon départ, Yan Hu accepte de me montrer la maternité. J'ai toujours voulu en visiter une sans jamais en avoir l'occasion à l'hôpital. La pièce est pleine à craquer, les femmes sont obligées d'être à deux dans le même lit. Dans la salle d'accouchement, quatre patientes en phase de travail sont étendues, jambes écartées. Un bocal rempli d'eau se balance au bout d'un morceau de ficelle relié au vagin de l'une d'elles. Des gouttes de sang tombent dans une cuvette placée plus bas. Yan Hu m'explique que l'autre bout est attaché à un fœtus de cinq mois.

« Cette mère n'est pas mariée. Les médecins n'ont pas le temps de pratiquer d'avortement correct sur les femmes dans sa situation, alors ils se contentent d'attacher cette ficelle et laissent la gravité faire le reste. » J'observe le visage pâle et moite de la femme, ses yeux rivés au plafond, et je souhaite que quelqu'un mette un terme à son agonie.

La femme dans le lit d'à côté pousse des cris aigus pendant que le médecin dépose un bébé visqueux entre les mains de l'infirmière. Un autre enfant est né pour ramasser le bois de chauffage au bord de la route et regarder passer le voyageur.

Je sors de l'hôpital, mon sac rempli de pommade pour les engelures et d'un rouleau de bande. Yan Hu a pris du placenta frais qu'il utilisera ce soir pour farcir les boulettes.

Je quitte Suide dans la brume du petit matin. Le vent est orienté nord-est dans la matinée et sud-ouest l'après-midi. La route du Sud, vers Yanan, suit les affluents du Fleuve Jaune à travers un labyrinthe de ravins asséchés. Tout ce qui pousse prend la couleur du sol. Au nord, les Chinois mangent de la bouillie jaune, boivent du vin jaune et, après leur mort, vont aux Sources jaunes. Je n'ai jamais utilisé cette couleur dans mes peintures, elle me tapait sur les nerfs, mais je n'y fais plus attention désormais. La vie est tellement précaire par ici que les gens apprennent à changer à tout vent. Les fils des hommes tués par le Parti travaillent pour le bureau de la Sécurité publique. Les familles anéanties par Mao Zedong collent des portraits de lui sur leurs murs. Car tous savent que l'histoire de la Chine change aussi fréquemment que le Fleuve Jaune inonde ses berges.

J'arrive enfin à Yanan et décide d'y rester quelques jours. C'est ici que s'est terminée la Longue Marche de dix mille kilomètres entreprise par Mao Zedong. Il a choisi de faire de cette ville le bastion du communisme car il savait que, dès qu'il contrôlerait le cœur de la Chine, l'empire entier serait à lui.

Mon asile de nuit se situe dans une grotte perchée dans les collines au-dessus de la ville. Le robinet de la cour fuit et la flaque gelée, au-dessous, est parsemée de feuilles de thé et de graines de melon. À midi, une fois la glace fondue, je dois me faire un chemin avec des feuilles de chou pour pouvoir aller me laver le visage. La nuit, la cour est noire. Après m'être lavé les dents, la deuxième nuit, le vent froid me repousse dans la salle. La lumière est faible dans la grotte, mais je vois clairement chaque visage.

L'homme d'âge moyen qui remue une casserole de nouilles sur le réchaud porte toujours sa veste en nylon. Le col de sa chemise est noir de crasse. Pour gagner sa vie, il vend des chats. Trois cages sont entassées près de la porte. Je lui demande combien ils coûtent, il me répond qu'il les achète deux yuans et les revend dix.

« Pourquoi les gens ont-ils besoin de chats ? » lui demandé-je. Derrière le grillage, leurs yeux étincellent comme des billes de verre.

« La mort-aux-rats peut tuer les animaux de la ferme, un chat, c'est plus sûr. » Il me demande ce que je fais pour vivre, je lui propose de deviner.

Il lève les yeux de sa casserole de nouilles et répond : « Tu vends de la corde en nylon. »

Je me rappelle le vendeur de corde que j'ai vu sur le marché aujourd'hui, mais je ne me souviens de rien de particulier à son propos.

Le vendeur de chats dit que l'on peut acheter de la corde en gros à deux maos le mètre aux entrepôts du gouvernement et faire fortune en la revendant sur les marchés.

Le paysan, assis sur son lit de brique, retire sa veste fourrée et commence à s'épouiller.

« Tu n'as pas froid comme ça ? lui demandé-je en me grattant les jambes.

— On bout, ici ! C'est la pièce la plus chaude où je suis allé. »

À côté du feu, sous le lit de brique, des sacs de riz, de croustillants de porc et une bride de cheval qui empeste l'urine sont rassemblés. Une montagne de couvertures est posée sur le lit, mais je préfère dormir dans mon manteau. Le lit est juste assez grand pour quatre – sauf que nous sommes cinq. Il nous faut donc nous mettre en diagonale. Je vais faire la même chose que la nuit dernière : attendre que les autres s'endorment, puis m'étendre sur eux.

Une fois la porte fermée, la pièce se réchauffe, mais les odeurs de fumée de charbon et de pieds sales sont si fortes que je dois tremper mes narines dans du baume du tigre. L'homme en pull-over violet vend des plumes de paon. Il dit que les affaires sont mauvaises.

Je lui conseille de les vendre à la sortie des universités ou des hôtels fréquentés par des étrangers. Il me dit qu'il a essayé d'en vendre sur le mont Hua avant d'être arrêté par la police et condamné à une amende de vingt yuans. Quand il aura vendu la centaine de plumes qu'il lui reste, il se lancera dans le commerce des femmes.

Le garçon qui se réchauffe les mains au-dessus du fourneau fume cigarette sur cigarette. Je lui demande de me montrer ses calendriers, il m'en passe un avec une photo de femme blonde en costume de bain sur une plage.

C'est la première fois que le paysan voit une femme étrangère. Il examine la photo et murmure : « Elle ne trouvera pas de mari, à montrer son cul comme ça.

— Tu peux l'avoir pour deux yuans. Il y a les dates occidentales et chinoises. » Le garçon oublie de mentionner qu'il s'agit du calendrier de l'an passé. Je suis tenté de dire quelque chose mais je me tais.

« Je n'ai nulle part où l'accrocher, dit le paysan. En plus, si la police le voyait, ils me passeraient les menottes. » Ses ongles sont rouges du sang des puces écrasées.

Le vendeur de calendriers n'est pas vraiment laid, pourtant il y a quelque chose de bizarre chez lui. Il semble avoir une case en moins. Le problème est difficile à identifier. Peut-être est-ce son menton trop large pour ses épaules. L'incertitude le rend encore plus antipathique.

Le commerçant de plumes de paon se nettoie les dents avec de la poudre à récurer qu'il a pris à la cuisine.

« C'est pour nettoyer les casseroles ! lui dis-je.

— Pas grave », répond-il. Et, d'un coup, il me vient une idée pour gagner de l'argent.

Le paysan se pelotonne sous les couvertures et rit. « Il n'y a que les gens des villes pour se laver les dents, avec tout ce qu'ils mangent !

— Se brosser les dents les garde propres et blanches, dis-je. Tu n'as pas remarqué que les dents des gens des villes sont blanches ? »

Très vite, nous n'avons plus rien à nous dire. Mes camarades de chambre ont peu de choses à raconter. Leur seule préoccupation est de gagner de l'argent et d'éviter les ennuis. Une heure plus tard, je m'étends sur les corps ronflant et laisse mon esprit dériver vers Hangzhou. Je m'imagine en train de boire de petites gorgées de cognac dans la chambre de Wang Ping. Je suis assis sur sa chaise et je porte ses chaussons. Je me réveille, le nez collé à une chaussette sale.

Le lendemain matin, j'achète pour deux maos de poudre à récurer et une feuille de papier rouge. Je confectionne une centaine de petites enveloppes avec le papier et les remplis d'une pincée de poudre. Puis je déambule dans les rues en revendant tranquillement ma marchandise. Trois étudiants de l'université coiffés de chapeaux de soleil, et qui voyagent en quête de leurs racines, m'achètent deux enveloppes. Je leur dis que c'est particulièrement efficace contre les taches de tabac. Je n'en vends que dix ce jour-là, mais l'inspecteur des rues que je rencontre et à qui je donne un paquet de cigarettes me permet de m'installer sur le trottoir le lendemain.

Le jour suivant, j'arrive avec des brosses à dents et un carton. Sur le devant de celui-ci, j'ai inscrit : « PRODUIT MIRACLE À BLANCHIR LES DENTS » et, sur les côtés, j'ai collé des photos de visages souriants découpées dans un magazine. C'est en m'asseyant derrière mon installation et en vantant ma marchandise que je comprends pourquoi l'arracheur de dents de Mizhi avait un regard si troublant. Moi aussi, maintenant, je me focalise sur la dentition des gens quand je leur parle. Un homme d'âge moyen, au cou décharné, demande une démonstration. Ses dents sont noires de nicotine. Je lui brosse les deux de devant gratuitement. À la fin de la journée, j'ai vendu tout mon stock. Je compte mes gains et décide de déménager à l'Hôtel du Peuple.

Dans ma chambre, il y a quatre lits, un bureau, un portemanteau et un miroir brisé sur lequel est collée une affichette : « NI JEUX D'ARGENT, NI PROSTITUÉES. »

Après une douche chaude, je m'allonge sur le lit et fume une cigarette. Un client entre, s'assied sur celui d'à côté. C'est l'homme à qui j'ai brossé les deux dents de devant le matin même.

« La poudre que tu m'as vendue est mortelle. Mes dents sont peut-être propres mais ma bouche est tout enflée.

— C'est un produit français. C'est possible que la formule soit un peu trop forte pour les gencives chinoises. »

Je lui demande comment il gagne sa vie, il me répond qu'il fait tout ce qui peut le tenir à distance de son village. Il me raconte qu'il est allé à Beijing, où il a vu le mausolée de Mao. Je lui dis qu'il est la première personne que je rencontre, ce mois-ci, à avoir voyagé jusqu'à la capitale.

Nous parlons un moment encore puis sortons pour dîner. Il s'appelle Liu Jingui.

Je remarque qu'il regarde la serveuse et lui demande s'il se cherche une petite amie.

Le gloussement bruyant qu'il laisse échapper résonne comme un bruit de branche cassée. Puis il chuchote : « Je dirige une petite affaire, mon frère. Mais c'est top secret. Si la police me découvre, je suis perdu. »

Espérant en savoir plus, je parle des femmes et lui demande s'il a eu de la chance avec elles, ces derniers temps.

Il ricane. « Non, mon frère, pas d'aventure, j'ai une femme à la maison.

— Tu vends des femmes, c'est ça ? De toute façon, qu'importe si tu ne veux pas me le dire. Je pensais juste que nous étions amis, c'est tout. J'ai dû me tromper. »

Il me presse la main. « Mon frère, tu es quelqu'un d'instruit. C'est un honneur pour moi de t'appeler "mon ami". » Il se rapproche. « Je n'ai pas beaucoup de compétences, j'essaie seulement de me débrouiller. Si je peux rentrer chez moi avec un millier de yuans en poche, au moins je n'aurai pas déshonoré mes ancêtres. D'accord, autant te le dire. Je suis, comment dire, "enleveur de stérilets". Je fais des rabais aux pauvres.

— Quelle sorte de stérilet enlèves-tu ?

— Ceux qu'on place chez les femmes après leur premier enfant. Je les aide à les retirer.

— Tu as une formation médicale ?

— Non, mais aucune n'en est encore morte. Certaines femmes saignent un peu, mais elles vont bien au bout de deux jours. Au début, j'ai enlevé celui de ma femme. Elle l'a raconté à ses amies et, très vite, toutes les femmes du village m'ont demandé de retirer le leur. Je me suis fait beaucoup d'argent, mais ensuite quelqu'un m'a dénoncé à l'officier du planning familial et j'ai dû m'enfuir. »

Les œufs brouillés que j'ai commandés grouillent de mouches. Je les sens qui essaient de sortir de ma bouche pendant que je mâche. Je demande à la serveuse quand ils ont été cuits. Elle me répond hier, alors je lui rétorque qu'elle pourrait au moins les réchauffer correctement pour que cela soit mangeable.

De Yanan, je parcours une centaine de kilomètres vers l'est jusqu'aux chutes Hukou, où j'admire l'immense Fleuve Jaune se précipiter dans un étroit chenal, tomber en bouillonnant du haut d'une falaise escarpée, pour rejaillir en de furieuses vagues jaunes.

Il fait presque nuit quand j'arrive à Yichuan. J'aperçois une cabane en pisé où brille une lumière et je frappe à la porte. Le vieil homme qui m'ouvre jette de la paille dans sa réserve et dit que je peux dormir là. Nous discutons un moment à la lueur d'une bougie. Je lui demande quel a été le plus grand voyage de sa vie.

« Le sommet de la colline, près du Fleuve Jaune, me répond-il.

— C'est loin ?

— À environ huit kilomètres.

— Et tu n'as jamais eu envie d'aller un peu plus loin ?

— On dit qu'au-delà, il n'y a rien à part des champs. » Son visage est marqué de profonds sillons.

« Toute la terre n'est pas cultivée. » Sur le moment, j'oublie de parler des villes.

« Que mangent les gens en ville alors ? On meurt au bout de trois jours sans nourriture. » Il attrape une brindille enflammée sur le fourneau et allume sa cigarette.

Plus tard, le vieil homme se souvient qu'une fois il est allé plus loin que cela. Un jour, il s'est blessé à l'œil dans les champs et a dû être transporté à l'hôpital du comté, mais il a gardé les yeux fermés pendant tout le trajet, à l'aller comme au retour, et n'a rien vu du tout. Il me raconte qu'il a perdu sa femme en 1961. Elle était en train de semer des graines de melon non loin du bord du Fleuve Jaune et a été emportée par une crue soudaine.

Vers Hancheng, la route devient noire de suie. Chaque fois que les camions des mines alentours passent dans un bruit de ferraille, des gens aussi noirs que la route se glissent hors de leurs baraques pour ramasser le charbon tombé sur le sol. Les fossés qu'ils ont creusés sur la route sont si profonds que même les meilleurs conducteurs ne peuvent éviter de perdre une partie de leur chargement.

Du haut des collines, au-dessus de Fenglingdu, le Fleuve Jaune coulant dans sa large vallée ressemble à un mince filet d'urine. Je suis épuisé. La Chine est trop vieille et ses racines trop profondes. Je me sens sale depuis que je fouille son sol. J'en ai vu assez. Passer un mois à parcourir ces routes sinueuses m'a rendu fou. J'ai besoin de repos et d'une surface plane.

6

ERRANCE LE LONG DE LA CÔTE

北京
Beijing
Qingdao
青島
黄海
Yellow Sea
Immerse yourself in nature.
When you can't be out doors.
feel deep within you
the cleansing breeze.
the lake's calm.
the bud's promise.
让自己沉浸于大自然
既使无法出门.
也可以用心感受那微风的清新、
湖泊的静谧、
Hangzhou
杭州
Zhenhai
镇海
黄山
Mount Huang
N
台湾
TAIWAN
Guangzhou
广州
Shenzhen
深圳
Hong Kong
南海
South China Sea
海口 Haiko
HAINAN ISLAND
Five Finger Mountain
五指山
Sanya

La maison des souvenirs

Une semaine plus tard, je me rends en train à Qingdao pour y passer les fêtes du Printemps avec ma famille. En sortant de la gare, j'entends le vaste océan et sens son souffle humide et salé. Le bruit des vagues qui se fracassent est lié à mon enfance, à mon premier amour, à ma passion précoce pour l'art et la vie. Je lève les yeux au-dessus des toits de tuile, vers la plus haute colline, et aperçois l'église catholique dont le clocher a été rasé au cours de la Révolution culturelle. Les Allemands ont pris le contrôle de Qingdao à la fin du dix-neuvième siècle et, au cours des soixante-dix ans qu'a duré leur domination, ils en ont fait une réplique de ville d'Europe centrale. Cette architecture élégante n'a eu aucun effet sur le chaos qu'a été mon enfance.

Cela fait neuf ans que je ne suis pas retourné chez mes parents. La cour semble plus petite que dans mon souvenir. À treize ans, sur le mur, j'ai écrit en toutes lettres à la peinture rouge « LONGUE VIE À LA PENSÉE DE MAO ZEDONG ». Les lettres sont aujourd'hui écaillées et ont presque complètement disparu. Le bleu du ciel au-dessus des toits de tuile me semble familier. Je pousse la porte en bois. L'anneau central de la poignée en cuivre manque toujours et des décennies de manipulation ont fini par dessiner un gros trou dans le bois. C'est moi qui ai retiré cet anneau à huit ans, quand mes parents étaient sortis. Je voulais en faire don au calorifère de l'école pour que mon professeur fasse l'éloge de ma contribution désintéressée à la révolution communiste.

L'intérieur est toujours aussi modeste. La bouilloire dont le bec verseur fuit est toujours accrochée au même clou sur le mur de la cuisine. Sur le haut des étagères est posé mon livre de mathématiques, couvert de poussière, avec mon insigne de Jeune pionnier pressé entre ses pages. Ce livre me rappelle l'époque de la Révolution culturelle où, avec mes amis du lycée, nous avions l'habitude d'entrer dans la salle de classe par la fenêtre. Les enseignants avaient perdu tout contrôle. Un jour, notre professeur d'anglais a essayé de nous apprendre à dire : « *Long live Chairman Mao. Long, long live Chairman Mao* ! » Mes camarades de classe ont jeté des fléchettes en papier sur son bureau et crié : « Arrête d'utiliser la langue de nos ennemis capitalistes ! Ferme-la et va nettoyer les chiottes ! »

Mon frère a un fils, nommé Ma Yong, et ma sœur est enceinte. L'an passé, mon vieux camarade de classe Wang Jun s'est coincé le pied sur une voie de chemin de fer en rentrant du travail et un train lui est passé dessus. Mes autres anciens camarades sont mariés désormais, pourtant ils semblent être restés bloqués dans les années 1970. Leur seul nouveau sujet de conversation est les usines qui distribuent le plus de primes. Je ne leur dis pas que je suis à présent un vagabond déraciné qui a quitté le plateau Jaune pour se reposer et bien manger.

Ma mère ne m'a fait aucun reproche quand je lui ai confié que j'avais quitté mon travail. En revanche, mon divorce l'a contrariée. Alors, pour elle, je prétends auprès des voisins que je suis toujours marié. Mon, père me conseille vivement de rester à Qingdao et d'y trouver un vrai travail. Il a quelques contacts dans l'imprimerie et me suggère de monter une petite maison d'édition. Je lui réponds que j'ai dans l'idée de trouver du boulot à l'université de Shenzhen, de m'assagir puis de me marier, qu'il n'a donc aucune raison de s'inquiéter.

Assis sur le canapé, j'ai l'impression de revenir vingt ans en arrière et de repartir de zéro. Sauf que mes souvenirs d'enfance ne me font plus souffrir. Ils reposent tranquillement sur les étagères ou sous le lit. Le morceau de bois coincé sous le pied du lit de mes parents est le couvercle de ma vieille boîte à crayons. Un jour, dans la salle de classe, alors que Rongrong était assise à mon côté, je l'ai tenu au-dessus de mon pénis en lui chuchotant : « Allez, regarde. Les garçons peuvent pisser debout, tu sais ! » Elle a baissé la tête et, lentement, j'ai retiré le couvercle. Le pied en métal rouillé cloue ce souvenir au sol.

Bien que j'aie grandi dans cette maison et dans cette ville, je les sens loin de moi. Je n'ai plus ma place ici. Plus je replonge dans le passé, plus je me sens écartelé : je n'ai plus rien à voir avec la personne que j'étais.

Trois jours plus tard, désespéré à l'idée de devoir attendre encore pour voir Wang Ping, je prends un train pour Hangzhou. Je trouve un mot à son bureau et la rejoins chez ses parents à Zhenhai. La maison bâtie sur le bord d'une falaise donne sur le large. Plus bas, les moteurs des bateaux de pêche ronronnent sur les vagues et laissent derrière eux un panache de fumée. Deux hauts pins parasols protègent la cour des rayons du soleil. Sa mère m'installe un lit de camp dans la cuisine humide, à côté d'un tonneau de légumes plongés dans du vinaigre.

Wang Ping et moi passons toutes nos journées ensemble à marcher le long de la plage, à discuter, et mes sentiments pour elle grandissent comme les haricots que sa mère a laissés pousser dans un pot, près du four, dans la cuisine. J'aime voir son visage changer quand elle rit. Il est impassible d'habitude, mais elle a un petit nez adorable qui fait oublier son regard vide et lui donne un air drôle et intelligent. Je n'ai vu battre brièvement ses paupières qu'une seule fois, comme les ailes d'un oiseau qui tente d'atterrir. Nous discutions alors de son projet d'aller étudier à l'étranger. Elle est particulièrement vive et pleine de ressources. Une nuit, deux policiers sont venus chez elle pour vérifier mes papiers d'identité. Elle les a raccompagnés jusqu'à la sortie en leur disant quelques mots aimables et ils ne sont plus jamais revenus m'ennuyer.

Je viens de retrouver une nouvelle et la lui donne à lire. C'est au sujet d'une scène dont j'ai été témoin, enfant. Dans les années 1960, les pêcheurs de Qingdao ont reçu l'ordre d'abandonner leur petit commerce capitaliste et de consacrer leur vie à l'étude de la pensée de Mao Zedong. Bientôt, ils n'ont plus eu les moyens de subvenir à leurs besoins. Un jour qu'ils étaient affamés, ils ont nagé jusqu'à une ferme d'aquaculture dirigée par la commune locale et y ont volé des poignées de varech qui avait été emporté dans les filets pendant une tempête. Les miliciens les ont repérés alors qu'ils revenaient à la nage. Ils les ont rattrapés avec leurs canots et les ont frappés à coups de rame. Quelques hommes ont été tirés à bord des embarcations et attachés avec des cordes, mais la plupart d'entre eux avaient été frappés si sauvagement que leurs corps nus et sans vie ont été abandonnés à la mer. Les épouses qui les attendaient sur la plage avec leurs vêtements ont assisté à la scène, horrifiées.

Wang Ping pose le manuscrit et dit : « Ton écriture est trop crue. Chaque fois que je regarderai l'océan, je verrai un tas de cadavres blancs. *Disgusting !* » Elle lâche souvent quelques mots en anglais tout en sachant pertinemment que je ne comprendrai pas.

Quand je lui raconte que Lingling m'a demandé de l'aider à préparer une exposition sur les minorités ethniques de la province de Yunnan, elle me dit : « Qui ira voir une exposition comme celle-ci ? Le Yunnan est un endroit si sale et si peu avancé ! Tu sais qu'aujourd'hui, la plupart des familles américaines possèdent deux voitures ? »

Je regarde ses oreilles propres et blanches et déclare : « Le Yunnan a la population la plus diversifiée de Chine. Chaque minorité possède un langage et une culture uniques et leurs vies sont beaucoup plus intéressantes que la vie des Américains dont tu rêves. La Chine, ce n'est pas que le communisme et les Chinois Han. Si tu ne comprends pas ton propre pays, tu vas te sentir perdue une fois à l'étranger. »

Elle me parle d'une exposition sur les appareils électroménagers en Amérique dont elle a fait le compte rendu dans *Le Quotidien de Hangzhou,* le mois dernier. Elle s'extasie devant ce progrès technique miraculeux, mais sa description des bouilloires électriques et des plans de travail en formica me laisse froid.

Un après-midi, tandis que les voisins se querellent et que l'odeur de lait en poudre se mêle aux hurlements des enfants, la mère de Wang Ping nous laisse seuls pour aller acheter de la viande au marché. Dans la cour, la brise marine a un goût aigre et salé. Une fois à l'intérieur, mes yeux croisent ceux de Wang Ping. Elle s'est lavé les cheveux et a enveloppé sa tête d'une serviette. Le temps s'est arrêté. Je m'avance vers elle et la prends dans mes bras. Soudain, sans savoir véritablement pourquoi, me revient à l'esprit l'image de cet homme dont les mains grosses et rugueuses se sont posées sur moi quand j'avais quatorze ans. J'étais allé voir mon frère à la campagne, malheureusement il était absent le jour de mon arrivée. Je m'étais donc installé chez son voisin. Au cours de la nuit, ce salaud s'était glissé sous ma couverture et s'était frotté contre moi jusqu'à ce que je me laisse faire.

Wang Ping m'accompagne jusqu'à la gare, une pluie légère commence à tomber. Cela me rappelle le jour où j'ai conduit Xi Ping au train pour son tournage au Guangxi. Parfois, les souvenirs peuvent nous rendre la vie bien triste.

« Promets-moi de m'envoyer une lettre quand tu atteindras une ville. » Les cheveux et les épaules de Wang Ping sont humides. Ses oreilles blanches me semblent vides.

Le temps, c'est de l'argent

« Guangzhou en juin est une vraie fournaise. Il y a ceux qui se laissent frire au soleil et ceux qui ne s'arrêtent pas une seconde, de peur d'y laisser leur peau. Dans les rues, tu ne croises jamais un regard. Personne ne prend le temps de lever la tête. Les gens regardent droit devant. Ils s'activent dans tous les sens en criant : "Pressons, pressons !" comme si c'était leur dernier jour sur terre. »

Lingling fronce les sourcils quand je finis de parler. « Vous, les gens du Nord, vous êtes trop lents. Si tout le monde en Chine était aussi paresseux que vous, le pays serait fini. C'est au dur travail de Guangzhou que la Chine doit son succès. Cette ville est la tête du dragon de la réforme, la porte de la Chine vers Hong Kong.

— La seule chose que cette cité produit, c'est une montagne de biens de consommation. Où sont les penseurs ? Les artistes ? La population de Guangzhou ne sait que gagner de l'argent, le dépenser et mourir. Où est la gloire là-dedans ? J'ai vu une grande bannière dans les rues aujourd'hui qui disait : "LE TEMPS C'EST DE L'ARGENT, LA PRODUCTIVITÉ C'EST LA VIE."

— La ferme ! Imbécile du Nord ! » Lingling est en colère. Nous sommes assis à l'ombre d'une cabane qui fait à la fois office de chambre pour moi et de bureau d'exposition. Au cours du mois dernier, nous avons construit une reproduction d'un petit village du Yunnan dans un coin du parc principal de Guangzhou. Le site est composé d'une allée où l'on peut trouver de quoi manger, de deux salles d'exposition et de quatre baraques en paille. L'ensemble est entouré d'une haute clôture de bambous. Maintenant que l'électricité et l'eau sont finalement installées, nous sommes pratiquement autonomes.

Dans la soirée, je m'assieds sur mon lit de camp et m'occupe de mon courrier. La lettre de Yao Lu me contrarie. Il me dit que l'ami qui a développé mes photos a été arrêté et sa boutique mise sens dessus dessous. Les photos que j'ai prises dans le Nord-Ouest sont à jamais perdues.

Je chasse les moustiques de mon visage et ouvre une lettre de Fan Cheng. Il vient de rentrer à Beijing après neuf mois dans le Xinjiang. Il dit qu'il en a marre de son travail aux impôts et qu'il a déposé sa candidature auprès du gouvernement de Shenzhen pour un poste d'écrivain résident. Dans ma réponse, je lui conseille de se réconcilier avec Chen Hong.

> « C'est une fille bien et elle t'aime toujours beaucoup... De mon côté, je me sens très attiré par une fille de Hangzhou. J'aimerais rester près d'elle, mais je suis trop instable en ce moment pour pouvoir avoir une relation durable... Après Hangzhou, j'ai passé un mois au temple de Shaolin avant d'escalader le mont Huang et de suivre

la côte jusqu'ici, à Guangzhou... Maintenant que tu as terminé d'explorer les déserts du Xinjiang, viens visiter le désert culturel du Sud. C'est un autre pays. Tu aimerais. Hong Kong a l'air d'une pierre que l'on a jetée au loin. »

Da Xian est avec nous depuis une semaine. Je l'ai invité à venir de Beijing peindre les montants décoratifs de notre entrée. Sa petite amie, Chun Mei, étudie l'anglais à trois heures de là, à l'université de Shenzhen. Ils se voient donc souvent.

La lettre de Li Tao a une semaine :

« Je sais maintenant ce que tu as pu ressentir quand tu as découvert le vrai visage de Xi Ping. Hier, je faisais un tour du côté de chez Da Xian et j'ai vu le vélo de Mimi devant sa porte. Je ne savais pas du tout qu'elle était à Beijing. J'ai frappé à la porte, mais personne n'a répondu. Alors j'ai cassé la fenêtre et Mimi est sortie en courant... C'en est trop. Je ne peux pas accepter ça. Je savais que Mimi était malheureuse, mais je n'aurais jamais pensé qu'elle pourrait me trahir ainsi. J'ai envie de tuer quelqu'un. Assure-toi que Da Xian ait bien quitté Guangzhou à mon arrivée. Tu ferais bien de dire tout ça à Chun Mei aussi, elle a le droit de savoir. Fan Cheng dit que nous avons ouvert trop grand notre porte et que notre bande devrait se débarrasser d'ordures comme lui. Mimi pleure devant ma porte tous les jours, me suppliant de la laisser revenir. On dirait qu'elle tente de s'accrocher à ce qu'elle peut pour échapper à la noyade. Mais mon cœur est insensible, je ne ressens rien... J'arriverai à Guangzhou la semaine prochaine. L'université de Shenzhen m'a proposé un poste d'enseignant dans le Département économie. »

Da Xian est au soleil, en train d'enrouler du fil de fer. Je me souviens de Qiuzi et de Xi Ping. J'ai envie de l'étrangler. Il se retourne et comprend, à mon visage, que je sais.

« Et alors, est-ce que ça te regarde ? » dit-il en reniflant. Son nez est toujours bouché.

« Quand Chun Mei viendra ce soir, je lui dirai la vérité. Elle pourra se faire sa propre opinion. C'est Li Tao qui m'a suggéré de t'inviter ici, et pendant tout ce temps, tu couchais avec sa petite amie. Salaud.

— Ça n'est pas si simple que ça, Ma Jian.

— Je ne veux pas d'explication. Tu dois être parti d'ici trois jours. Si tu n'as pas fini ton travail d'ici là, tu ne seras pas payé. »

Chun Mei arrive à la tombée de la nuit. Elle sourit toujours avant de parler. Ses lèvres rouges et ses dents blanches la montrent dans la fleur de sa jeunesse. Elle me tend une cassette et me dit : « J'ai enregistré ça pour toi, Ma Jian. J'espère que tu aimeras. » Elle sourit affectueusement à Da Xian. Je me souviens d'elle, allongée dans ses bras la semaine dernière. Elle portait un short blanc. La forme de ses genoux me rappelle ceux de Xi Ping.

« Assieds-toi, Chun Mei. » Je jette un coup d'œil à ses jambes nues. Elle s'assied sur le lit de camp et caresse la main de Da Xian. « J'ai quelque chose à te dire. Da Xian couche avec Mimi à Beijing. J'ai reçu une lettre de Li Tao aujourd'hui. Il voulait que tu le saches. Bon, maintenant que c'est dit, je vous laisse régler le reste par vous-mêmes. » En sortant, j'entraperçois une larme couler des yeux souriants de Chun Mei.

Passé la porte du parc, je tourne à droite et me dirige vers le bord de la rivière Perle. Au loin, les deux extrémités du pont Huaizhu brillent de mille feux. De petits ferries vont et viennent. Wang Shu, le mari de Lingling, raconte que les visiteurs du Nord croient toujours que la rive opposée est Hong Kong. Au plus profond de la nuit, ils nagent de l'autre côté, rampent sur la plage et ont à peine le temps de crier « Je suis enfin libre ! » que la police se jette sur eux et leur passe les menottes.

À cette heure de la nuit, à Beijing, les lumières sont déjà cachées derrière les murs des cours, et quiconque se promène dans la rue est susceptible de se faire arrêter. Dans le Nord, même l'air est dur. Alors que dans le Sud, l'air est doux et chaud et les gens sont dehors. Pas étonnant que tout le monde veuille y vivre.

Sur une bannière fixée en travers de la route, on peut lire : « UN FILS QUI REJOINT L'ARMÉE APPORTE FIERTÉ À SA FAMILLE. UN FILS QUI FUIT À HONG KONG ABAT LA HONTE SUR TOUT LE PAYS. »

Dans le Nord, on organise une fête quand un fils rejoint les rangs de l'armée. Mais ici, personne ne veut que son fils devienne soldat. Dans le Sud, si un jeune homme ne s'enfuit pas pour faire fortune à Hong Kong, sa mère maudit le jour de sa naissance.

L'entrée du restaurant est bordée de cages remplies de serpents, de chats et de tortues. Un homme détache de son porte-bagages un chien écorché pour le livrer à la cuisine. Les poissons et les crevettes qui sautent dans une cuvette en émail pleine d'eau éclaboussent le sol en pierre, et rappellent que la mer n'est pas loin.

Il n'y a vraiment rien que la population de Guangzhou ne mange pas. Ce soir, j'ai goûté du serpent, du chat, de la tortue et du poisson cru. Lingling a invité le directeur d'une imprimerie et un photographe des Presses de Guangzhou qui possède un Hasselblad. Ils ont accepté de s'occuper de nos photos publicitaires et de nous imprimer des affiches et des billets gratuitement parce que ce sont des amis de Wang Shu. Lingling promet de les payer quand l'exposition commencera à rapporter de l'argent. Tandis qu'ils discutent de leur côté en cantonais, je goûte aux boulettes de chien et à la colombe frite. « Tu as déjà choisi un modèle ? » m'interroge Lingling. Soudain, je me demande ce que je ferais si Chun Mei faisait machine arrière. J'avais prévu de l'habiller en femme du Yunnan et de couvrir les murs de la ville de cette photo.

Jour et nuit

Le lendemain matin, Da Xian, Chun Mei et moi fouillons les boutiques le long de la rue Zhongshan pour trouver pellicules, bougies, papier de couleur, peinture et stylos. Quand elle ne sourit pas, la bouche de Chun Mei est assez masculine.

Les radios diffusent toutes de la pop cantonaise et le même feuilleton passe sur toutes les télévisions. Il y a tant de bruit dans la rue que nous devons nous réfugier dans une boutique pour nous entendre. Les ventilateurs électriques portables posés sur le comptoir brassent des odeurs de canard rôti. Les panneaux publicitaires dans les rues et les mannequins blonds dans les vitrines donnent à la ville un air d'opulence et de raffinement bien éloigné de l'atmosphère qui règne dans le Nord. Le flot des gens qui passe près de moi est composé d'hommes d'affaires portant des serviettes en cuir et des pantalons amples, de femmes aux sacs à main luxueux et au maquillage ostentatoire, et de travailleurs en T-shirt et en short. Les ménagères chargées de sacs en plastique se faufilent entre les bicyclettes et les motos. Les gens du Sud ont la démarche fluide, leurs corps sont légers et souples. Des affiches de stars de la musique pop hongkongaise couvrent les murs de chaque grand magasin. En comparaison, celles de Marx, Lénine ou Mao, dans la librairie Xinhua, sont des pièces de musée. Je jette un coup d'œil au rayon des magazines, puis achète des stylos et du papier ainsi que *Rabbit rattrapé* de Updike et *Gens de Dublin* de Joyce. Je les lirai avant de les envoyer à Wang Ping.

Nous prenons une ruelle étroite, avec des petites maisons en brique. Des odeurs d'encens et de poisson s'échappent des fenêtres ouvertes. À l'intérieur, il fait noir. Des sous-vêtements roses et jaunes sont suspendus sur des perches en bambou. D'un téléphone public, j'appelle Lingling, puis attends qu'elle me rappelle. La chaleur est insupportable. Sur le trottoir est installée une table avec des tasses de thé. Nous en achetons chacun une, mais Da Xian et moi recrachons immédiatement leur contenu. On appelle cela du *thé amer*, comme Chun Mei nous l'explique.

Deux vieillards assis sur des tabourets en plastique nous regardent avec de grands yeux avant de se perdre dans la contemplation des boutiques qui se trouvent derrière nous. À l'entrée d'un magasin de meubles, on vend des poissons rouges. Un homme qui fabrique des clés, imprime des cartes et répare les montres, s'est installé devant la porte d'une boutique où l'on vend des chapeaux, des produits de beauté et des briquets venant de Hong Kong. Un chat attaché à la porte d'un réparateur de radios donne des coups de griffes dans un sac en plastique et cherche à s'échapper.

La vie est facile ici. Les femmes vont aux toilettes publiques en chemise de nuit et, en revenant, s'arrêtent pour acheter du riz. Les enfants lavent leurs pieds et leurs sandales en même temps qu'ils nettoient les légumes sous le robinet de la rue. Un homme en moto s'arrête à côté d'un étal de fruits et se penche pour choisir des mandarines.

Dans l'après-midi, l'état de Chun Mei semble empirer. Son maquillage est couleur chocolat et elle porte une jupe en ramie pour la photo. À travers l'objectif, ses oreilles paraissent très blanches. Comme le photographe m'interdit de toucher à son Hasselblad, je lui tape sur la main pour qu'il déclenche l'obturateur à ma place quand je veux une photo.

Après avoir conduit Chun Mei au train pour Shenzhen, Lingling et moi retournons sur le lieu de l'exposition. Je m'allonge sur le lit de camp et lui dis à quel point j'apprécie qu'elle m'ait trouvé ce travail.

Après la fermeture des portes pour la nuit, nous avons tout le parc pour nous. Nous sortons un bateau, puis ramons jusqu'au milieu du lac. L'eau sent le jasmin. Lingling me dit qu'elle m'aime bien.

« Non, c'est faux. L'autre jour, je m'étais à peine levé de ton canapé que tu l'as essuyé avec un gant de toilette humide. Tu me traites comme un chien.

— Ça n'est pas vrai. Quand Wang Shu et moi aurons un appartement, il y aura une pièce pour toi et tu pourras dormir chez nous chaque fois que tu en auras envie, à partir du moment où tu prends une douche avant de venir. »

La saleté terrifie Lingling. Elle a toujours sur elle un paquet de mouchoirs pour se nettoyer les mains, le visage, pour essuyer ses baguettes au restaurant, ou son siège dans le bus.

« Nous sommes mariés depuis six mois et nous vivons toujours avec la mère de Wang Shu, dit-elle. Nous n'avons pas d'intimité. Nous n'avons pas encore fait l'amour. »

Je la fixe des yeux et soutiens son regard jusqu'à ce qu'elle baisse la tête. Le ciel derrière elle a viré au rouge foncé. Cette ville ne dort jamais. Je rame avec force et j'entends se propager le clapotis de l'eau jusqu'au fond du lac.

Les femmes m'offrent paix et sécurité, mais j'ai peur d'être trop proche d'elles. En prononçant mes vœux bouddhiques, je me suis engagé à me débrouiller seul et à ne dépendre de personne. Mes sentiments pour Wang Ping sont confus. J'essaie de ne pas y trop penser. Pourtant une partie de moi espère qu'une fois une certaine sérénité retrouvée, je pourrai construire quelque chose avec elle.

Pour rompre le silence, je parle de la décision que Da Xian a prise de se séparer de Chun Mei, et de rentrer à Beijing. Le bateau glisse sous le pont, son reflet s'étire sur l'eau du lac.

« La manière la plus rapide de se suicider est de se marier à un artiste, dit-elle en riant.

— Eh bien, marie-toi avec moi, quand tu seras à bout », dis-je, en souriant. Puis je m'arrête et reprends : « Je serai toujours là pour toi, Lingling. »

Elle lance son mouchoir en l'air. Il flotte dans la nuit comme une petite tache de jour.

Construire un parc à l'intérieur d'un parc

Trois jours avant l'ouverture de l'exposition, Shen Chao, le photographe, arrive en autocar avec une vingtaine de personnes venues de lointains villages du Yunnan. Après douze jours de route, ils sont couverts de boue et de poussière. La plupart d'entre eux n'étaient jamais montés dans un car auparavant. En descendant, quelques-uns se mettent à vomir. Wang Shu les conduit dans les salles d'exposition où il a installé des matelas et des draps qu'il a empruntés à l'hôpital local.

Maintenant que tout le monde est là, l'endroit commence à s'animer. Nous tenons une réunion, autour d'un repas, dans la maison de thé du parc. Le secrétaire du Parti en charge du parc prononce un discours de bienvenue. Shen Chao se lève et annonce qu'il s'agit de la première exposition de ce genre à Guangzhou, un événement très important. Wang Shu énumère le nom des hôtes prestigieux qui sont attendus pour le vernissage. Pan Jie, la petite amie de Shen Chao, nous informe ensuite sur ceux qui nous ont parrainés, puis indique l'horaire des répétitions pour la danse autour du feu de joie. Tout semble subitement se mettre en place.

Le lendemain matin, je cours à la gare attendre Li Tao et Fan Cheng à leur descente du train. Un flot de paysans du Nord se déverse par la sortie, emportant avec eux leurs couvertures molletonnées, leurs manteaux fourrés et leurs rêves. Ils paraissent lents et maladroits dans cette ville chaude et animée. Ils essuient la sueur de leurs fronts et se tiennent sur les passages cloutés, le regard vide accroché à la circulation. J'escalade quelques boîtes en carton, remonte une longue queue, exhibe ma carte de journaliste à un policier agressif et achète un ticket pour accéder au quai.

Fan Cheng descend du train. Il a la barbe, maintenant, des rides en plus et moins de cheveux. Li Tao est encore pâle, mais souriant. Il a peut-être rangé l'épisode Mimi dans un coin de sa mémoire.

Dans l'après-midi, Hu Sha arrive de Beijing et Yang Ming de Chengdu. Ils étaient dans le même train, je suppose donc qu'ils se sont rencontrés à un moment donné du voyage. Yang Ming porte des bottes de cuir. Nous échangeons un sourire. Elle me remercie de l'avoir invitée et me demande si le courrier qu'elle m'a envoyé est arrivé.

Chen Hong arrive le lendemain, mais Fan Cheng l'ignore. Hier, il m'a dit : « Je n'ai pas l'intention de retourner auprès d'elle. Les chevaux ne mangent jamais l'herbe derrière eux. » J'ai écrit à Chen Hong, il y a un moment, pour lui conseiller de l'oublier et de commencer une nouvelle vie. Elle m'a répondu : « C'est facile à dire, Ma Jian. Si tu perds un doigt, il faut deux ans à ton corps pour se réadapter. Et ce que j'ai perdu est bien plus vital. »

J'ai aussi invité Wang Ping, mais elle m'a écrit la semaine passée pour me dire qu'elle ne pouvait pas venir : « Les dirigeants refusent de me laisser partir. *Le Quotidien de Hangzhou* a publié "Escarpement" le mois dernier, tu trouveras donc avec cette lettre un mandat de 70 yuans. J'espère que le T-shirt te plaît. Merci pour la carte d'anniversaire de Hong Kong. Elle est superbe. Je l'ai fait passer au bureau et tout le monde était jaloux. » On trouve ces cartes d'anniversaire dans toutes les boutiques de Guangzhou. J'en ai aussi envoyé une à ma sœur, ainsi qu'un cartable en cuir avec des sangles pour Nannan.

Ceux de Beijing utilisent ma cabane comme lieu de rencontre. Cela me rappelle ma vie passage Nanxiao. Chen Hong et Hu Sha ont décidé de se rendre à Shenzhen et souhaitent que je les aide pour leur demande de permis.

Le vernissage est un grand succès. Toute la population des médias locaux et du monde des arts est présente, même le maire fait une apparition. La soupe de haricots noirs, le gruau de riz et les boulettes de porc préparés par notre cuisinier pékinois sont avalés en un clin d'œil.

Pan Jie s'est mise sur son trente et un, elle ressemble à Imelda Marcos. Shen Chao est en costume-cravate et circule à travers la foule en serrant des mains, fier comme un père au mariage de sa fille. Il a des raisons d'être heureux. Il a passé deux ans dans le Yunnan à prendre des photos pour cette exposition. Les hommes et les femmes vêtus en Dai, en Tibétain et en Jingpo sont les amis qu'il a rencontrés là-bas. C'est un rêve devenu réalité, je suis heureux pour lui.

Le vin de Qingke qu'il a ramené du Yunnan est très fort. Six femmes venues de Lishu invitent les hommes à boire dans leurs tasses. Certains d'entre eux sont déjà complètement soûls. À la tombée de la nuit, nous allumons le feu de joie et nos amis du Yunnan commencent leur danse. Après le départ des invités officiels, nous nous amusons, nous embrassons et prenons des photos de groupe joyeuses. Les hommes Jingpo remplissent nos tasses en bambou et nous apprennent la danse du poney. Puis les femmes du Lishu se lèvent et chantent : « Nous arrivons dans ce monde en pleurant, mais nous le quitterons avec un sourire… » À minuit, nous nous retirons dans ma cabane. Je pose les restes sur la table et amène discrètement un autre pichet de vin de Qingke.

Hu Sha a trop bu. Il a déjà vomi deux fois. À présent, il est affalé sur mon lit de camp et jure après la ville : « Tous ces putains d'escrocs pensent qu'à l'argent, l'argent, l'argent…

— Arrête de gesticuler comme ça. Si ce filet se déchire, les moustiques vont nous tuer ! »

Hier, Hu Sha a acheté un radiocassette au marché. Mais quand il a ouvert la boîte en rentrant, il n'y avait rien à l'intérieur. Je mets une cassette de Jean-Michel Jarre dans mon lecteur et monte le son.

Fan Cheng examine l'affiche de l'exposition qui est accrochée au mur. « J'aime cette photo, Ma Jian. On dirait le jardin du paradis, dans *Un rêve dans le pavillon rouge*. »

Yang Ming essuie la sueur qui perle sur son front. « Transplanter un village primitif dans une ville moderne, voilà un bon sujet pour un poème d'avant-garde. Tu as envie de visiter le Yunnan après ça, Ma Jian ?

— Oui, j'aimerais explorer tout le Sud-Ouest, et peut-être même aller jusqu'au Tibet. Mais j'évite de faire des projets. Je préfère suivre mon instinct. Et toi, Fan Cheng, tu penses quoi du Sud ?

— Le Nord est un désert jaune, le Sud est un désert vert. »

Li Tao est assis dans le coin, il discute sérieusement avec Chun Mei. La nuit dernière, il a trop bu et a sué comme un cochon. Il a fini par se mettre en sous-vêtements. « Mon travail à la banque était un cauchemar, dit-il. Tous les jours, je devais déjeuner avec notre secrétaire du Parti. Il ne comprenait rien à la finance. Cette province nous montre la voie. Le progrès social est lié à une économie forte…

— Tu n'as pas fini d'ennuyer cette pauvre fille avec tes cours ! » dit Fan Cheng, en prenant une cigarette dans la poche de Li Tao.

Chen Hong se tient dans l'encadrement de la porte. Elle a toujours ses lunettes de soleil sur le nez. Ses cheveux sont en pagaille. « Notre cercle de Beijing se désagrège, me dit-elle. Chacun ne pense plus qu'à soi. Ils veulent tous aller à Shenzhen. Hu Sha est le seul à avoir conservé un idéal. Au fait, tu as lu mon poème dans *La Nouvelle Ère* de ce mois-ci ? »

Lingling a commencé à se disputer avec Hu Sha.

« À Beijing, les gens ne font que se plaindre, dit-elle. Alors qu'à Guangzhou, nous avons envie de travailler. Maintenant que l'économie est florissante, vous les politicards, vous n'avez plus de raison d'être.

— Conneries ! Nous avons plus que jamais besoin de la politique. Ces réformes nous ont donné la liberté de penser. Vous, les gens du Sud, vous ne savez pas comment en tirer profit.

— Ça n'est pas ce que tu penses qui importe, c'est ce que tu fais. C'est dans l'action que le futur se construit.

— D'accord. Allons construire cette ferme d'élevage dans le Hebei. Ma Jian ! Montre-leur tes photos !

— Je les ai laissées à Beijing. Mais je peux vous faire un dessin. »

Fan Cheng se lève. « Ma Jian et moi pensons à cela depuis un an maintenant. Chaque membre investit un millier de yuans. C'est un endroit merveilleux. On pourrait vivre au milieu de la nature et se concentrer sur notre écriture.

— Je pensais que tu voulais aller à Shenzhen écrire pour le gouvernement. Ce n'est pas là-bas que tu trouveras la nature.

— On pourrait acheter des chevaux et organiser des séjours équestres. Je pourrais créer une agence de voyages, ici.

— Non, on pourrait transformer l'endroit en country club. On pourrait en limiter l'accès aux artistes. »

Sur le mur, je dessine un plan du site. « Il y a un lac à droite et une forêt à gauche. On pourrait mettre la ferme au milieu et la maison ici. Ce serait une maison en bois, avec une grande véranda où ranger nos bottes en caoutchouc et tout notre attirail de fermier. Il y aurait quatorze chambres simples et une grande pièce où nous asseoir autour d'un poêle à mazout pour y discuter d'art.

— Est-ce que les femmes pourraient adhérer ?

— Bien sûr, on ne peut pas laisser la cuisine vide ! »

Cangcang et Caidan, deux femmes du Lishu, entrent et me demandent de boire à leur verre. Nous avons beaucoup parlé ces derniers jours. Elles m'ont raconté plusieurs contes folkloriques intéressants. Caidan s'est plainte que Shen Chao ne lui ait pas dit qu'elle allait devoir participer à un spectacle. Elle déteste porter son costume traditionnel par cette chaleur. Cangcang pose ses lèvres à côté des miennes et nous buvons le verre cul sec. Le vin me brûle la gorge. Shen Chao devient écarlate et lève son verre : « Je suis si heureux que vous soyez tous ici aujourd'hui. Les amis de Ma Jian sont mes amis. Que tout le monde se lève ! À votre santé ! »

Avant d'aller me coucher, je prends une photo de Chen Hong pour son laissez-passer pour Shenzhen. Quand elle retire ses lunettes de soleil, je remarque qu'elle a les yeux rougis par les larmes.

La cérémonie d'ouverture devient une cérémonie de clôture

Le jour suivant, nous ne vendons que vingt-sept billets, et personne ne reste pour le feu de joie.

La cérémonie d'ouverture aurait pu faire office de cérémonie de clôture. Nous nous réunissons en urgence et décidons de nous répartir les tâches. Lingling va coller des affiches dans les universités. Pan Jie retourne à Beijing pour essayer de convaincre les médias nationaux de couvrir l'événement. Shen Chao s'entretient avec les responsables de la télévision du Guangdong pour qu'ils tournent un documentaire et je me propose de repeindre la publicité de nos sponsors qui a été décolorée par la pluie.

Mais les problèmes se multiplient. Les figurines en argile destinées à notre boutique de souvenirs, qu'un ami de Shen Chao était chargé de commander, sont si laides que nous décidons de les renvoyer et l'usine insiste pour que nous couvrions les frais de fabrication. Nos hôtes du Yunnan se font arnaquer par des gens du Sud sans pitié en faisant les magasins. Comme Li Xueyong, de la tribu Jingpo, qui achète une montre et ne trouve qu'un écrou et un boulon en ouvrant la boîte, l'homme Wa qui revient avec un lecteur de cassettes neuf et ne trouve qu'une brique rouge dans l'emballage, ou Tsering, le Tibétain, qui achète un T-shirt de Hong Kong dont le dessin s'est effacé avec la pluie et a laissé des taches d'encre rouge sur son torse à son retour au parc. La salle d'exposition est un véritable chaos. Les femmes sont en pleurs, les hommes crient et jurent. Leurs familles viennent de perdre en trois jours l'argent qu'ils ont mis des années à gagner en travaillant dur. Ils auront de très graves ennuis à leur retour. Le cuisinier de Beijing se plaint de l'absence de clients et menace de tout remballer et de partir.

Tandis que je suis assis sur un des montants de notre porte d'entrée, occupé à repeindre un panneau, j'aperçois, de l'autre côté, le Grand Hôtel de Chine. Il me vient à l'idée que si nous nous arrangions pour y coller des affiches, nous pourrions peut-être attirer quelques touristes étrangers. Je descends donc, roule plusieurs affiches et m'en vais tenter ma chance. Une foule de paysans du Nord se tient devant les portes de l'hôtel. Ils regardent le flot d'étrangers aux vêtements étincelants qui descend des minibus. Un portier en uniforme rouge et coiffé d'une calotte ronde me barre l'entrée. Il rit tandis que je m'éloigne.

Dix minutes plus tard, vêtu d'un pantalon et de souliers en cuir, je reviens et me glisse à l'intérieur, par le duty-free, sur la droite. Je suis déjà venu deux fois pour admirer une belle vendeuse que Li Tao avait repérée. Elle se tient derrière une rangée de flacons de parfum effroyablement chers, ce qui rend la tentative d'approche impossible. Je suis allé deux fois aux toilettes des hommes pour voler un rouleau de papier. C'est la pièce la plus élégante que j'ai jamais vue. Il y a des robinets en or, des plantes vertes, l'air conditionné et de la musique de fond. Assis sur le siège des toilettes, je peux presque m'imaginer avoir fui à Hong Kong.

L'employé de la réception écoute ma requête et appelle la chargée des relations publiques. L'aimable femme de Hong Kong, avec des boucles d'oreilles en or, prend mes affiches et accepte de venir voir l'exposition. Je reviens en toute hâte au parc et dit à Shen Chao d'aller la chercher et de lui offrir une visite guidée.

Quelques jours plus tard, je trouve mon chemin pour le temple de Guangxiao, l'un des plus anciens sites bouddhistes de Guangzhou. Les deux pagodes de fer jumelles qui se trouvent dans la cour ont un aspect rude et grossier. J'arrive dans l'entrée du temple des Six Patriarches où se tient une grande statue de cuivre de Huineng, le fondateur de l'école du Sud du bouddhisme zen. Jeune homme, Huineng a voyagé dans le Nord en quête d'un enseignement religieux. Le cinquième Patriarche hésitait à prendre un disciple venant du Sud mais Huineng l'a convaincu en soutenant que si l'on distinguait les hommes du Nord et ceux du Sud, la nature de Bouddha est, elle, indivisible. À son retour à Guangzhou, Huineng est entré dans le temple de Guangxiao et a entendu deux moines se disputer à propos d'une bannière qui s'agitait au vent. L'un d'eux prétendait que c'était la bannière qui bougeait, l'autre disait que c'était le vent. Huineng a alors rétorqué : « Ce n'est ni la bannière, ni le vent qui bouge. C'est votre esprit. » Il avait compris que le plus grand ennemi de l'homme n'est autre que lui-même. Une chapelle latérale abrite les cendres d'un millier de sages. Une photographie en noir et blanc est collée sur chaque urne. Si les sages ont réussi à se délivrer des chaînes du *Samsara*, pourquoi ont-ils éprouvé le besoin de laisser ces souvenirs derrière eux ?

Je sors du temple, entre dans une pâtisserie et commande un verre de jus de papaye. Une petite fille fait ses devoirs, penchée sur une table en plastique. Une odeur aigre de sueur se dégage de la plante de ses pieds. Les pieds de ma fille ont la même odeur. Elle les bougeait sans cesse. Ses devoirs terminés, le plancher, sous sa chaise, était chaud et brillant.

Je lui demande quel âge elle a et ce qu'elle veut faire quand elle sera grande.

Elle balance ses jambes et me dit qu'elle veut gagner de l'argent.

« Pourquoi veux-tu gagner de l'argent ? » Elle n'a que sept ans.

« Si tu as de l'argent, même le diable frottera ton plancher ! dit-elle, paraphrasant un vieux proverbe.

— Où est ton père ? lui demandé-je alors.

— Parti chercher de l'argent. »

Je demande à sa mère ce qu'elle veut dire. « Il est parti travailler. En cantonais, aller chercher de l'argent veut dire aller travailler. »

Je regarde ma montre. Le feu de joie va commencer. Malheureusement, c'est une ville où personne ne prend le temps d'être spectateur.

Sur le chemin du retour, je passe devant l'église du Sacré-Cœur. De près, elle paraît vieille et délabrée. Elle est entourée de tous côtés par de hautes constructions de béton, ses deux clochers s'élèvent péniblement vers les cieux. Il y a cent ans, des missionnaires français sont venus ici construire un paradis sur terre. Aujourd'hui, leur paradis est un enfer.

Même si moi aussi j'ai parfois l'impression de suffoquer dans les rues de cette ville, je sais que la mer n'est jamais loin.

Marcher jusqu'au bout du monde

Après la fatigue liée à l'exposition, je prends un peu de repos et emménage avec Li Tao à l'université de Shenzhen. Je travaille pendant un mois sur une nouvelle, mais l'argent que j'ai gagné à Guangzhou et le plaisir de me retrouver avec des amis semble avoir émoussé ma créativité. J'éprouve, à nouveau, le besoin de voyager et prends le bateau pour l'île de Hainan, la province de Chine la plus au sud.

Une heure avant le départ, je me rends à l'arrêt de bus. Des ouvriers travaillent à la fabrication d'un trottoir en y enfonçant des blocs de ciment à l'aide de marteaux. Du sable provenant d'un chantier voisin s'est répandu devant, sur la route qui vient d'être goudronnée. En passant, deux camions laissent échapper un nuage de poussière jaune. Je me réfugie alors dans l'entrée d'un salon de coiffure. À l'intérieur, les filles agitent leurs séchoirs, les yeux rivés sur un écran de télévision. Soudain, j'aperçois Fang Li, la droguée de Xian, qui se dirige vers la sortie. Ses cheveux noirs et brillants dénotent avec sa peau jaune. Elle sourit et s'adresse à moi : « Monsieur Ma, c'est cela ?

— Fang Li ! Que fais-tu ici ?

— J'ai été libérée du centre en mars et j'ai pris un vol direct jusqu'ici. Qu'est-ce qui vous amène à Shenzhen ?

— Je pars pour Haikou. Mon bateau est dans une heure. » Mon bus arrive.

« Laissez-moi vous accompagner, alors. » Sa minijupe est très serrée, je l'aide à monter. Son bras est froid et sec. Au feu tricolore, le conducteur aperçoit un policier et demande aux passagers qui sont debout de s'accroupir. Une fois le carrefour traversé, nous pouvons nous relever. Fang Li commence à me parler d'elle.

« C'est l'année du Buffle. Je suis née l'année du Singe. On dit que les singes sautent sur le dos des buffles, cela devrait donc être une bonne année pour moi. J'ai rencontré un type dans l'avion. Il a eu le coup de foudre pour moi et m'a demandé de m'installer avec lui. Il lui a fallu deux mois pour se rendre compte que je me droguais. »

Shenzhen est un vaste chantier. Il n'y a pas d'angles, toutes les rues sont parallèles et finissent en plein champ. Des gens de toutes les provinces errent dans les rues, dans leurs plus beaux atours, à la recherche d'une nouvelle vie.

« C'est un ouvrier modèle, continue-t-elle. Si son unité de travail apprenait sa relation avec moi, il aurait de terribles ennuis. Je lui ai dit que je garderais le silence pour dix mille yuans. Son épouse et sa fille vont bientôt être transférées ici... »

L'air qui arrive par la fenêtre sent l'engrais et la terre labourée. Les tours qui s'élèvent du sol font paraître les champs plus petits. Des paysans du coin vêtus de chemises neuves errent sans but entre les bâtiments. Les jeunes hommes qui sortent en masse de leurs bureaux, avec des repas tout prêts dans des boîtes en polystyrène, portent des chemises bleu clair et des chaussures brillantes.

À la descente du bus, Fang Li me dit : « Vous devez écrire une histoire sur moi. J'ai menti quand je vous ai dit que je n'avais jamais vendu de drogue. J'ai perdu dix mille yuans la dernière fois. J'ai une petite amie maintenant, vous savez. On s'est rencontrées dans la salle de bal du Palace. Je suis tombée amoureuse d'elle quand je l'ai entendue chanter. Quand mon mari sortira de prison l'année prochaine, je demanderai le divorce. Une lesbienne ? Moi ? Je ne pense pas, non. Retourner à Xian ? Jamais. J'ai rencontré un Canadien la semaine dernière. Il travaille pour une société hongkongaise et m'envoie des fleurs tous les jours. Comme je ne parle pas anglais, on utilise un dictionnaire. L'aimer ? Je ne sais pas encore. J'attends qu'il m'emmène à l'étranger et alors, je verrai. L'autre type ? Il a une peur bleue de me toucher, maintenant. Je partirai dès qu'il aura payé… »

Je regarde sa silhouette se fondre dans la foule. Elle ressemble à n'importe quelle autre jolie fille que l'on peut croiser dans la rue. On n'imagine pas une seule seconde qu'elle a un enfant en crèche, un mari en prison, un petit ami marié, une petite amie, un amant canadien et une dépendance à l'opium.

Alors que le bateau largue les amarres, je pense à Li Tao et à Chun Mei. Ils sont amoureux. Mimi a accepté de divorcer. Hier, Chun Mei m'a accompagné au bureau de poste pour envoyer ma lettre pour Wang Ping. Sur le chemin du retour, elle s'est arrêtée et m'a dit : « Ma Jian, quand tu auras terminé ton voyage, Li Tao et moi aurons un appartement. Tu viendras loger chez nous. Shenzhen est une ville nouvelle, une coquille vide. Elle attend que des gens du Nord comme nous viennent la remplir de leurs rêves. »

Grâce à la lettre d'introduction des Presses de Guangzhou, l'association des écrivains de Haikou m'offre une chambre dans sa pension et accepte d'envoyer ma nouvelle à la rédaction du magazine *Horizon*. Trois jours plus tard, je longe une rangée de cocotiers jusqu'à Wenchang. Chen Xiong, le cousin de Lingling, y tient un studio photo. Sur la vitrine s'étale un poster représentant deux palmiers penchés vers la mer. Il me dit avoir pris cette photo à Dongjiao, un village situé vingt kilomètres plus loin. On la retrouve accrochée dans presque tous les restaurants du pays. Je l'aide pendant trois jours à réaliser une peinture murale du parc Beihai à Beijing, qui servira de fond pour des portraits. Puis je reprends la route de nouveau.

J'arrive le lendemain à la plantation de cocotiers de Dongjiao. La mer bleue et les palmiers verts ne sont séparés que par une longue plage blanche. Comme pour les étendues de sable, rien ne vient perturber le cours du temps. Je m'assieds sous un arbre, respire l'air du large, et laisse mon esprit divaguer sur l'immensité de l'océan... La lettre que m'a envoyée Ai Xin, de Wushan, ne contient que six mots : « Je suis partie voir l'océan. » En ce moment, j'aimerais avoir cette fille souriante à mes côtés. Wang Ping dit que je suis rigide, critique et difficile à vivre. Qu'est-ce qui m'attire chez elle ? Lors de ma dernière nuit à Shenzhen, Li Tao m'a demandé pourquoi je tombais toujours sur des femmes qui s'appelaient Ping. C'est étrange. Guoping, Xi Ping, Lu Ping, Wang Ping…

« Ping » évoque ces petites feuilles vertes qui poussent sur les eaux calmes, et les femmes que j'aime sont fidèles à leur nom. Elles traversent ma vie comme de mauvaises herbes sans racines qui flottent à la surface d'une mare. Xi Ping m'a appris à ne plus jamais faire confiance à une femme. Les pirouettes de Lu Ping ont depuis longtemps disparu de ma mémoire… Les femmes sont comme la mer – elles ne sont pas seulement là pour être regardées. Je jette mon short et plonge dans l'eau.

Dans la soirée, je me rends dans un village éclairé par des lampes à huile de coco. De jolies cabanes se dressent sous des palmiers au feuillage dense. La seule brèche dans cette voûte végétale est le trou qui se trouve au-dessus du puits du village. Une vieille femme courbée rentre chez elle pieds nus, se frayant un chemin à travers les feuilles. Je frappe à une porte et demande si je peux partager un lit pour la nuit.

Une semaine plus tard, je m'arrête au pied de la montagne des Cinq Doigts, dans un village habité par les indigènes de la tribu Li. Huang, le directeur du bureau d'hygiène, m'héberge chez lui. Il me recommande de ne pas escalader la montagne. « Il y a des pièges de braconniers partout. Si tu marches dessus, tu te retrouveras au fond d'un trou, ou projeté dans les airs. Ils ne relèvent les pièges qu'une fois par semaine, d'ici là tu seras déjà en train de boire le thé avec les immortels. » L'idée me tente bien.

Je pars à l'aube et atteins le sommet à midi. Quelques pins morts se dressent en haut de ces deux mille mètres. Les flancs calcaires de la montagne ont noirci au vent. Je commence à patauger dans mes chaussures et cela me gêne pour marcher. Je m'assieds, retire mes chaussettes et découvre, collées à mes doigts de pied, une trentaine de grosses sangsues. Je les frappe avec ma semelle puis les arrache une à une.

Je suis une rivière jusqu'au village Li de Shuiman. Il y a une chanson traditionnelle qui dit : « Les filles de Shuiman, le thé de Shuiman… » Je sors mon appareil photo, en espérant voir passer une jolie fille, mais les enfants en ont tellement peur qu'ils s'enfuient en criant. Certaines cabanes recouvertes d'herbe ont une pièce supplémentaire sur le côté destinée aux jeunes filles. Celles qui ne tombent pas enceintes deviennent la honte de leur famille. Aucune femme Li ne peut se marier sans avoir le ventre bombé. Je me dirige vers une cabane où fume une cheminée et demande un bol de thé. La vieille femme sort une branche de feuilles de thé d'un sac en tissu et la plonge dans une casserole d'eau. Quand l'eau arrive à ébullition, elle vide le thé dans un bol. Le goût est légèrement amer. Elle me dit qu'elle a soixante-dix ans et que ses petits-fils sont tous mariés. Je lui explique que j'ai organisé une exposition sur les minorités ethniques à Guangzhou et que je suis venu ici photographier les Li. Elle me regarde froidement. « Pendant mon enfance, les Han sont venus ici et ont emmené vingt-quatre d'entre nous à Guangzhou. Nous avons été exhibés trois mois entiers dans des cages de fer, au parc Yanghan. Ils disaient aux visiteurs que les Li descendaient de singes et avaient été élevés par des serpents. » Ses lèvres tremblent de colère. J'abandonne. En dépit de nos nobles motifs, l'exposition était un échec, une idée fantasque dans un jardin tropical. Le visage de la vieille femme est couvert de tatouages. Je lui demande si je peux la prendre en photo, mais elle a encore des doutes sur ma démarche. Je lui montre donc le tampon rouge sur ma lettre d'introduction. Les tristes dessins encrés sur son visage lorsqu'elle était jeune fille se sont estompés avec les années. Je lui promets de lui envoyer la photographie. Elle me dit que les jeunes filles Li se tatouaient le visage pour repousser les envahisseurs Han.

Par-delà le village, les montagnes sont vertes, mais il n'y a plus ni palmiers ni cocotiers. Je descends à travers des taillis de bambous et des arbres de double printemps en fleurs, puis je passe la nuit avec une famille Li, dans leur cabane située sur le bord du chemin.

Le lendemain matin, j'arrive au sommet d'une colline et aperçois un grand feu de forêt. On pratique l'écobuage dans cette région, mais ce feu est incontrôlable. Et il n'y a personne dans les parages. Si le vent tourne, les flammes vont dévorer la cabane de bambou toute proche. Je me précipite et défonce la porte. À l'intérieur, il y a des couvertures, des vêtements, des pots et des casseroles. Je lance tout ce matériel dans le ruisseau et le fixe au fond de l'eau à l'aide de pierres. J'entre une dernière fois dans la cabane, des vagues de chaleur déferlent sur moi. J'essaie de traîner la jarre de vin de riz à travers la pièce, mais l'échelle de bambou encombre le passage. Je plonge alors mes mains dedans et en bois quelques gorgées de vin. Tandis que je sors en chancelant, des rubans de fumée s'enroulent autour de l'échelle.

Deux jours plus tard, je m'arrête à Tongzha. Je poursuis ensuite mon voyage vers le sud. Je contourne une paisible montagne, descends vers les champs de canne à sucre et passe la nuit avec quelques travailleurs venant du Guangdong. Ils se sont débrouillés pour cultiver un mu de terre pour quinze yuans par an et partageront les bénéfices. Ils tirent sur de longues pipes à eau. Leurs cheveux se sont asséchés et ont blondi avec le soleil.

La route brûle pendant la journée, mais au moins, les camions laissent sur leur passage une brise agréable. Les gens qui vivent sur les bords de la route vont et viennent toute la journée avant de rentrer chez eux à la tombée de la nuit. Le soir, les garçons sortent et font briller leurs lampes dans l'obscurité. J'utilise rarement la mienne de crainte d'attirer les moustiques. Deux semaines plus tard, j'entre dans Sanya, l'extrémité la plus au sud de la Chine.

La mer remonte jusque dans les rues. De petits bateaux en bois qui mouillent sur la plage dégagent une odeur aussi aigre que celle de mes tennis.

Je suis arrivé au bout. Devant moi s'étend une mer bleu-noir. L'empreinte de mes pieds s'arrête là où la mer commence. Impossible d'aller plus loin. J'en ai pourtant très envie. L'océan hante mes rêves. Mais j'appartiens à la terre, et il n'y a qu'elle que je peux parcourir.

Deux femmes tenant fermement des poignées entières de lunettes de soleil se précipitent vers moi pour me demander si je veux une montre digitale. Je marche jusqu'à un restaurant en bordure de plage où j'achète un paquet de biscuits. Le patron met une nouvelle cassette dans le lecteur : « Le destin m'a éloigné et au loin j'erre parmi des contrées désertiques lointaines... » C'est une chanson tirée d'un film indien que j'ai vu étant enfant. Avec mon sac de toile et mon bâton de marche, je ressemble comme deux gouttes d'eau au vagabond du film, sauf que je porte des lunettes de soleil.

Un enfant me donne une figue de Barbarie, puis fait un pas en arrière pour me regarder. Une fille à bicyclette s'arrête pour faire signe de la main. Au moment où je me lève, le patron essuie la sueur sur son visage et me dit : « Pourquoi ne pas manger quelque chose avant de t'en aller ? » Il sait lui aussi que nous sommes au bout du monde.

7

LES VALLÉES ABANDONNÉES

四川
SICHUAN
Mount Tianzi
张家界
Zhangjiajie
HUNAN
Shiqian
Mount Fanjing
Yemachuan
Shimenkan
贵阳
Guiyang
Anshun
Kunming
昆明
GUIZHOU
YUNNAN
Gunbei
GUANGXI
南宁
Longzhou
Nanning
VIETNAM
越南
南海
South China Sea
海南
HAINAN
王杰日記
解放军报編辑部編
人民出版社出版
浙江日报印刷厂印刷 新华书店发行
1965年12月杭州第4次印刷
統一书号3001·922

Le battement silencieux du tambour

« Chère Wang Ping. J'aimerais rester allongé dans tes bras des heures entières, mais j'ai l'esprit trop agité en ce moment. J'ai parfois le sentiment de marcher vers une ultime destination sans bien savoir encore laquelle. En fait, je ne fais que tourner en rond comme une feuille volante, entraînée par le courant.

Aujourd'hui, nous sommes le samedi 10 octobre. Je viens d'arriver à Gunbei, un village reculé dans les montagnes, au nord du Guangxi. Demain, je traverserai les Motianling et pénétrerai dans le Guizhou.

J'ai passé une grande partie du mois dernier dans le village de Longzhou près de la frontière vietnamienne. Des pitons calcaires s'élèvent au milieu de vastes champs de riz et le soleil qui traverse le ciel éclaire le paysage comme un gigantesque projecteur. Pourtant, la minorité locale, les Zhuang, vit dans des taudis sombres et humides. Le paysan chez qui j'ai logé m'a prêté une couverture moisie qu'il a ramenée de la guerre de Corée. Trente ans d'odeurs corporelles m'ont envahi comme une peau humide, je n'ai pas pu fermer l'œil de la nuit. J'ai pensé aux étudiants du village voisin qui ont massacré leur professeur pendant la Révolution culturelle. Pour prouver leur dévotion au Parti, ils l'ont découpé en morceaux, fait cuire dans une bassine avant de le manger pour le dîner. Comme ils avaient pris goût aux abats frais, avant de tuer leur victime suivante, ils lui ont ouvert le ventre et lui ont tapé dans le dos pour faire tomber le foie encore chaud dans leurs mains. Les villages locaux ont dû consommer environ trois cents ennemis de classe ces années-là. Les Zhuang portent de longues tuniques noires et boivent la bière à petites gorgées avec une cuillère qu'ils se passent les uns aux autres.

J'ai marché jusqu'à la frontière, près de Pingxiang, mais j'ai été arrêté parce qu'on m'a pris pour un espion. Heureusement, j'avais sur moi une lettre d'introduction de l'association des écrivains du Guangxi. La police leur a téléphoné le lendemain matin, et ils m'ont libéré.

J'ai visité le musée de la province, à Nanning, où j'ai vu une exposition sur l'histoire naturelle du sexe. C'était très intéressant. Cela m'a fait comprendre combien nos vies sont gouvernées par les ovaires et le sperme. Dans la salle adjacente, j'ai vu d'énormes tambours de bronze que l'on a trouvés en fouillant un champ tout proche. Certains de ces tambours ont plus de deux mille ans. Sur leurs côtés sont gravées des images de nuages de pluie et de chamans coiffés de plumes qui dansent au son des tambours rituels jusqu'à entrer en transe. Ils n'entendent pas le bruit du monde moderne. Je ne l'entendais pas non plus, là-bas... Je t'ai dessiné une carte de mon voyage vers la côte. Je t'écrirai à nouveau du Guizhou. »

Il n'y a pas de boîte aux lettres à Gunbei, j'ai donc remis la lettre dans mon sac, avant d'aller acheter des pétards dans une boutique pour la fête de cet après-midi. Le chef du village a dit à tout le monde de prendre une journée et de préparer une danse en l'honneur du camarade Ma qui est ici pour écrire un article sur la culture des minorités.

Gunbei est entourée de montagnes, il passe à peine un ou deux camions par jour. Les habitants du village appartiennent à la tribu Miao. Ils vivent dans des cabanes de bois circulaires avec des toits faits d'écorces. Les jeunes filles s'habillent le plus souvent avec des vêtements achetés à la ville du coin, dans des magasins bon marché, mais pour la danse d'aujourd'hui, elles portent le costume traditionnel. Il se compose d'une tunique violette teinte à la main, de larges ceintures brodées et d'une couronne d'argent ouvragée. Au son des pipeaux, les jeunes filles commencent une danse d'un pas léger. La gamme d'instruments est composée de pipeaux en bambou allant jusqu'à cinq mètres de long. Les danseuses gardent le dos bien droit, balancent les hanches et marquent le rythme du pied. On sent une sorte d'agitation dans leurs mouvements, bien qu'ils soient contrôlés. Tout le village se rassemble autour d'elles et les enfants se joignent aux danseuses. À la tombée de la nuit, on tire les pétards. Tout le monde rit, se réjouit. On joue une autre mélodie. L'espace d'un instant, j'oublie presque que je suis un étranger.

Plus tard le chef du village nous invite chez lui à boire un bol de thé au beurre. Son épouse est institutrice. Elle a quitté son costume traditionnel mais son cou porte une marque de teinture violette. Elle nous sert du riz gluant et du poisson en saumure. Je demande à l'homme à la barbe blanche assis à côté de moi où a été pêché le poisson.

« Ils grandissent dans les rizières, dit-il. Quand le riz est coupé, nous évacuons l'eau des champs et les attrapons à la main. Nous les frottons avec du sel, de la poudre de piment et des herbes, puis nous les conservons dans de grands pots de terre pendant deux ans. C'est une coutume que de donner la tête à l'invité. »

Je prends une poignée de riz dans le creux de la main, en fais une boulette et mords dedans. « C'est une belle barbe que vous avez là, grand-père, dis-je.

— Je dois la laisser pousser. Si je la coupe, je tombe malade ! » Tout le monde rit poliment. Un bol de vin fait le tour de la table.

Après le repas, les jeunes villageois m'emmènent dans la maison d'une vieille veuve qui me chante quelques chansons d'amour Miao. Comme je ne comprends pas les paroles, je me contente d'observer le visage de la femme. Je sens le vin me monter à la tête. Je m'assoupis et repense à mon premier amour. Elle est sur la plage de Qingdao, vêtue d'une longue jupe noire. Le vent du large souffle dans ses cheveux. Elle dit : « Mes parents veulent que j'arrête de te voir. Va-t'en, maintenant. Pars ! »

Au col de Motianling, j'allume une cigarette, me retourne pour regarder le chemin parcouru dans le Guangxi, puis l'étendue sauvage du Guizhou qui s'ouvre à moi. Sur la carte, cette région porte le nom de « Terre aux quatre-vingt-dix mille montagnes ». Il n'y a que le vent pour traverser cette mer de sommets verts, je n'y arriverai jamais. D'abord, les montagnes semblent se moquer de moi. Puis je découvre, en les escaladant l'une après l'autre, que chacune a son poids, sa forme, aussi unique qu'un visage humain. Les montagnes que j'ai peintes à Beijing n'étaient que de ternes saillies de terre.

Je retire mes « chaussures de journaliste » et chausse mes tennis. Plus j'avance, moins je sais pourquoi j'avance. Je suis devenu une machine à marcher. Je marcherai aussi longtemps que j'aurai un sac sur le dos, jusqu'à ce que je m'effondre. Le chemin me porte, je le suis aveuglément. J'ai perdu tout sens de l'orientation. Pourquoi ai-je choisi de vivre ainsi ? Je ne suis pas un chien après tout.

J'ai presque dépensé tout l'argent gagné à Guangzhou. La capitale du Guizhou n'est plus très loin maintenant. Peut-être pourrai-je trouver du travail là-bas. Je suis guidé par le vent du Nord et, deux semaines plus tard, je vagabonde dans les rues sales de Guiyang, la « Cité des petits tyrans ».

J'entre dans un cercle étrange

Je trouve la maison du poète dissident Li Zhi, au bout d'une longue ruelle étroite. Devant sa porte se trouve un four à céramique de deux mètres de haut. On dirait qu'il l'a fabriqué lui-même. À l'intérieur, résonnent les accords sans rythme d'un piano, le genre de morceau que les parents obligent leurs enfants à jouer. Quand j'entre chez lui, Li Zhi me tape dans la main. Son épouse va me chercher du thé pendant que ses deux petits garçons escaladent la galerie et sautent partout comme des petits singes.

« J'ai reçu ta lettre le mois dernier mais je ne pensais pas que tu arriverais ici un jour ! Assieds-toi, je vais te montrer ce que je suis en train de faire. » Il me tend deux masques d'argile. Les visages sont horriblement déformés et peints avec des couleurs criardes.

« Quand des masques sont laids à ce point, ils n'effraient plus personne. » Je ne plaisante qu'à peine et bois une gorgée de thé. « Que t'est-il arrivé l'année dernière, chez Hu Sha ? J'ai entendu dire que la police avait interrompu ta lecture de poésie.

— Oui, les flics m'ont arrêté et m'ont ramené ici. Ils m'ont dit que je ne pourrais plus jamais retourner à Beijing. Je n'ai pas écrit de poésie depuis. »

Je vais à l'essentiel et lui dis que je suis fauché et que j'ai besoin de trouver du travail.

« Eh bien, tu t'adresses à la bonne personne. Je connais tout le monde à Guiyang ! Un de mes amis vient juste d'ouvrir une fabrique de canapés. Je vais voir s'il a besoin d'aide. » À Beijing, Li Zhi utilisait le chinois standard pour me parler, mais depuis il s'est remis au dialecte du Guizhou. Heureusement, cela ressemble au sichuanais, donc je peux le comprendre.

Sa maison de brique est minuscule. En bas, il y a un lit à deux places et, dans la galerie, un matelas pour les enfants. Un piano et deux lampes occupent le reste de l'espace. Une faible lumière éclaire le concombre, le livre d'exercices et la tourte à la viande à moitié entamée qui sont posés sur le piano. Cette tourte a l'air délicieuse.

« Il y a des choses que tu aimerais voir tant que tu es là ? » Li Zhi agite les mains en parlant. Ses ongles sont couverts d'argile. Il paraît aussi fragile que les morceaux de terre cuite brisée que j'ai vus près du four, dehors.

« Quelque chose de différent. Depuis que j'ai travaillé sur une exposition à Guangzhou, je m'intéresse beaucoup aux cultures des minorités. »

Son épouse se met à faire la vaisselle. Elle porte des lunettes aux verres épais, sa peau est douce et pâle. Elle ressemble à une comptable. Un des garçons se balance sur le bord de la galerie et heurte sa mère du pied. Il s'écrase sur le piano, puis hurle, tombe, et se précipite sous le tabouret.

Je poursuis : « Tu connais le vieux Xu ? C'est un ami de Yang Ming. Il travaille pour les Presses du Guizhou. Non ? Peu importe. Parle-moi de Guiyang. »

Li Zhi lance un regard furieux à ses enfants. Ils vont avoir droit à une raclée après mon départ.

« Parmi les artistes, Tang De est très bon et Dong Kejun figure dans le *World's Who's Who*. Les autres ne valent rien. Tian Bing est le seul poète qui nous reste maintenant que Huang Zhang est en prison. Les écrivains sont merdiques. En fait, je suis la seule personne célèbre de Guiyang. »

Les garçons se mettent à m'envoyer des fléchettes en papier sur la tête.

« Tu as un endroit où passer la nuit ? Non ? Je vais t'emmener chez Tang De, il t'hébergera. Quant à vous, fripons, attendez que je rentre ! » Les petits singes s'échappent, bondissent sur la galerie en riant, aussi grimaçants que les masques de leur père.

Le samedi après-midi, Tian Bing m'emmène dans un parc tranquille et boisé, à la limite de la ville. Alors que le ciel s'éclaircit, nous nous dirigeons vers la plus haute colline du parc. L'odeur de poussière s'estompe à mesure que nous grimpons. Je loge chez Tian Bing et son mari, Tang De, depuis quelques jours maintenant, et j'ai trouvé un travail à la fabrique de canapés. Tang De est sculpteur sur bois. Les motifs en volute qu'il crée font échos aux traits de son visage. Tian Bing est poète et journaliste à la télévision de Guiyang. Ce matin, elle a mis mes vêtements à bouillir et m'a donné un nouveau jean. Elle me raconte que Yang Ming doit lui rendre visite le mois prochain. Elles ont étudié ensemble à l'université de Chengdu.

À mi-chemin, elle s'arrête et crie : « Tu veux bien ralentir ! » Au soleil, sa peau semble transparente, la sueur fait briller le duvet sur son visage. Elle me fait parfois penser à un poulet malade. Nous nous asseyons sous un arbre. Elle est aussi humide que l'écorce. « Superbe vue, hein ? » Son dialecte sichuanais me rappelle celui de Ai Xin. J'ai encore en tête la vision de cette jolie poétesse me disant au revoir sur le quai.

« Tout semble beau de loin. Tu vois cette cour là-bas ? C'est l'endroit où je fabrique des canapés. » Je me tourne ensuite vers elle et lui demande : « Tian Bing, pourquoi es-tu venue t'installer ici ?

— Une tombe en vaut bien une autre », me répond-elle, avec un sourire sarcastique. Hier soir, elle m'a montré ses poèmes. Elle est devenue rouge de colère quand j'ai fait des corrections au crayon. « Pour qui tu te prends ? » m'a-t-elle dit. « Vous, les écrivains pékinois, vous êtes tous les mêmes. Quelle arrogance ! » Depuis, elle est cinglante avec moi.

« Tu détonnes ici. Tu es trop raffinée. Cet endroit est si isolé, tout le monde paraît un peu bizarre. Depuis que je suis arrivé, j'ai l'impression d'être à côté de la plaque.

— Arrête de penser, alors ! Je te trouve déjà bien prétentieux de vouloir rencontrer le moindre petit intellectuel du coin. Et toi qui dis vouloir rester loin des mondanités ! » Cette femme à l'apparence fragile a un caractère bien trempé. « Je n'aimais pas cet endroit, au début, concède-t-elle, mais après tout, je suis une femme, et je vais où va mon mari. » Elle arrache une poignée d'herbe et l'éparpille sur mon pantalon. Je pense au vers de son poème : « La fermeture Éclair de l'amant a rouillé. »

« J'aime ce vers : "Une femme solide comme un roc." » Je m'arrête un instant avant d'ajouter : « Tang De est un brave type.

— J'aime sa façon de traîner toute la journée à fumer et à boire. Je ne supporte pas ces hommes polis qui aident à la cuisine et à la vaisselle. Si Tang De n'était pas là, je serais partie il y a bien longtemps.

— Mais qu'est-ce qui t'a amenée ici, au départ ? » Il y a un proverbe qui dit qu'à Guiyang, on ne voit jamais plus de trois jours de ciel clair, trois li de terre plate ou trois pièces dans sa poche.

« Mon premier petit ami est revenu ici après l'université. Je l'ai rejoint plus tard, enceinte de six mois, pour découvrir qu'il vivait avec une autre femme. Fils de pute. » Ses yeux se mettent à rougir.

« Salaud ! » J'imagine que c'est l'un de ces jeunes types craintifs qui se transforment en tyrans de pacotille une fois rentrés chez eux.

« Toi, le mystérieux vagabond qui débarque dans nos vies comme un cadeau du ciel. Dis-moi, y a-t-il un remède à la jalousie ? » Tian Bing pose les yeux sur moi, elle ressemble à une petite fille dont le cou sentirait encore le lait.

« Contrôle tes désirs. Si une chose ne t'appartient pas, chasse-la de tes pensées. » Ma voix tremble.

Soudain, elle passe ses bras autour de mon cou et m'embrasse. Je la tiens contre moi un instant, puis elle se libère et s'éloigne. Au soleil, les brins d'herbe chargés de gouttes de pluie sont encore étincelants.

Deux touristes avec des sacs à dos passent devant une poubelle en forme de poisson rouge.

Tian Bing me reconduit jusqu'au centre-ville en longeant les bords de la rivière de Nanming. Elle porte le même jean que moi.

« Cette rivière est dégoûtante, dis-je. On a dû y jeter un demi-siècle d'ordures ! »

Les hommes qui en creusent le fond sont couverts de boue. L'odeur est abominable. De vieilles femmes fouillent les rives à la recherche de fil de fer et de baleines de parapluie. Elles entassent leur butin sur le trottoir. Il est déjà quatre heures de l'après-midi, mais les gens traînent encore en pantoufles pour se laver les dents au bord de l'eau.

« On a assigné une section du nettoyage à chaque unité de travail. Nous avons engagé des paysans pour faire notre part. Ce qui signifie aussi que nous n'aurons pas de primes pendant deux mois. »

Le centre-ville est tellement bondé qu'il est difficile d'avancer. Un nettoyeur d'oreilles agite ses tiges et crie : « Un mao l'oreille ! » Un masseur aveugle avec des lunettes noires se frotte les mains en attendant son prochain client. Un fonctionnaire de la patrouille anti-crachat attrape un homme d'âge moyen et lui met une amende d'un yuan. À l'angle de la rue, un mendiant joue du luth à trois cordes et chante les yeux fermés : « La bonté du président Mao est plus profonde que la mer. Il vient, comme le tonnerre au printemps, sauver le Parti communiste… »

« Bon sang ! Qu'est-ce que le vieux Mao a fait pour lui ? » crié-je dans le vacarme des bicyclettes. Le temps de m'acheter des chaussettes et des gants, la nuit tombe déjà.

Nous nous asseyons à l'étal d'un petit restaurant et partageons un plat de tofu. « Comme c'est accompagné de sauce au piment et assez copieux pour deux, ils appellent ça le tofu des amoureux », dit-elle en souriant.

Un réparateur de bicyclettes, accroupi à nos pieds, est en train de retirer les punaises enfoncées dans un pneu. Je me baisse et lui chuchote : « Je parie que c'est toi qui as répandu ces punaises sur la route, petit diable. » Il retourne sa casquette et me regarde du coin de l'œil.

Tian Bing me donne un coup au pied : « Ne cherche pas la bagarre à Guiyang, me dit-elle. Tous les gens ont un couteau sur eux. Hier, quelqu'un a été poignardé à la gare. Et tout ça pour une montre. » De l'autre côté de la rue, une soudeuse électrique projette des éclats de lumière.

« Ce piment est fort. Alors, qui d'autre écrit de la poésie à Guiyang ? » demandé-je distraitement. La foule de la ville semble resserrer son étau autour de nous.

« Regarde-moi tous ces bons à rien ! Quel genre de merde veux-tu qu'ils écrivent ? Si tu donnes un cours à l'université, quoi que tu fasses, ne leur parle pas de poésie. » Elle est aussi en colère qu'hier soir. J'ai l'impression que, comme moi, elle n'a pas encore trouvé la paix.

Quelques jours plus tard, j'emménage chez Zhou Long, un ami de mon camarade de travail Fu Yi. Il est membre de la troupe acrobatique de la province et les années qu'il a passées à tenir en équilibre des vases sur la tête lui ont valu un gros début de calvitie. Il m'installe son matelas sur le sol et dit que lui dormira sur le sommier en bois de son lit. Sa petite amie est funambule, elle habite la chambre de l'autre côté du couloir. Dans la soirée, Fu Yi, Zhou Long et moi sortons prendre une bière. Nous commandons un plat de « vêtements de poupée » – ce sont de petites crêpes que l'on fourre avec une trentaine de farces différentes. Elles sont disposées sur la table devant nous. Fu Yi et Zhou Long boivent leurs bières d'un trait et commencent un jeu d'alcool. Ils crient en agitant les doigts : « Un : lit ! Deux : amants ! Trois : bouches ! Quatre : pieds ! Cinq : jambes ! Ha, ha ! » Un vent froid se lève. Après mon cours de ce matin à l'université du Guizhou, les étudiants ont fait une collecte pour moi, à mon grand embarras. Avec cet argent, je leur achèterai un dictionnaire. Je me lève et suggère que nous emportions les bières chez Zhou Long.

Les jours où je travaille à fabriquer des canapés, j'ai les cheveux et les narines remplies de coton et de sciure. Je débite des planches, fixe des ressorts et aide Fu Yi à habiller les sofas en faux cuir. Je gagne huit yuans par jour avec cela. Dans notre cour s'entassent du bois, des tiges en métal, du coton à rembourrer, et le sol est couvert de sciure et de morceaux de ficelle. Quand je commence à avoir mal aux mains, je rejoins Fu Yi pour fumer une cigarette et boire une tasse de thé. Et nous tuons le temps en regardant passer les filles. Vues de dos, elles ressemblent à de petits poneys noirs dans leurs caleçons noirs et brillants.

Fu Yi a toujours un magazine avec lui et a réponse à tout, des papillons à la théorie de Freud sur la sexualité. Il sait que le nouveau président de l'Union soviétique s'appelle Gorbatchev, que l'équipe chinoise de netball a encore une fois gagné la Coupe du monde, et que la navette américaine *Challenger* a explosé en direct sur tous les postes de télévision du monde. Fu Yi sait beaucoup de choses mais, en fait très peu. Il fixe les ressorts avec deux clous au lieu de six et lance : « Ne t'inquiète pas ! Ça sera bon, une fois le vinyle dessus. On a tous le droit de vivre, tu sais ! » Il répète cette dernière phrase au moins vingt fois par jour.

Chaque fois qu'un oiseau vole dans le ciel ou que sa scie rencontre un clou, il s'écrie : « Ça, c'est typique ! » et s'assied pour admirer ses biceps.

« Regarde comme elle a le cul qui tombe, dit-il en allumant une cigarette et en crachant par terre. Elle a dû s'envoyer en l'air cette nuit. » Aujourd'hui, la fille qui passe, comme tous les après-midi à la même heure porte des socquettes avec ses talons aiguilles. La route est boueuse sous la pluie, poussiéreuse sous le soleil, mais les filles qui la prennent sont toujours belles à croquer.

« C'était encore serré hier. Et une vierge de plus perdue à jamais… »

Fu Yi allonge les jambes sur un canapé à demi tapissé.

Je vais uriner dans un coin. Le paquet de Marlboro que Lingling m'a envoyé est presque terminé. Dans sa lettre, elle m'explique que Shen Chao a une liaison avec la dirigeante de l'hôtel Hong Kong et que Pan Jie est rentrée à Beijing furieuse. Les imprimeurs sont toujours à la poursuite de Wang Shu pour se faire rembourser.

Elle me dit qu'elle a tapé au propre ma nouvelle « Yin Yang », et qu'elle l'a envoyée à la revue *La Cité des fleurs* mais l'éditeur ne l'a même pas lue. Je la posterai cet après-midi au vieux Xu et je verrais bien s'il en veut. C'est l'histoire d'une jeune fille qui se suicide au gaz après avoir été violée par un fossoyeur. Sa famille la croit morte et l'inhume le lendemain. La jeune fille se réveille dans son cercueil, lutte pour s'en extraire, puis meurt lentement d'asphyxie. Plus tard, cette nuit-là, le fossoyeur ouvre la tombe, espérant violer le corps, mais quand il voit l'expression torturée de la fille et les traces de griffures profondes sur son visage, il comprend qu'elle a été enterrée vivante. Submergé par la pitié et le remord, il s'allonge dans le cercueil et s'ouvre les veines.

Je retourne au canapé.

« Ô vierge aux lèvres tremblantes... » Fu Yi agite la tête et montre ses dents jaunes.

« Épargne-moi ta poésie, s'il te plaît. Tu as de la chance d'avoir une petite amie aussi gentille que Xiao Yu. C'est quoi cette obsession pour les vierges ? » Hier soir, Xiao Yu est venue dans la salle de bains commune avec une bassine et une brosse à dents. Je ne voyais pas son visage, pourtant quand par la fenêtre ouverte la lumière de la lune est tombée sur ses épaules, j'ai eu envie de la prendre dans mes bras.

« Crois-moi, vieux Ma ! Les vierges ont quelque chose de spécial. » Il retrousse ses manches et fait jouer ses muscles.

Je suis tenté de lui dire que Wang Ping était vierge, mais décide de garder cela pour moi. Elle me paraît si loin, maintenant. Je suis agité ces jours-ci. J'ai eu une érection tout à l'heure en pissant. « Je coucherais bien avec une femme, ce soir, dis-je en tirant sur ma cigarette.

— Je te prête ma maîtresse, si tu veux. Elle a de plus gros seins que Xiao Yu.

— D'accord, mais dis-lui que c'est juste pour une fois, que ça n'engage à rien.

— Entendu. Yanzi aime les artistes, elle sera heureuse de te rendre service. Hé ! J'ai lu qu'ils corsaient les Marlboro avec de la dope pour rendre les gens accros. Quoi ? Je sais qu'elles sont bonnes. Mais imagine, je suis déjà obligé de travailler toute une journée pour en acheter un paquet. Quelle vie ! Il paraît qu'à l'étranger le pain est gratuit dans les restaurants. C'est vrai, je l'ai lu dans un magazine.

— Oui, mais tu dois commander à manger. Tu ne peux pas juste t'asseoir et manger du pain toute la nuit.

— Dis-moi, vieux Ma, pourquoi tu écris des histoires ? Quoi ? Pour gagner ta croûte ? Hé ! Tu crois aux yetis ? » Il jette son mégot par terre et dit : « T'es pas heureux, hein ?

— Ramasse ce mégot, espèce de crétin ! » Je me souviens avoir entendu dire que si quelqu'un jette un mégot dans la prairie, les bergers sont capables de le battre à mort.

« Du calme, frère ! On a tous le droit de vivre, tu sais. »

Notre journée terminée, il se rince les cheveux sous le robinet et remet consciencieusement sa montre. Il m'emmène à la bibliothèque ce soir.

Le patron accepte finalement mon idée de vendre des tableaux avec les canapés. Il me tend la photographie d'un coucher de soleil en bord de mer et me promet de me payer quinze yuans par copie. Je sors acheter des toiles et des tubes de peinture. Je termine deux toiles avant la tombée de la nuit. Une fois que j'ai pris le coup, je me débrouille pour en peindre six par jour.

Le mardi après-midi, je me rends aux bureaux des Presses du Guizhou pour voir le vieux Xu. Il me tend une pile de lettres qu'il a gardées pour moi depuis le mois dernier. J'ai reçu de nombreuses réponses concernant les nouvelles que j'ai envoyées aux revues. Wang Ping me dit que *Fiction du Nord* a accepté « La Dernière Pluie » et que *Littérature de Beijing* va publier « Fruit blanc ». Li Tao m'informe que « La Terre noire » paraîtra le mois prochain dans *Écriture moderne* et que *Littérature de la Zone économique spéciale* est intéressé par « Vierge ». La revue *Horizon* m'écrit que « Vagues » a été publiée dans leur numéro d'automne et que le paiement a été envoyé à Wang Ping. Je décide de quitter mon travail à la fabrique de canapés et d'attendre que l'argent tombe.

Le vieux Xu me dit qu'il a aimé « Escarpement » et « Yin Yang », mais que son patron a refusé de les publier parce qu'il les a trouvées trop sombres et trop décadentes. Je lui réponds : « Peu importe, avec deux mille revues littéraires en Chine, il y en a forcément une qui la prendra. » Ce soir, le vieux Xu s'est arrangé pour que je donne une conférence aux membres du club littéraire des enseignants de Guiyang. Ils me paieront vingt yuans. Nous nous dirigeons vers une salle de classe de l'institut des Télécommunications et, à l'aide de quelques notes griffonnées à la bibliothèque, je déblatère sur l'influence du taoïsme sur le vers moderne chinois, avant d'entamer une discussion sur ma façon d'appréhender la création littéraire.

À la fin, quatorze enseignants, assis derrière des tables de classe disposées en fer à cheval, commencent à me bombarder de questions.

« Mon nom est Zheng Guang. Dites-moi, pensez-vous que la culture traditionnelle influencera le développement futur de la société ? » Zheng Guang est le président du club littéraire. Il porte un costume et une cravate, et un grand sourire éclaire son visage. Il détonne dans cette salle de classe froide et sombre.

« Eh bien, elle ne peut plus influencer le passé, n'est-ce pas! La tradition est une part inévitable de la vie. Bien sûr, elle influencera notre futur. Mais les sociétés modernes sont avant tout gouvernées par le principe d'individualisme.

— Monsieur Ma, les réformes ont été limitées jusqu'ici à la sphère économique, néanmoins j'ai le sentiment que ce dont notre pays a le plus besoin, c'est d'une libéralisation politique. Quelle est votre opinion à ce sujet ? » Je jette un coup d'œil à l'homme qui vient de poser cette question face à moi : chauve, souriant, âge moyen, pas l'air d'un espion. Il fait craquer ses articulations pendant que je réponds.

« Une question similaire m'a été posée à l'institut du Anhui et à l'université de Shenzhen. Les autorités parlent de réforme, mais n'ont pas l'intention de lâcher du lest en ce qui concerne la politique. La liberté politique donne une certaine conscience de soi. La liberté économique encourage l'avidité. Si l'on a le dernier sans le premier, alors la société se pervertit. Cela peut être très dangereux.

— J'ai lu dans un magazine que certains robots, aujourd'hui, ont une intelligence égale à celle d'un enfant de trois ans. Est-ce que cela signifie que, dans cinquante ans, ils auront atteint l'intelligence d'un adulte ? » L'homme à qui je réponds garde les poings serrés.

« Pardonnez-moi, tout ce que je peux vous dire c'est que dans certains pays on utilise des calculatrices pour contrôler les chaînes de production. Je ne connais rien aux ordinateurs.

— Pourquoi êtes-vous bouddhiste ? Croyez-vous au paradis ? » L'homme au premier rang n'a plus de jambes. Je ne vois qu'une tête perchée sur une table.

« Le bouddhisme adoucit nos souffrances spirituelles. Je ne laisserai pas un parti politique me dire comment vivre, quand mourir ou en quoi croire. Nos âmes sont reliées à l'univers, pourtant nous ne verrons peut-être jamais le paradis, car notre chair nous lie à la terre et aux gens qui nous entourent. Mais quand les gens autour de vous auront perdu leur volonté de vivre libre, alors cela deviendra l'enfer sur terre.

— Pensez-vous que les chiens peuvent prévoir les tremblements de terre ? Avez-vous déjà vu un fantôme ? » Avant la conférence, cet homme me confiait qu'il était professeur de biologie à l'université du Guizhou. Ou il a les cheveux très gras, ou il a pris une douche juste avant de venir.

« En évoluant, le cerveau de l'homme a perdu certaines sensibilités des plus subtiles. Les animaux sont plus en harmonie avec la nature. Les chiens, dans la rue, sentent que nous sommes assis dans une salle de classe, mais nous, nous n'avons aucune idée de l'endroit où ils se trouvent. Parfois, quand je pratique le qigong, je sens mon âme quitter mon corps. Je n'ai jamais vu de fantôme, mais j'espère que Bouddha m'apparaîtra un jour.

— Quel est votre avis sur l'amour que porte Bao Yu à Lin Daiyu dans *Un rêve dans le pavillon rouge* ? » La femme qui pose cette question est assise sur la droite, devant moi. Elle a une petite bouche et d'épaisses lunettes blanches.

« J'ai lu le livre l'année de mes seize ans. C'est un merveilleux roman. On aimerait tous vivre une vie de rêve dans un beau jardin secret. Mais quand les rêves se brisent, on se réveille et l'on voit à travers la poussière rouge de l'illusion. J'écris moi aussi sur l'amour et la mort ou, pour être plus précis, sur le fait que l'amour ne peut exister que dans la mort, car seule la mort est éternelle. Quoi ? Non, je n'ai pas encore levé le voile de la poussière rouge. »

Les questions prennent fin. Pendant les applaudissements, Zheng Guang m'offre une toute nouvelle chemise en nylon et l'on me supplie de faire une démonstration de qigong.

Quelques jours plus tard, Tian Bing et moi allons prendre un verre chez Zheng Guang. Son épouse et lui sont divorcés, mais ils partagent toujours leur unique pièce. Elle est chanteuse à l'opéra de Beijing et me donne vingt yuans pour ma copie des *Champs de blé* de Van Gogh. Ce soir, elle a fait frire quelques oignons sauvages et du poisson épicé. Tous les membres du club littéraire sont là. Ils prétextent qu'ils ne m'ont pas assez payé pour le cours et glissent dans ma poche un billet de cent yuans. Je m'assieds par terre et leur fais une autre démonstration de qigong. Tous ont le souffle coupé en voyant les paumes de mes mains rougir et la sueur couler de mon front. Quand j'ouvre les yeux, Tian Bing pleure sur l'épaule du vieux Xu. Et tandis que j'ouvre une autre bouteille de bière, elle s'approche de moi et me gifle.

Je décide de partir à la campagne. Yang Ming doit arriver bientôt, mais je n'en peux plus de cette ville. Le jour suivant, je me rends à la gare et achète un billet pour la réserve naturelle de Zhangjiajie dans le nord de la province de Hunan.

Abysse de désir

Je me réveille le matin dans un monde blanc. Il a neigé cette nuit. Dans la cour, les latrines ressemblent à une cabane de conte de fées. Je passe à côté et marche sur la neige qui craque sous mes pas jusqu'au bord de la « Crevasse d'un pas », que j'ai sautée hier. La neige a réduit l'écart entre ses deux bords, mais elle est toujours aussi profonde. Comme le côté opposé est légèrement plus bas, il est assez simple de franchir la crevasse par là, alors que la passer en sens inverse est nettement plus dangereux. L'été dernier, un touriste pékinois a pris un tel élan que son corps a rebondi sur la paroi et s'est écrasé dans les abysses. Hier, j'ai eu tellement peur que les muscles de mes cuisses se sont soudain contractés. Ils devraient construire un petit pont pour passer au-dessus de ce foutu trou et mettre un terme à ce genre d'accidents.

Je retourne jusqu'à la carcasse en bois de la maison condamnée, celle qui se tient au pied du mont Tianzi. Le jour où ce site est devenu touristique, le comité a décidé que cette maison gâchait le décor et qu'elle devait être détruite. La nuit dernière, j'ai logé dans l'appartement chaud et confortable de l'oncle du propriétaire. Quand la neige a commencé à tomber, il n'a pas du tout semblé préoccupé par le sort de la famille de son neveu. « Qu'ils crèvent de froid, a-t-il dit. C'est bien fait pour eux, ils n'avaient qu'à écouter le chef du village. »

De la fumée monte de la carcasse sans toit. Puisqu'il n'y a plus de porte, j'entre directement. L'épouse met des bûches dans le fourneau, la petite fille de cinq ans serre un chauffe-mains. Je le touche. C'est gelé. Les doigts glacés de l'enfant ressemblent à des petites carottes rouges. Elle dit que son père est parti au village. Un miroir, un chapelet de piments et un calendrier à la date du jour, le 1er janvier 1986, sont suspendus à la poutre maîtresse. « Il neige le premier jour de l'année. Sans doute un heureux présage. » J'essaie de leur apporter un peu de réconfort avant de prendre congé et de partir pour Zhangjiajie.

Enveloppé dans les brumes blanches de Tianzi, j'avais l'impression d'être coupé du monde, mais Zhangjiajie me ramène très rapidement à la réalité. Les touristes ont envahi les rues et les restaurants. Tard dans la nuit, la police fait irruption dans mon auberge, traîne un couple nu dans le couloir et les menace d'informer leur unité de travail, à moins qu'ils ne versent une amende de trois cents yuans. Les pieds de l'homme virent au blanc et la femme tremble de froid. Ils vont chercher cent soixante-dix yuans et disent que c'est tout ce qu'ils ont. La police prend l'argent et les laisse partir.

Dans le dortoir, tout le monde, cigarette allumée, parle de la femme nue.

« C'est donc à ça que ressemble une femme nue.

— Une peau si luisante, de si jolies fesses blanches.

— Ça leur apprendra à coucher avec n'importe qui comme les étrangers.

— Ça n'aurait rien de donné de bon. Il devait avoir l'âge d'être son père. »

Liu, le directeur de l'approvisionnement de Shaoyang, décrit comment les contre-révolutionnaires ont été traités au cours de la Révolution culturelle : « Ils étaient abattus, déshabillés, puis jetés à la rivière pour que tout le monde, en aval, sache. Une fois, j'ai vu toute une famille entière flotter, attachés les uns aux autres avec du fil de fer.

— Et les femmes ? demande l'homme qui n'avait jamais vu de femme nue avant ce soir.

— Même pas de quoi t'exciter un peu, mon ami. Ils leur tranchaient les seins avant de les jeter à l'eau. »

Je lis le règlement de l'hôtel affiché au mur. Au dernier paragraphe est écrit : « Les hommes et les femmes ne peuvent partager une chambre que si leur différence d'âge excède soixante-dix ans. » J'imagine que cela exclut les grands-mères qui partagent une chambre avec leur petit-fils. Je me traîne jusqu'à mon lit, mais n'arrive pas à dormir. La pièce résonne toujours du murmure des commérages.

Je déteste les gens qui se réjouissent du malheur des autres. Chaque fois que la police conduit des criminels sur leur lieu d'exécution, les rues s'emplissent d'une foule de curieux qui restent plantés là, à regarder. Les femmes subissent toujours les pires traitements. Dans un faubourg de Beijing, j'en ai vu une traînée à travers les rues, un fil de fer accroché entre son vagin et son anus, là où les hommes l'ont juste accroché aux omoplates. Et lorsqu'on en mène une devant le peloton d'exécution, les gens la montrent du doigt et chuchotent : « Regarde, c'est une femme. »

Dans les années 1940, les hommes pouvaient avoir quatorze épouses. Dix ans plus tard, ils ont dû se restreindre à une seule. Ce désir contrarié de domination et de voyeurisme ronge toujours le cœur des hommes et refait surface chaque fois qu'une occasion se présente. Aujourd'hui, j'ai lu sur un panneau annonçant une exécution qu'un homme du Sichuan avait violé une jeune fille. Il lui a enfoncé la main dans le vagin et lui a arraché l'utérus. Quand un pays est gouverné par une bande de brutes, les hommes se comportent comme des sauvages. Un autre couple nu se tient grelottant de froid, dehors. La police a dû trouver d'autres victimes. Dans la pièce, six bouches puantes commentent les détails de la scène. Avant que le jour ne se lève, je fais mes bagages et quitte les lieux.

Le jour suivant, je retourne dans la province du Guizhou et escalade le mont sacré Fanjing. Des marches de pierre permettent d'accéder au sommet. Une fois les nuages noirs de pluie dissipés, la montagne baigne dans la lumière. Le temple bouddhiste tout en haut est en cours de restauration, le lieu est vide. Plus bas, les nuages suivent leur course, poussés par le vent. Il n'y a personne en vue. On se sent bien à respirer l'air pur de la montagne, loin de la foule.

Deux jours plus tard, je descends la montagne et marche jusqu'au village de Shiqian pour me baigner dans les thermes de la dynastie Ming.

Le responsable de la bibliothèque de Shiqian sourit en lisant la lettre des Presses du Guizhou et me tend les clés du bâtiment. Il y a ici quatre mille livres poussiéreux à feuilleter, à volonté. Je décide de rester quelques jours.

Le lendemain matin, j'achète un ticket pour les eaux thermales. Trois bassins sont reliés entre eux : celui des officiels, en haut, celui des hommes, au milieu, et celui des femmes, en bas. La salle du milieu est noyée sous une épaisse vapeur. Une dizaine d'hommes se vautrent dans les eaux bouillonnantes. Ils se nettoient le visage avec des gants de toilette et lavent leurs vêtements crasseux, leurs tennis, leurs chaussons et leurs draps avec de la poudre à récurer. L'eau est sale, mais au moins, la chaleur calme les plaies de ma peau gercée. L'eau qui arrive du bassin des officiels étant loin d'être propre, j'imagine qu'elle doit être noire quand elle sort de la piscine des femmes.

Le vieil homme, à côté de moi, se lève et essaie de pisser sur le rebord, mais son jet est faible et l'urine dégouline dans la piscine.

« Excuse-moi, mon ami, dit-il en essuyant le rebord avec son gant de toilette. Je suis vieux, je vais avoir quatre-vingt-un ans cette année.

— Félicitations, c'est un bel âge. » Je regarde son petit pénis et m'éloigne. Je ne suis pas d'humeur à discuter.

Bientôt, l'odeur de chlore et la saleté me font monter les larmes aux yeux. Je me lève et sors la tête par la fenêtre. Quelques femmes, trop pauvres pour acheter des tickets, se lavent dans le ruisseau noir qui se déverse du bassin le plus bas. La vapeur disparaît peu à peu, à mesure que l'eau continue sa course dans l'étroite vallée.

Dans la soirée, je ferme la bibliothèque à clé et rejoins l'auberge. Il reste une lumière allumée dans le village. Un vieil homme est décédé et une foule s'est rassemblée autour de sa maison, espérant que la vue de ce corps âgé leur apportera longue vie.

Je me presse à l'entrée. Sur un distique accroché au mur du fond, il est écrit : « L'ÂME RETOURNE AUX CIEUX, NETTOYÉE DE LA POUSSIÈRE DU MONDE. » Sur l'autel funéraire, une photographie du défunt est éclairée par deux bougies vacillantes. Je reconnais ce visage. C'est le vieil homme qui a uriné dans la piscine, ce matin. Ses proches m'entraînent à l'intérieur et me donnent un siège devant, tout à côté du corps. Impossible de m'échapper.

La femme à ma droite me tend quelques graines de melon. Je fixe le vieil homme au menton enfoncé et aux dents jaunes, derrière ses lèvres sèches. Dans cette pièce remplie de vivants, il est le seul à avoir marché jusqu'au bout du chemin et à s'être arrêté. Sa mort les attire autour de lui. Ils aimeraient soutirer un peu de vie à ce corps qui n'en a plus.

Aujourd'hui, cet homme est leur modèle, leur guide pour le futur.

« Il a vécu jusqu'à un bel âge. On lui a retiré une tumeur, l'année dernière, grosse comme une pomme.

— Il n'a jamais perdu l'appétit. Il a mangé un bol de gruau hier et épluché deux œufs durs tout seul. »

Enfin, le prêtre catholique arrive, un tissu rouge autour des épaules et un livre de prières à la main. Je l'ai vu ce matin, au petit-déjeuner, à la cantine de l'auberge. Je profite de la confusion pour me glisser à l'extérieur. Il y a moins de monde dans la rue. Le silence se fait, puis à l'intérieur les gens commencent à chanter avec le prêtre : « Dieu tout-puissant, lorsque tremblera la terre et que les montagnes s'effondreront, tu viendras sur ton cheval pour le Jugement dernier. Nous attendons dans la crainte. Aie pitié de nos péchés, épargne-nous les châtiments, conduis-nous aux cieux et accorde-nous la vie éternelle. Amen. »

Le lendemain, après le petit-déjeuner, j'achète deux yuans le livre de prières du prêtre et retourne à Guiyang.

Pluie sur un camp de lépreux

Avec une lettre d'authentification du vieux Xu, je me rends au bureau de poste encaisser mes chèques et en sors avec près de trois cents yuans. Fu Yi m'emmène auprès du patron de la fabrique de canapés qui me doit encore de l'argent pour mes peintures. Fu Yi travaille pour quelqu'un d'autre maintenant et fabrique des cadres pour le double de son ancien salaire. Il me dit : « Yanzi t'a trouvé très sympathique. Elle n'arrête pas de demander où tu es.

— Ne lui dis pas que je suis ici », dis-je, en me souvenant de la plante de ses pieds froide et dure.

Le patron de la fabrique habite dans la cour d'une vieille usine. L'arbre au milieu est mort. Les hangars à charbon sont pleins à craquer. Il y a un cercueil devant sa porte. Fu Yi me raconte qu'il a été offert au père du patron pour son départ à la retraite. Il n'est pas chez lui, mais nous le trouvons, un peu plus tard, en train de jouer à des jeux d'alcool dans un restaurant à proximité. Il me donne cent cinquante yuans. J'ai peint trente-cinq toiles, il me devait plus de sept cents yuans.

Au moment de partir pour les chutes de Huanguoshu, le lendemain, le vieux Xu m'accompagne jusqu'à la gare routière. Il me confie : « Tian Bing voulait s'enfuir avec toi, mais depuis ta démonstration de qigong, elle pense que tu n'es qu'un sale farceur. Elle ne veut plus jamais te voir.

— Je suis navré qu'elle l'ait ressenti ainsi. De toute façon, elle ne s'est jamais vraiment intéressée à moi. Je n'ai fait qu'alimenter ses rêves d'évasion. »

Est-ce l'amour ou la haine qui la fait rester dans cette ville ? Serait-elle vraiment partie avec moi ? Je ne suis pas sûr qu'elle connaisse elle-même les réponses.

L'hiver a été si sec que les chutes de Huanguoshu se réduisent à un filet d'eau. On ouvrira un barrage demain pour un groupe de touristes étrangers, mais je préfère ne pas attendre. Le Festival de printemps a lieu dans deux jours. Je veux me rendre dans les montagnes pour le voir célébré dans les villages Miao.

Le sixième jour de l'année lunaire chinoise, je continue vers l'ouest et rencontre un compagnon de route. Nous passons la journée à marcher ensemble dans de profondes et vertes vallées. Dans la soirée, nous atteignons la maison de son oncle où il m'invite à partager un repas et à passer la nuit. L'oncle me dit que, le lendemain, un bus doit prendre la direction de Anshun. Je décide donc de changer d'itinéraire et de faire une boucle par le nord avant de prendre la direction du Yunnan.

Un mois plus tard, je traverse le village de Yemachuan sur le plateau Guizhou-Yunnan, et prends un chemin de terre rouge qui court le long d'une crête telle une blessure à vif. Il est parsemé d'herbes vertes qui semblent grimper jusqu'au ciel. Soudain, un nuage noir fait son apparition, suivi d'une pluie torrentielle qui rend le sentier boueux et glissant. Je tombe à deux reprises. À travers le rideau de pluie, j'aperçois devant moi une petite maison blanche vers laquelle je me dirige, en pataugeant dans l'herbe détrempée. Sur la porte est inscrit : « SANATORIUM DE SALAXI POUR LES MALADIES INFECTIEUSES. »

J'entre. L'endroit est désert. Un vent froid traverse mes vêtements humides. « Y a quelqu'un ? » crié-je, mais je n'entends que le craquement de mes pas sur le sol. En grimpant les escaliers de bois, je me demande si les occupants n'ont pas été décimés par un fléau. Il fait sombre à l'étage, la fenêtre au-dessus de la cage d'escalier est la seule source de jour. J'avance à tâtons dans le couloir et aperçois un éclat de lumière provenant d'une fissure dans une porte. Une plaque indique : « BUREAU DU DIRECTEUR ». J'entre. La pièce est petite et bien rangée. Il y a un journal et un encrier sur le bureau, une carte d'acupuncture sur le mur. Je prends une tasse et ouvre le thermos, mais il n'y a pas d'eau à l'intérieur.

Dehors, la pluie est si dense que je ne vois pas au-delà du carré de légumes qui se trouve en bas. Je retire ma veste trempée et m'assieds dans le fauteuil. Si personne n'arrive, je pourrais passer la nuit ici. Je n'ai vu aucune auberge sur le chemin.

Le bâtiment se met bientôt à craquer de toute part. J'entends des pas dans les escaliers et des piétinements dans le couloir. Je fixe la porte. Elle s'ouvre sur une jeune fille qui s'adresse à moi dans un dialecte du Guizhou. Je lui dis que je suis journaliste et sors ma lettre d'introduction. Elle pose son parapluie et sourit : « Vous êtes le premier journaliste à venir visiter notre camp de lépreux. Attendez ici. J'appelle le directeur. »

Je balaie la pièce du regard. À présent, je sais pourquoi il n'y a pas de gardiens à la porte, la peur de la lèpre est une barrière suffisamment efficace. Je sors mon appareil photo, mon carnet, et me passe un coup de peigne dans les cheveux.

Le directeur est un jeune homme d'environ trente ans. Il me verse une tasse de thé et me raconte l'histoire du sanatorium.

« Il a été construit par des jésuites italiens en 1933, spécifiquement pour le traitement de la lèpre. Combien avons-nous de patients actuellement ? Une trentaine. Leur état est stable. La plupart d'entre eux pourraient rentrer chez eux s'ils le souhaitaient, mais personne ne voudrait d'eux. Les symptômes ? Épaississement de la peau, ulcérations, nécroses partielles, chute des cheveux...

— M'autoriseriez-vous à rencontrer quelques patients ? demandé-je, en refermant mon carnet. Nous pourrons continuer cette discussion plus tard.

— Vous êtes très courageux. La plupart des gens craignent l'infection. Dans le temps, le personnel devait porter des bottes en caoutchouc et des masques chirurgicaux avant d'entrer dans le camp. »

Le camp se trouve juste derrière le bâtiment. Sous le crachin, on dirait un gentil village de montagne. Le chemin est bordé de chambres de malades, la plupart d'entre elles sont vides.

Le directeur frappe à une porte et entre. Les fenêtres sont sales. Dans l'obscurité, j'aperçois des bols blancs et du petit matériel agricole sur le sol. Deux lits de camp sont placés contre les murs, face à face. Il y a un grand poireau sur le fourneau situé au milieu de la pièce. L'air est vicié et sent le moisi.

« Debout, Jiefang. Un journaliste est venu te parler. Tu peux dire ce que tu veux. » Le directeur n'est pas grand, ses bottes paraissent énormes sur lui.

« A-asseyez-vous, je vous en prie. J'allume le fourneau. Il pe-p-p-leut encore dehors ? » Jiefang se débarrasse de la couverture de son lit et s'empare d'une boîte d'allumettes.

« Je n'ai pas froid. Assieds-toi, s'il te plaît. Tu parais en bonne santé. » Il me semble tout à fait normal.

« Je vais beaucoup m-mieux. Je suis venu ici en septembre et le t-t-traitement a commencé à opérer de suite. Je suis rentré à la maison, mais ma fe-femme ne veut plus de moi. Elle ne m'a même pas laissé voir les en-enfants. Je suis retourné à l'u-usine mais ils ne veulent plus de moi. Ils m'ont donné un peu d'argent et m'ont dit de partir. Aucune auberge ne veut de m-moi, alors, à la fin, je suis re-revenu ici.

— Nous avons écrit à son unité de travail pour leur dire qu'il n'est pas contagieux, mais ils n'ont pas voulu écouter. La peur est trop profondément ancrée.

— À quoi t'occupes-tu ? » Jiefang doit avoir trente ans.

« Mes bras sont encore bons, je suis utile aux champs. Mes garçons ? L'un a n-n-neuf ans, l'autre cinq. Ils ne sont j-jamais v-venus me voir. » Ses lèvres continuent de trembler longtemps après qu'il a fini de parler.

Une femme clopine sur ses béquilles. Ses vêtements sont crasseux. Elle porte une casquette de l'armée. Sa bouche déformée est à demi ouverte. Un aveugle à l'air exténué la suit. Ils sont rejoints par une dizaine d'autres patients. Certains ont perdu un bras, une oreille, un nez, mais la plupart d'entre eux peuvent marcher et leur peau semble quasiment saine. Il y a trop de monde dans la pièce maintenant, je suggère donc que nous avancions.

J'ouvre la porte suivante et vois une vieille femme accroupie près du fourneau. Des touffes de cheveux se dressent comme de la mauvaise herbe sur son crâne chauve. Son regard me suit quand je pénètre dans la pièce, avant de se perdre à nouveau vers les piments accrochés derrière la porte. Une autre femme est endormie sur le lit. Je ne distingue qu'un coin de peau – un visage ou une épaule – entre la couverture et l'oreiller. Son souffle est bruyant et bronchitique. Un gant de toilette usé et une carte postale où sont imprimés les mots « DOUBLE BONHEUR » sont suspendus au crochet d'une vieille moustiquaire grise. Sur le mur taché de traces de fumée, derrière le fourneau, sont collées des étiquettes de flacons de pilules. On dirait des champignons sur du bois pourri.

« La femme qui est au lit a cinquante et un ans. Elle souffre d'hémorragies gastriques et ne peut plus parler. »

La chambre suivante est un peu plus claire, les murs sont recouverts de papier journal. Un vieil homme, assis au bord de son lit, regarde les mouches voler. Son visage est décharné et tordu. De la salive coule aux coins de sa bouche et dégouline sur sa veste matelassée, comme des rails de chemin de fer. Il se tient fermement à la table de nuit avec les deux doigts qui lui restent. Sur la table sont posés un journal, une pomme et une paire de gants boueux.

« D'où venez-vous ? bredouille-t-il avec un grand effort.

— Le camarade Ma est un journaliste de Guiyang, vieux Wu. Il est venu enquêter sur notre situation et fera un rapport aux plus hautes autorités. Le vieux Wu est avec nous depuis trente ans. Il a étudié à l'institut de Kunmig et a travaillé pour le gouvernement local. Ici, tout le monde vient le voir quand il s'agit de rédiger un courrier. » Manifestement, le directeur s'entend bien avec ses patients.

« Nous ne recevons que douze yuans par mois, mais les prix continuent de grimper, nous pouvons difficilement nous procurer de quoi manger. » Le vieux Wu bave en tapotant les articulations de ses doigts sur le journal. « Nous avons écrit trois fois au ministère de la Santé publique pour leur demander une aide, mais ils n'ont toujours pas répondu. »

Les autres patients interviennent.

« Les réformes politiques ont amélioré la vie des gens, mais ici, on vit toujours de gruau de maïs. À l'hôpital de Hezhang, ils ont des télévisions dans chaque chambre.

— Le comté nous a envoyé des chapeaux cette année, mais on a besoin de savon et de nouveaux outils agricoles.

— Et d'une télévision.

— On ne peut jamais aller faire les magasins.

— Moi ? J'avais neuf ans quand je suis arrivé. Je n'ai été à la maison qu'une fois.

— C'est notre petit orphelin. Sa famille vit dans le Sichuan. Il est rentré chez lui en 1968, mais les villageois l'ont tabassé. Il se cachait dans des buissons le jour et marchait pour revenir ici la nuit.

— Nous avons quatre poules, deux d'entre elles pondent.

— Camarade journaliste, s'il te plaît, envoie notre message au gouvernement. Je suis membre du Parti, je commandais une brigade de production... »

Je demande si je peux les prendre en photo à l'extérieur. Ils se figent tout à coup.

Le directeur me prend à part et me chuchote : « Ils ne se prennent jamais en photo. N'avez-vous pas remarqué qu'il n'y a pas de miroir dans le camp ?

— Le camarade journaliste nous a montré du respect. Nous devrions l'autoriser à nous photographier. » Le vieux Wu agite la main et tout le monde retourne dans sa chambre mettre ses plus beaux habits. Le vieux Wu n'a plus de pieds, mais il réussit néanmoins à glisser ses moignons dans une paire de vieilles chaussures en cuir, à s'appuyer sur la table et à se lever.

Il crachine toujours dehors. Une poule trempée s'échappe du poulailler. On aide la vieille femme à sortir de sa chambre et on la recoiffe une fois à l'extérieur. Trente visages défigurés fixent mon objectif, leurs yeux implorant de l'aide. Les femmes ont ramené leurs cheveux en arrière. Le directeur tient un parapluie au-dessus de moi, mes mains tremblent. Je ne sais pas ce que je peux faire pour ces gens.

De retour dans son bureau, le directeur me dit que sans le petit potager et les trois pommiers, les patients seraient morts de faim.

« Personne ne pourrait survivre avec ce que le gouvernement nous donne.

— Mais ils sont estropiés. Comment peuvent-ils travailler la terre ?

— Deux d'entre eux ont encore l'usage de leurs mains et le personnel aide aux tâches les plus basiques.

— La vieille femme qu'ils ont portée dehors n'est pas bien, n'est-ce pas ?

— Cela fait dix ans qu'elle est tombée malade. Mais pas de la lèpre. Son petit ami a attrapé la maladie au cours des années 1960. Ils sont venus ici ensemble et se sont mariés dans le camp. Il est mort quatre ans plus tard et elle n'est plus repartie depuis.

— Combien de patients y a-t-il eu ici au maximum ?

— Plus d'une centaine, je pense. À l'époque, ils dansaient le jour de la fête nationale. Mais les conditions aujourd'hui sont si mauvaises. Nous n'avons jamais assez de médicaments. Le salaire d'un docteur n'est que de cent yuans par an, sans prime. Les paysans imaginent que le personnel est contagieux et refusent de nous approcher.

— Vous pourriez être muté, non ?

— Sans doute, mais je me suis attaché aux patients, je ne peux pas les abandonner. L'an dernier, ils ont attrapé un oiseau sauvage, lui ont construit une cage en bambou, et me l'ont offert pour le Festival de printemps. Ils savent qu'il est dangereux de faire cadeau de leur nourriture, alors ils gardent les pommes pour eux. »

Le lendemain matin, je reprends le chemin rouge. Le ciel est clair à présent, pourtant l'air autour de ce camp sans murs paraît froid et lourd. Je jette un coup d'œil derrière moi et regarde une dernière fois la maison blanche qui s'élève parmi les carrés de légumes bien ordonnés. Elle ressemble à une carcasse vide flottant au-dessus du sol. S'il n'avait pas plu hier, je serais passé sans m'arrêter.

C'est le milieu du mois d'avril, mais les rivières sont encore gelées. Chaque fois que j'en traverse une, mes jambes restent engourdies des heures. J'avance au rythme de deux montagnes par jour pour enfin arriver à Shimenkan totalement épuisé. Le chef du village me souhaite la bienvenue et m'offre un lit à la maison du comité.

« Cette maison a été construite par des missionnaires anglais. C'était une église, avant. » L'homme a été envoyé ici par le gouvernement local pour travailler à soulager la misère.

Dans la soirée, je déplie ma carte. Je me trouve à l'extrême nord-ouest de la province du Guizhou, près de la frontière du Yunnan et du Sichuan. Je ferme les yeux et me remémore les montagnes que j'ai traversées le mois dernier. Je me demande comment monsieur Bagley et son épouse ont fait pour parvenir jusqu'ici, il y a des années. Ils sont arrivés en 1902 pour construire une école et une église pour les habitants et sont restés jusqu'à ce que monsieur Bagley meure de la typhoïde treize ans plus tard. J'ai visité l'école cet après-midi. Les enfants dorment sur le plancher, désormais. Quand ils ont faim, ils prennent une pomme de terre dans un sac et la font cuire sur un feu de feuilles sèches.

Le lendemain matin, je visite le cimetière et m'aperçois que les tombes de Bagley et d'un ami missionnaire tué par les tribus locales sont ouvertes. Les pierres tombales fracassées sont dispersées sur l'herbe. On peut encore lire les inscriptions en anglais et en caractères chinois. Après les enterrements, les villageois sont régulièrement venus fouiller les tombes à la recherche d'un trésor. Au final, tout a disparu, même les os.

Le seul véritable legs de Bagley est le groupe de trente enfants qu'il a envoyés en Angleterre suivre un enseignement secondaire. À leur retour au village, ils ont formé l'élite culturelle de la province, et occupé les postes les plus importants dans les écoles et collèges de Guiyang. Mais aucun d'eux n'est rentré à Shimenkan.

La misère que l'on croise dans ces montagnes me fait honte. La plupart des gens qui vivent ici n'ont jamais porté de chaussures. La famille chez qui j'ai passé la nuit il y a quelques jours cuisait sa nourriture sur un morceau de terre cuite cassé. Ils m'ont servi un bol de gruau de maïs et une tasse d'eau salée. Je leur ai donné mon dernier paquet de biscuits. Ils m'ont dit avoir assez de maïs pour deux cents jours ; le reste du temps, ils doivent faire avec des écorces de céréales et des pommes de terre.

Cet après-midi, les cadres des villages voisins se sont réunis à la maison du comité pour lire le projet agricole des autorités centrales pour 1986. Il y a dix membres du Parti, mais cinq seulement savent qui est Deng Xiaoping, et personne n'a jamais entendu parler du secrétaire Hu Yaobang. En clôturant la réunion, le secrétaire du Parti annonce que la mission de cette nuit est d'arrêter un homme qui a quatre enfants et qui doit plusieurs milliers de yuans au planning familial.

« Le mois dernier, nous avons mis sa maison sens dessus dessous, mais il ne veut toujours pas se rendre. Cette semaine, on l'a vu revenir discrètement deux nuits chez lui, mais il est reparti avant l'aube. Son épouse ne veut pas confirmer les faits et refuse de nous dire où il se cache. Cette nuit, nous devons encercler sa maison et le prendre en flagrant délit. Liu Wang, tu places six hommes en embuscade près de la maison de son oncle et tu n'oublies pas les lampes. Le reste d'entre vous gardera les portes du village. »

Au milieu de la nuit, une vingtaine de miliciens arrivent à la maison du comité et attendent les ordres. À la vue de leurs fusils, je me dis que le paysan ne survivra pas à cette nuit.

À ma grande surprise, il se livre sans se battre. Les hommes l'emmènent à la maison du comité, l'attachent à une table, lui ouvre l'abdomen et lui sectionnent les canaux déférents. Dans l'après-midi, le paysan occupe le bureau et refuse de s'en aller, mais personne n'y prête attention.

« Pourquoi ne pas rentrer pas chez toi ? Ton épouse va s'inquiéter. » Si l'homme reste là toute la nuit, je ne pourrai pas dormir. Il roule les yeux, tout en tenant d'une main son ventre bandé.

« Je ne partirai pas tant qu'ils ne m'auront pas rendu mon taureau. » Depuis qu'ils l'ont ouvert, il ressemble à un ballon de football dégonflé.

« Tu ne t'en tires pas si mal. Tu as encore quatre enfants chez toi. » Le paysan détourne le regard et décide de faire comme si je n'étais pas là.

Le comité du village se saisit de certains de ses biens : la porte de sa maison, les vitres de ses fenêtres, les tuiles de son toit et son outillage agricole. Mais ce n'est pas suffisant pour couvrir l'amende. À la tombée de la nuit, ils le mettent dehors. Après un repas de nouilles au mouton avec les cadres du village, j'ouvre la porte d'entrée pour voir si l'homme est toujours là – il a disparu dans la nuit.

Entre Daxin et la rivière Jinsha, la température grimpe brutalement : des bananiers, des figuiers de Barbarie font leur apparition le long de la route. Je traverse la rivière à l'aube et entame l'ascension du mont Daliang. À midi, il fait si chaud que je grimpe entièrement nu, mais lorsque j'atteins le pic, à deux mille mètres, je frissonne dans ma veste rembourrée.

Ce soir-là, je m'arrête pour la nuit dans un village appelé Mayizu. Une production de Hong Kong-Shenzhen y tourne un film et a transformé le village en un plateau de cinéma.

Dans la matinée, des villageois Yi en costume national paradent dans les ruelles sales, riant et chassant à coups de pied les chiens qui se trouvent sur le passage. Personne ne va travailler aux champs. Les Yi suivent le moindre déplacement de l'équipe, qui a commencé à tourner, en brandissant coffres en bois, couteaux de ceinture, boucles d'oreilles et bracelets, dans l'espoir que le réalisateur loue leurs services dans la prochaine scène. Lorsque le réalisateur choisit quelqu'un pour un rôle, ils crient à l'injustice. Ils ne comprennent pas pourquoi on donne toujours les meilleurs rôles aux fainéants les plus crasseux et aux femmes les plus laides. Une fois le mot « Action ! » prononcé, les villageois se mettent à rire et à pleurer comme ils le feraient au cinéma. Les appels au silence continuels du chétif réalisateur sont traduits en yi par le garde de la sécurité envoyé par la capitale du comté.

Le film s'appuie sur l'histoire vraie d'un pilote américain qui a atterri en parachute dans ce village en 1940, après que son avion a été abattu par les communistes. Les Yi l'ont trouvé et en ont fait leur esclave pendant neuf ans, après quoi ils l'ont laissé quitter leur enclave montagneuse pour rentrer en Amérique. Jamais les Yi n'auraient imaginé que le « singe étranger » qu'ils avaient libéré leur porterait un jour chance à ce point. Le réalisateur de Hong Kong est à bout de nerfs. « C'est un cauchemar, dit-il. Les Yi nous font tout payer, et leurs prix grimpent tous les jours. »

L'argent a changé la vie de ces gens et leur manière de penser. Que ferais-je si j'avais une grosse rentrée d'argent ? Continuerais-je à errer dans ces montagnes ? Ma pauvreté me laisse libre comme l'air, pourtant parfois, j'aimerais qu'une pierre me tombe dessus et me cloue au sol.

Le pilote américain a pu tenir ici toutes ces années parce qu'il avait un but : celui de rentrer chez lui. Je n'ai pas un tel but, alors je dois continuer à marcher.

Je consulte ma boussole et prends la direction du sud. Une semaine plus tard, j'arrive à Kunming, la capitale du Yunnan.

8

LA VIE À LA FRONTIÈRE

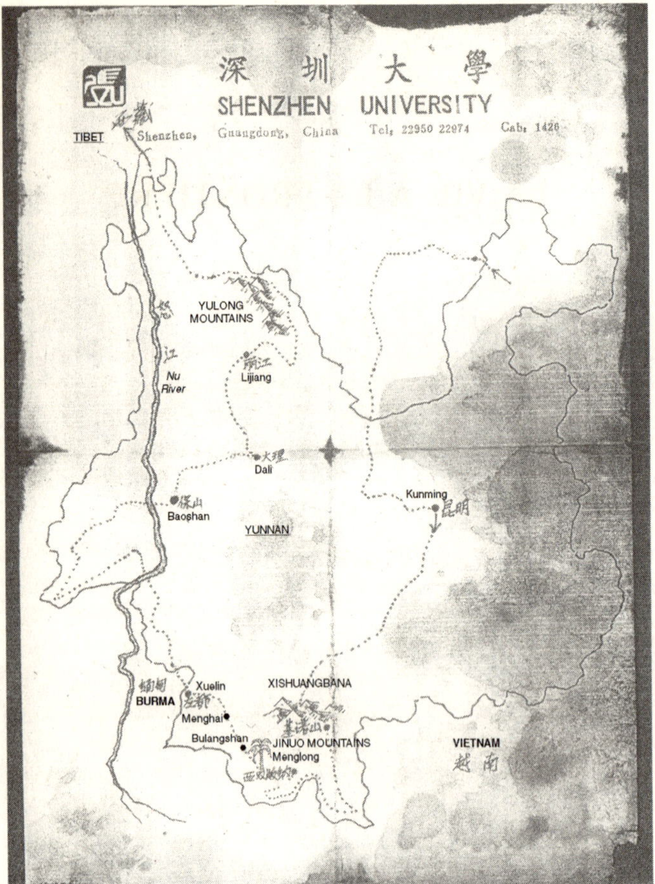
深圳大學
SHENZHEN UNIVERSITY
Shenzhen, Guangdong, China Tel, 22950 22974 Cab: 1426
TIBET
西藏
YULONG MOUNTAINS
Nu River
Lijiang
Dali
Baoshan
YUNNAN
Kunming
昆明
Xuelin
BURMA
XISHUANGBANA
Menghai
Bulangshan
JINUO MOUNTAINS
Menglong
VIETNAM
越南

Le vieux Shabulu

Le 2 juin, deux heures après avoir quitté Baoshan, l'autocar s'arrête dans un petit hameau situé à mi-chemin d'une route de vallée très en pente. Le chauffeur descend et dit qu'il a besoin de trouver de l'eau pour le moteur. Les passagers s'allument une cigarette. Le bébé qui se trouve à côté de moi se réveille et se met à crier. Sa mère soulève sa chemise et lui fourre son sein gauche dans la bouche. Il fait chaud et l'air est irrespirable dans ce bus.

C'est le deuxième mois que je passe dans le Yunnan. Il y a six semaines, à l'université de Kunming, j'ai donné un cours de poésie moderne qui a attiré un peu de monde. Le lendemain, les étudiants m'ont fait savoir que leur Département de la propagande avait émis un mandat d'arrêt à mon encontre. Le crime allégué était : « Diffusion de propagande libérale à des jeunes influençables. » J'ai fui vers la région frontalière de Xishuangbana, mais deux jours seulement après être arrivé dans la capitale, Jinhong, le poète qui m'hébergeait m'a annoncé que l'association locale des écrivains avait reçu un avis les informant qu'un fonctionnaire avait été envoyé à Beijing pour enquêter sur mon cas et que, dans l'attente des résultats, ils ne devaient avoir aucun rapport avec moi. Il m'a jeté un regard craintif et m'a dit : « S'il te plaît, au cas où ils t'attraperaient, ne leur dis jamais que tu m'as rencontré. » J'ai donc quitté la ville et pris la direction des montagnes. Je cours depuis dans cette zone limitrophe comme un animal traqué.

Le bébé s'est rendormi. J'ouvre la fenêtre, sors mon carnet et parcours mes dernières notes :

> 28 avril. J'erre toujours à travers les monts Jinuo, dans la région de Xishuangbana, située dans le sud Yunnan. Le paysage est vert et tropical. J'ai vu des palmiers, des papayers, des ananassiers, des orchidées tropicales, des glycines, des fleurs de feu embrasées sur du bois pourri, des arbres impériaux sans feuilles, des arbres caméléons avec des feuilles dont la couleur varie du jaune au vert ou au rouge. Les versants défrichés il y a vingt ans par les jeunes instruits pour tracer un chemin jusqu'à des plantations d'arbres à gomme sont maintenant secs et nus. Sur les bords de la rivière Pani, j'ai vu les tombes de quatorze jeunes qui ont péri dans les flammes. Deux des pierres tombales portent l'inscription : « ÉLEVÉ À TITRE POSTHUME À LA DIGNITÉ DE MEMBRE DU PARTI COMMUNISTE CHINOIS. »
>
> Dans le village Jinuo où je séjourne, il y a une maison construite en longs bambous que se partagent vingt-neuf familles appartenant au même clan. Les familles vivent dans des pièces séparées, néanmoins les repas sont préparés sur un feu commun placé dans le long couloir central. La

maison est encombrée d'outillage agricole, de paniers et de tabourets. Aucun effort n'est fait pour améliorer la décoration.

La coutume autorise les membres d'un même clan à tomber amoureux, mais pas à se marier. Quand arrive le moment de la séparation pour le couple qui s'était formé dans le clan, ils s'échangent des cadeaux, en promesse d'un amour éternel. La jeune fille offre une ceinture de cuir et le garçon un sac en feutre. Ces cadeaux sont emmenés dans leur nouvelle maison et exposés sur le mur. Lorsque les amants du clan meurent, ils emportent avec eux leurs cadeaux jusqu'à la croisée des mythiques Neuf Voies. Ils s'y retrouvent pour voyager ensemble jusqu'aux enfers où ils pourront enfin se marier. Pour les Jinuo, dans ce monde, mari et femme sont de simples compagnons de route, le véritable amour doit attendre l'au-delà. J'ai vu ces ceintures et ces sacs accrochés aux murs de plusieurs maisons du village. Quand une fille se marie, son amant du clan l'éclabousse avec l'eau contenue dans une bassine sale pour montrer sa jalousie. C'est une grande humiliation pour une jeune mariée de ne pas être éclaboussée à son mariage. Les femmes Jinuo portent des chapeaux blancs pointus et de longues jupes noires.

... La nuit dernière, j'ai rendu visite à un chanteur de chansons folkloriques. Il était sorti, mais son fils a chanté à sa place. Deux des chansons parlaient d'amants qui se languissaient en attendant le jour où ils se retrouveraient à la croisée des Neuf Voies.

Cela fait maintenant une heure que notre chauffeur s'est absenté. Il a sans doute pris un verre avec un ami. Il grimpe dans le bus par-derrière, jette un sac de poulets vivants sous son siège, avale une gorgée de thé, marmonne « Quelle vie ! » et met le contact. Le moteur chauffe et les poulets s'agitent frénétiquement dans l'obscurité du sac.

Je me souviens de cette petite fille prénommée Meina accroupie dans l'encadrement d'une porte de ce village Jinuo. Une semaine plus tôt, elle avait marché sur un clou rouillé et son pied était maintenant enflé de pus et de sang. Elle avait du mal à marcher. J'ai lavé la plaie, l'ai barbouillée de pommade antiseptique, puis l'ai recouverte d'un bandage propre – la petite fille n'a pas bronché. Quand j'ai eu terminé, elle est partie en boitillant pour aller me chercher une banane. Sa mère, assise près d'un métier à tisser, avait les oreilles percées. Une autre femme plus âgée était accroupie derrière dans l'obscurité. Je ne distinguais que ses boucles d'oreilles en argent. Ce soir-là, le secrétaire Li a demandé aux enfants de m'emmener dans les collines voir Shabulu, le vieux chaman, qui a passé dix-huit ans en prison pour avoir jeté un mauvais sort à un homme innocent. Dans les années 1950, il était l'homme le plus riche du village et possédait plus de riz qu'il ne pouvait en manger.

Shabulu portait une vieille casquette de l'armée cette nuit-là. Lorqu'il a levé les yeux sur moi, j'ai lu de la tristesse dans ses yeux injectés de sang.

« Je suis journaliste, mais bouddhiste aussi, ai-je dit, alors tu peux parler librement.

— Mmm, vraiment ? Des fonctionnaires du gouvernement sont venus me voir le mois dernier.

Ils faisaient une étude sur la religion et m'ont posé beaucoup de questions. Je les ai laissés enregistrer mes réponses.

— Je suis en train d'écrire une nouvelle sur la région Jinuo et j'aimerais en savoir plus sur les coutumes religieuses. Peux-tu me parler des sacrifices ? Est-ce que ça arrive souvent ?

— Nous faisons des sacrifices toute l'année. Avant les semailles, au moment de la moisson, pour la chasse, pour la construction d'une maison. » Il a incliné la tête tout en parlant.

« Et pour les funérailles ?

— Quand quelqu'un meurt, nous tuons un cochon et suspendons sa tête et ses pattes sur un arbre au-dessus de la tombe.

— Aujourd'hui, j'ai vu une hutte au-dessus d'une tombe dans les champs. Il y avait des os à l'intérieur. Je suppose que des chiens ont dû les déterrer.

— Non, les chiens n'y sont pour rien. La plupart des familles n'ont pas les moyens d'avoir plusieurs tombes, alors elles déterrent les vieux os avant d'enterrer le nouveau mort.

— Et si deux personnes meurent la même semaine ?

— Mmm, ce n'est encore jamais arrivé. Un an après les funérailles, les familles arrêtent de garnir les huttes des tombes de nourriture et organisent une cérémonie pour laisser partir l'âme. Après ça, ils peuvent déterrer les os.

— Que chante-t-on au cours de la cérémonie ? » Comme la lampe à huile n'éclairait pas assez pour que je puisse voir mon carnet, j'ai allumé ma torche.

« Mmm, j'en ai oublié la plupart. » Il a commencé à chanter en jinuo, me traduisant quelques mots en passant : « Le chemin de la vallée... les blocs de pierre jumeaux... la Colline du partage des eaux... Fléole des prés, broussailles... Tanière du fantôme blanc... Grotte des âmes sœurs... Le chant décrit la route que l'âme doit prendre pour son retour... À la fin de la cérémonie je dis : "Va ! Il est temps pour toi de partir rejoindre la terre de nos ancêtres. Nous avons tué un poulet pour te dire au revoir. Va ! Nous ne te manquerons pas." Puis je répète le chemin à prendre. »

Le verre de la lampe à huile était couvert de moustiques brûlés. Nous avons bu ensemble de petites gorgées de vin de riz que j'avais acheté au magasin du village, et nous avons mâchouillé quelques ciboules crues. Shabulu a baissé les yeux et caressé sa tasse en émail. Sa longue ombre projetée sur le mur d'herbe derrière lui le faisait paraître tout petit.

« Les villageois disent qu'ils viennent te voir quand ils sont malades pour que tu chasses les démons de leur corps.

— La plupart des maladies peuvent être guéries en mangeant de la nourriture venant de la bouche de son oncle. Si la maladie est sérieuse, la famille m'apporte du riz, du sel, des œufs et du gingembre, et je récite les Écritures. Dans les cas sévères, je tue un cochon, mais j'ai besoin d'un peu d'aide pour ça. »

En prenant des photos ce matin-là, j'avais vu deux petits bateaux faits avec des feuilles de bananier sur un chemin de montagne. Les Jinuo croient que ces « bateaux d'esprit » éloignent les maladies de leur village. Des formules magiques étaient inscrites sur les côtés et, à la proue, des bâtons d'encens brûlaient.

« Mais parfois, il est nécessaire de prendre des médicaments, ai-je dit. Le pied de la petite Meina est gangrené. Elle le perdra si on ne la soigne pas. Quels que soient les produits utilisés par sa famille, ça n'a pas l'air d'avoir eu d'effet. J'espère que ça n'était pas de la nourriture provenant de la bouche de l'oncle.

— Mmm, certainement pas. Personne ne vient me voir pour les coupures et les bleus. Je crois aussi aux pilules et aux piqûres. » Il a levé les yeux nerveusement.

« J'ai entendu dire que tu parlais aux esprits. À quoi ressemblent-ils ? Qu'est-ce qu'ils te disent ?

— Je n'ai jamais été à l'école. Mon père m'a tout appris. Il pouvait voir les fantômes, je crois. Les enseignements sont passés de génération en génération dans ma famille. Je ne les comprends pas vraiment. J'ai beaucoup oublié. »

Enfin, je lui ai demandé pourquoi il avait jeté un sort au professeur du village. Apparemment, Shabulu avait choisi le professeur au hasard et déclaré qu'il était possédé par les démons. Les villageois avaient alors battu le pauvre homme à mort et chassé son épouse dans la jungle. Elle a été retrouvée quelques mois plus tard, pendue à un arbre.

« Mmm, je ne sais toujours pas pourquoi j'ai fait ça. Mais j'ai fait mon temps en prison pour ça. Je ne referai plus cette erreur. »

Il a été libéré depuis un moment déjà, mais le traumatisme de ces années passées derrière les barreaux se lit encore sur son visage. Il n'a pas vu la Révolution culturelle et les hordes de jeunes instruits qui ont inondé le village pour éradiquer le féodalisme et les superstitions. Quand il est sorti, il y avait au village quatre membres du Parti, neuf membres de la Ligue des jeunesses et le dirigeant de la région autonome Jinuo qui avait été nommé était un diplômé de l'Institut des nationalités de Beijing.

La tasse en émail blanc et la moustiquaire étaient les seuls objets luisants de sa cabane. Tout le reste était noyé dans l'obscurité.

Lorsque l'inattendu se produit, les gens cherchent des réponses dans les pierres, les arbres et les étoiles. La peur de ce que nous pouvons voir nous détourne de la crainte de ce que nous ne pouvons voir. La nuit où je me suis perdu dans les montagnes et qu'une lumière est apparue devant moi, j'ai pensé en premier que mon grand-père était venu à ma rencontre pour me porter secours.

Dans la jungle

L'autocar serpente l'après-midi entier sur une étroite route de montagne. J'ai de la chance d'avoir une place assise. Même si mes cuisses en sueur collent au plastique des sièges et que mon appuie-tête est déchiré et sale, au moins je ne suis pas debout dans l'allée, écrasé parmi les voyageurs. Je ferme les yeux et me souviens combien l'air était frais au cours de ma marche à travers la jungle en direction de Bulangshan. À l'entrée de la forêt tropicale à Menglong, d'immenses palmiers s'élevaient comme des tours au-dessus de moi et répandaient une odeur de sève verte. Je me suis faufilé à la manière d'une souris entre les troncs morts et me suis glissé à travers les murs de feuilles. Mes pieds foulaient rarement le sol. Les longues lianes moisies qui se balançaient du haut de la canopée donnaient à la jungle des airs de cathédrale désertée. Je me suis fait dévorer les bras et le visage par les insectes.

La forêt primitive est toujours habitée par les tribus Bulang, Lahu et Ake. Au bout d'une heure de marche, il n'y avait plus trace du chemin. En avançant à travers les feuilles, j'ai fini par trouver un autre sentier fait de branches brisées. Je l'ai remonté pendant trois heures jusqu'à une clairière, au sommet de la montagne. Quelqu'un avait dû mourir à Menglong, et sa famille était sans doute venue ici pour abattre un acajou et en faire un cercueil. J'avais suivi le chemin que le tronc avait tracé. Les branches que l'on avait détachées de l'arbre reposaient par terre. Elles devaient mesurer plus de dix mètres de long et la souche était assez grande pour que l'on puisse dormir dessus. La lumière du soleil se déversait à travers le trou laissé par l'arbre dans la voûte verte. Un cercle de champignons pourrissait au sol parmi les feuilles. En regardant à travers les arbres, j'ai aperçu d'autres montagnes au loin et une rivière à l'est.

En descendant, j'ai découvert que la rivière se jetait dans un immense marais, cerné sur trois côtés par de hautes montagnes. Branches et mauvaises herbes flottaient à la surface. La carcasse d'un buffle dépassait des roseaux. J'ai dû me résoudre à revenir sur mes pas et faire un détour à travers la jungle. La forêt était désormais plongée dans l'obscurité. Des épines et des ronces déchiraient mes vêtements et s'enfonçaient dans ma chair. J'ai pensé à Zhao Lan et aux cinq ans qu'il avait passés dans ces forêts au cours de la Révolution culturelle. Ses aquarelles sont toujours immenses et vertes.

Comme mes deux boussoles donnaient des directions différentes, j'ai coupé la poire en deux et me suis dirigé vers ce que j'espérais être le nord-ouest. À la tombée de la nuit, les oiseaux ont retrouvé leur nid, de petits animaux coassaient dans les sous-bois. Soudain, une nuée d'insectes a envahi l'air, s'immisçant dans ma bouche chaque fois que je toussais. J'ai visé un arbre et l'ai escaladé jusqu'à mi-hauteur. Puis j'ai enfoncé mon couteau dans ma ceinture, me suis accroché à une branche avec un morceau de corde et aspergé de baume du tigre. Après avoir vidé les dernières gouttes de bière de ma gourde, j'ai noué jusqu'aux yeux un foulard autour de mon visage et levé la tête. Dans la lumière déclinante, j'ai aperçu une tache de fleurs blanches qui, au moment où j'ai voulu la toucher, s'est muée en un essaim de fourmis blanches. J'ai vite retiré et secoué la main. Quelques heures plus tard, j'ai entendu les branches craquer bruyamment. On aurait dit le bruit fait par une famille d'ours. La lumière de la lune ne me permettait pas de voir au-delà de mes bras. Le bruit s'éternisait. J'étais assis sur mon perchoir, terrifié et épuisé, comptant les heures jusqu'à l'aube.

Le jour suivant, j'ai atteint un petit village fait de huttes recouvertes d'herbe. J'ai demandé mon chemin, bu d'une traite un bol de thé amer et continué ma route. Je suis arrivé avant la nuit, dans un village Lahu situé sur un repli montagneux. Un enfant nu qui prenait le soleil sur le balcon d'une cabane en bambou s'est mis à hurler en me voyant. Sa mère est sortie et s'est penchée pour regarder, ses tétons pointaient comme l'avant-toit de sa maison. En comprenant qu'un étranger venait d'arriver, elle a poussé un cri perçant et est rentrée en courant à l'intérieur, laissant son fils s'égosiller tout seul. Bientôt, des têtes sont apparues sur tous les balcons. Deux hommes fumant dans l'encadrement d'une porte m'ont regardé passer. Une femme au crâne rasé, assise, à demi nue, donnait le sein à son bébé, l'autre sein pendant sur sa cuisse comme une courgette. Un poulet rachitique m'a fixé puis s'est jeté sur la clôture qui entourait le village. Un chien a aboyé à la vue du bâton que je tenais à la main. Une jeune fille se tenait dans l'herbe haute, mâchant un morceau de bambou. Il manquait une manche à sa tunique de coton et son bras nu ressemblait à une brindille décortiquée. Un homme accroupi sur un balcon m'observait avec un air ahuri. Il portait un uniforme de l'armée et un sac bleu sur l'épaule.

Les Lahu pensent que tous les chemins sont mauvais. Dans les années 1950, lorsque les Han ont essayé de construire des routes à travers la jungle, les Lahu ont riposté de façon sanglante. Les quelques membres de la tribu ayant survécu à la bataille ont battu en retraite au plus profond des collines et refusé d'avoir un quelconque contact avec leurs « libérateurs ». La femme au crâne rasé devait être une jeune mariée. Avant leur mariage, les femmes Lahu se rasent la tête et jettent tous leurs bijoux. En quittant le village, j'ai décidé de me cacher dans les montagnes en faisant un détour pour passer la nuit dans la vallée, juste derrière. Je soupçonnais les Lahu de vouloir me poursuivre. Ils ne tuent jamais sur leurs terres. Quand je suis revenu le jour suivant, ils m'ont pris pour un fantôme et se sont enfuis, terrorisés.

Une Han aux cheveux longs se tenait près d'un chemin. Elle portait une chemise, un pantalon et des chaussures. J'ai couru vers elle et lui ai dit que je me rendais à Bulangshan pour interviewer le chef du village, mais que j'avais peur de ne pouvoir y arriver avant la nuit. Elle m'a répondu qu'elle enseignait dans une école tout près et m'a invité à passer la nuit dans une dépendance de sa maison. Son mari a examiné ma lettre d'introduction à la lueur de sa lampe à huile. Comme il avait des difficultés à déchiffrer l'écriture, je lui ai proposé de l'emporter et de prendre son temps pour la lire. Je leur ai posé des questions sur leur vie, ils sont restés muets un court moment. L'homme m'a expliqué ensuite qu'il travaillait dans les champs. Il faisait pousser des choux sur leur lopin de terre. La femme m'a confié qu'elle avait onze élèves auxquels elle apprenait à écrire, qu'elle leur donnait aussi des cours d'arithmétique et de travaux ménagers. « Est-ce que les Han sont en sécurité ici ? ai-je demandé.

— Oui, sauf que les gens des villages sont un peu arriérés. Certains parents refusent d'envoyer leurs enfants dans une école Han. Ils disent que nous devrions les payer pour leur enseigner le

Han, et pas l'inverse. Seuls cinq ou six enfants restent jusqu'à la fin de l'année scolaire. »

J'ai changé les pansements sur mes coupures et éteint la lampe pour leur faire économiser l'huile. Je me sentais aussi vide qu'un pneu crevé. Mon esprit peut retourner à la nature, mais pas ma chair.

Un oiseau chantait en volant au-dessus du toit. J'ai ouvert les yeux et vu la lumière du matin filtrer à travers les murs de bambous et les fissures de la porte en bois. Je suis sorti. Des nuages de brume blanche enveloppaient encore la forêt. La clairière faisait à peine la moitié d'un terrain de basket-ball. La cabane en chaume en face de la maison servait d'abri pour le bétail la nuit, et d'école le jour. Quelques vaches avaient poussé la porte et se baladaient dans la cour. Je suis entré dans la dépendance, elle était pleine de mouches et de bouse. Au sol, des morceaux de souche permettaient aux enfants de s'asseoir. Au fond, un tableau noir était accroché au mur de bambou. On pouvait encore lire quelques caractères de la leçon de la veille dessinés à la craie.

« Mao Zedong disait : “La Chine est pauvre, nous devons apprendre à être frugaux...” Lisez le texte et expliquez comment nous savons que le président Mao menait une vie simple... Ses chaussettes étaient reprisées... Nouveaux mots : frugal, souvenir, sofa, garde du corps, interview... » Les autres caractères ont été effacés par la queue d'une vache. J'utilisais le même cahier d'exercices dans les années 1960. Il y avait une histoire sur Mao Zedong mettant ses pieds sous le canapé pour que les étrangers qui venaient lui rendre visite ne voient pas ses chaussettes reprisées. Depuis, chaque fois que je vois des photos du président Mao, mon regard se porte immédiatement sur ses pieds. Un portrait de Mao Zedong était suspendu au-dessus du tableau avec du fil de fer, hors d'atteinte.

La brume s'est levée lentement. Pour exprimer ma reconnaissance et remercier mes hôtes pour cette bonne nuit de sommeil, je leur ai proposé de faire un portrait de famille. Tandis que la femme se précipitait à l'intérieur pour se coiffer et habiller les enfants, l'homme m'a dit : « Je parie que tu ne nous l'enverras jamais. » Quand j'ai sorti mon appareil photo, il a finalement décidé de se joindre au groupe. Les deux garçons étaient assis sur des paniers en osier, l'air pétrifié. Les quatre visages effrayés fixaient l'objectif, la distance qui séparait nos deux mondes semblait encore plus grande. Le soleil se levait au-dessus du toit de l'école. J'ai mis mon sac sur le dos, noté leur adresse sur un paquet de cigarettes et leur ai promis de leur envoyer un tirage. Mais l'encre s'est effacée quand je suis tombé dans le fleuve Nu, et la photographie est toujours au fond de mon sac.

Dans la matinée, j'ai traversé un petit village Ake, les restes d'un village beaucoup plus vaste qui avait été rasé par les Han. Je suis entré dans la cabane la plus grande et ai demandé un bol de thé. Les biens du propriétaire se réduisaient à une casserole en fer, une femme, le chapelet de coquillages qu'elle portait à la ceinture et la clé suspendue à son collier. La présence de cette clé m'intriguait car, de toute évidence, il n'avait pas besoin de cadenas. Je leur ai donné un serpent tué sur mon chemin et j'ai pris congé. En poursuivant mon ascension dans les montagnes, j'ai aperçu des paysans occupés à semer dans des champs en terrasse. Ils faisaient des trous dans le sol avec des bâtons de bambou et y jetaient des graines. Les tas de crottes qui souillaient le chemin étaient couverts de papillons tigrés.

Le troisième jour, je suis enfin arrivé à Bulangshan, la montagne qui sert de bastion à la tribu Bulang. Les femmes, en tunique bleue et turban de coton noir torsadé, rentraient des rizières et faisaient avancer les buffles à coups de pied. Les petits paniers se balançant à leurs ceintures étaient remplis des insectes qu'elles avaient ramassés pour le repas du soir. J'ai dormi chez le chef du village, le secrétaire Lu. Sa grand-mère avait plus de quatre-vingts ans. Lorsque je lui ai demandé si je pouvais la photographier, elle a souri et m'a montré ses dents noircies. Les deux filles du secrétaire avaient de beaux yeux. Elles n'avaient pas encore atteint l'âge où l'on se teint les dents en noir, mais savaient faire les timides devant les étrangers. Je leur ai donné deux crayons à mine de plomb. J'ai remarqué une paire de tennis dans le coin de la pièce et demandé au secrétaire à quoi elles servaient. Il m'a expliqué qu'il les portait pour les réunions à la maison du comité de la ville.

Dans le village suivant, j'ai entendu dire qu'un régiment de garde-frontières proche offrait des lits aux visiteurs, je me suis donc dépêché d'y aller. En apprenant la distance que j'avais parcourue à pied, l'instructeur Chen m'a attribué un lit et m'a conseillé de me reposer. « C'est un miracle que tu ne te sois pas perdu, m'a-t-il dit. Tu peux te détendre maintenant. Il y a une route juste au nord qui mène directement à Menghai. »

J'avais la peau lacérée par les brûlures du soleil et les morsures d'insecte, mais j'ai serré les dents et me suis lavé avec du savon et de l'eau. J'ai dormi sur le côté cette nuit-là. L'instructeur Chen est venu me voir le soir suivant et m'a demandé : « Comment va ton dos ? » Le matin, j'étais sorti à cheval et, alors que nous galopions dans les collines, j'avais été désarçonné par des branchages. « Mieux, lui ai-je dit, merci. » Il m'a alors invité à faire une balade avec lui. À deux kilomètres du camp, il a sorti un pistolet de sa poche. « Tu veux t'essayer au tir ? Vas-y. » Il a pris une feuille de papier à lettre et l'a collée sur une branche à vingt mètres de là. J'ai raté le premier, mais placé les deux suivants au milieu de la cible. Les bruits des tirs résonnaient dans la forêt.

Sur le chemin du retour, il m'a confié qu'il voulait quitter l'armée et retourner auprès de son épouse à Chongqing. Elle était venue le voir pour le Festival de printemps, mais était repartie au bout de trois jours, jurant que plus jamais elle ne reviendrait dans les montagnes. Il s'inquiétait. Après huit ans d'armée, il lui sera difficile de trouver du travail en ville, car les employeurs demandent désormais des connaissances et des qualifications. Nous avons passé beaucoup de temps ensemble les deux jours suivants à boire du thé et à fumer. Je lui ai parlé de mes amis à Chongqing, et du bal où j'ai embrassé une fille et dansé le cha-cha-cha. Il m'a confié que pendant la Révolution culturelle, il était instructeur politique d'un groupe de jeunes instruits à Kunming. Son épouse était l'une de ses étudiantes de l'époque. C'était la plus jolie fille du groupe.

Mes entailles et mes bleus commençaient à cicatriser. Le cinquième jour, à midi, j'ai salué l'instructeur Chen, replié la carte recopiée sur la sienne et suis parti rejoindre la route principale.

Du voyageur au fugitif

Juste avant le crépuscule, l'autocar s'arrête de nouveau à l'ombre d'une haute montagne. Il semble y avoir un embouteillage devant nous. Nous descendons tous voir ce qu'il se passe. Un rocher aussi gros qu'un baril de pétrole est tombé d'une falaise et a atterri au milieu de la route. Je le pousse, le bouge un peu, demande aux hommes accroupis sous les arbres de venir m'aider, mais ils se contentent de me sourire. J'abandonne et m'éloigne. Des camions chargés sont garés de l'autre côté. Le soleil du soir s'enfonce peu à peu derrière une montagne au loin, puis c'est au tour des oiseaux de tournoyer dans le ciel et de disparaître. J'aimerais, moi aussi, avoir un nid où me reposer.

Je me souviens qu'il y a deux semaines, à cette même heure, j'atteignais le fleuve Nu et contemplais l'étendue des terres inondées. Les cantonniers croisés la veille m'avaient dit qu'il y avait un bac ici, mais de toute évidence, il ne devait pas fonctionner pendant la saison des pluies. Il n'y avait pas âme qui vive aux alentours. Le pont le plus proche était à une quinzaine de jours de marche en amont. Le découragement s'était emparé de moi tandis que la pluie me dégoulinait sur le visage. De l'autre côté, un rideau de brume masquait la moitié du ciel qui s'assombrissait. Après avoir quitté sa source sur les hauts plateaux tibétains, le fleuve Nu suit son cours avec fracas vers le sud à travers des pentes escarpées et des ravins inaccessibles. Il n'est alors d'aucune utilité pour l'homme. Mais en atteignant la frontière birmane, il ralentit sa course et devient le puissant Salween, le Yangzi birman. J'ai pataugé vers les rives boueuses et découvert le bac attaché à un arbre. C'était un long radeau plat fait de huit grands bambous reliés entre eux par de la corde.

J'ai scruté le fleuve. L'eau était grise et sédimenteuse. À la vue des branchages qui remontaient à la surface, on devinait qu'il y avait beaucoup de courant. Néanmoins, avec l'aide d'une perche, je pensais pouvoir traverser. J'ai coupé un bambou, attaché mon sac au radeau, et détaché le radeau de l'arbre avant de le pousser dans le fleuve. L'eau était calme au début, puis à mi-chemin, elle est soudain devenue plus profonde et j'ai été balayé par un violent mouvement du courant. Le radeau s'est mis à descendre en aval à toute vitesse, droit sur des rochers. Je me suis précipité à l'avant. Au moment où j'allais les heurter, j'ai réussi à bloquer ma perche contre les roches. Le radeau a dessiné un cercle et continué sa course à l'envers. Je suis tombé, j'ai lâché la perche et saisi la corde du radeau.

La frontière birmane n'était qu'à trente kilomètres. Je savais que si le fleuve me faisait passer la frontière, je deviendrais une cible à la fois pour l'armée chinoise et l'armée birmane.

Quelques minutes plus tard, j'ai été pris dans un tourbillon derrière une ligne de rochers. Les branches qui dépassaient des rochers me heurtaient violemment. J'ai arraché ma veste avant de sauter à l'eau pour tenter de dégager le radeau. Si je n'avais pas tenu la corde serrée, j'aurais été aspiré vers le fond. J'ai retenu ma respiration et donné des coups de pied pour remonter à la surface. Mes yeux étaient pleins d'eau, je n'y voyais plus rien. Après un dernier tour, le radeau s'est enfin libéré et a poursuivi sa descente.

Bientôt, le fleuve a dessiné un coude – je savais que c'était peut-être ma dernière chance d'atteindre l'autre rive. J'ai battu des pieds, désespérément, essayant de diriger le radeau vers la droite. J'ai profité que le radeau ralentisse pour saisir une branche et m'accrocher à un rocher avec l'aide de mes jambes. Enfin, j'ai touché la rive. J'ai poussé le radeau sur les rochers, titubé jusqu'au rivage, avant de m'effondrer, secoué de nausée. Je me suis allongé sur le dos, les membres en étoile, trop faible pour garder la tête écartée de mon vomi.

Il faisait encore jour quand je me suis réveillé. La pluie s'était calmée et le radeau était toujours coincé dans les rochers. Je me sentais aussi impuissant que les feuilles mortes emportées par le courant. J'étais prisonnier des rochers des deux côtés et, derrière moi, une énorme falaise s'élevait jusqu'aux nuages. Quelques petites touffes d'herbe poussaient dans les failles de la roche. J'étais pris au piège, il fallait que j'escalade pour sortir d'ici avant la nuit. Je me suis rafraîchi le visage, ai avalé une gorgée d'eau, essoré ma veste et mes tennis. Puis j'ai attaché mon sac sur le dos, enfoncé mon couteau dans ma ceinture et commencé à escalader la roche en creusant des prises pour mes pieds à mesure que j'avançais. Mes jambes étaient tétanisées par la peur. De temps à autre, quand je pouvais m'accrocher à une solide touffe d'herbe, je m'arrêtais un instant et reprenais mon souffle.

À quoi pensais-je ? Je savais que si une pierre glissait sous mon pied ou si une touffe d'herbe me restait dans la main, c'était la mort assurée. J'entendais le bruit des torrents plus bas, je sentais le vent humide sur mon visage. Je me demandais ce que j'allais crier si jamais je tombais. J'avais envie de hurler une obscénité, mais j'étais incapable de trouver la bonne. J'avais envie de hurler le nom d'une femme que j'avais aimée, mais aucun ne me venait à l'esprit. Alors, à la place, je me suis concentré sur l'ascension de la falaise et me suis encouragé. « Ne touche pas à cette pierre, elle n'est pas bien ancrée. Mets ton pied ici. Attention, cette branche peut s'accrocher à ton sac. Ces racines sont solides. Saisis-les, voilà. Maintenant, lève ta jambe droite. Ce trou devrait être assez profond. Plantes-y tes ongles. » Soudain, le couteau s'est refermé, et du sable m'a coulé sur le visage. « Ne touche pas à tes yeux, tes doigts sont couverts de boue. » J'ai juré et, avec un œil fermé, j'ai regardé la mort en face. Deux heures d'escalade et je n'étais encore qu'à mi-chemin. La peur m'avait engourdi les membres. À un moment, la fatigue est devenue si lourde à porter que j'ai été tenté d'abandonner, mais quelque chose en moi me disait de continuer.

Le ciel était presque noir quand j'ai enfin atteint le sommet. Je me suis allongé, j'ai caressé le sol ferme et plat. Après des heures de terreur et de tourments, un calme étrange s'est emparé de moi. Désormais, je savais que je voulais vivre. Je voulais entrer dans une maison chauffée, et parler avec des gens. Je voulais retourner chez moi à Beijing et me faire une tasse de thé. J'ai trouvé un chemin pour descendre et l'ai suivi sans réfléchir. Peu de temps après, il m'a conduit jusqu'à un petit village.

Au moment de passer les portes, deux miliciens ont éclairé mon visage avec leur torche. Ils m'ont poussé à l'intérieur d'une maison en bambou, ont réveillé le policier et annoncé qu'ils avaient attrapé un espion birman. Le policier s'est installé sur le bord de son lit et a allumé une bougie. Il a vidé mon sac sur la table et m'a ordonné de reculer. Quelques enfants sont entrés pour jeter un coup d'œil. Il les a tous éloignés, sauf une fille dont le nez coulait, et qui devait être la fille du chef du village. Quand il a réalisé qu'il était encore en slip, il a sorti l'uniforme qui se trouvait sous l'oreiller et s'est empressé de s'habiller. Il a soigneusement aligné sur la table mon appareil photo, mon paquet de cigarettes, mon canif, ma boussole, une corde et ma gourde. Je lui ai dit d'examiner d'abord mes papiers, mais il n'y a pas prêté attention. L'exaltation que j'avais ressentie en échappant à la mort s'est soudain évanouie. Mes vêtements humides me collaient comme une seconde peau. Le choc m'avait rendu muet.

L'homme est un loup pour l'homme car seule notre espèce prend plaisir à faire souffrir. Il est plus facile de se battre contre les forces de la nature que de vivre parmi les siens. « Quand as-tu traversé la frontière ? Combien étiez-vous ? Quelle est ta mission ? » Le policier s'était lancé dans un interrogatoire. J'ai demandé à m'asseoir avant de répondre : « Vous avez vu mes papiers. La lettre d'introduction a pris la pluie, ça n'est pas ma faute si vous ne pouvez pas la lire. Donnez-moi à boire et à manger, sinon je ne dirai plus un mot. » Les miliciens étaient toujours en train d'examiner les photos et les tickets tombés de mon carnet. Le policier leur a donné l'ordre d'aller chercher « Vieux Pékinois », l'enseignant du village.

Après avoir déchiffré les caractères flous de la lettre d'introduction et échangé quelques mots avec moi, l'enseignant a pu confirmer que je n'étais pas un espion. « J'en ai vu beaucoup de ce genre quand j'étais à l'école du comté, a-t-il dit au policier. Des artistes aux cheveux longs. Plus la ville est grande, plus les cheveux sont longs. Ce monsieur a déjeuné avec un secrétaire du Parti et l'appareil photo que vous avez trouvé dans son sac a autant de valeur que trois tracteurs réunis. » Les miliciens ont eu l'air très surpris en apprenant cela. L'enseignant leur a dit de me faire frire des pommes de terre, pendant que le policier continuait à feuilleter mes papiers, essayant de cacher son embarras. J'ai avalé un bol de riz tout en discutant avec « Vieux Pékinois ». Il m'a raconté qu'il avait visité une fois la capitale, au cours de la Révolution culturelle, et qu'il avait serré la main d'un garde rouge qui lui-même avait serré la main du président Mao. Il m'a dit que le chef de la milice avait récemment assisté à une réunion à la ville du comté et qu'il était revenu avec l'uniforme de policier, que je pouvais me sentir flatté puisque l'homme ne le portait qu'à de très rares occasions.

Le policier a essayé de reconstituer mon trajet à partir de la pile de tickets de bus humides, mais il y avait trop de trous. « Mon directeur nous a alertés sur le fait que les espions ont l'habitude d'avoir des tickets de bus compostés sur eux pour tromper les gens et leur faire croire qu'ils vivent ici, a-t-il dit au professeur. Les tickets ne se suivent pas. Regarde, il y a un ticket pour Menglong, mais pas de retour.

— J'ai marché à travers la jungle jusqu'à Menghai.

— Marché ? Un vrai journaliste de Beijing aurait une voiture du gouvernement du comté avec chauffeur. » Le policier a ensuite montré au professeur un sac en plastique sur lequel était imprimé : « MADE IN HONG KONG ». « Regarde ! Où penses-tu qu'il l'a eu ? »

L'enseignant ne savait que répondre. Je lui ai expliqué qu'il s'agissait d'un sac qui avait servi à envelopper une paire de chaussettes achetée à Guangzhou, mais ils ne m'ont pas cru. Finalement, le policier a décidé que je devais être emmené au bureau de la Sécurité publique de la préfecture.

Ils m'ont donné un lit à l'étage et m'ont demandé de ne pas quitter la pièce. Si j'avais besoin de pisser, je n'avais qu'à le faire par la fenêtre.

Le plancher de la maison en bambou craquait bruyamment. La seule façon de s'échapper discrètement était de sauter par la fenêtre. Au bruit que faisait mon urine en tombant, je pouvais évaluer la hauteur à quatre mètres. J'ai fait le tour de la pièce, essayant de me souvenir quel endroit craquait le plus. J'ai pris mon sac, me suis assis sur le lit, avant de fermer les yeux.

Je savais que j'étais foutu s'ils m'emmenaient. Là-bas, la police devait être informée de mon intervention à Kunming et de mes antécédents à Beijing. Je serais directement ramené à la capitale et mis sous les verrous pour vagabondage et sédition.

C'est le bourdonnement des moustiques qui m'a réveillé. Il était minuit passé. On ronflait à côté. J'ai un peu secoué mon lit, les ronflements ont continué, alors je me suis mis à ramper avec précaution jusqu'à la fenêtre ouverte, pour doucement me laisser tomber. J'ai quitté le village et grimpé la côte, sans oser allumer ma lampe. Bientôt, le bruit de la rivière s'est de nouveau fait entendre. Lorsque mes mains ont touché le pont en béton, j'ai enfin allumé ma torche et me suis mis à courir.

Une demi-heure plus tard, les piles étaient à plat et je me suis encore une fois retrouvé plongé dans le noir. Un frisson m'a parcouru l'échine. J'étais en train de marcher sur un sentier étroit en haut d'une crête montagneuse. Un faux pas, et c'était la mort. J'entendais le vent bruire à travers les arbres dans la vallée en bas. J'aurais voulu avoir les yeux d'une souris pour voir dans le noir. Je me suis accroupi et me suis mis à avancer à quatre pattes, comme un cochon. Si mes mains rencontraient de la boue, je me traînais devant, si elles touchaient de l'herbe, je me décalais sur la gauche. J'ai tâtonné comme cela des heures durant jusqu'à ne plus pouvoir avancer. Arrivé au bout, je me suis écroulé et j'ai plongé mon visage dans le sol. Même si les miliciens m'avaient couru après avec leurs fusils, je n'aurais pas eu l'énergie de bouger. Désormais, je n'étais plus un voyageur, mais un fugitif.

C'est à ce moment-là qu'une lumière est apparue dans l'obscurité. Ce n'était ni une lampe, ni une bougie, ni même un ver luisant soufflé par le vent. Comme si cela venait d'un autre monde. La lumière s'est élevée et a flotté à travers les arbres, puis s'est arrêtée à hauteur des branches, une dizaine de mètres plus loin, pour lentement descendre au niveau de mon œil. J'ai fermé les yeux et tenté de retrouver mon calme. Soudain, je me suis souvenu d'une histoire que mon père m'avait racontée quand j'étais enfant. Une nuit, alors que mon grand-père avait perdu son chemin dans un champ de sorgho, une boule de feu était apparue devant lui et l'avait guidé pour rentrer chez lui.

J'ai rouvert les yeux et me suis levé. Il était ici. Mon grand-père, mort dans une prison communiste avant ma naissance, était venu à mon secours. J'ai avancé et la boule de feu m'a suivi à travers les branches, me guidant pendant vingt kilomètres jusqu'à ce que le ciel s'éclaircisse à nouveau.

Le chauffeur grogne : « On dirait qu'on est cloués ici pour la nuit », puis il pose ses pieds sur le tableau de bord et s'assoupit. Nous devrions être à Dali depuis déjà deux heures. Les passagers commencent à se battre pour trouver de la place pour dormir. J'en suis incapable tant qu'il fait jour. Je sors donc me promener et compte les véhicules en stationnement : soixante-dix camions, trois tracteurs. Si personne ne bouge ce rocher, ils seront encore plus nombreux demain. Grâce à Dieu, j'ai un siège. Je retourne dans le bus, m'assieds, sors mon imperméable du sac et m'en recouvre la tête.

Je suis réveillé le matin par le bruit des paysans qui cognent contre le bus pour essayer de nous vendre leurs œufs durs. Ils sont rejoints à midi par des vendeurs d'esquimaux faits maison, de biscuits et de pruneaux sucrés. Un homme débarque avec un wok et se met à vendre des petites crêpes et du riz frit. L'inspecteur des routes arrive dans l'après-midi. C'est un éclopé. Il grimpe dans notre bus et annonce : « J'ai appelé les cantonniers, mais il leur faut une journée pour arriver ici », puis il taxe une cigarette au chauffeur et s'en va en clopinant. Je réalise soudain que, même si le rocher était déplacé, nous resterions bloqués car les camions sont garés en double file. Je suis tenté de prendre mon sac et de marcher, puis décide que cela reviendrait à gâcher quatre yuans. Alors je flâne dehors, achète un sac d'œufs durs et m'assieds sous un arbre avec mon carnet.

La semaine dernière, quand je suis arrivé à Baoshan après avoir échappé de justesse à la police, j'ai trouvé refuge chez Li Chenqyuan, l'éditeur de la revue *Paon*. J'avais peur de m'aventurer à l'extérieur au cas où la police locale aurait été avertie à mon sujet. Je suis donc resté à la maison la plupart du temps à écrire des lettres. J'ai envoyé un poème et un grand papillon à Wang Ping. Je voulais lui demander de me répondre, mais je n'étais pas sûr de l'endroit où je me trouverais le mois suivant. J'ai envoyé à Lingling mes notes sur la tribu Wa, ainsi qu'un sac brodé acheté le mois dernier au marché de Xuelin.

Xuelin est un petit village Wa niché dans les montagnes Awa, près de la frontière birmane. Le jour du marché, les paysans descendent de la montagne pour vendre leurs modestes marchandises. Avec leur peau foncée et rugueuse, ils rappellent leurs mythiques ancêtres : les Êtres de boue. Selon la légende, deux créatures asexuées qui se promenaient dans un jardin ont entendu un serpent leur dire de cueillir le fruit d'un arbre. La première créature en a mangé deux et les fruits sont devenus ses seins, la seconde en a mangé un et le fruit est devenu la pomme d'Adam.

Les femmes Wa portent des vêtements déchirés et elles ont les mains calleuses et pourtant, même ainsi, elles parviennent à exprimer leur féminité. Certaines ont des jupes noires tissées aux bords brodés de fleurs rouges et jaunes. Une vieille femme arborait une chaîne de bicyclette en guise de collier. Les jeunes filles qui n'ont pas les moyens de s'acheter des bracelets les remplacent par des élastiques et elles se rougissent les joues en les frottant avec du papier rouge bon marché mêlé à de la salive. Les femmes qui ne possèdent pas de foulard enveloppent leurs cheveux avec des chemises qu'elles décorent de brins de fleurs sauvages. On dit traditionnellement que les femmes Wa passent leur temps à enjoliver la vie pendant que les hommes sont occupés à couper les têtes. Un village alentour s'est un jour emparé d'un taureau appartenant aux habitants de Xuelin. Au cours du combat qui a suivi, quatre cents personnes ont été décapitées.

Une vieille femme qui vendait une tête d'ail a acheté un bouquet d'herbes qu'elle a glissé dans le large trou du lobe de son oreille. Une petite fille assise sur le trottoir essayait de vendre un poulet décharné. Je lui ai donné cinq maos, et lui ai conseillé de l'engraisser pour le vendre quand il sera plus gros. Des enfants nus ratissaient les rues, comme des poulets affamés, à la recherche de grains de riz. De temps en temps, un commerçant Wa de Birmanie, vêtu d'habits propres et de chaussures brillantes, marchait à grandes enjambées à travers cette foule misérable.

Je n'oublierai jamais les villageois de Xuelin et leurs cabanes de paille coniques. Chacun possède une flûte de bambou, différente selon le sexe et l'âge. Les garçons jouent bruyamment des airs de cour sur des *dangli* à quatre trous, les filles jouent des chansons d'amour sur une sorte de petite flûte appelée *lixi*, les vieilles femmes sifflent de simples mélodies sur leur *enqiu* à deux trous. Après une journée passée dans les champs, ils rentrent, se versent un bol de vin de riz maison, et écoutent un vieil homme jouer des chansons d'amour sur un luth à une corde. Le matin, ils courent chercher l'eau de la montagne à l'arrivée d'eau du village, attachent leurs bébés sur leur dos et partent pour les champs. J'ai dormi chez le chef du village. La dernière soirée, son épouse a cuisiné un ragoût de poulet. Après le dîner, nous nous sommes réunis autour du pot de soupe de cochon qui mijotait, et je leur ai demandé quel était leur désir le plus cher parce que je ne pouvais pas croire que la vie puisse être aussi simple. Je pouvais m'acheter en un clin d'œil presque tout ce qu'ils voulaient, mais je n'étais toujours pas fixé sur ce que moi je désirais. J'ai écrit sur mon carnet :

Bilisong, chef du village, 47 ans : Je veux une maison en brique qui protège de la pluie, comme celles du chef-lieu.

Kanggeng, épouse de Bilisong, 43 ans : Je veux une dent en or. (Elle sourit, ses dents sont en parfait état et blanches.)

Sangamu, fille de Bilisong, 25 ans : Une montre et un réveil.

Abengyi, mari de Sangamu, 30 ans : Quand je serai riche, j'achèterai une bicyclette.

Junmei, fille de Sangamu, 5 ans : Je veux un esquimau.

Biniou, fils de Sangamu, 10 ans : Un chien comme celui de la police de la frontière. Un seul suffira.

Eiwo, fille de Sangamu, 18 ans : Je ne veux rien.

Eiwo est en train de tisser pour se faire une jupe. Elle relève toujours les doigts de pied en parlant. Je lui ai donné un foulard l'autre jour qu'elle n'a pas lâché depuis. Elle est toujours assise le plus loin possible du feu. Les cochons dans la porcherie, en dessous, passent leur langue à travers le plancher près de ses pieds, pour essayer d'attraper des restes. J'ai déjà perdu deux crayons à cause d'eux. Les lèvres de Eiwo sont si épaisses qu'elles dépassent son nez. Quand elle chante, ses narines tremblent. Hier soir, elle a chanté une chanson folklorique Wa intitulée : « Laisse-moi fuir avec toi ». La traduction donne : « Laisse-moi fuir avec toi. Si notre eau s'épuise, nous boirons notre salive. Si nous avons la bouche desséchée, les singes sauvages nous apprendrons à boire le vent. »

Les Wa croient qu'une maison n'a pas d'âme tant que l'esprit de la maison n'a pas été invoqué. Ils attirent l'esprit dans la maison avec des chants et une potion faite de vin, de queue de bœuf et de rat séché. Chaque fois que l'on achète un objet, les cérémonies du « fantôme de l'argent » sont célébrées pour s'assurer que le fantôme de l'objet ne reste pas avec le précédent propriétaire.

J'ai écrit sur la page suivante :

21 mai. Beau temps. J'ai loué les services d'un guide à Xuelin pour me faire passer la frontière birmane clandestinement. Nous avons fait une boucle autour du poste frontière officiel et sommes entrés furtivement en Birmanie à Zuodu. Quitter la Chine m'a procuré une joie immense. Je me sentais comme un prisonnier évadé. J'ai arraché quelques feuilles d'arbres en souvenir. Nous avons

traversé une ancienne région boisée, des champs d'herbes hautes et un village avec les mêmes cabanes coniques qu'à Xuelin et Zuodu. Nous avons escaladé sa clôture de bois. Il y avait beaucoup de porcs mais très peu d'habitants. Cela ressemblait à un village primitif typique. Mon guide ayant peur de traverser seul la ravine de la Décapitation, il a trouvé un habitant du coin pour nous le faire traverser. La ravine était, en effet, vraiment effrayante. En levant les yeux, on ne voyait du ciel qu'un mince ruban. Autrefois, les villages voisins se rencontraient ici pour combattre. Les vainqueurs défilaient jusque chez eux avec des têtes coupées et les accrochaient aux portes du village. Je me souviens du président Mao suggérant poliment à une délégation Wa qui s'était rendue à Beijing : « Maintenant que nous sommes entrés dans l'âge moderne, vous repenserez sûrement à votre coutume de calmer vos dieux avec des têtes humaines. Peut-être pourriez-vous utiliser des têtes de singe à la place. » Suite à cette recommandation, on a retiré les crânes des portes Wa et la coutume de la décapitation a peu à peu disparu.

Mes deux guides se sont arrêtés soudainement et ont commencé leurs messes basses. J'ai eu très peur qu'ils se disputent ma tête. Les couteaux qui pendaient à leur ceinture étaient bien plus longs que le mien. J'ai discrètement sorti un couteau de mon sac et l'ai accroché à ma ceinture avant de leur demander quel était le problème. Ils marmonnaient en wa et pointaient le doigt vers le ciel. J'ai enfin deviné à leurs gestes qu'un oiseau avait survolé notre chemin et qu'il était dangereux de continuer. Je leur ai alors proposé de nous reposer un moment et d'attendre qu'un autre oiseau passe en criant devant nous. Selon la coutume Wa, si un oiseau chante sur la route derrière vous, vous devez rebrousser chemin immédiatement.

Je pose mon carnet sur le sol, m'appuie contre un arbre et ferme les yeux. Tout ce que j'ai ramené de cette terre étrangère, ce sont les souvenirs de vieilles femmes aux ventres creusés, de jeunes filles aux yeux injectés de sang vendant du tabac en vrac, d'une mère désespérée accroupie près d'un nid-de-poule jetant des patates à son fils qui était tombé quatre jours avant en cueillant des baies, d'un homme tirant un bananier jusqu'au marché avec l'espoir d'en tirer suffisamment d'argent pour boire. Les populations qui vivent isolées du monde moderne conservent leurs traditions, mais se maintiennent également dans la pauvreté. En l'espace de trente ans, la population de Xuelin est passée de trois cents à deux mille habitants. Les ressources que l'on pouvait tirer des montagnes sont aujourd'hui taries, et les gens n'ont d'autre choix que de construire une route. J'ai traversé ces terres en sachant que jamais je n'y retournerais. Ces villages appartiennent au passé. Ma destination se trouve toujours devant moi, quelque part, sur un autre chemin.

Le jour suivant, les cantonniers ne sont toujours pas arrivés et la rangée de camions est maintenant longue de presque quatre kilomètres. Les affaires sont florissantes. Pour passer le temps, je sors de mon sac les foulards que j'ai achetés à Kunming, à l'origine pour les offrir, et les vends deux yuans pièce. Notre chauffeur chauve est toujours dans le bus en train d'essayer de liquider son lot de poulets avant qu'ils ne meurent tous de faim. Il fait payer un yuan le poulet vivant, et cinq maos le poulet mort. Les paysans qui ont acheté les volailles hier les ont rôties chez eux et les vendent maintenant vingt yuans. On a installé des étals de fortune où l'on vend des haricots au piment, des cacahuètes épicées, du tabac, du bœuf en boîte et de la bière deux fois plus cher que la veille. Un couple de jeunes mariés se relaie pour garder les cadeaux qu'ils ont entassés à l'arrière de leur camion. La robe de la mariée est crasseuse. La jeune femme est endormie, la bouche grande ouverte, dans la cabine du chauffeur. Les roses de soie attachées dans ses cheveux sont toutes écrasées. Le marié, à l'arrière, chasse les mouches et frotte son cochon mort avec du sel. La nuit dernière, quelqu'un a essayé de voler du ciment dans un camion, mais le chauffeur l'a tellement tabassé que le voleur a été envoyé d'urgence à l'hôpital du comté. Le policier qui est venu enquêter m'a dit que le chauffeur est le fils adoptif d'un secrétaire local du Parti et qu'il s'en tirera sans doute à bon compte.

Je vends dix foulards en une heure. Tandis que je m'assieds sous un arbre sur ma veste repliée, mon esprit se remémore le confortable canapé de Li Chengyuan où j'ai dormi il y a quelques jours. Son bureau était bien rangé et propre. Il y avait du jasmin en pot dans un coin et tous ses livres étaient reliés de cuir.

Li Chengyuan est un homme très prudent. Il ne fume pas et ne boit pas. Il a insisté pour que j'aille au dispensaire local me faire vacciner contre l'encéphalite japonaise. Li Chengyuan est l'un des rares jeunes instruits à avoir décidé de rester à la campagne après la Révolution culturelle. Il m'a expliqué que des subventions étaient versées à ceux qui souhaitaient vivre dans les régions frontalières, et que les salaires y étaient plus élevés. Les étals devant sa maison vendaient du riz à gros grains de Zhefang à la délicieuse odeur. Les rues regorgeaient de produits étrangers qui avaient passé la frontière en fraude à Wanding. Les drogues étaient également monnaie courante, la ville comptait déjà deux centres de désintoxication.

Li Chengyuan m'a raconté que bon nombre de ses amis s'étaient enfuis en Birmanie dans les années 1970 pour rejoindre les guérillas communistes. Je lui ai demandé comment les jeunes instruits avaient fait pour défricher à ce point la forêt tropicale. Après une gorgée de thé, il m'a répondu : « Nous brûlions les arbres et faisions exploser les racines. Notre instructeur politique nous faisait creuser un trou d'un mètre de profondeur dans le sol. Il contrôlait avec un mètre. Il disait que notre devoir politique était d'"exposer les racines". Le président Mao voulait que nous "changions les cieux et la terre". Nous travaillions comme des esclaves. » Li Chengyuan m'a aussi raconté qu'une fille de son groupe qui voulait uriner dans la jungle avait été attaquée par un essaim de frelons. Les garçons l'avaient regardée se tordre dans ce nuage d'insectes jaunes, sans qu'aucun d'entre eux n'ose lui porter secours.

Son groupe avait passé une semaine dans les montagnes Jinuo à abattre un banian sacré pour faire de la place à des rizières en terrasse. L'arbre avait une centaine de troncs. Les locaux l'appelaient *Niunaixiu*. Tout ce qui reste désormais de lui se réduit à un carré de terre sèche.

« Comment avez-vous survécu pendant ces huit années ? Je serais incapable de passer plus d'un mois dans ces montagnes, ai-je dit, en faisant pénétrer la crème sur mes piqûres d'insectes.

— Il y avait une route à sept kilomètres de là avec une station d'essence et un magasin de produits fermiers qui vendait des esquimaux et des mangues. Nous y allions tous les dimanches pour acheter de la viande en boîte. Nous nous asseyions sous les arbres avec un esquimau et une cigarette, et regardions les autocars s'arrêter à la station et les passagers descendre pour se détendre les jambes. Ces gens étaient notre seul contact avec le monde extérieur. Ils nous ont raconté l'arrestation de la Bande des Quatre, nous ont parlé des jeans taille basse, des salles de bal qui s'étaient ouvertes à Shanghai. Nous avons entendu parler des pantalons moulants deux semaines seulement avant que les autorités centrales ne les interdisent.

— Mais vous pouviez écrire à votre famille, à vos amis ? Ils vous tenaient sans doute informés. » Quand mon frère a été envoyé en Mongolie intérieure, il nous rendait visite tous les deux ans et repartait toujours avec de grosses provisions de lard et de sauce soja.

Li Chengyuan fixait le couvercle de la théière qu'il faisait tourner entre ses doigts : « Je n'ai jamais raconté cela à personne, tu dois me promettre de garder le secret. Mon véritable nom n'est pas Li Chengyuan, c'est Li Aidang. Mes parents ont été assassinés pendant la Révolution culturelle à cause des noms qu'ils nous avaient donnés à mes frères et moi. Étant l'enfant le plus jeune, je pouvais rester en ville, mais je savais qu'il était plus sûr de partir.

— Aidang veut dire "Aime le Parti". Où est le mal ?

— Mes frères s'appelaient Aiguo et Aimin. Tu comprends ? "Aime le Guomindang" ! Il sourit amèrement. Mes parents n'y ont jamais pensé, vois-tu, ils n'avaient aucune idée de ce qui allait se passer. Guo-min-dang. Qui pouvait deviner ? En 1979, il y avait encore soixante-dix mille jeunes instruits dans le Yunnan. Quarante mille se sont mis en grève, réclamant qu'on les laisse rentrer chez eux. Mais je ne les ai pas rejoints. Je venais de me marier et ne voulais pas avoir d'ennuis. Le gouvernement a ensuite annoncé que tout le monde pouvait rentrer sauf les couples mariés. Le jour suivant, quelques couples, l'air embarrassé, ont déposé une demande de divorce. Le deuxième jour, ils étaient cinq cents à faire la queue au bureau de l'état civil. Le gouvernement a alors déclaré que les divorces devaient être enregistrés dans les sept jours pour prendre effet. Tu peux imaginer la pagaille. D'un coup, il y eut sept mille couples pour divorcer. C'était un spectacle peu réjouissant. Une demi-heure avant la fin, des centaines de couples frustrés ont pris d'assaut le bureau. Les murs se sont effondrés et plusieurs personnes sont mortes, écrasées par les décombres. Dans les semaines qui ont suivi, les rues se sont remplies d'enfants abandonnés. Certains ont attaché leur bébé sur des bicyclettes avec un mot sur le guidon qui disait : "Quiconque prend mon enfant peut prendre cette bicyclette." »

Lorsque les gens n'ont aucune conscience, leurs relations ne sont que des distractions temporaires visant à combler un vide intérieur, elles se brisent au premier obstacle. Les amis de mon frère ont usé de tous les moyens possibles pour obtenir des permis de retour à Qingdao. Certains ont dormi comprimés dans des bandages pendant six mois avant d'être finalement renvoyés chez eux avec des membres estropiés. D'autres se sont coupé les doigts. Notre voisin, Zhang Li, prenait des pilules en cachette et a été libéré avec le foie malade. Ils étaient fiers de leurs blessures. Mais les plus fiers de tous étaient les jeunes filles qui obtenaient leur permis de retour en couchant avec les chefs de village et les instructeurs politiques. Li Chengyuan n'avait pourtant jamais voulu partir. Il avait peur des villes. Il avait peur de lui-même. Il disait que la vie était moins dangereuse dans le Yunnan car si le gouvernement décidait de lancer une autre campagne, il pourrait traverser la frontière.

Ma dernière écharpe est partie. J'ai gagné vingt yuans, mais je me sens mal à l'aise en voyant toutes ces femmes passer avec mes foulards roses sur la tête. Un homme s'approche de moi pour me vendre une des bouteilles d'eau qui se balancent autour de son cou. Je lui dis que j'ai déjà une gourde de l'armée. Il me rétorque que les bouteilles en plastique sont plus légères, et qu'il m'en vend une pour seulement deux yuans. Je lui réponds de foutre le camp.

Ma patience a des limites. Je récupère mon sac dans le bus et reprends la route. J'atteins une auberge avant la nuit. Dali n'est maintenant qu'à un jour de marche. La semaine prochaine, je continuerai vers Lijiang pour explorer les villages matriarcaux Naxi, autour du lac Lugu, puis je traverserai le mont Yulong et me dirigerai vers le Tibet. J'espère que là-bas, enfin, je trouverai un lieu où l'homme peut vivre près de ses dieux.

9

UNE TERRE ÉTRANGÈRE

Golmud
TIBET
Yangpachen
Shigatse
Lhasa
NEPAL
Tingri
Yamdrok
Lake
Gyantse
Yatung
BURMA

Bouddha et la ville

Il marche devant à grands pas, me faisant signe de temps en temps avec sa casquette de l'armée. Nous sommes à près de quatre mille mètres au-dessus du niveau de la mer et grimpons une colline, il m'est impossible de marcher au même rythme que ce garçon, un local. Lors de mon premier jour à Lhassa, j'ai joué au basket-ball avec Mo Yuan et Liu Ren, et je me suis écroulé au bout de dix minutes seulement. Le garçon m'a suivi toute la journée, me regardant prendre des photos. Il adore regarder la foule dans la rue à travers l'objectif de mon appareil.

Nous nous asseyons pour nous reposer. À nos pieds se trouvent des pierres de prière brisées et des cornes de yack sur lesquelles se trouvent sculptées les six syllabes sacrées. La vue est idéale. Sans route, ni poteaux télégraphiques en vue. Rien que le palais du Potala, rouge et blanc, s'élevant sur la falaise et avalant les rayons du soleil et les cœurs des pèlerins. Je suis ici depuis un mois, pourtant je n'ai pas encore visité le palais. Chaque jour, un homme accroupi au pied d'un des murs grave des mantras, des bodhisattvas et des symboles de bon augure dans la roche. Il frappe sur son ciseau avec la plus grande concentration, la poussière lui volant au visage. Quand il s'arrête pour prendre un peu de repos ou pour méditer, son corps semble se fondre avec la falaise. Les images de Avalokiteshvara, le bodhisattva de Compassion, barbouillé d'auréoles arc-en-ciel, le fixent avec ses yeux perçants. Il paraît qu'il sculpte la falaise depuis cinq ans. Les pèlerins qui passent sur son chemin pour aller aux roues à prières, jettent des pièces ou de la nourriture à ses pieds. Une fois, j'ai passé toute la journée assis derrière lui à le regarder pour essayer de découvrir d'où lui venait sa foi.

Je regarde émerveillé. Mon expression semble faire plaisir au garçon. C'est un bon guide. Il m'a conduit ici à travers un labyrinthe de ruelles et d'arrière-cours. Je n'aurais jamais trouvé tout seul. J'installe mon appareil photo sur un tas de pierres, ajuste la mise au point, règle l'ouverture, pose le doigt du garçon sur le bouton et lui demande de me prendre en photo. Mais avant que je sois relevé, il écrase le bouton avec la force d'un berger essayant de maîtriser un mouton en furie. Je dégage les pierres cassées, repositionne l'appareil et utilise le retardateur à la place.

Le garçon fait signe qu'il est temps de partir. Je le suis à travers d'autres rues étroites vers un petit temple à flanc de coteau. Il entre et gravit un tunnel en zigzag qui se trouve derrière. Nous atteignons une grotte emplie de la fumée âcre que dégagent les lampes au beurre de yack.

Je m'avance et avise un lama assis sous un bouddha en or. Le lama lève une pierre noire et l'abat sur le dos d'une femme accroupie à ses pieds. La femme lève les yeux, s'incline avec reconnaissance, et disparaît à travers un trou derrière. La pierre s'écrase ensuite sur le dos du garçon qui vacille et rampe sur le côté. Sans réfléchir, je rampe jusqu'à lui, ferme les yeux, et attends que la pierre me frappe. Mais le lama en me voyant se met à crier en chinois : « Han ! Han ! »

Je jette un coup d'œil à la pierre suspendue au-dessus de moi et lance : « Non, non, je suis de Hong Kong ! » Ce n'est pas la première fois que j'utilise ce mensonge pour m'éviter des ennuis à Lhassa.

Après un moment d'hésitation, le lama frappe ma colonne vertébrale et s'exclame : « Homme de Hong Kong, va ! » et je rampe derrière le garçon.

Nous nous promenons le long du Barkhor, le chemin des pèlerins qui fait le tour du temple de Jokhang. Le garçon introduit sa main dans des fissures du mur et en sort des tablettes d'argile délicatement moulées représentant Manjushri, bodhisattva de la Sagesse, et Vajrapani, Éliminateur des obstacles. D'un trou percé dans un grand brûle-encens, il sort une tablette chaude de Avalokiteshvara à onze faces, et me la donne en cadeau. Suite à cela, je deviens son élève obéissant. Il m'enseigne la manière correcte de frotter les pieds d'un bouddha et de tourner les roues à prières. Chaque fois qu'il voit un trou dans une pierre, il me dit d'y mettre la main. Je ne comprends pas ses explications et me contente de la sensation de fraîcheur. Il me demande de copier chacun de ses mouvements. Au bord d'un ruisseau, il se penche pour boire, puis attend que je fasse la même chose. Je pose ma bouche sur l'eau, mais feins seulement de l'avaler car quelques mètres en amont, des corbeaux sont en train de dévorer un cadavre de chien. Il se prosterne pleinement, je tombe moi aussi sur le ventre et me griffe le front sur le sol. Enfin, il semble satisfait. Je m'assieds pour reprendre mon souffle, le coup de pierre du lama me fait encore souffrir. Puis une voix appelle d'une fenêtre et le garçon s'enfuit. Je ne lui ai même pas acheté de glace.

Dans la soirée, je retourne chez Mo Yuan dans les sous-sols de la station radio de la région autonome du Tibet. Mo Yuan est un ami de Lingling. Il s'est rendu à Guangzhou, la semaine dernière, pour assister à un congrès d'écrivains et voir sa petite amie, Dali, qui vient d'être diplômée de l'université de Shenzhen. Il m'a dit que je pouvais rester chez lui pendant son absence si je veillais sur Beimu, son jeune berger allemand. Il lui est très attaché, il l'a élevé. Au moment où j'entre dans la cour, Beimu bondit vers moi en remuant la queue. Je lui donne un demi-rouleau cuit à la vapeur et des restes de nouilles, puis je vais dîner à côté, chez Liu Ren.

Un ragoût de bœuf mijote dans sa cocotte-minute. Le soir, nous mangeons généralement ensemble, chacun faisant à son tour la cuisine. La semaine passée, j'ai gagné cent yuans en peignant deux grandes publicités sur les panneaux d'affichage qui se trouvent à l'entrée de la station. Le gouvernement local m'a ensuite signé un contrat pour une exposition consacrée à la géologie du Tibet. Pour célébrer cet heureux coup du sort, j'ai invité quelques amis et acheté deux bouteilles de vin de riz et quelques boîtes de viande en conserve. La cuisine étant impossible à cette altitude sans cocotte-minute, mes sautés sont malheureusement crus et fades.

Liu Ren me tend un autre livre sur le bouddhisme tibétain tandis que je lui parle des temples que j'ai visités aujourd'hui. « J'ai l'impression d'avoir perdu cet enthousiasme que j'avais en arrivant. Surtout en parlant aux lamas. La plupart d'entre eux ne sont sans doute que des paysans trop feignants pour travailler la terre. Lorsque le Dalaï-Lama s'est enfui en Inde, il a dû partir avec les meilleurs. Les communistes n'ont pas seulement chassé le chef spirituel du Tibet, ils ont vidé cette religion de son âme. Les temples ont l'air de musées. Quand j'aurai terminé ce que je suis venu faire ici, je parcourrai peut-être la campagne. Pour changer d'air.

— Tu as de la chance, dans ce cas. Un groupe d'employés de mon bureau doit se rendre à Yangpachen la semaine prochaine. Je leur demanderai de t'emmener. » Il enfile un débardeur en laine. Les nuits sont froides ici, même au milieu de l'été. Le visage de Liu Ren est identique au mien. Même barbe, mêmes gros yeux, même air renfrogné involontaire. Nous nous ressemblons tant que je peux passer les portes de l'enceinte de la station radio à bicyclette sans avoir à signer le registre. Une fois, en sortant, un homme m'a arrêté et m'a demandé : « Pourquoi n'es-tu pas monté, hier ? » Comme je n'avais aucune idée de ce à quoi il faisait allusion, j'ai marmonné : « Je viens de descendre », et je suis parti en pédalant à toute vitesse. Quand j'ai raconté cela à Liu Ren, il m'a dit : « C'était le vice-président, idiot. Il y avait une réunion des membres du Parti hier, au troisième étage. Je devais y assister, mais je me suis esquivé.

— Tu me parais inquiet, ce soir. Qu'est-ce qui se passe ? » demandé-je.

Il remue le nez nerveusement, comme moi. « Rien, donne-moi une clope. »

Il ne fume pas habituellement, et son visage rougit après seulement deux gorgées de bière. Une fois la présentation de ses programmes radio terminée, il retourne dans sa chambre, s'assied devant une photo de son épouse et un portrait de Borges aveugle, arraché dans un magazine littéraire, et travaille à ses nouvelles.

« Tu as vu quelque chose d'intéressant aujourd'hui ? me demande-t-il. Au fait, j'ai trouvé ces lettres pour toi sur le bureau de Mo Yuan.

— J'ai pris un coup de pierre noire dans le dos », réponds-je.

Il y a deux lettres. Une de Li Tao et une de Fan Cheng. Hier, j'ai reçu un tas de courrier qui s'était accumulé à Chengdu. Dans la première lettre, Yang Ming me dit qu'elle a divorcé de Wu Jian et qu'elle projette d'étudier l'anglais et de partir à l'étranger. Wang Ping n'a pas répondu à la carte postale que je lui ai envoyée de Lijiang. Cela fait quatre mois que je n'ai aucune nouvelle d'elle.

« Ha ! La pierre sacrée ! Les Tibétains ne vont dans cette grotte que pour se faire soigner. Ils pensent que la pierre peut les guérir. Fais attention quand tu te promènes avec ton appareil photo, Ma Jian. Tu ne peux pas fouiner partout comme ça ! Les relations entre les Han et les Tibétains sont très tendues. Si tu crées des problèmes, nous en paierons tous le prix. La première fois que je suis arrivé à Lhassa, les Tibétains avaient organisé un festival de l'eau, complètement bidon bien sûr. Personne ne tient ce genre de fête en plein milieu de l'hiver ! C'était un prétexte pour laisser éclater leur colère. Chaque fois qu'un Han passait, ils l'éclaboussaient. Nous avons eu très peur. Ils avaient forcé une de mes collègues à descendre de sa bicyclette et avaient trempé son chemisier d'eau glacée.

— Je voyage depuis trois ans maintenant et c'est la première fois que j'ai le sentiment de ne pas être le bienvenu quelque part. C'est sans doute ce que ressentent les gens qui partent à l'étranger. On a poussé les Tibétains à bout, ils ont le droit d'être en colère. Comment tu réagirais si tu invitais des amis à dîner chez toi et qu'ils décidaient de s'installer et de prendre possession de ta maison ? Ça n'est pas la perte du pouvoir qui est blessante mais celle de la dignité et du respect. Aujourd'hui, un homme a essayé de me voler mon appareil photo dans le Barkhor. J'avais attaché la sangle à ma main, mais il tirait encore et encore. Son ami nous a jeté une peau de yack encore tout ensanglantée sur les mains pour que la police ne voie rien. Finalement, il a abandonné. J'ai arraché la peau et tenu mon appareil photo en l'air, le défiant de recommencer. Il m'a juste craché dessus avant de partir. »

Je verse un peu d'eau chaude dans une bassine et lave les bols et les baguettes de la veille. Je m'assieds ensuite et sors de mes poches les tablettes d'argile. « Et alors, comment s'est terminé ce festival de l'eau ? » Mon stylo à bille a fui et les visages de Avalokiteshvara sont tachés d'encre bleue.

« Comme d'habitude. "Le pouvoir politique passe par le canon du fusil", comme disait le vieux Mao. Les soldats sont descendus dans la rue en agitant leur fusil et tout le monde est rentré chez soi. Pourtant c'est sur nous qu'éclate leur colère. Les Tibétains peuvent nous cracher à la figure, mais nous n'avons pas le droit de riposter. Ils ont d'énormes poignards accrochés à leur ceinture alors que nous ne sommes même pas autorisés à avoir un couteau à fruits. »

Le coffre en bois sur lequel je suis assis est recouvert d'un tapis tibétain moelleux. La chambre de Liu Ren est remplie des cadeaux offerts par les nombreux artistes tibétains qu'il rencontre pour son travail : kakemonos religieux, masques d'opéra, instruments creusés dans des fémurs, conques rituelles. Liu Ren va chercher la soupe aux œufs et à la tomate sur le réchaud et la verse dans des bols en bois.

« Qu'as-tu tiré de ces quatre années passées au Tibet ? » lui demandé-je. Il a été affecté à la station de radio après avoir obtenu son diplôme de l'Institut des nationalités du Shaanxi. À cette époque, les garçons qui postulaient pour le Xinjiang ou le Tibet étaient considérés comme les héros de leur université. Pour leur courage et leur abnégation, ils suscitaient l'admiration des filles. Mais les temps changent. À présent, les étudiants les plus brillants rêvent d'aller faire fortune dans le Sud, à Guangzhou ou Shenzhen. Hier, au marché, je suis tombé nez à nez avec l'un des deux garçons du Hebei que j'avais rencontrés à Golmud. Il m'a dit qu'il aimait son travail aux Presses du Tibet, mais que son ami avait trouvé la vie trop dure. Il est rentré en Chine au bout d'une semaine.

« Énormément de choses. On n'écrit que sur deux sujets en Chine : les contradictions entre le socialisme et l'économie de marché, ou les souvenirs douloureux de la Révolution culturelle. Le Tibet a beaucoup plus à offrir : les relations entre les êtres, entre les hommes et Dieu, les rapports entre le primitif et le moderne. *Mots du Tibet* va présenter notre travail le mois prochain. Je pense que ça va avoir un grand impact. Ils nous ont surnommés : "Les réalistes mystiques d'Asie".

— Ça a l'air intéressant. Mais fais attention à ne pas te mettre dans un groupe ou tu perdras ta voix propre. Le groupe Retour aux origines est une farce. Ils racontent des histoires de types courageux qui tuent des loups dans la prairie sans jamais évoquer le plus gros d'entre eux, le communisme. »

Je me remémore la dispute que nous avons eue au sujet de la politique la veille au soir et préfère me taire et me servir un gros morceau de bœuf.

« Et toi, qu'as-tu tiré de ce mois passé ici ? me demande Liu Ren.

— Je ne suis pas venu ici en touriste ou en écrivain à la recherche d'histoires exotiques. Je suis venu en pèlerin. J'espérais une révélation ou au moins une confirmation, mais en définitive, je ne me suis jamais senti aussi perdu. J'ai le sentiment que Bouddha et l'homme existent dans deux mondes différents. J'ai l'impression d'être sur une scène. Les gens, absorbés par leur rôle, jouent leur partition et rien ne me semble réel. Tous les objets ont l'air d'accessoires. Comme je n'ai aucun rôle, je suis réduit à l'état de spectateur. Mais comme je n'ai nulle part où m'asseoir, je dois me mêler aux acteurs. C'est un sentiment affreux.

— Ce n'est pas seulement un spectacle. Les anciennes générations vouent un culte à Bouddha avec la même sincérité que les Chinois le font pour le vieux Mao. Pour eux, la vie et la religion sont indissociables. Le Bouddha est présent dans chacune de leur pensée, chacun de leur geste. J'ai rencontré des lamas à Drepung qui avaient passé leur vie entière au monastère. Ils ont atteint un tel niveau d'élévation spirituelle que leurs âmes semblent détachées de toute contingence humaine. Penses-tu que le gouvernement puisse un jour changer cela ?

— Le communisme peut supprimer les libertés individuelles, mais ne peut pas anéantir les traditions d'une nation. Néanmoins, quand les traditions sont d'une telle puissance, elles peuvent être aussi étouffantes pour l'individu que n'importe quel pouvoir politique tyrannique. Ce pays est aujourd'hui pris entre deux croyances. J'ai vu des petits garçons, portant leur foulard de Jeune pionnier, jeter leur sac de classe devant le temple de Jokhang, et exécuter cinq profondes prosternations.

— Les Tibétains sont différents de nous. Ils se foutent de tout ce qui est matériel. Si tu leur donnes des tennis et un paquet de graines, ils les vendront le lendemain pour acheter de la bière. Mais ils sont très gentils. S'ils t'accordent leur amitié, c'est à la vie à la mort. Ils ne sont pas sournois et roublards comme les Han.

— C'est facile d'être bon quand on est pauvre. J'ai rencontré beaucoup de gens adorables au cours de mes voyages, mais le prix à payer pour leur gentillesse est qu'ils se retrouvent exclus du monde extérieur. Dès qu'une route est construite, leur bonté disparaît. Les communistes poussent la Chine vers la modernité et nos valeurs sont en train de changer. Bientôt la bonté passera pour de la faiblesse. Je suis venu ici dans l'espoir de voir l'homme sauvé par la compassion de Bouddha, mais au Tibet, le Bouddha ne peut même pas se sauver lui-même. »

Liu Ren s'empare du plus gros morceau de bœuf de la marmite. L'odeur de la viande emplit la pièce.

« Pour nous Han "tibétophiles", le Tibet est une porte de sortie que nous prenons plus pour des raisons esthétiques que religieuses. Mais l'essentiel de leur culture est en train de se perdre. Dans notre bureau, les Tibétains sont plus occidentalisés que nous. Ils portent des jeans et se font faire des permanentes. Les seules personnes avec lesquelles il est encore possible de parler d'art sont les quelques peintres fous perdus dans les collines.

— Il ne faut pas confondre art et religion. Le bouddhisme est une philosophie très pratique.

Les disciples doivent se conformer aux règles et contrôler leurs désirs. Alors que l'art nécessite que l'on pousse l'individualisme à l'extrême en brisant toutes les lois.

— Qu'est-ce que je vais leur dire, Ma Jian ? J'ai un enfant, après tout. » Il change soudainement de sujet, comme hier soir.

« De quoi parles-tu ? » Je me suis peu à peu habitué à parler à cette autre vision de moi-même.

« Mon unité de travail a fait l'objet d'une nouvelle demande de vasectomie, et j'ai été cité. Nous ne sommes plus que trois dans la sélection, et les deux autres viennent de se marier. » Il renifle. Soudain me vient à l'esprit l'image du paysan du Guizhou que j'ai vu en train de se faire stériliser.

« Tu peux promettre de ne pas avoir d'autre enfant, mais ne te laisse pas opérer. Si j'étais toi, je démissionnerais. Tu peux rentrer chez toi, voyager. Personne ne te force à rester ici.

— J'aime mon travail. Tu n'as à te préoccuper que de toi, moi, j'ai une famille. Et puis, je suis membre du Parti, on attend que je montre l'exemple. »

Il est assis sur un tabouret en bois. La table est parsemée d'os et de rouleaux à moitié entamés.

Je n'ai pas entendu Beimu aboyer depuis un certain temps. Je pousse la porte et jette un coup d'œil dehors. « Oh, non. Où est passé cette chienne ? »

Nous sortons en courant. Elle a disparu avec la corde qui la liait au poteau.

Mes oreilles se mettent à bourdonner. « Nom de Dieu. Que va dire Mo Yuan ? » Je m'empare d'une torche et me précipite jusque dans la cour en criant son nom. Le gardien nous dit qu'il vient de prendre son service et qu'il n'a vu personne partir avec un chien. Nous fouillons les bureaux, la cantine, la chaufferie, le château d'eau, avant de refaire le tour de la cour.

« Il me donne les clés de sa chambre et je trouve le moyen de perdre sa chienne. C'est un désastre ! » J'ai la gorge qui me brûle.

De retour dans la chambre, Liu Ren allume le radiateur électrique. « Ne t'inquiète pas, dit-il, elle ne peut pas avoir quitté l'enceinte. Il est possible que quelqu'un l'ait volée. Quand tout le monde sera couché, on retournera voir. »

Quelques heures plus tard, nous nous glissons dehors en murmurant : « Beimu. » Soudain, un aboiement se fait entendre.

« C'est elle, dit Liu Ren. Ça ne fait aucun doute. C'est la chambre de Lobsang, un de nos techniciens.

— Va la chercher, alors. Elle est peut-être blessée.

— Je ne peux pas. Il est tibétain, on pourrait avoir des ennuis. On va attendre un peu. Il ne va pas garder la chienne dans sa chambre toute la nuit. Il va l'emmener plus tard pour la vendre au marché.

— Je ne vais pas attendre ! » Je me dirige vers la porte de Lobsang, mais Liu Ren me retient. Nous nous asseyons et, une demi-heure plus tard, la porte s'ouvre. Beimu est tirée vers l'extérieur. J'empoigne sa laisse et Beimu saute sur moi en remuant la queue.

« Pourquoi as-tu pris ce chien ? » crié-je. L'homme rit, l'air embarrassé.

Liu Ren s'interpose. « S'il te plaît, Ma Jian, pas d'ennuis. » Il marmonne quelques mots d'apaisement en tibétain, puis me dit d'emmener Beimu. Au moment où je m'apprête à partir, Lobsang enlève sa ceinture et essaie de me frapper. Je lui attrape la main. Liu Ren nous sépare et hurle : « Ma Jian ! Ne te bats pas ! Toi, tu peux t'enfuir, mais nous, on doit vivre ici. »

Lobsang sait que j'ai les mains liées, il nous rattrape et commence à rouer de coups Beimu avec sa ceinture. Elle roule au sol et jappe de douleur. Je me contrôle et murmure : « Arrête ou tu vas me le payer ! »

Il m'ignore et continue à s'en prendre à la chienne. Les gens qui se sont rassemblés pour voir ce qui se passait me tirent vers la chambre de Mo Yuan. J'attache Beimu au poteau, mes mains tremblent encore. Lobsang arrive alors en courant, une pierre à la main, et la jette en direction de la chienne. Elle le rate d'un poil, et vient s'écraser sur la porte de Mo Yuan. Je détache Beimu, l'emmène à l'intérieur, tout en me disant que s'il revient, je ne me retiendrai pas.

Je m'allonge et reste ainsi pendant des heures, fumant cigarette sur cigarette. Je suis calme à présent, alors que Beimu est encore sous le choc. Allongée sur le sol en brique, elle tremble de peur. Un peu plus tôt, Liu Ren lui a apporté une assiette de bœuf, mais elle n'a même pas daigné la renifler.

Trois jours après avoir quitté Yangpachen, je marche toujours vers le sud-ouest, longeant le bord d'un ruisseau clair. Sur le haut plateau couvert d'herbe verte, s'élèvent des collines brunes. Les lacs forment dans le sol des dépressions sombres.

Alors que le soleil rougit, des filets de nuages blancs s'amassent à l'horizon. Le coucher de soleil sera superbe. J'examine le paysage à travers l'objectif de mon appareil photo. Il n'y a pas de neige sur les montagnes à l'est, et le contour des collines au premier plan est disgracieux. Je vais devoir grimper pour avoir une meilleure vue. C'est une région merveilleuse pour faire des photos, mais elle est parcourue par tant de rivières et ruisseaux qu'il est facile de se perdre. Le soleil s'enfonce sous l'horizon au moment où j'atteins le sommet. Je scrute la prairie à la lumière du jour qui baisse, mais ne vois aucune trace des pèlerins avec qui j'ai marché, pas même leur grande tente blanche. Je vais dormir à la belle étoile, cette nuit.

Assis sur un versant balayé par le vent, je finis les biscuits achetés à Yangpachen. Je fouille ensuite mes poches et en sors deux morceaux de fromage de yack secs que j'ai chapardés sur un étal, à Lhassa. J'en porte un à ma bouche. C'est d'abord très aigre, mais à mesure que la pâte ramollit, elle acquiert un goût de lait réconfortant. Je me souviens de la fille que j'ai vue, accroupie sous cet étal de viande, dans un coin poussiéreux du Barkhor : le bord inférieur de ses paupières légèrement enflé, ses joues cramoisies par le souffle du vent de la prairie, son front plissé par la supplication. Si quelqu'un s'arrêtait et la regardait avec pitié, elle prenait son sein gauche dans la main et le suçait, puis souriait affectueusement. Ses yeux respiraient la bonté et son sourire était aussi pur que l'air de la prairie. Les chiens, attendant que de petits morceaux de viande tombent sous le couteau du boucher, s'appuyaient sur ses jambes. De temps en temps, elle chantait doucement : « Om Mani Padme Hum… » Le Bouddha peut-il vraiment faire taire toute souffrance ?

Avant que le vent ne se lève, j'étale mon sac de couchage et me pelotonne dedans, mes chaussures toujours aux pieds. Je regarde fixement le ciel noir et pense à la vie, à la mort. Pour les Tibétains, la mort n'est pas quelque chose de triste, c'est simplement une nouvelle phase de la même réalité. Ils ne s'intéressent qu'aux causes de la mort et à la qualité des funérailles. Où est la poésie là-dedans ? Je me remémore les vers d'un poème que j'ai écrit, il y a quelques jours : « Dans le cimetière silencieux/Laisse-moi, comme la pluie qui chante/Mouiller encore tes épaules… »

Ma Jian, la religion apaise ton esprit, mais le Bouddha n'habite pas toutes tes pensées, il n'est pas entré en ton cœur. Peux-tu donc encore te dire bouddhiste ? Non. Tu ne crois qu'en une liste de préceptes et de principes. Mon estomac me semble vide. Un vent froid me traverse. Je roule sur le côté et la faim peu à peu s'apaise.

Aujourd'hui, nous sommes le 18 août. Il y a trois ans, à Beijing, je n'aurais jamais imaginé passer mon trente-troisième anniversaire seul, dans les contrées sauvages du Tibet. La famille de pèlerins avec qui j'ai marché aujourd'hui se dirige vers le mont Kailash. Leur voyage devrait durer six mois, mais leurs moutons sont si maigres qu'ils auront épuisé leur stock de nourriture bien avant. Les deux yacks sur lesquels sont chargés leurs tapis et leurs tentes sont aussi rachitiques que leurs moutons. Ils portent des guenilles en peau, je suis bien incapable de leur donner un âge. Hier soir, j'ai aperçu leur tente et suis allé leur demander à manger. L'homme au chapeau de feutre a craché dans un bol, l'a essuyé avec sa manche avant de le remplir d'orge moulu et de lait. Ce matin, ils ont replié leur tente pour continuer leur marche le long de la piste. Je les ai suivis toute la journée, les regardant psalmodier les bras en l'air, prier pour échapper aux souffrances de ce monde. Ils regardaient les cieux et y voyaient la libération. Je levais les yeux vers le même ciel bleu, sans rien y voir. Le soleil de midi m'a brûlé le visage.

J'ai lu dans le journal que Liu Yu a atteint Shanhaiguan. Maintenant qu'il a terminé sa marche sur la Grande Muraille, où va-t-il aller ? Chacun voit sa vie changer. Tian Bing m'a écrit pour me dire qu'elle suivait des cours de qigong. L'année dernière, elle pensait encore que ça n'était que superstition absurde, et m'avait giflé après ma démonstration. Li Zhi, le poète underground qui m'a hébergé à Guiyang, est apparemment député du Congrès du Peuple désormais. Il a déménagé dans un grand appartement du gouvernement. Je me demande ce qu'il a fait de son four à céramique. Le poète taoïste Yao Lu m'a écrit que sa femme voulait quitter le pays et demandait le divorce. Il souhaitait savoir si le *Journal légal de Shenzhen* recherchait toujours un éditeur. Lorsque je lui avais parlé de ce poste vacant, l'an passé, il avait ri et dit que Shenzhen n'était pas un endroit pour les intellectuels. Je continue de tracer ma route. Mais, en cas d'impasse, je pourrai toujours retourner à Beijing.

La femme et le ciel bleu

Notre autocar grince jusqu'au col de Kamba, à cinq mille mètres d'altitude. Derrière nous, quelques camions de l'armée commencent à gravir avec difficulté la colline. C'est au moment où les derniers nuages quittent les rochers, les pierres de prière et les ravins, que le lac Yamdrok apparaît. En voyant le ciel bleu miroiter à la surface du lac et les pics neigeux et brillants plonger la tête la première dans ses eaux, j'éprouve une irrépressible envie de serrer quelqu'un dans mes bras.

C'est la route vers le Tibet central. Tandis que l'autocar descend la montagne et file à toute allure le long du lac, une odeur nauséabonde de peau de mouton mouillée me parvient des sièges à l'arrière. Je suis tellement serré que mes jambes sont engourdies. La fille à côté de moi, près de la porte, est enveloppée dans une cape épaisse. Elle fouille dans les replis de coton du vêtement et en sort de la gelée d'aubépine et une radio de poche. Puis, elle continue et en extrait un petit bébé tout moite. Elle le tient au-dessus du plancher du bus pour qu'il fasse pipi, puis le remet au chaud. Mes chaussures sont éclaboussées d'urine. J'essaie d'éloigner mon sac de la flaque.

Par la fenêtre, le lac me semble calme et immense. Il n'y a pas un grain de poussière dans l'air. J'interpelle le chauffeur et lui demande de me laisser descendre.

Août est le mois où le plateau déploie toute sa magnificence. Le ciel est si pur qu'on ne sent pas l'air. Je marche jusqu'au bord du lac, sors le gant de toilette de mon sac et me lave le visage. Une brise dessine des rides sur l'eau, le soleil brille sur le lit de galets. C'est un endroit merveilleux. Au Tibet, comme les lacs sont sacrés, les bergers s'y baignent peu ou y pêchent rarement et l'eau est toujours très claire.

La ville de Nangartse est encore à quelques kilomètres. Au loin, sur une montagne, j'aperçois un groupe de maisons d'adobe avec des drapeaux de prière flottant sur chaque toit. Au-dessus s'élève un temple peint de bandes rouges, blanches et bleues. Plus haut encore, fraîchement badigeonné de blanc, un stupa qui abrite les cendres de lamas morts luit au soleil.

Au pied du village, au bord du lac, se dresse un bâtiment en béton qui me paraît être la maison du comité. Je me lève et sors la lettre d'introduction que m'a rédigée Liu Ren. Elle dit que je suis un journaliste invité d'honneur par la radio de la région autonome du Tibet. En m'approchant du local, je m'aperçois qu'il s'agit d'une hutte ordinaire. Un soldat ouvre la porte d'entrée et me parle avec un accent du Sichuan. Je lui tends ma lettre et lui explique que j'effectue des recherches sur les coutumes locales. Il m'invite à entrer.

« C'est une base de maintenance. Mon nom est Zhang Liming. » Une mitraillette est accrochée au mur. Le sol est jonché de pinces pour couper les câbles, d'isolateurs en porcelaine et de boîtes en carton éclatées. Il a été affecté ici pour entretenir la ligne téléphonique de l'armée et maintenir une liaison régulière.

Il paraît enchanté quand je lui demande si je peux rester. « Je suis ici depuis quatre ans. Si la ligne téléphonique fonctionne, je vais pêcher au lac, ou je bois un verre avec les Tibétains au village. » Sinon, il lit des livres sur les anciens guerriers, à en juger par la pile de livres sur son bureau, posée à côté d'un talkie-walkie poussiéreux, d'un lecteur de cassettes, de quelques bandes enregistrées et d'un fouillis de câbles rouges.

« Y a-t-il un site pour célébrer les funérailles célestes, pas loin d'ici ? lui demandé-je, en approchant un tabouret en bois.

— Oui. »

Liming n'est pas grand. Sa casquette a laissé une empreinte circulaire sur sa tête.

« Y a-t-il une chance d'assister à des funérailles, les jours à venir ? »

Il s'arrête. « Il y en a une demain. Une femme est morte il y a trois jours.

— Vraiment ? Quelle coïncidence ! Penses-tu qu'ils me laisseront regarder ? »

Il marmonne quelque chose d'inaudible, puis dit qu'il doit acheter à boire pour ce soir. Je sors un peu d'argent, qu'il repousse.

Je l'accompagne donc au village. Sur le chemin je lui parle des changements qui s'opèrent en Chine. Il y a deux ans, je suis passé dans sa ville natale, Zigong, où j'ai visité le nouveau musée des dinosaures. Les squelettes des énormes bêtes reposaient sur le sol où avait poussé la forêt primitive. Dehors, les bus roulaient au gaz naturel, stocké sur les toits dans de grands sacs en caoutchouc noirs qui oscillaient d'un côté à l'autre du bus. Liming me dit qu'il ne s'imaginait pas qu'il y avait eu des dinosaures à Zigong. Je lui raconte mes tentatives infructueuses pour voir des funérailles célestes à Lhassa. Soit la cérémonie avait lieu avant le lever du jour, soit les habitants m'interdisaient de m'approcher du site. Une fois, ils m'ont même jeté des pierres. Mes amis m'ont dit qu'il serait plus facile d'assister à cette cérémonie à la campagne.

« Les gens vivent différemment ici, dit-il. Il y a une centaine de familles dans le village et, dans dix-neuf d'entre elles, tous les frères partagent la même épouse.

— Ils iraient en prison pour ça, en Chine. Même si, dans le Yunnan, j'ai visité un village Naxi qui pratique encore le système Azhu. Les femmes peuvent avoir autant d'amants qu'elles veulent. Plus elles en ont, plus leur prestige est grand.

— Ici, la femme a pour rôle d'agir en médiatrice entre ses maris et de tenir la maison. » Il tire le bord de sa casquette.

« Le partage est une vertu que les sociétés modernes semblent avoir perdue. Pourrais-tu m'emmener dans l'une de ces familles ?

— Allons chez Sangye maintenant. Elle dirige l'association des femmes du village, et elle a trois maris. Le plus ancien, Gelek, a été le premier entrepreneur du village. Il a construit un moulin l'an passé et gagne sa vie en moulant l'orge. Il ne fait jamais payer les veuves et les orphelins. Le deuxième, Tashi, s'occupe du groupe électrogène du village. Récemment, il a acheté un camion et a mis sur pied un service de livraison. Le troisième, Norbu, est maçon au monastère de Tashilumpo. Ils habitent la nouvelle maison, là-haut. »

J'entre chez eux et j'aperçois une grande affiche du président Mao, et sur le coffre laqué en dessous, un bouddha en or, entouré de petits brûloirs à encens et de ces fleurs en plastique que l'on voit sur tous les étals de marché. La flamme de quelques lampes à beurre vacille à côté d'une photo du Panchen Lama.

Liming et moi nous asseyons. Pendant qu'il discute avec Gelek en tibétain, je regarde Sangye mettre du sel et des feuilles de thé dans une bouilloire noire, puis la porter sur le fourneau dans la cour. Quand l'eau arrive à ébullition, elle verse la mixture dans un récipient en bois, y ajoute un gros morceau de beurre de yack et remue avec un bâton en bois. Le liquide émet des gargouillis. Sangye porte un chemisier blanc sous une robe sans manches attachée à la ceinture par un tablier à rayure. Elle sait que je la regarde, elle n'arrête pas de se retourner vers la pièce en souriant. Elle apporte la bouilloire à l'intérieur et nous sert le thé dans trois bols en bois. J'en bois une gorgée. C'est huileux et salé, mais plus parfumé que le thé que les Tibétains m'ont servi dans un thermos à Lhassa.

Je saisis l'occasion d'avoir un interprète pour demander à Gelek de me parler de ses origines.

Il me raconte qu'avant la Libération, son père travaillait pour un bouddha vivant, pour rembourser une dette de dix mille ans. La famille de sa mère, elle, devait au temple quarante mille jins d'orge. Elle a ainsi commencé à travailler dans les champs des moines à partir de treize ans. Libérée de ses obligations en 1951, elle a rencontré son père et s'est mariée.

« Qu'est-ce qu'une dette de dix mille ans ? demandé-je.

— Ça veut dire que vous pouvez rembourser les intérêts, mais pas l'emprunt, donc vous êtes toujours redevable. »

Tashi entre. Il sent l'essence. Il retire ses lunettes de soleil et ses gants de coton blanc, tire la langue en signe de salutation, et prend le tabouret à côté de Sangye, qui lui adresse un demi-sourire du coin des lèvres. Gelek explique que son frère rentre d'un voyage à Shigatse.

Je demande à Sangye combien elle utilise de beurre pour les lampes. « Nous sommes encore très pauvres. La famille de Yeshe a trente-six lampes. Quand ils tondent leurs moutons, ils peuvent gagner deux mille yuans en une journée. Ils invitent les lamas à réciter les Écritures tous les mois.

— Quelles Écritures ?

— Nous invitons deux lamas par an, trois si nous en avons les moyens. Nous en avons eu deux cette année. Ils sont restés avec nous pendant une semaine. » Peut-être Liming n'a-t-il pas traduit ma question correctement, à moins que ce que récitent les lamas ne soit pas important.

« Nous allons à Tashilumpo au cours des mois creux », dit Gelek, en prenant une datte sur la table. Il en est à son second bol de thé.

« Et, si les affaires de Tashi deviennent florissantes, à quoi dépenserez-vous l'argent ? » Je regarde la main rugueuse de Sangye caresser le coin de son livre de prières. Les chaussettes rouges que j'entrevois entre le bas de son pantalon et ses chaussures noires sont usées.

Une fois ma question traduite par le soldat, tout le monde se met à rire.

« Tout son argent passe dans son camion ! » Sangye presse la cuisse de Tashi, qui rougit chaque fois qu'il sourit. Sa parole est plus lente que celle de son frère.

« Quand nous serons riches, nous inviterons trois lamas par mois.

— Est-ce que tu aimerais avoir ta propre épouse, ta propre famille ? » demandé-je à Tashi. Liming tripote sa casquette, il semble mal à l'aise.

« Si l'on a trop d'épouses, il faut diviser l'héritage.

— Plus d'épouses veut dire plus d'enfants, et les enfants coûtent cher à élever.

— Les fils tuent les bœufs et les moutons, les filles marchent sur les insectes et les vers. Rien de très bénéfique à la vie. »

Avant que j'aie le temps de poser une autre question, Liming met sa casquette et se lève. Gelek va nous chercher six bouteilles de bière. Liming pose l'argent sur la table et murmure :

« Tu ne devrais pas poser tant de questions. Ils n'ont pas l'habitude. »

Dans la soirée, nous ouvrons les bières et parlons de funérailles célestes. Puis il s'arrête soudain et dit : « La femme n'avait que dix-sept ans. Elle s'appelait Myima. Elle a eu une hémorragie au cours d'un accouchement. Le bébé est encore dans son ventre. »

J'écrase ma cigarette et regarde ses doigts pâles frotter le bord de la table. Cinq étoiles rouges et un numéro de régiment sont inscrits sur la tête de son lit, placé contre le mur. Au-dessus de son bureau, il a accroché l'image d'un porte-avions et la photographie d'une actrice japonaise, arrachée dans un magazine. Il n'y a qu'une fenêtre dans la pièce. Du papier journal est collé sur la vitre du bas. À travers la portion de fenêtre du haut, je vois le ciel qui lentement s'assombrit. Cela fait des heures que je n'ai pas entendu un camion passer.

Le soldat se lève, donne un coup de pied dans un isolateur qui se trouve sur son chemin et va s'affaler sur le lit. « Tu peux aller aux funérailles. Les gens sont plus détendus ici. La plupart d'entre eux n'ont jamais vu d'appareil photo. Et certainement pas les maris de Myima.

— Combien de maris avait-elle ? » Au moment même où les mots sortent de ma bouche, je réalise combien ma question est irrespectueuse. Le soldat baisse le son de sa radio. Une voix de femme chante : « Tu es venu vers moi avec un sourire mais ne m'as apporté que de la douleur… » Cette chanson me rappelle le bal de Chengdu et la fille en robe rouge qui s'appelait Ding Xue. Elle fredonnait toujours cette chanson.

« Tu verras par toi-même, demain. » Il ferme les yeux. « Myima n'est pas née ici. C'était une enfant fragile, la dernière des huit de la famille. Ses parents ne pouvaient pas s'en occuper, ils l'ont envoyée ici à six ans. En grandissant, elle est devenue plus robuste, elle est même allée à l'école à Nangartse. Mais c'était avant que sa mère adoptive meure.

— Et quel était son nom, demandé-je, en ouvrant mon carnet.

— Non, tu ne peux pas écrire cela. Son père adoptif est un ivrogne. Quand il boit trop, il commence à chanter et se jette sur les femmes. Ça lui arrivait de sauter sur Myima. Tout le monde le savait au village. Elle n'était encore qu'une enfant. Comment aurait-elle pu se défendre ? » Sa voix tremble, je sens qu'il est sur le point de jurer. À ce moment, plutôt que de se laisser aller, il déverse un torrent d'injures.

« Espèce de salaud ! Attends que je quitte cet uniforme ! » Son visage passe du rouge au violet, il fulmine avec la rage obstinée des Sichuanais. Je garde le silence et attends qu'il se calme.

Il va à la porte regarder la direction du vent. La ligne téléphonique reste silencieuse. Il n'y a pas de moustiques dans cet endroit, même en été. L'air humide du lac remonte jusqu'ici et me glace les os.

« Tu m'emmèneras les voir ? » demandé-je. Comme il reste muet, j'ajoute : « Non, oublie ça, ça n'est pas grave. »

Sans un regard, il enfile sa casquette, abaisse la visière et prend les clés ainsi qu'une torche sur la table. « D'accord, allons-y. »

Nous grimpons jusqu'au village une fois de plus, en longeant des ruelles juste assez larges pour laisser passer un bœuf et bordées de murs de pisé sombres. Grâce à ma lampe, j'aperçois la paille et les crottes répandues sur le chemin. Derrière les murs, les chiens se mettent à aboyer.

Le soldat pousse une porte et crie en direction d'une maison dont la fenêtre est éclairée. Nous entrons.

Les hommes rassemblés près du feu se retournent et restent bouche bée. Le plus vieux d'entre eux se lève et parle au soldat, tandis que les autres continuent à me dévisager. Je fais passer mes cigarettes et les allume l'une après l'autre. Je ne vois que le blanc de leurs dents dans l'obscurité. J'allume à nouveau mon briquet, agrandis la flamme, et leurs mâchoires se relâchent. Je tends mon briquet à l'homme qui est debout. Il le prend et s'assied. Tous les yeux sont braqués sur le briquet. Ils se le passent l'un l'autre et me sourient. Enfin, je sens que je peux m'asseoir. L'homme à ma droite me tend un morceau de mouton séché. Je sors mon couteau et m'en coupe une tranche. Il a meilleur goût que la viande que j'ai mangée il y a quelques jours sous la tente des pèlerins. Ils font passer un bol de vin d'orge. Il est encore jeune, de petites pellicules flottent à la surface. Myima l'avait peut-être préparé avant de mourir.

L'odeur dégagée par le feu de bouse est si forte que je ne prends que de courtes respirations. Mes yeux commençant à s'accommoder à l'obscurité, je regarde autour de moi. La pièce est meublée de manière modeste, comme la plupart des maisons tibétaines. Il y a des coffres en bois le long des murs badigeonnés de blanc. Près de la porte d'entrée, une ouverture donne sur une chambre obscure, celle de Myima peut-être, à moins que ce ne soit le garde-manger. Contre le mur opposé à la cheminée se trouve le petit autel traditionnel, avec une peinture en rouleau du furieux Yama, dieu de la Mort, serrant entre ses griffes une Roue de la Vie, et une petite table recouverte d'écharpes de prière blanches. Les hommes m'observent et me saluent de la tête. Ils sont sans doute en train de discuter de ma demande pour assister aux funérailles célestes, demain.

Le soldat se lève et me fait signe de le suivre. Il me conduit vers la chambre obscure et braque sa lampe sur un sac de chanvre, noué à l'extrémité par du fil téléphonique, et reposant sur un lit de briques d'argile.

« C'est elle », dit-il.

Je dirige ma torche sur le sac. On dirait qu'elle est assise, droite, face au mur, la tête inclinée vers le bas. Peut-être ont-ils dû la pousser pour pouvoir fermer le sac.

De retour chez le soldat, je m'allonge sur le lit, les yeux grands ouverts. Je pense à Myima.

La vie et la mort ne peuvent se rencontrer que par l'esprit. Je l'imagine chantant, comme les femmes tibétaines que j'ai entendues dans les collines, ou à l'arrière des camions. Je la vois courbée dans les champs, ses longues tresses glissant par-dessus ses oreilles. Je lui donne le visage d'une fille que j'ai vue dans un car : de larges pommettes rouges, un petit nez, le bord des paupières sombre, les seins ronds. Un trombone recourbé ferme son chemisier là où il manque le second bouton. Le creux sombre de sa poitrine tremble à chaque secousse de l'autocar.

Le soldat rentre de son inspection nocturne des lignes téléphoniques. Son visage est vide d'expression. Il allume une cigarette et s'allonge à côté de moi.

Il finit par parler. « Tu vas partir dans quelques jours alors autant tout te raconter. De toute façon, je ne peux plus garder ça pour moi, la douleur est trop grande. » Je soulève mon oreiller et m'assieds.

« Myima et moi étions très proches, c'est ce qui m'a fait rester ici si longtemps. La plupart des gens auraient demandé leur mutation depuis des années. Je l'ai rencontrée la première fois sur cette colline là-bas. J'étais parti changer un câble. Elle avait laissé ses moutons en liberté et était assise dans l'herbe. Sur le chemin du retour, je portais un grand rouleau de fil qui devait peser une tonne. Je lui ai dit bonjour et me suis assis à côté d'elle pour me reposer. Il faisait très chaud cet après-midi-là. Je suais malgré mon T-shirt. Elle regardait ses moutons paître dans la brise, puis elle s'est retournée et m'a regardé droit dans les yeux. Aucune femme ne m'avait regardé de cette façon avant ça. »

Je me souviens de la fille en chemisier rouge que j'ai vue à Maqu. Elle m'avait regardé ainsi avant de s'enfuir vers les rives du fleuve Jaune.

« Je lui ai dit que je travaillais à la base de maintenance. Comme elle ne comprenait pas le chinois et que mon tibétain était encore très pauvre, je lui ai montré du doigt la ligne téléphonique et l'ai fait suivre jusqu'en bas où j'habitais. Elle a ri et tourné son visage vers le col de Kamba. Elle m'a dit qu'elle m'avait déjà vu, et elle se demandait pourquoi j'étais resté là si longtemps.

» Avant de la quitter, cet après-midi-là, je lui ai coupé un long morceau de fil en lui disant qu'elle pouvait s'en servir pour suspendre le linge ou accrocher des choses. Après cela, on s'est revus très souvent sur la colline. C'est elle qui m'a appris le tibétain...

» L'année dernière, à peu près à cette heure de la nuit, elle est venue chez moi et s'est glissée dans mon lit. Elle n'avait jamais dormi ici avant... C'était la première femme que je touchais. Le lendemain matin, elle m'a repoussé en me disant qu'elle devait s'en aller. Avant de partir, elle a retiré le collier qu'elle portait depuis qu'elle était enfant, et l'a glissé sous mon oreiller. Le jour suivant, j'ai appris qu'elle devait se marier aux deux frères, Dawa et Dorje. Si l'armée entend parler de ça, je suis fichu. »

Je fais un signe de la tête. « Coucher avec n'importe qui en période de service militaire, ils pourraient te mettre sous les verrous pour ça. »

Il sort le collier d'un tiroir rempli de piles et de crayons. Je l'étudie sous la lampe. C'est un chapelet d'agates, de perles de bois, avec une grande turquoise au centre. La pierre est douce et brillante, elle porte encore l'odeur de lait d'une peau de femme. Je revois soudain le sac de chanvre sur le lit de briques.

« Est-elle venue te rendre visite après ? » Je veux lui dire que je n'irai pas aux funérailles demain, mais aucun mot ne sort.

« Je n'ai pas envie de tout te raconter. » Il tire son manteau de l'armée sur son visage et roule sur le côté. Je jette mon mégot par terre, éteins la lumière et ferme les yeux… J'ai envoyé mon exemplaire de *Feuilles d'herbe* à Ai Xin. Elle m'a répondu de Beijing, me disant qu'elle étudiait la littérature à l'école Lu Xun. À la fin de sa lettre, elle m'écrit : « J'ai un petit ami, maintenant. Un peintre. Il m'a dit qu'il te connaissait. Son nom est Da Xian. »

La nuit et le jour sont deux mondes différents. À l'aube, les ruelles sinueuses disparaissent et chaque chemin conduit droit à une maison. La nuit ressemble à un rêve lointain.

Le soleil est déjà levé quand j'arrive au site des funérailles célestes. Ici, ça n'est pas comme à Lhassa avec son énorme bloc rocheux surplombant une falaise, c'est une large terrasse de gravier située sur le flanc de la montagne à mi-chemin entre le pied et les plus hautes pentes. Des cordes sales sont suspendues à un montant de fer enfoncé dans une faille au sol. À côté sont posés des couteaux rouillés, deux marteaux et une hachette au manche cassé. Le gravier alentour est parsemé de fragments d'os, de cheveux, de perles de plastique écrasées, de bouts de vêtements et de fientes de vautour parsemées d'ongles.

La montagne est calme. Des vautours noirs se tiennent perchés sur les pics. Dans la vallée, plus bas, des rubans de brume s'élèvent de Yamdrok et, lentement, s'enroulent pour ne plus former qu'un drap blanc recouvrant le lac entier. Là, cette brume se meut, s'étend, s'élève et redescend, comme un souffle de femme, au pied des montagnes, où elle monte encore et encore pour former un voile qui masque le soleil rouge sang. Trois hommes émergent de la brume. Dawa, l'aîné, porte le sac de chanvre. La famille n'a sans doute pas les moyens de louer les services d'un dépeceur. Dorje, le plus jeune, est chargé d'un sac de feutre, d'un thermos et d'une poêle. Un lama, en robe rouge, suit derrière. Je le reconnais, c'était l'homme assis à côté de moi hier soir. Les nuages se soulèvent derrière eux. Ils me sourient.

Le sac est ouvert et le corps sorti. Il est attaché en position fœtale. La svastika gravée dans son dos a séché et rétréci. Une fois la corde défaite, Myima s'affale sur le sol. Les frères lui attachent la tête au montant de métal et étirent son corps. Maintenant, elle est allongée sur le dos, les yeux fixés vers le ciel et l'étendue de nuages.

Dorje saupoudre d'orge moulu les flammes d'un feu de genévrier qu'il vient d'allumer. L'épaisse fumée se mêle à la brume. Dawa, de son côté, y ajoute une bouse, regarde le ciel, et jette un morceau de beurre de yack dans la poêle. Le lama, assis jambes croisées sur une peau de mouton, égraine son chapelet au-dessus d'un livre de prières ouvert.

J'étudie Myima à travers l'objectif de mon appareil photo : ses membres sont écartés, sa poitrine pend sur les côtés, les paumes de ses mains sont tournées, comme pour communier avec les cieux, son ventre est encore gros de son enfant mort. Ses pieds blancs sont étroitement serrés. Les petits orteils sont si courts qu'ils n'ont pas d'ongles.

C'est une bonne chose que le soldat ne soit pas là. Il est sans doute énervé que je sois venu, ou peut-être comptait-il sur ma présence pour que je dise au revoir à sa place. J'imagine Myima à six ans, arrivant dans ces montagnes, à cheval, son petit visage émergeant de sa cape en peau de mouton pour jeter son premier regard sur le lac Yamdrok. En gardant ses moutons, ici, la semaine passée, pensait-elle à sa maison dans le Nord ou au soldat dans la vallée ? Un jour, elle lui a demandé : « Quand m'emmèneras-tu dans les villes où les maisons sont aussi grandes que des montagnes ? »

J'appuie sur l'obturateur, mais rien ne se passe. Il est coincé. Soudain, je vois le coin de la bouche de Myima trembler très légèrement. Ça n'était ni un sourire, ni du mépris. Elle a bougé, c'est sûr.

D'un pas lourd, je me dirige vers le feu et m'assieds. Dorje tire une autre bouse de son sac et la jette dans les flammes. Puis il sort un morceau de pain d'orge rôti, souffle sur la braise, et m'en donne un morceau. Je le mange avidement. Il est aux raisins. Il remplit le couvercle du thermos de vin d'orge. Je le prends et le vide d'une traite, je sors ensuite mon couteau et taille un peu de mouton sec. Les frères me sourient. Je souris sans doute aussi, mais mon visage est tourné vers les pics neigeux au loin, qui rougissent au soleil du matin. La brume s'est levée à présent. Le lac est aussi tranquille et clair qu'hier et, sans doute, aussi profond que le bleu de la turquoise de Myima. Dawa se lève et verse un peu de vin au lama. Le lama le repousse et lui dit que l'âme de Myima s'est élevée jusqu'au ciel.

Je suis les frères jusqu'au corps. Immédiatement, le ciel est obscurci par le vol des vautours qui crient, plongent et tournoient. Des corneilles recouvrent la falaise, attendant leur moment pour tenter leur chance. À l'instant où Dawa découpe le visage et arrache la peau de Myima, j'oublie à quoi elle ressemblait. Dorje coupe la chair en petits morceaux, et réduit les doigts en bouillie qu'il jette aux corneilles. Les vautours se disputent les intestins.

Le corps de Myima disparaît du site funéraire. Je pense au bol rituel fait à partir d'un crâne humain que j'ai acheté dans le Barkhor. L'os a bruni et s'est poli avec les années. On a dû le faire tomber par le passé – la fêlure sur le côté gauche est incrustée de saleté.

Enfin, Dawa s'approche du feu en titubant, chassant les oiseaux à l'aide d'un bout de natte de Myima encore nouée avec un fil rouge.

Je regarde ma montre. Je suis ici depuis deux heures. Il est temps de redescendre. Le soldat m'attend. Il m'a dit qu'il allait emprunter un bateau aujourd'hui pour m'emmener pêcher sur le lac.

En quittant le siège du comté de Tingri pour prendre la route de l'Everest, sur un chemin situé à cinq mille mètres d'altitude, je comprends combien il est difficile pour un homme de vivre dans le ciel. L'air est si rare que je dois respirer par la bouche. Le sol semble trembler et les maisons du village proche et sa rivière flotter dans les airs. Je repense au spectacle que j'ai vu il y a quelques jours à Shigatse, pour célébrer le trente et unième anniversaire de la « libération pacifique ». La troupe sichuanaise avait à peine terminé de danser « Des femmes tibétaines lavent les vêtements de leurs chers amis, les soldats de l'Armée populaire de libération » avec un sourire rayonnant qu'ils s'étaient précipités dans les coulisses pour mettre des masques à oxygène. Ils sont venus jusqu'ici sur décision politique, je suis ici pour trouver la paix. Mais les hauts plateaux du Tibet ne sont pas un endroit pour les Han.

Je m'assieds au centre du village et essaie de reprendre mon souffle. Peu à peu, des enfants m'entourent. Certains regardent mes cheveux et mon visage, d'autres mes vêtements, ma barbe ou mon appareil photo. Entre deux respirations, j'essaie de sourire. Finalement, je me lève et demande le chemin pour aller à la maison du comité.

Le secrétaire du village a étudié au lycée du comté de Tingri. Le temps de fumer une cigarette, il lit ma lettre d'introduction. Son visage s'éclaire d'un sourire et cinq minutes plus tard, il lève les yeux. Je lui dis que la station de radio m'a envoyé ici en mission politique, pour escalader l'Everest. Qui m'envoie ne l'intéresse pas, mais il insiste sur le fait que je ne peux pas grimper seul. Un homme est parti d'ici l'an dernier, il avait rédigé son testament auparavant. Il est revenu, deux semaines plus tard, le visage violet, le nez et les oreilles rongés par les engelures. Il a dû passer un mois à l'hôpital du comté. Le secrétaire repose sa tête contre le mur. Les traits tombants de son visage lui donnent un air serein. « Tout le monde ne peut pas toucher le visage de la Tara verte », dit-il très lentement. Puis, après une longue pause, il ajoute : « Au pied de l'Everest, il y a une rivière. Si ses eaux ne te tuent pas, ses blocs de glace te briseront. »

Je fixe le saule poussiéreux dans la cour et sens mon cœur se serrer.

« Pas loin, il y a une colline que tu peux escalader, si tu veux apercevoir l'Everest.

— J'ai entendu dire que des expéditions passaient par ici pour se rendre au camp de base. » Je sors mon stylo-plume et murmure : « Je vais remplir mon stylo, si cela ne vous dérange pas.

— Ce sont des montagnards avec un équipement professionnel. Cette montagne n'est pas faite pour les touristes.

— Très bien. Est-ce qu'il y a des sites culturels dans le coin ? » Une fois la cartouche pleine, je réalise que l'encre est bleue, et non noire comme je le pensais. Je déteste écrire à l'encre bleue. Une vague de fatigue me submerge.

« Je peux te présenter à un orfèvre népalais de quatre-vingt-trois ans. Deux journalistes de Lhassa l'ont interviewé cette année. Sa photo a été publiée dans les journaux.

— D'accord, j'irai voir l'orfèvre népalais. Y a-t-il un endroit où loger dans le village ? » Mon cœur bat encore à tout rompre.

« Nous avons une petite pension. » Il montre un trousseau de clés accroché au mur. « Mais pas de restaurant, désolé. »

Je m'arrête ici et n'irai pas plus loin. Je visiterai le village et retournerai à Shigatse demain. Je m'effondre sur le lit métallique, le cerveau en compote. Je déplie ma carte, ouvre mon carnet et tente de mettre de l'ordre dans mes idées.

Le village ne figure pas sur la carte, je dessine donc un cercle autour de Tingri. Je suis bloqué vers le sud par la plus haute montagne du monde. C'était insensé de venir jusqu'ici. Je ne suis pas équipé et je n'ai aucune expérience de l'alpinisme.

J'ai perdu la tranche de mon carnet.

25 août. Gyantse. Ce matin, j'ai visité l'immense stupa octogonal, connu aussi sous le nom de « Tour aux cent mille images ». Il a été pillé au cours de la Révolution culturelle et l'intérieur était froid et nu. À l'exception d'une boîte postale isolée à un carrefour, les rues dehors étaient désertes. Il s'est mis à pleuvoir pendant que je grimpais à la forteresse derrière le stupa et je n'ai pas arrêté de glisser au bas de la colline. Lorsque les forces anglaises ont avancé sur Gyantse, en 1903, celle-ci a été le lieu de la bataille principale. Les soldats tibétains qui défendaient le fort n'étaient pas assez nombreux et beaucoup ont préféré sauter des remparts plutôt que de mourir entre les mains des Anglais.

En rentrant à mon auberge cet après-midi, j'ai fait la connaissance d'un bouddha vivant du

Sichuan qui allait à un congrès religieux à Shigatse. Je suis allé chercher une écharpe de prière pour lui rendre visite dans sa chambre.

Je lui ai dit que j'étais journaliste et bouddhiste. Il m'a demandé qui était mon enseignant, ce à quoi j'ai répondu que c'était maître Zhengguo, qu'il connaissait bien. C'est un homme de 56 ans. À 8 ans, il étudiait déjà les Écritures au monastère de Sera et suivait les cours pour les jeunes lamas à Drepung.

Je lui ai demandé son point de vue sur les changements qui avaient lieu dans les monastères tibétains. Par exemple, les 1 200 moines du monastère de Tashilumpo comptaient par le passé sur la communauté pour les entretenir. Aujourd'hui, le monastère a créé une société des Guerriers de Bouddha qui pourvoit à leurs besoins en tirant des revenus de boutiques de souvenirs.

Il m'a répondu : « Le gouvernement a assoupli sa politique religieuse. Les lamas retraités perçoivent désormais une pension de cadre, et les gens sont libres de visiter les temples, de donner des offrandes ou d'inviter les lamas à réciter les Écritures chez eux. Les bouddhistes sont plus préoccupés par l'autre monde que par les trivialités du présent. Par le passé, tous les Tibétains étaient bouddhistes et la société était stable. Les moines d'aujourd'hui ne comprennent pas les Écritures. Leurs études sont insuffisantes. Leurs esprits ont été corrompus par les six poussières. Ils ne recherchent que le confort matériel, ce qui les conduit à la souffrance. L'ancien Tibet était plus pauvre, mais souffrait moins qu'aujourd'hui. Plus grand est le désir, plus profonde est la peine. »

Je lui ai dit que les désirs n'étaient pas les seules sources de souffrance. L'homme peut aussi souffrir d'un sentiment d'impuissance, de se sentir oppressé par la société et de n'avoir aucun endroit vers lequel se tourner. Je lui ai ensuite parlé des punitions que le chef religieux Tsong Khapa avait fixées pour les moines qui violaient la loi bouddhiste : mains ou lèvres coupées, personnes enterrées vivantes ou noyées. Je lui ai demandé comment une religion qui promettait de mettre fin à la souffrance pouvait souscrire à de telles cruautés.

« Chaque religion a ses règles. Ces punitions ne s'appliquent qu'à l'ordre monastique, et elles sont rarement mises à exécution. En Chine, les monastères taoïstes pratiquent la peine de mort. Cependant, toute souffrance a sa cause et l'homme doit apprendre à récolter ce qu'il sème. Nos punitions sont le fruit de péchés commis dans des vies antérieures. La seule façon d'échapper à une vie de misère est de vider son cœur de tout désir. Bouddha dit que les trois royaumes de *Samsara* sont des univers de poussière, emplis de souffrance. C'est bien de poser des questions mais tu ne devrais pas te préoccuper autant du succès et de l'échec. Cela te causera beaucoup de trouble.

— Je suis devenu bouddhiste parce que je pensais que le monde n'était que souffrance et que Bouddha offrait un chemin vers la liberté. J'étais révolté contre le Parti et tout ce qu'il signifiait. Mais aujourd'hui, je vois que même si ce sont les communistes qui ont détruit le Tibet, les lamas font retomber la faute sur le karma et les péchés de vies passées. Les communistes ont autorisé le retour de la religion uniquement parce qu'elle les absout de toute responsabilité pour les souffrances qu'ils ont infligées. Le bouddhisme fait le jeu des tyrans. Et c'est ce qui me fait m'interroger sur ma foi. »

Il m'a conseillé de retourner dans ma chambre et de lire le sutra de la Terre pure.

27 août. Yatung. J'ai rencontré des touristes hongkongais qui cherchaient à louer un minibus. Nous avons partagé les frais et voilà que j'avais un moyen de transport. En descendant des hauts plateaux vers la plaine de Yatung, la végétation passait de l'herbe des prairies à une sorte de brousse puis à une dense forêt tropicale. Aujourd'hui, dans la rue, j'ai rencontré un homme qui travaille pour le Département des céréales. Nous avons commencé à parler de poésie et il a offert de m'héberger. Yatung se compose de maisons de bois et se trouve sur un bout de terre entre les frontières du Bhoutan et du Sikkim.

30 août. Shigatse. C'est la deuxième plus grosse ville du Tibet. Ce matin, j'ai visité le monastère de Tashilumpo, le siège de Panchen Lama qui, d'après la croyance, serait la réincarnation du Bouddha Amitabha. Des rayons de soleil se déversaient sur de longues bannières rouges suspendues aux colonnes de bois de la salle de réunion. J'ai admiré une chapelle intérieure où brûlaient un millier de lampes à beurre aux flammes vacillantes. Une petite fille levait les mains vers le bouddha en or. Elle rayonnait de dévotion, et le lama l'a aspergée avec l'eau contenue dans un pichet d'argent. Au moment où j'allais appuyer sur le déclencheur, le lama a bondi pour me chasser. Je me préparais donc à sortir, me sentant coupable d'avoir dérangé l'enfant, quand il m'a crié :

« 20 yuans, pour prendre une photo ! » Je suis parti sans me retourner.

La chapelle principale abrite une statue de Maitreya, bouddha du Futur, de 26 mètres de haut. Elle est recouverte d'or et de pierres précieuses. Cette extravagance me semble choquante au regard de la misère qui règne dans les rues.

En rentrant à la pension, j'ai vu le berger rencontré hier. Il mendiait, assis dans la rue. Je lui ai donné un yuan. Il m'a dit qu'il avait vendu ses peaux ce matin, pour un millier de yuans, et qu'il avait tout offert au bouddha d'or. Il devait maintenant mendier pour rentrer chez lui.

Est-ce le Bouddha qui sauve l'homme ou l'homme qui sauve le Bouddha ?

À partir de maintenant, je resterai détaché de toute croyance. Je ne compterai que sur moi-même pour me sauver. L'homme est irrécupérable.

Je pose mon carnet et regarde par la fenêtre le ciel gris au-dessus du mur gris. J'aimerais avoir une chambre à moi. Ces quatre murs sont souillés de crachats et il y a des mégots sur le rebord de la fenêtre. Dans sa dernière lettre, ma sœur m'écrivait : « Des voyous ont enfoncé ton portail la semaine dernière, et comme il a vu que personne ne venait réparer, ton voisin en a profité pour se construire une cuisine d'un côté et une remise à charbon de l'autre. Il a même eu le culot de clouer son fil à linge sur ta porte d'entrée. Mais ne cherche pas la bagarre en rentrant, sa mère fait partie du comité des résidents. »

Je range mon appareil photo dans son étui et sors faire un tour. Il y a très peu de maisons à cette altitude. J'aperçois devant moi un hameau, bien que cela ressemble plus à un enclos à moutons. Les toits d'ardoise des maisons de pierre atteignent presque le sol. Le chemin est plat et sec, chacun de mes pas soulève un nuage de poussière qui reste en suspension dans l'air. Un chien rampe sous une clôture et aboie lentement. Une jeune fille sort la tête de sous un toit, disparaît, puis réapparaît avec un miroir. Elle s'assied et se coiffe. Le chemin poussiéreux est parsemé d'éclats d'ardoise. Derrière moi, des filles portant des pierres sur leur dos approchent. Elles traversent mon nuage de poussière, puis s'arrêtent pour reprendre leur souffle. Tout bouge au ralenti : les nuages, les moutons, les chiens, les drapeaux de prière, moi. Je sens le sang affluer dans mes tempes. Mon front se lézarde, le sommet de mon crâne va se détacher. Bientôt, il se soulèvera comme la rotonde d'un observatoire spatial. Mes souvenirs me quittent. Les noms de Guoping, Xi Ping, Lu Ping, Wang Ping, remontent dans mon esprit, mais je ne peux plus mettre de visage dessus. Aucune de ces femmes n'était parfaite, pourtant si l'une d'entre elles m'aimait encore, je n'aurais plus à vivre comme un vagabond. Je voyage depuis si longtemps, à travers tant de lieux étranges, que je suis devenu étranger à moi-même.

Au cours de l'après-midi, le secrétaire du village m'emmène voir l'orfèvre népalais. Il semblerait qu'il puisse graver les yeux fermés le démon à tête de cheval Hayagriva et Avalokiteshvara à onze faces. Il n'y a aucune source de lumière dans son sous-sol obscur, je ne vois pas son visage. Il a passé la plus grande partie de sa vie aux confins du monastère de Shegar Chode.

À mon retour, je suis pris de crampes à l'estomac. Je n'aurais pas dû boire cette seconde tasse de thé, le beurre de yack de l'orfèvre était si rance qu'il me brûlait la gorge. Je cours jusqu'aux latrines me vider les intestins, mais de retour devant ma porte, je sais que je dois déjà y retourner. Cette fois, je prends une veste et une lampe. Une heure plus tard, je sors en chancelant des latrines et tombe de douleur sur le sol. Je hurle le nom de ma fille, crie à l'aide, mais le bruit accentue ma peine. Mes mains griffent l'air de la nuit. Des faces de divinités courroucées apparaissent devant mes yeux. Enfin, j'atteins la chambre. Malheureusement, au moment où je me laisse tomber sur le lit et où je respire un grand coup, les coliques reviennent. Le beurre de yack était plus empoisonné que l'eau du lac Sugan.

Au milieu de la nuit, je suis toujours éveillé, allongé sur le lit métallique, grelottant de froid sous deux minces couvertures. Dehors, le vent mugit à travers la pluie et la neige. Ce corps puant ne m'appartient plus, j'ai l'esprit aussi vide qu'un sac en plastique flottant dans le vent. Soudain, je pense à Beijing et réalise que, même si la ville est bourrée de policiers, là-bas, au moins, j'ai un lit et un oreiller qui m'attendent. Je suis venu au Tibet dans l'espoir de trouver des réponses à toutes ces questions restées en suspens, et j'ai découvert que même quand les questions posées étaient claires, les réponses ne l'étaient pas forcément. J'en ai assez de voyager. J'ai besoin de me raccrocher à quelque chose de familier, ne serait-ce qu'une tasse de thé. Je ne peux pas survivre dans une région sauvage – si la nature est infinie, il y a des limites à ce que je peux supporter. J'ai besoin de vivre dans de grandes villes avec des hôpitaux, des librairies, et des femmes. J'ai quitté Beijing pour tracer seul mon propre chemin, mais désormais je sais qu'aucun chemin ne se trace en solitaire. Nous finissons toujours par croiser d'autres personnes. Je me suis arrêté ici, non parce que l'Himalaya me barrait la route, mais parce que j'étais arrivé au terme de mon cheminement spirituel. Au fond, nous suivons tous une voie : le chercheur d'or, l'enleveur de stérilet, Myima qui laisse sa turquoise derrière elle et s'élève vers le ciel. Nous prenons simplement des directions différentes.

J'ai poursuivi ce cheminement jusqu'au bout. Mais j'ai conscience qu'à partir d'aujourd'hui, je vais devoir affronter des obstacles plus grands encore.

Le lendemain matin, le secrétaire du village me conduit à l'hôpital de Tingri à l'arrière de sa bicyclette. Quand le docteur annonce qu'il a épuisé son stock de pilules anti-diarrhée, je lui demande une piqûre de glucose et d'eau salée pour pouvoir au moins tenir debout. Il fouille dans un tiroir rempli de flacons de pilules vides, de crayons, de pinces à épiler, de piles, finit par trouver une seringue et me fixe un goutte-à-goutte au bras.

Je m'allonge sur le lit d'hôpital et dis en gémissant au secrétaire : « Regardez dans quel état je suis ! Et je n'ai même pas touché le bord de la jupe de la Tara verte.

— Au moins, tu as encore ton nez et tes oreilles. »

Jamais je n'aurais imaginé la semaine passée qu'une ascension d'un millier de mètres m'amènerait si près de la mort. Je me trouvais alors à quatre mille mètres d'altitude, dans la ville de Lhatsé, essayant de faire du stop pour visiter Tsaparang, les ruines du dixième siècle du royaume disparu de Guge. Un trajet de sept jours dans le désert. Je me suis mis à marcher le long de la route, espérant voir un camion passer. Mais arrivé à un point où il n'y avait ni maison, ni chemin, ni pierre de prière, j'ai abandonné et suis revenu sur mes pas.

Dans la soirée, je suis arrivé à une station d'essence qui avait un restaurant accolé derrière. Je suis entré et j'ai demandé au cuisinier un bol de nouilles. Quand il a disparu dans la cuisine, je suis allé jusqu'au comptoir où j'ai volé un exemplaire de *Jeunesse chinoise*. Je me suis accroupi dans le coin et j'ai lu le magazine, du début jusqu'à la fin, deux fois. J'étais si excité que j'ai commencé à lire les articles à voix haute. J'avais voyagé si loin que j'en avais oublié le son de ma propre voix.

Le secrétaire revient de la gare routière et me dit qu'il y a un bus pour Shigatse demain matin. Je lui dis que je vais le prendre.

La route et la direction

Quand j'arrive à Lhassa, Mo Yuan est déjà de retour de Guangzhou. Une fille avec d'épaisses nattes se tient derrière lui. Il me tend un colis de Lingling et me fait clairement savoir que ma présence n'est pas la bienvenue. Je vais donc frapper à côté, chez Liu Ren, et décide de quitter le Tibet le plus tôt possible. Liu Ren me dit que Mo Yuan et Dali n'ont pratiquement pas quitté leur chambre depuis leur retour. Je lui dis que c'est compréhensible, que je ne les aurais pas dérangés si j'avais su qu'elle était là.

Je me souviens que Mo Yuan m'avait dit, avant de partir : « L'été dernier, Dali et moi étions à l'arrière d'un bateau en train de regarder les vagues se briser, et j'ai soudain ressenti l'envie de l'agripper et de sauter dans l'eau avec elle. Je suis tellement amoureux... »

Dali est diplômée de l'université, maintenant. Elle est venue s'installer au Tibet pour être avec lui.

« As-tu pensé à retourner en Chine ? », demandé-je à Liu Ren. J'ai peur qu'il n'accepte la vasectomie que pour garder son travail.

« Je ne suis pas un cœur à prendre, comme toi. Je dois faire ce que me dit celui qui me donne à manger. J'ai une famille à nourrir. De toute façon, j'aime le Tibet.

— Tu t'es fait opérer ? C'est ça ? » Je vois le visage de mon jumeau changer d'expression.

« Oui. » Il baisse les yeux et remue son nez nerveusement. « Le flic vient juste de partir, dit-il, changeant à nouveau de sujet.

— Il a posé des questions sur moi ? » Des images de Beijing défilent lentement dans ma tête : les fourgons de police, les femmes au foyer, le vent soufflant à travers les ruelles, les tas de choux séchant sur le bord de la route. J'ouvre le pot de légumes au vinaigre du Sichuan de Liu Ren et en sors un petit cornichon.

« Non, c'était Tian Ge. Le grand policier avec une petite amie tibétaine qui tient un étal. Tu ne te souviens pas ? Il t'a donné ces photos du Dalaï-Lama qui avaient été confisquées. Eh bien, lui et Drolma s'enfuient au Népal. Mais cela m'inquiète, il a pris une arme à feu.

— Tout va bien se passer. J'ai marché le long de cette route la semaine dernière. On peut y rester des jours sans jamais croiser personne. Peut-être qu'ils trouveront un guide pour leur faire traverser les montagnes. »

Dans la soirée, après avoir regardé la télévision dans le bureau de Liu Ren, je parcours ma pile de courrier et trouve, enfin, une lettre de Wang Ping. Le courrier est parti des États-Unis pour arriver à Guangzhou, puis à Lhassa. Elle me dit qu'elle vit à Chicago maintenant, et qu'elle a déjà passé son permis de conduire. J'interromps ma lecture, je ne veux pas en savoir plus. Je n'avais aucun droit d'attendre un engagement de sa part, alors que j'étais moi-même incapable de m'investir. Je devrais être heureux pour elle – c'est ce qu'elle voulait. Mais j'en suis incapable pour le moment. J'avais prévu d'aller à Hangzhou la semaine prochaine pour lui dire que tout était clair dans ma tête désormais, et que j'étais prêt à lui donner tout mon amour.

Le colis de Lingling contient un sac de pommes de terre déshydratées, un nouveau carnet et un filtre jaune pour mon appareil photo. Je lui ai demandé de m'envoyer le filtre parce que j'ai perdu il y a quelques mois, en tombant dans le fleuve Nu, les trois rouleaux de film pour prises de vue nocturnes qu'un ami m'avait donnés et que je voulais utiliser en plein jour. Elle me dit qu'elle va devenir maman en septembre. Elle pense que c'est un garçon.

Li Tao me dit qu'il emmène Chun Mei à Jiuzhaigou la semaine prochaine et il me propose de nous y retrouver. J'examine la date du courrier et m'aperçois que la lettre a été envoyée le mois dernier.

Fan Cheng m'écrit que la chaleur de l'été est insupportable à Shenzhen et qu'il projette de passer ses vacances à Beijing. Depuis qu'il a un travail respectable et de bons revenus, il ne parle plus de notre idée de monter un élevage de bétail à Weichang. Les gens changent avec le temps. Chacun suit sa route. Mais la société chemine le long d'une route invisible et personne ne peut dire où elle va.

Hu Sha a obtenu un congé sabbatique de l'Université des aciéries et est parti à Shenzhen installer un bureau pour la rédaction de *La Nouvelle Ère*. Il dit que c'est bien moins dangereux de la publier là-bas. Il est en train d'étudier la possibilité d'étendre ses activités aux revues commerciales.

Il semble que Chen Hong ait une liaison avec lui. Elle dit qu'elle pense à s'installer à Shenzhen : « Mais, je ne veux plus exercer la médecine. Hu Sha m'a présentée au directeur d'une société de vidéo qui cherche quelqu'un parlant anglais pour son département des relations publiques. »

Zhao Lan m'a envoyé une lettre d'introduction vierge de la Fédération des Syndicats et un carnet de bons de riz. Elle me dit qu'elle va exposer des aquarelles à l'ambassade américaine et me demande s'il me sera possible de faire un saut pour l'inauguration.

Meina, la petite fille Jinuo dont j'ai guéri le pied à Xishuangbana, m'a envoyé une lettre de remerciement. « Cher Dr Ma Jian de Beijing. Merci de m'avoir aidée. Vous êtes mon docteur préféré. J'espère que vous continuerez à apporter de grandes contributions à la Chine des Quatre Modernisations. S'il vous plaît, venez me rendre visite quand vous serez à Xishuangbana. »

Tandis que le bus sort de Lhassa, je regarde une dernière fois le Potala. Je ne m'y suis jamais rendu, parce que je savais qu'en ressortant je n'aurais plus nulle part où aller.

Il y a encore de nombreuses montagnes blanches à traverser, pourtant j'ai pris le chemin du retour. J'abandonne les contrées sauvages pour retourner parmi cette foule citadine crasseuse. Mais je ne la crains plus. Elle ne peut plus m'atteindre, désormais. J'ai changé.

Un jeune homme s'assied à côté de moi. Il serre un sac sur ses genoux et fixe la route, devant. Derrière ses oreilles, la peau est noire de crasse.

« Où vas-tu ? lui demandé-je.

— À l'Institut des nationalités de Beijing, murmure-t-il timidement.

— Beijing ? Tu vas à l'université ? C'est merveilleux ! Beijing est une ville immense. Tu y verras beaucoup de choses. Ta vie va changer. Je vis à Beijing, dans une petite maison, passage Nanxiao. Numéro 53. »

Table des matières

10814

Composition
NORD COMPO

Achevé d'imprimer en Espagne
par CPI (Barcelone)
le 27 juillet 2014

Dépôt légal juillet 2014.
EAN 9782290075739
OTP L21EPLN001479N001

ÉDITIONS J'AI LU
87, quai Panhard-et-Levassor, 75013 Paris

Diffusion France et étranger : Flammarion